나의 고요에게

나의 고요에게

초판 1쇄 찍음 2018년 6월 11일
초판 1쇄 펴냄 2018년 6월 19일

지은이 | 은 일
펴낸이 | 정 필
펴낸곳 | (주)뿔미디어

기획 · 편집 | 박지희, 이영은
표지 디자인 | 우 물

출판등록 | 2002년 9월 11일 (제1081-1-132호)
주소 | 경기도 부천시 원미구 소향로 17, 303(두성프라자)
전화 | 032)651-6513 / 팩스 | 032)651-6094
E-mail | dahyangs@naver.com
블로그 | http://blog.naver.com/dahyangs
비북스 | http://b-books.co.kr

값 9,000원
ISBN 979-11-315-9048-5 03810

나의
고요에게

DAHYANG ROMANCE STORY

은일 장편 소설

목 차

어둠이 내려앉은 텅 빈 갤러리 안, 우주는 우두커니 서서 그림 한 점을 바라보았다.

커다란 캔버스에는 광활한 바다가 담겼다. 그림 속 파도는 금방이라도 캔버스 밖으로 벗어나 하얀 거품을 쏟아 낼 듯 생생하다. 밀려든 바닷물이 발등을 핥고, 대리석 바닥 위에 얼룩진 흔적을 남길 것처럼.

하얗게 부서지는 파도 위로 수백 마리의 새가 비상하고 있다. 새는 마치 바다 한가운데에서 태어난 것처럼 보인다. 그것은 이 작품이 사진이 아닌 초현실적인 그림임을 알려 주는 요소였다.

몇 달 전부터 갑작스레 화두에 오른 화가의 작품인 만큼, 그림을 두고 많은 말이 나왔다. 사람들은 그림의 제목인 〈영속(永續)〉의 의미를 해체하고 해석했다. 그러나 정작 그림의 주인인 우주가 그림을 그리며 생각한 것은 사람들이 말하는 영원불멸이나, 시곗바늘의 움직임에 영향받지 않는 초월된 무언가는 아니었다.

그녀 자신의 감정을 담은 것뿐이다. 삶이 끝을 맺을 때까지 영원히 남을, 떨쳐 내려 해도 머릿속을 꿰뚫고 들어오는 선명한 것들을.

우주는 그림을 향해 한 걸음 더 다가갔다. 오늘을 마지막으로 자신의 그림과 작별하기 위해서였다. 그 시간을 방해한 것은 타인의 그림자였다. 그림 위로 길게 드리운 그림자를 발견하고 그녀는 고개를 돌렸다. 얼마 떨어지지 않은 곳에 장신의 남자가 서 있었다.

우주의 의아한 시선이 그를 향했다. 남자는 우주의 시선에 반응하듯 갤러리 안쪽으로 들어섰다. 간격이 좁혀지자 그림자에 의해 절단당했던 남자의 이목구비가 서서히 모습을 드러냈다.

우주는 표정을 굳혔다. 눈동자가 놀라움과 충격으로 경직되었다. 다섯 걸음 정도의 간격을 남겨 두고 남자가 멈춰 섰다. 놀란 우주와 달리 그는 흐트러짐 없는 안온한 얼굴로 그림을 감상했다. 어둠과 은은한 조명이 조화로이 내려앉은 그의 얼굴은 마치 명암이 극명한 그림 같았다.

한참 동안 그림을 바라보던 남자는 천천히 입을 열었다.

"이 그림을 볼 때마다 궁금한 게 있습니다."

"⋯⋯."

"새는 바다에서 태어난 건지, 아니면 뛰어들기 위해 바다를 찾은 건지."

깊은 눈매가 설핏 호선을 그렸다. 그러나 진정으로 웃는 것처럼 보이지는 않았다. 그는 웃음을 지우고 시선을 옮겨 그림을 등지고 서 있는 우주를 바라보았다. 조명이 무색하리만치 새까만 눈동자와 마주치자 가슴이 추락하는 듯했다.

그는 우주의 앞으로 다가와 긴 손끝으로 우주가 쓰고 있던 모자를 벗겨 냈다. 연한 밤색 머리카락이 드러나자 남자의 눈동자가 잠시 일렁였다.

"이 그림의 주인이 네가 아니길 바랐어."

"……."

"네가 맞길 바라기도 했고."

영원히 찬란할 줄만 알았던 시절을 함께한 사람이다. 그러나 과거는 종잇장처럼 구겨지고, 짓밟히고, 거스르지 못할 무언가에 의해 산산이 바스러진 지 오래였다.

"9년 동안 숨어 산 기분이 어땠어?"

표정에는 거의 변화가 없었지만, 노골적인 비난과 원망이 그녀를 향한다는 사실을 알 수 있었다.

"나를 피해 도망 다닌 그 시간이 어땠냐고."

꽉 말아 쥔 우주의 손이 겨울바람에 흔들리는 잔가지처럼 파르르 떨렸다.

"나는……."

그는 버겁게 입을 열었다.

"매 순간이 지옥이었어."

"전학 오는 애가 말을 못 한다더라. 네가 잘 챙겨 줘."

학창 시절에 반장을 하는 것은 인생에 아무런 도움도 되지 않는다. 우주가 반장이 되고 한 달 만에 깨달은 사실이다. 반 아이들은 스스로 할 수 있는 일도 우주를 통해 해결하려 했고, 담임 선생님마저 부담스러운 일을 떠맡기곤 했다.

"말을 아예 못 하는 거예요?"

우주가 물었다. 담임 선생님은 대답 없이 컴퓨터를 보며 분주히 마우스를 움직이기만 했다. 어쩐지 선생님의 눈이 퀭했다. 흰머리 섞인 머리카락은 이리저리 헝클어져 있고, 턱수염도 까칠해 보였다. 아무래도 곧 다가오는 중간고사 때문에 밤을 새우신 모양이다.

"쌤?"

"엉?"

"걔가 말을 아예 못 하는 거예요, 아니면 안 하는 거예요?"

"선천적인 이유는 아닌 것 같더라고."

"그럼요?"

"뭐, 못 하게 된 걸 수도 있고, 안 해야 하는 상황일 수도 있고."

모호한 말에 우주의 콧잔등이 불만스럽게 찡그려졌다.

"집안 사정이 좀 복잡한가 봐. 너한테만 말하는 거니까 다른 애들한테 얘기하면 안 된다? 네가 잘 좀 챙겨 줘."

고개를 끄덕이긴 했으나, 선생님의 부탁은 이제 막 반장이 된 우주에게는 너무도 부담스러웠다. 18년이나 살았다고는 하지만 그래 봤자 사회 경험 전무한 중졸이었다. 무엇이 맞고, 무엇이 틀린지 판단할 정도로 성숙하지 않다. 사연 있는 전학생을 능숙히 배려하기는 어려울 터였다.

"뭐, 그럴 일은 없겠지만 혹시 애들이 따돌리고 그러면 나한테 바로 말하고."

그런데도 우주는 자신의 생각과는 전혀 다른 답을 내어놓고 말았다.

"걱정 마세요, 쌤."

고등학생은 이래서 문제다. 20년도 안 산 주제에 어른들에게 약한 모습을 보여 주고 싶지 않아 한다. 이 근거 없는 자신감의 원천은 어디일까. 우주는 속으로 탄식했다. 그러나 티를 내지 않고 선생님을 향해 씩 웃어 보였다.

우주를 바라보는 선생님의 두 눈이 가늘어졌다. 주름진 이마에 더 깊은 주름도 생겼다. 의심스러운 표정이었다. 어쩌면 지난번에 우주가 복사기를 고친답시고 때려 부쉈던 일을 떠올리고 계신지도 모른다.

"믿어도 되냐?"

"그럼요. 전 미인이잖아요."

"그거랑 무슨 상관이야? 그리고 네가 왜 미인이야. 미남이면 모를까, 미남."

선생님의 시선이 우주의 짧은 머리카락으로 향했다. 본래도 사내아이처럼 대책 없고 장난스러운 면이 많은 우주인데, 머리가 짧다 보니 더 장난꾸러기처럼 보이곤 했다.

"저 주민등록번호 2로 시작하거든요, 쌤. 얼굴이 아니라 마음이 미인이라고요, 마음이."

담임 선생님의 표정이 개똥이라도 본 듯 일그러졌다.

"마음이 미인인 사람이 짝꿍 머리털을 뜯어?"

복사기가 아니라 그쪽이었나 보다.

"아! 그거는 도재현이 얄밉게 구니까 그렇죠……. 그거랑은 별개예요. 아무튼 걱정하지 마세요. 전학생은 제가 잘 보살필게요."

"괜히 오버하다 사고 치지 말고. 그냥 무슨 일 생기면 바로바로 말하기만 하면 돼."

"넵."

"못 믿겠는데."

담임 선생님은 여전히 미심쩍은 얼굴이었다. 우주가 불만스레 꿍얼거렸다.

"못 믿으시면 처음부터 말을 하지 마시지……."

"이게 자꾸 말대꾸야."

"아! 1교시 시작하겠다! 그만 들어가 보겠습니다, 존경하는 담임 선생님."

선생님이 화를 내기 전에 우주는 과장스럽게 몸을 숙여 인사했다. 담임 선생님이 기가 막힌다는 듯 웃었다. 우주는 헤헤 웃으며 교무실을 빠져나왔다.

"헐."

우주는 짧게 감탄했다. 진짜 미인은 따로 있었다. 마음 미인이 아니라 얼굴 미인 말이다. 미인이라는 단어는 눈앞의 전학생을 위해 만들어진 단어 같았다. 순정 만화책에서 갓 튀어나온 듯 잘생긴 얼굴을 보며 우주는 입을 벌렸다.

사연 있는 전학생이라고 하여 여린 외모를 예상했는데, 눈앞의 남자애는 키도 크고 눈빛도 날카로웠다. 조금 무서울 정도로 무표정한 전학생을 멍하니 바라보다 정신을 차리고 손을 내밀었다.

"안녕, 내가 10반 반장이야. 잘 지내보자."

깊고 큰 눈동자가 느리게 움직이며 우주를 응시했다. 시선이 우주의 짧은 밤색 머리카락에서 멈추더니, 체육복 차림으로 내려갔다. 부챗살 같은 속눈썹이 흰 피부에 그림자를 만들었다. 느릿한 시선이 도달한 곳은 우주의 손이었다. 정확히는 손에 묻은 물감이었다.

"아, 이건 물감이야. 더러운 건 아닌데……."

우주의 말에도 전학생은 악수할 생각이 없어 보였다. 미인이라고 한 거 취소다. 싸가지 없으면 연예인 뺨치는 외모를 데리고 와도 말짱 도루묵이다. 나쁜 놈.

속으로 투덜거렸지만 반장의 책임감을 잃지 않은 우주는 손을 끌어다 악수를 했다. 전학생이 표정을 약간 찌푸리더니 손을 빼내었다. 냉담한 반응에 찬물을 끼얹은 듯 기운이 쭉 빠졌다. 우주는 억지웃음을 지었다.

"내 이름은 우주야, 임우주! 네 이름은……"

우주는 시선을 옮겨 전학생의 명찰을 바라보았다. 이은호라는 글씨가 쓰여 있었다.

"은호구나, 이은호. 이름 예쁘다. 전학 와서 좀 낯설지? 그래도 걱정하지 마. 우리 반 애들 다 착해."

"……"

"아, 너 수학 좋아해? 내가 성적으로 반장이 된 건 아니지만 그래도 수학은 잘해! 수신이야, 수학 신. 혹시 나중에 모르는 거 있으면 나한테 물어봐도 돼. 어…… 그리고 그림도 잘 그려. 너는 잘생겼으니까 나중에 내가 그려 줄게."

우주는 끊임없이 말을 늘어놓았으나 어떠한 반응도 얻어 낼 수 없었다. 우주를 응시하는 까만 눈동자는 미동 없이 고요하기만 했다. 아무래도 이놈은 전학 오면서 감정을 이전 학교에 놓고 온 모양이다.

난처한 와중에도 우주는 전학생의 입매가 소묘할 때 쓰는 석고상 아그리파나 줄리앙보다도 예쁘다고 생각했다. 서양 영화에 나오는 남자 배우의 입술 같기도 했다.

"일단 올라가자, 반 애들 소개해 줄게."

입꼬리에 경련이 나도록 어색한 웃음을 지으며 우주는 속으로 한숨을 내쉬었다.

우주의 짝꿍인 도재현은 반장의 줄임말이 '반'에서 가'장' 부려먹기 쉬운 애의 줄임말이라고 했다. 그래서 그놈은 합법적으로 우주를 부려 먹기 위해 반장으로 추천했다고 한다. 우주는 지금의 고생이 모두 도재현 탓이라는 결론을 내렸다.

　은호를 데리고 교실 앞문으로 들어서자 이목이 집중되었다. 말 못 하는 화려한 얼굴의 전학생을 향한 호기심 어린 시선이었다.
　간단하게 인사라도 시켜야 덜 어색할 것 같아서 교탁 앞으로 가려 하는데, 갑자기 도재현이 먼저 교탁 앞으로 튀어나왔다. 누구한테 빌려 입었는지 이상한 깔깔이 옷을 입고 있었다.
　"수금을 시작하지."
　재현이 껄렁한 어조로 말했다. 그 말에 반 애들이 숙연해지며 서로 눈치를 살폈다. 세상에서 제일 질 나쁜 일진이라도 만난 것 같은 태도였다. 얘네 뭐 하는 거야……? 우주가 재현에게 다가가려 하자 영식이 우주의 팔을 붙잡았다.
　"야, 임우주. 기다려. 쉿."
　"너네 뭐 하냐……?"
　"전학생 몰래카메라 할 거야."
　우주는 인상을 썼다.
　"으. 벌써 재미없어."
　"초 치지 마."
　안타깝게도 전학생은 이런 몰래카메라에 어울릴 부류처럼 보이지 않았다.
　아무것도 모르는 도재현은 험악한 분위기를 만들더니, 반에서 가장 덩치가 좋은 성현이를 지목했다.
　"넌 오늘 뭘 가지고 왔지?"
　"난 빵이랑 우유를 가져왔어 재현아!"
　성현이는 날렵하게 빵과 우유를 가져다 바쳤다. 성현이는 인상을 쓰면 누구든 물리칠 수 있을 정도로 강렬한 외모를 가진 애였다. 그런 애가 쩔쩔매니 재현이 대단한 일진처럼 보이긴 했다.

"무슨 우유를 가져왔는데?"

"딸기 우유!"

"그딴 벌레로 만든 우유를 먹으라는 건가."

"벌레라니?"

"딸기 우유의 색소인 코치닐추출색소의 원료는 연지벌레야. 고로 너는 나한테 벌레를 먹이겠다는 거지."

재현이 빠르게 말을 늘어놓았다. 일진 행세하는 주제에 스펀지 열심히 봤나 보다. 우주는 절레절레 고개를 저었다.

"그게 아니라 나는……!"

"머리 박아."

재현의 말에 성현이가 바닥에 머리를 박고 엎드렸다. 성현의 머리에 핏줄이 섰다. 전학생 몰래카메라 하겠다고 사서 고생을 한다. 이런 반에서 1년간 반장을 해야 한다는 사실에 우주는 머리가 아파 왔다.

그때 앞문이 드르륵 소리를 내며 열렸다.

"얘넨 또 뭐 하는 거야. 얼른 들어가!"

몰래카메라가 막장으로 치닫기 전에 다행히 영어 선생님이 들어오셨다. 재현과 성현이 분주히 제자리로 돌아갔다. 몰래카메라가 어설프게 끝나 버리자 반 애들은 당황하며 서로 눈치를 살폈다.

우주는 은호에게 빈자리를 알려 주고는 자신의 자리에 앉았다. 이미 우주의 옆자리에 앉아 있던 재현은 걱정스러운 얼굴로 물었다.

"어떡하지? 몰래카메라."

"어떡하긴. 망한 거지 뭐."

"쟤가 오해하면 어떡해. 나 딸기 우유 좋아한단 말이야."

우주는 인상을 쓰며 재현을 바라보았다. 일진으로 오해받는 게 걱정이 아니라 딸기 우유가 더 걱정이라니. 하여튼 정상적인 애는 아니다.

옆에서 한참 심각하게 고민하던 도재현은 쪽지를 적었다.

「난 딸기 우유를 좋아한단다.」

슬쩍 훔쳐본 쪽지의 내용은 이러했다. 우주는 절레절레 고개를 저었다. 얼굴은 멀쩡하게 생겨 가지고 하는 짓은 순 미친놈이다.

쪽지가 반 아이들의 손을 거쳐 전달되는 동안 우주는 슬쩍 은호의 모습을 바라보았다. 머리카락이 무척 짙었다. 먹물처럼 까만데도 머릿결이 무척 좋은지 햇빛을 반사시켜 반짝거렸다.

우주는 색이 밝은 제 머리카락을 매만지다 다시 눈을 돌려 은호를 바라보았다. 책상 위에 놓인 쪽지를 바라보는 은호의 눈은 무감했다. 느릿한 손길이 종이를 펼치고, 까만 눈동자가 글자를 읽으며 은호의 미간이 미세하게 좁혀졌다. 그리고 내내 감정 없던 눈에 의아함이 가득 찼다.

처음으로 사람다운 모습을 보며 우주는 저도 모르게 웃음을 터트렸다. 반 아이들과 선생님이 의아한 눈으로 우주를 바라보았다. 그 시선엔 은호의 시선도 포함되어 있었다.

"임우주, 갑자기 왜 웃니?"

영어 선생님이 물었다. 당황한 우주는 어설픈 변명을 했다.

"어제 TV에서 본 게 생각나서……."

왁자지껄한 웃음소리가 교실에 채워졌다. 우주는 어색하게 입꼬리를 올려 웃음 지었다.

은호는 계속 말을 하지 않았다. 누구와도 말을 섞지 않았고, 친분이 느껴질 만한 행동도 하지 않았다. 반 애들이 은호에게 몇 번 말을 걸었으나, 그때마다 은호는 자리를 피하는 것으로 대답을 대신했다.

은호가 아무리 냉담해도 우주는 잘해 줄 생각이었다. 담임 선생님의 부탁이 있었으니까. 반장이라고 자주 부려 먹긴 하지만 그래도 우주에게는 좋은 선생님이었다. 우주가 미대에 가지 않겠다고 했을 때 자기 일처럼 걱정을 해 주시기도 했고, 어느 날 우주가 아팠을 때 직접 병원에 데려가 주신 적도 있었다. 그런 선생님이 흔치 않다는 사실을 몇 년의 학교생활로 알고 있었다.

억지로 된 반장이지만, 어쨌든 반장으로서의 역할을 다할 생각이었다. 그래서 은호에게도 열심히 말을 걸었다.

"야, 이은호 같이 밥 먹자."

"야, 은호야. 집에 같이 가자."

"이은호 되게 일찍 왔네."

하지만 우주의 끊임없는 도전에도 은호는 한결같이 대꾸가 없었다. 은호는 우주의 친절이 달갑지 않았던 모양이다. 어느 순간부터 은호는 우주가 이름을 다 부르기도 전에 시야에서 사라졌다.

오늘도 은호는 우주를 피해 어디론가 사라진 뒤였다.

"너 전학생 너무 신경 쓰는 거 아니냐."

멍하니 서 있는 우주를 보며 재현이 불만스레 말했다.

"잘생긴 사람은 나 하나로 족해야지."

"헛소리하지 마라."

우주는 경멸을 담아 말했다. 재현이 상처받은 연기를 하며 가슴을 짚었다. 우주는 그런 재현의 가슴팍을 퍽 소리 나게 밀어 냈다.

"아무튼 걔한테 왜 그렇게 신경을 써?"

"그냥, 나쁜 애는 아닌 거 같아서."

"나쁜 애든 아니든, 혼자 있고 싶어 하는 애한테 굳이 그럴 필요 있나."

"그런가?"

정말 혼자 있고 싶은 걸까. 하지만 벌써부터 외로움을 자청하기에 우리는 너무 어린 나이였다. 원해서 혼자가 된 게 아니라, 혼자일 수밖에 없는 상황이 된 거면 어떡하지.

"그래도 혼자 있는 것보다는 여럿인 게 낫지 않을까?"

"걔한테는 아닐 수도 있지."

재현이 무심히 대답했다. 우주는 엷게 한숨을 내쉬었다. 모르겠다. 이래서 자신이 없었던 거다. 잘 챙겨 주는 것의 적정선이 어디까지인지 알 수가 없었다.

"근데 너 오늘도 미술실에 있다 갈 거야?"

생각에 잠긴 우주에게 재현이 물었다.

"어, 응."

"언제까지 몰래 그림 그릴 거야? 나 같으면 그냥 미대 보내 달라고 하겠다."

"안 된다니까."

우주의 대답에 재현은 영 모르겠다는 듯 어깨를 으쓱였다. 방과 후에 남아서 그릴 정도로 그림을 좋아하면서 왜 취미에 그치려고 하는지 재현은 이해하지 못했다.

"이해가 안 된다, 진짜."

"이해하지 마세요, 그럼."

"3학년 때는 어쩌려고? 그때는 야자 강제잖아."

"그때는 그림 말고 공부에 집중해야지. 아무튼 나 교무실 다녀온다."

우주는 분주하게 유인물을 챙긴 뒤 교실을 빠져나갔다. 재현은 우주의 뒷모습을 보며 절레절레 고개를 저었다.

재현은 우주를 이해하지 못하고, 우주는 은호를 이해하지 못한다. 그 차이를 이해하고 자연스럽게 받아들일 즈음에는 성숙해졌다 말할 수 있는 걸까.

열여덟이란 나이는 다 자란 것처럼 느껴지지만, 어쩔 때는 아주 어린 나이처럼 느껴지기도 한다. 상대의 입장을 고려하고 생각하는 것에 서투를 수밖에 없다.

얼마나 시간이 지나면 서로를 온전히 이해하는 게 가능할까? 우주는 의문했으나 확신할 수 있는 것은 무엇도 없었다. 열여덟이란 나이는 불완전한 것투성이였다.

미술실에서 그림을 그리는 동안 봄비가 내렸다. 창문을 두드리는 빗방울 소리에 우주는 연필을 내려놓고 창밖을 바라보았다. 얇은 빗줄기가 불쾌하지 않을 정도로 가볍게 떨어지고 있다. 땅과 나뭇잎을 적시는 빗소리가 잔잔하여 기분이 좋았다.

한 시간만 더 그리다 집에 가야겠다고 다짐하고는 연필을 고쳐 잡았다. 기분이 좋아서인지 그림도 더 잘 그려지는 것 같았고, 평소보다 빠르게 시간이 흐르는 듯했다. 작은 그림 한 장을 완성한 뒤 우주는 우산을 가지러 가기 위해 교실로 향했다. 그리고 문을 열자마자 아연실색하며 뒤로 자빠질 뻔했다. 불이 꺼진 우중충한 교실 창문 쪽에 까만 무언가가 있었다. 다급히 불을 켜고 보니 이은호였다. 은호는 머리부터 발끝까지 젖은 채로 의자에 앉아 있었다.

"뭐야, 이은호? 너 여기서 뭐 해? 간 떨어지는 줄 알았네."

은호는 우주의 말을 무시하고 창밖으로 시선을 옮겼다. 평소와 같은 반응인데 왠지 분위기가 더 무거워 보였다.

"왜 그렇게 젖었어? 비 그칠 때까지 기다리려고?"

대답을 바라고 한 질문은 아니었다. 우주는 사물함에 있던 수건을 꺼내 은호의 머리에 덮어 주었다. 은호는 그제야 고개를 돌려 우주를 바라보았다.

"그러고 있으면 감기 걸린다. 깨끗한 건 아닌데 그냥 써."

눈매가 날카로워서 차가운 인상이라고 생각했는데, 이렇게 올려다보는 모습이 꼭 비에 젖은 고양이 같다. 우주가 빤히 바라보니 은호는 다시 고개를 돌려 시선을 아래쪽으로 내렸다.

"우산 없으면 집 같이 갈래? 나 우산 있어."

은호는 고개를 저었다.

"그럼 어떻게 가려고?"

은호는 대답 없이 수건으로 머리를 닦기만 했다.

재현의 말처럼 은호는 정말 혼자 있고 싶은 건지도 모르겠다. 이렇게 비에 젖었는데도 도움의 손길을 거절할 만큼 혼자가 간절한 것은 어떤 기분일까. 아직 그런 기분을 경험한 적이 없는 우주는 은호의 마음을 잘 이해할 수 없었다.

"알았어, 그럼 나 먼저 갈게."

우주는 돌아섰다. 교실 문 앞까지 간 건 좋은데, 왠지 마음이 쓰여서 다시 돌아보았다. 은호는 여전히 알 수 없는 표정으로 책상 어딘가를 가만히 응시하고 있었다.

우주는 다시 은호에게 성큼 다가섰다. 그리고 책상 위에 노란색 우산을 올려놓았다. 까만 눈동자가 시선을 들어 우주를 바라보았다.

"그거 쓰고 가. 나는 경비 아저씨 우산 빌리면 돼. 아, 그리고 학교 9시에 문 닫으니까 그 전에 집에 가."

"……."

"내일 보자."

우주는 빠르게 말을 마치고 교실을 빠져나왔다. 여전히 창밖에서는 하염없이 비가 쏟아지고 있었다. 비가 와서 좋다고 생각했었는데, 어쩌면 은호에게는 이 비가 반갑지 않았을지도 모르겠다. 깊이 침잠한 눈으로 책상 언저리를 바라보던 짙은 눈동자가 머릿속에서 어른거렸다.

다음 날 학교에 왔을 때 우주의 책상 위에는 우산이 놓여 있었다. 3단 접이식 우산은 마치 새로 샀을 때처럼 말끔히 접혀 있었다. 조금 강박적으로 보일 정도로. 그 무표정한 얼굴로 우산을 꼼꼼히 접었을 거라 생각하니 웃기기도 하고, 귀엽기도 했다.

그나저나 우산을 쓰긴 한 건지 의문이었다. 썼다면 다행이지만, 쓰지 않았다면 조금 화가 날 것 같았다. 왜냐하면 그날 우주는 쫄딱 비를 맞았으니까. 우산은 빌리지 못했고, 사기에는 아까워 그냥 가방을 뒤집어쓰고 하교를 했다. 덕분에 약간 감기 기운이 있었다.

"점심시간 끝나기 전까지 문학 숙제 교탁 앞에 올려놔!"

우주는 교탁 앞에 서서 큰 소리로 말했다. 감기 기운이 있든 말든 반장은 할 일을 해야 했다. 물미역처럼 늘어져 있던 반 아이들이 우주의 말을 듣고 부랴부랴 노트를 펼쳤다. 우주도 자리에 돌아가 노트를 펼치고 숙제를 시작했다.

"반장아. 피자는 언제 쏠 거야?"

옆자리에서 핸드폰 게임을 하던 재현이 물었다. 우주는 글씨를 적으며 차분히 말했다.

"너 피자의 줄임말이 뭔지 알아?"

"피자 영어잖아, 바보야. 핏쨔."

"아니야. 피 터지게 조쨔 버리겠다의 줄임말이야."

우주의 살벌한 말에 재현은 입을 꾹 다물었다. 우주는 차갑게 말했다.

"빨리 숙제나 해라."

"네."

재현은 노트를 펼쳐 열심히 숙제를 하기 시작했다.

점심시간이 끝나 갈 무렵에는 대부분의 아이들이 숙제를 제출했다. 다행이라 생각하며 우주는 출석 번호대로 노트를 정리했다. 그런데 마지막 번호가 없었다. 마지막 출석 번호의 주인은 이은호였다.

우주는 고개를 들어 은호의 자리를 바라보았다. 은호는 자기 자리에 앉아 까만 눈으로 창밖을 응시하고 있었다. 우주는 다가서서 은호의 책상을 톡톡 두드렸다. 은호는 고개를 돌려 우주를 응시했다.

"야, 은호. 숙제 내."

오늘은 어째선지 눈이 더 날카로웠다. 우주를 바라보는 시선에서 경계가 느껴졌다.

"안 했나?"

은호는 물음을 무시하고 다시 몸을 엎드리려 했다. 우주는 그런 은호의 팔을 잡고 일으켰다.

"일단 내 노트 보고 써."

우주는 제 노트를 건네주었다. 그러나 은호는 노트를 받지 않고 자리에서 일어서 교실 밖으로 나가 버렸다.

"야!"

우주가 소리쳤으나 은호는 돌아오지 않았다. 대체 왜 저러는 걸까. 질풍노도의 시기는 지날 때도 되지 않았나. 우주는 깊이 한숨을 내쉬고 은호의 책상에 앉았다.

문학 선생님은 성격이 좀 이상해서 트집을 잡으면 한 달 내내 학생을 괴롭히곤 한다. 전학 오자마자 찍히게 놔둘 수는 없어 우주는 은호 대신 숙제를 시작했다.

반장은 왜 자진 사퇴를 할 수 없는 걸까. 이게 다 도재현 때문이다. 걔가 나 반장 되게 만들었으니까. 우주는 속으로 불만을 늘어놓으며 손으로는 열심히 숙제를 했다.

"야, 임우주. 그냥 둬. 네가 왜 해 줘?"

은호의 짝꿍인 윤주가 말했다.

"문학 쌤 좀 까다롭잖아."

"호구 새끼."

"내가 왜 새끼야."

"으휴, 착해 빠져 가지고."

윤주가 우주의 머리카락을 마구 헤집어 놓았다.

"아, 하지 마. 나 이거 해야 돼."

우주가 칭얼거리자 윤주는 웃으며 머리카락을 더 헝클어트렸다. 우주도 같이 대꾸하다가 결국 장난으로 번져서 은호의 숙제는 점심시간 내내 해야만 했다.

숙제를 다 했는데도 은호는 5교시 수업에 들어오지 않았다. 우주는 심란한 얼굴로 은호의 빈자리를 바라보았다. 은호는 평소에도 날카로워 보이지만 오늘은 유독 심했던 거 같다. 어제 정말 무슨 일이 있었던 걸까.

우주는 은호를 찾기 위해 쉬는 시간을 틈타 교실을 빠져나왔다. 건물 뒤의 공터와 강당 옆에 가 보았지만 은호는 없었다. 대신 강당에서 열렬히 농구 경기를 하고 있는 고3 언니들만 보였다. 슬램 덩크 못지않은 경기를 넋 놓고 구경하다 정신을 차리고 다시 은호를 찾으러 나섰다.

운동장에도 없고, 체육관에도 없고, 쓰레기장에도 없었다. 마지막으로 옥상에 가 보기로 했다. 더운 날씨에 꼭대기까지 가려니 이마에 송골송골 땀이 맺히고 다리가 후들거렸다. 호흡도 가빠졌지만, 우주는 걸음을 재촉했다.

간신히 꼭대기 층에 도달한 우주는 옥상 문을 열어젖혔다. 강한 햇볕이 시야를 가득 메워 눈이 따가웠다. 손차양을 하고 앞을 바라보았다. 날이 맑아 아지랑이가 피어나는 가운데, 옥상 난간 쪽에서 있는 은호가 보였다.

순간적으로 나쁜 예감이 들었다. 우주는 은호에게 달려가 급히 팔을 잡고 끌어당겼다. 은호의 몸이 기울어지고, 놀라서 크게 뜨인 눈이 허공에서 마주쳤다.

바닥에 등이 부딪히리란 생각에 우주는 질끈 눈을 감았다. 그런데 어깨에 팔이 감기며 몸이 회전했다. 쿵― 둔탁한 소리를 내며 은호의 등이 먼저 바닥에 닿았다.

코끝에 닿은 것은 부드러운 천이었고, 거기에서는 낯선 섬유유연제 냄새가 났다. 우주는 자신이 은호의 가슴팍에 코를 박고 있다는 사실을 깨닫고 벌떡 자리에서 일어섰다.

"야, 너 뭐 하는……!"

우주는 더 말을 잇지 못했다. 은호가 짜증스러운 얼굴을 하고 있었던 탓이다. 너야말로 뭐 하는 거냐고 묻는 것 같은 표정이었다. 그 얼굴을 보며 우주는 자신이 바보 같은 착각을 했음을 알았다.

"아니, 그게 아니라 나는……."

귓바퀴가 화끈거렸다.

"그보다 괜찮아? 안 다쳤어?"

민망해서 말을 돌리고 은호에게 손을 내밀었다. 은호는 손을 잡는 대신 대충 고개를 끄덕이고는 제힘으로 자리에서 일어나 흙먼지가 묻은 교복을 털었다. 그러더니 아무 말 없이 돌아서서 옥상 문으로 나가 버렸다. 멍하니 서 있던 우주는 급히 은호의 뒤를 쫓았다.

"야, 이은호. 너 5교시 수업 왜 빠졌어?"

은호는 대답 없이 빠르게 걷기만 했다.

"야, 같이 좀……."

얼떨결에 팔을 잡자 은호가 강하게 팔을 쳐 냈다. 우주는 당황했다. 은호도 그럴 의도는 아니었는지 조금 당황한 표정이었다.

아무래도 괜한 짓을 한 것 같다. 팔을 쳐 낸 것이 의도였든 아니든, 은호가 우주의 관심을 부담스러워한다는 사실은 명확했다. 재현의 말대로 은호는 그냥 혼자 있고 싶은 것이고, 우주의 관심은 괜한 참견이라 생각하는지도 모른다.

어른스러운 척이라도 하고 싶었던 걸까. 아니면 얘도 자신처럼 외로운 처지라서 철없는 동질감이라도 느끼길 바랐는지도.

"미안."

허공에 애매하게 떠 있던 손을 내렸다. 방황하던 시선도 아래로 떨어졌다.

"진짜 미안."

우주는 곧장 돌아섰다.

결국 우주는 감기에 걸렸다. 어제 종일 생각에 잠겨 있느라 약을 사 먹는 것을 잊어버린 탓이다. 아침에 약을 먹고 학교에 왔는데도 좀처럼 열이 내리지 않았다. 우주는 종일 기운 없이 책상에 엎드린 채 하루를 보내야 했다.

"야, 임우주. 오늘도 미술실 갈 거야?"

종례가 끝나자 재현이 물었다.

"아니."

"그럼 집에 같이 가?"

"아니, 들를 데 있어서……."

"오늘 왜 이렇게 죽사발이야."

"……."

"기운 없으면 그냥 같이 집에 가지. 어디 가는데?"

그래도 친구라고 걱정은 되는 모양이다. 감기에 걸려서 병원을 가야 된다고 얘기하려는 순간, 영훈이 끼어들었다.

"야, 도재현. 우리 피씨방 갈 건데 너 갈 거냐?"

"당연."

영훈의 물음에 재현은 냅다 사라져 버렸다. 우주는 허망한 눈으로 재현의 뒷모습을 바라보았다. 반장이라고 부려 먹을 땐 잘도 부려 먹으면서 이럴 땐 관심도 없다. 도재현 오늘 게임 다 져 버려라. 소심한 저주를 하고는 다시 책상에 엎드렸다.

힘이 하나도 없었다. 조금만 쉬다가 병원 가야겠다고 생각하며 눈을 내리감았다.

어느 순간 우주는 열이 펄펄 끓는 찜질방에 들어와 있었다. 그런데 조금 이상한 찜질방이었다. 위는 찜통처럼 더운데 아래는 냉골이었다. 끔찍한 찜질방에 있으니 몸이 춥기도 하고 덥기도 했다. 창밖에서는 재현이 혀를 내밀며 우주를 약 올리고 있었다. 저 자식이…….

우주는 스르르 눈을 떴다. 감기에 걸리더니 별 이상한 꿈을 다 꾼다. 무거운 몸을 일으키려 하는데, 이마에 낯선 촉감이 느껴졌다. 우주는 느리게 눈을 깜빡이며 시선을 들었다.

이은호가 있었다. 눈이 마주치자 새까만 눈동자가 당황한 듯 흔들렸다. 은호는 우주의 이마에서 손을 내려놓았다. 어색한 침묵이 흘렀다.

"……할 말 있어?"

우주의 물음에도 은호는 대답이 없었다. 우주는 느리게 눈을 깜빡이며 은호가 말하기를 기다렸다.

'가자.'

그게 은호가 한 첫말이었다. 입으로 소리를 낸 것도 아닌 그저 입 모양으로 말한 것뿐이지만, 어째선지 우주의 기억에는 인상 깊게 남았다.

은호는 우주의 가방을 들더니 교실에서 나갔고, 우주는 그런 은호의 뒤를 따라갔다.

"너 내 가방 왜 훔쳐 가."

은호는 돌아서서 우주를 바라보았다. 어처구니없다는 듯 미간을 좁히고 있다. 우주는 푸스스 소리 내어 웃었다. 은호는 가벼운 웃음을 짓는 우주의 모습을 빤히 바라보다 다른 쪽으로 시선을 옮겼다.

은호가 향한 곳은 학교 근처의 병원이었다. 우주는 얼떨결에 의사 선생님에게 진찰을 받고, 약국에서 약도 처방받았다. 그 과정을 거치는 동안 우주의 머릿속에는 물음표가 둥둥 떠다니는 듯했다. 어제까지만 해도 은호는 우주를 싫어하는 것처럼 보였는데, 이런 친절을 베푸니 적응이 되지 않았다.

심지어 우주가 비타민 음료의 뚜껑을 잘 열지 못하자 제힘으로 열어 주기까지 했다.

"나 아픈 거 어떻게 알았어?"

우주가 물었지만 은호는 무심하게 다른 곳으로 시선을 옮겼다.

"어제는 그렇게 매정하게 가더니 신경 쓰였어?"

"……."

"이런 걸로 내 마음이 풀어질 거라고 생각하면 오산이야. 너 어제 나한테 너무했던 거 알지? 내가 이렇게 생겼지만 여자인데 남자가 막 여자 팔 치고 그러는 거 아니란 말이야. 아무튼 네 미안함은 이번엔 접수하겠다만 다음에는 어림도 없어."

우주는 종알종알 장난스럽게 말을 했으나, 여전히 은호에게서 어떠한 반응도 얻어 낼 수 없었다.

"그래도 고마워. 나는 네가 나 싫어하는 줄 알았는데."

은호는 고개를 돌려 우주를 바라보았다. 그러더니 고개를 저었다. 우주는 그 뜻을 파악하려 애썼다.

"엉? 뭐가 아니야?"

"……."

"너 나 안 싫어해?"

은호는 짧게 고개를 끄덕였다. 그 모습을 보며 우주는 푸스스 소리 내어 웃었다. 의외로 귀여운 면이 있는 것 같다.

"근데 넌 어디 살아?"

약국을 나서며 물었다. 그러다 이내 이런 질문도 안 하는 게 좋을 것 같다는 생각이 들었다.

"아니다. 그만 가 봐. 나는 저기서 버스 타면 돼."

"……."

"잘 가. 병원 데리고 와 줘서 고마워."

손을 흔들고 뒤를 돌았다. 그런데 몇 걸음 걷지 않아 팔이 붙잡혔다. 우주는 의아한 눈으로 은호를 바라보았다.

'미안했어.'

은호는 입 모양으로 담담히 말을 전했다. 사과를 예상하지 못했던 우주는 눈을 동그랗게 떴다. 은호는 놀란 우주를 두고 돌아섰다.

멍하니 서 있던 우주가 정신을 차리고 은호의 옷자락을 붙잡았다. 은호가 살짝 몸을 돌려 우주를 응시했다.

"야, 이은호. 너 내가 말 걸면 싫어?"

까만 눈동자가 우주의 눈 안쪽의 마음을 들여다보듯 물끄러미 응시했다.

은호는 무언가 말을 하려는 듯 입을 열었으나 말이 나오지 않는지 약하게 제 입술을 깨물었다. 조각상처럼 섬세하다고 생각했던 입술이 약간 붉게 물들었다. 말을 하는 행위를 힘겨워하는 걸까. 머릿속에 있는 말을 하려면 많은 노력이 필요한 건지도 모른다.

은호는 옅게 한숨을 내쉬고는 대답 대신 고개를 저었다.

"그럼 됐어."

우주는 환히 미소 지었다. 은호는 그저 우주를 빤히 바라보고만 있었다.

"잘 가, 내일 보자."

웃으며 손을 흔드는 얼굴이 비 갠 뒤의 하늘처럼 싱그럽다고, 은호는 생각했다.

갑자기 가까워지는 건 역시 부자연스러운 전개였나 보다. 그날 병원에 다녀온 뒤로 우주는 은호에게 더 열심히 말을 걸었으나, 은호한테서는 여전히 찬바람이 불었다. 참 한결같이 싹수없는 애라고 생각하면서도 우주는 은호만 발견하면 자동 반사적으로 말을 걸었다.

그래도 이제는 은호가 대놓고 귀찮고 짜증 난다는 표정을 지어도 덜 상처받게 되었다. 왜냐하면 은호의 행동이 고의는 아니며, 나쁜 애는 아니라는 것을 알게 되었으니까.

"어, 이은호! 집에 같이 갈래?"

하굣길에 은호를 발견한 우주는 평소처럼 반갑게 말을 걸었다. 그러나 은호는 우주에게 잠시 눈길만 주었을 뿐, 우주가 보이지 않는 사람처럼 무심히 걸음을 옮겼다.

"그만해라, 그만."

뒤에서 나타난 재현이 우주의 가방을 뒤로 잡아끌었다.

"아, 왜."

"할 만큼 했다."

재현은 우주의 가방을 놓아주고는 휘적휘적 앞서 걸었다. 우주는 체념하고 재현과 함께 집으로 향했다.

"짜장 떡볶이 먹고 싶다. 왜 우리 동네에는 짜장 떡볶이 파는 데가 없지?"

길을 걸으며 재현이 투덜거렸다. 우주는 심드렁하게 대답했다.

"짜파게티에 떡 넣어 먹어."

"그건 짜장 떡볶이가 아니라 짜파게티 떡볶이인걸."

"그럼 떡볶이에 짜장 스프 넣어 먹어."

"듣자 듣자 하니 모욕적이네."

재현이 멈춰 서서 우주를 바라보았다.

"뭐가?"

"난 순수한 짜장 떡볶이가 먹고 싶은 거라고. 더 이상 짜장 떡볶이를 모욕하지 말아 줬으면 좋겠다."

또 시작이네. 성격 이상한 재현의 말에 일일이 대꾸하지 않는 게 상책이지만, 우주는 재현의 이상함을 이해할 수 없어 불만스레 말했다.

"입에 들어가면 다 똑같지. 짜장면 시켜서 떡볶이 찍어 먹어."

"그만해라."

"3분 짜장에 떡볶이 말아 먹⋯⋯."

"그만하라구!"

재현이 우주의 멱살을 잡고 탈탈 털었다. 강한 힘은 아니었지만, 키 차이가 나서 우주는 허우적거렸다. 정강이를 걷어차려는데 갑자기 시야에 누군가 들어섰다.

재현의 팔을 힘주어 잡은 사람은 다름 아닌 이은호였다. 하루 종일 요동 없이 고요하던 얼굴이 아니라 약간 인상을 쓰고 있다. 은호는 우주에게서 재현의 팔을 떼어 내고는 차가운 눈으로 재현을 바라보았다. 까맣고 짙은 눈동자가 서늘했다.

"뭔데?"

갑작스레 팔을 잡힌 재현 역시 짜증스러운 얼굴로 은호를 바라보았다. 분위기가 험악해졌다. 우주는 퍼뜩 정신을 차리고 두 사람 사이에 끼어들었다.

"장난친 거야, 장난! 오해하지 마, 나 얘랑 친해."

우주가 재현의 가슴팍을 퍽퍽 치며 은호를 향해 말했다. 재현은 불만스러운 얼굴로 투덜거렸다.

은호가 두 사람을 빤히 바라보았다. 재현이 아무런 반응도 취하지 않자 이상한 상황이 아님을 파악했는지, 다시 뒤돌아서 휘적휘적 걸어가 버렸다. 우주는 그런 은호의 모습을 멍하니 응시했다.

"야, 이은호가 나 도와주려고 그랬나 봐."

"쟤가 널 왜 도와줘?"

"나 좋아하니까!"

재현의 얼굴이 들어서는 안 될 것을 들은 사람마냥 찡그려졌다.

"네가 나르시시스트인 줄은 몰랐는데……."

"아, 뭐래. 친구로서 좋아한다고. 그리고 몰래카메라 때문에 쟤가 너 나쁜 애인 줄 알잖아."

재현이 바보 같은 표정을 지으며 굳어 버렸다. 그리고 갑자기 깨달은 듯 탄식했다.

"아, 맞다! 그랬지!"

바보 아니야? 우주는 절레절레 고개를 저었다.

"어떡하지? 나 그런 애 아닌데."

그보다 더한 애라고 말해 주려다가 다시 재현과 싸움이 날 것 같아서 참았다.

"말해야지, 아니라고."

우주의 말에 재현은 고개를 끄덕이더니, 멀리서 사라지는 은호를 향해 다급히 뛰어갔다.

재현은 은호와 우정을 쌓아 보겠다면서 우주와 은호를 옆 동네 짜장 떡볶이 가게까지 끌고 왔다. 아마 우정은 핑계이고, 그저 짜장 떡볶이를 먹기 위한 속셈이었을 테다. 도재현은 기분이 좋은지 제가 만든 짜장 떡볶이 노래를 흥얼거렸다.

은호는 옆에서 노래를 부르는 재현을 이상하다는 듯 바라보았다. 어쩌면 미친놈 잘못 건드린 것 같다는 생각을 하고 있는지도 모른다. 우주도 그와 비슷한 생각을 하고 있었으니까. 어쩌다 도재현이랑 친해져서 이 고생을 하는지 모르겠다.

"얘 일진 아니야. 몰래카메라 하는 도중에 영어 선생님이 들어오신 거야."

우주가 은호의 앞에 젓가락을 놓으며 말했다.

"사실 일진보다는 더 이상한 놈이지만……."

"야. 뒷담은 뒤에서 해라."

"네가 귀 막으시든지."

우주가 얄밉게 말하자 재현은 5살 먹은 어린아이처럼 우주를 노려보았다. 그 유치한 시선은 떡볶이가 나온 뒤에야 떨어졌다. 내가 저렇게 생겼으면 절대로 저렇게 살지 않았을 텐데. 우주는 끌끌 혀를 찼다.

며칠 굶은 사람처럼 입 안에 떡볶이를 4개씩 밀어 넣는 재현과 달리 은호는 차분히 음식을 먹었다. 곱게 자랐을 것처럼 생겨서 걱정했는데 의외로 잘 먹는다.

"야. 근데 너는 말을 안 하는 거야, 못 하는 거야?"

떡볶이를 먹던 재현이 물었다. 우주는 놀라서 테이블 아래에 있는 재현의 정강이를 냅다 후려 찼다. 재현이 벌떡 일어서며 괴성을 질렀다.

"아!!"

"앗, 미안. 실수였어."

우주가 태연히 말했다.

"실수 같은 소리 하네!"

"소중한 떡볶이님 식는다. 떡볶이나 먹자."

재현은 화가 난 듯 씩씩거렸지만, 떡볶이가 식을까 걱정됐는지 다시 얌전히 앉아서 떡볶이를 먹었다. 단순해서 다루기는 참 쉽다.

먹는 내내 은호는 아무런 반응도 보이지 않았다. 이따금씩 티격태격하는 두 사람을 이상하다는 눈으로 바라볼 뿐이었다. 우주는 은호가 이 자리를 박차고 나가지 않는다는 사실만으로도 다행이라 여겼다.

떡볶이를 다 먹은 뒤에는 재현에게 이끌려 인형 뽑기까지 하게 되었다. 은호는 죽기 살기로 인형 뽑기를 하는 두 사람을 무심한 눈으로 바라보고 있었다.

"야. 돈 더 없어? 빨리 줘 봐."

우주가 재현에게 손을 내밀었다. 재현은 미간을 찌푸렸다.

"양아치냐."

"아, 얼른."

"이제 돈 없어."

"에이 씨. 돈만 날렸네. 나 집에 갈래. 배고파."

"떡볶이 먹었잖아."

"떡볶이는 간식이지."

우주의 태연한 말에 재현은 절레절레 고개를 저었다.

"이은호 너 어디 살아? 도재현은 여기서 가깝고 나는 흑목동 사는데……. 야! 같이 가!"

은호는 우주의 말을 듣지 않고 돌아서서 걸었다. 저 싸가지. 우주는 눈썹을 찡그리고 은호의 뒷모습을 바라보았다. 어차피 가는 방향이 같기 때문에 우주와 재현은 은호의 뒤를 따라 걸었다. 은호는 그러든지 말든지 그저 말없이 걷기만 했다.

집이 더 가까운 재현과 먼저 헤어지고, 은호와 우주는 나란히 길을 걷게 되었다. 우주는 아까 불만스러웠던 것도 잊고 열심히 종알쫑알 말을 걸었다.

"도재현 진짜 웃기지 않아? 내 인생에서 제일 이상한 놈 같아. 어릴 때부터 친했는데 걘 그때부터 좀 이상했어. 그래도 예전엔 귀엽기라도 했지."

"……."

"내가 반장 된 것도 다 쟤 때문이야. 쟤가 나를 합법적으로 부려 먹으려고 반장으로 뽑았대."

사람들은 대화를 할 때 상대방이 말을 하지 않으면 어려워하지만, 우주는 천성이 말이 많은 성격이었다. 은호에게 말을 하는 게 그다지 어렵지 않았다.

"어, 난 이 길로 가야 돼."

열심히 말을 잇던 우주는 걸음을 멈추었다. 은호도 멈춰 서서 우주를 바라보았다. 여전히 무감정한 눈이다. 거울처럼 반질반질한 눈동자로 우주를 응시하던 은호는 아무런 대꾸 없이 다시 걸음을 옮겼다.

인사라도 좀 해 주지. 우주는 불만스러운 얼굴로 은호를 바라보다 돌아서서 걸음을 옮겼다. 내일은 인사해 주겠지, 뭐.

묵묵히 걷기만 하던 은호는 멈춰 섰다. 그리고 뒤를 돌아 우주의 뒷모습을 바라보았다. 팔랑팔랑 걷는 발걸음이 가벼워 보인다. 걸음을 옮길 때마다 색이 밝은 우주의 머리카락이 살랑살랑 흔들렸다. 어떻게 저 애는 뒷모습마저 밝아 보이는 걸까.

은호는 우주의 뒷모습을 바라보다 돌아섰다. 하늘에서는 벌써 노을이 지고 있었다. 희뿌연 하늘색과 황색이 뒤섞이기 시작한 하늘은 오묘한 빛을 띠었다. 마지막 빛을 다하며 여무는 노을이 오늘따라 유독 쓸쓸했다.

그는 다시 뒤를 돌아보았다. 그러나 우주는 이미 사라지고 없었다.

"이번 달부터 진로 상담해야 하니까, 장래 희망이랑 지망 대학 써서 제출해라."

오늘도 피곤한 얼굴의 담임 선생님이 반 아이들에게 유인물을 나누어 주었다. 유인물을 받아 든 우주는 잠시 생각에 잠겼다. 고2인데 벌써 지망 대학을 생각해야 하는 걸까.

"야, 도재현. 넌 나중에 뭐 되고 싶어?"

우주는 옆자리에 앉아 있는 재현에게 물었다. 재현은 핸드폰으로 열심히 붕어빵 굽는 게임을 하는 중이었다.

"붕어빵 게임."

뭐 하냐고 물어본 거 아닌데……. 우주는 미간을 찌푸렸다.

"대단한 붕어빵 되시겠네."

"조용히 해. 한 판도 안 태우고 있다고 지금."

물어본 내 잘못이지. 우주는 절레절레 고개를 저었다.

한참 동안 열심히 게임을 하던 재현이 갑자기 욕을 하며 핸드폰을 내려놓더니 의자 위로 축 늘어졌다. 염색이 빠진 짙은 갈색 머리가 뒤에 있는 책상 위로 흐트러졌다. 뒷자리인 소연이 재현의 머리를 밀어 냈다.

"나 이제 붕어빵 안 먹어."

"잘도 안 먹겠다."

"진짜야. 앞으로 풀빵만 먹을 거야."

"그러든지 말든지……."

우주는 심드렁하게 대답했다. 재현은 다른 게임을 하기 시작했다.

"근데 너 아까 뭐라고 했냐?"

"뭐 되고 싶냐고. 담임 선생님이 오늘까지 장래 희망이랑 지망 대학 적어서 제출하래."

"아. 난 뭐 하고 있냐고 물어본 줄 알았네."

"그냥 붕어빵이나 돼라."

"붕어빵으로 사는 기분은 어떨까."

"뜨끈뜨끈하겠지."

"난 아이스 붕어빵 할 건데?"

원래 고등학생은 반쯤 미쳐 있는 게 정상이다. 하루에도 열두 번씩 기분이 오락가락하고, 대화의 절반이 헛소리를 차지한다 해도 이상한 일이 아니다.

우주는 재현의 종이를 가져다 장래 희망 칸에 '아이스 붕어빵'이라고 글씨를 적었다. 선생님한테 혼났으면 좋겠다고 생각하며 키득키득 웃었다.

"그러는 너는 뭐 되고 싶은데?"

핸드폰 게임을 하며 재현이 물었다.

"글쎄. 돈 많은 백수?"

"그건 모두의 꿈 아니냐. 그거 말고 넌 화가 해야지."

"내가 몇 번이나 말했냐. 우리 엄마 등골 휜다고."

"화가 하다가 더 좋은 기회가 와서 많이 벌 수도 있는 거잖아."

넌 부자로 태어나서 좋겠다, 인마. 우주는 떠오르는 말을 굳이 입 밖에 내지 않았다.

"더 많이 벌 자신이 없으니까 그렇지."

"그래도 넌 그림 그릴 때 제일 행복해하는 거 같은데. 잘 그리기도 하고."

우주는 놀란 눈으로 재현을 바라보았다. 조금 감동받을 뻔했다. 그런데 자리에서 일어선 재현이 갑자기 핸드폰을 쓰레기통에 던져 골인 시켰다.

"안 해!!!"

그리고 포효하듯 소리를 지른다. 감동이 파사삭 사그라졌다. 화가 난 듯 씩씩거리던 재현은 다시 쓰레기통 앞으로 가더니 주섬주섬 핸드폰을 주웠다. 그리고 핸드폰에 묻은 먼지를 조심스레 툭툭 털어 냈다.

"너는 붕어빵 말고는 뭐 할 건데?"

우주가 물었다.

"몰라. 이왕이면 우리나라에서 제일 높은 사람 됐으면 좋겠다."

"대통령?"

"대통령 좋네."

"너무 무리한 꿈 아니야?"

"꿈은 크게 가지라고 있는 거지."

그런가. 꿈을 크게 가진다는 상상만으로도 부담스러운 상황이면 어떻게 해야 하는 걸까. 우주는 조금 울적해졌다.

점심시간이 끝나자마자 우주는 유인물을 걷었다. 출석 번호대로 정리를 하는데, 역시나 한 장이 없었다. 반장의 삶을 애통해 할 틈도 없이 우주는 은호를 찾으러 나섰다.

다행히도 쉽게 은호를 찾았다. 은호는 그림자가 드리운 운동장 조회대 위에 앉아 종이를 들여다보고 있었다.

"야. 이은호."

우주가 조회대로 올라서자 은호는 고개를 들었다. 이제 보니 은호가 들고 있는 종이는 오늘 아침 선생님이 나눠 주신 유인물이었다.

"그거 얼른 적어서 내. 오늘까지 선생님 갖다 드려야 돼."

은호는 늘 그랬듯 무심한 눈으로 우주를 바라보더니 종이를 제 옆에 내려놓았다. 안 하겠다는 뜻이었다. 이 망할 놈. 우주는 크게 한숨을 내쉬고는 은호의 유인물을 집어 들었다. 그리고 주머니에 있던 펜을 꺼냈다.

"그래. 내가 적을게. 이름 이은호. 출석 번호 29번. 장래 희망 세상에서 가장 따듯한 붕어빵이 될 것이다. 희망 대학 하버드대 붕어빵빵학과."

우주가 말을 늘어놓자 은호가 종이를 획 채 갔다. 우주의 손에서 펜까지 가져가더니, 이은호라는 이름을 지우고 임우주라는 이름을 적었다.

"야, 내 이름을 왜 적어!"

우주는 은호에게서 종이와 펜을 뺏으려 버둥거렸다.

"야, 저기 반장이 전학생 덮친다!!"

운동장에서 축구를 하고 있던 같은 반 애들이 소리쳤다.

"시끄러워!"

우주는 사납게 소리치고는 은호의 손에서 펜을 뺏었다. 그리고 은호와 등을 지고 다급히 이름을 바꿔 적었다. 이은호. 세상에서 가장 뜨끈뜨끈한 팥고물이 될 것이다. 추가로 이상한 말들도 잔뜩 적었다.

은호는 포기했는지 우주를 그냥 내버려 두었다. 우주는 은호의 마지막 꿈이 하늘을 나는 붕어빵이라는 말을 적고 은호의 옆에 앉았다.

"야. 너는 나중에 뭐 될 거야?"

은호는 정면을 바라볼 뿐 아무런 말도 하지 않았다. 대답을 기대하고 한 질문은 아니었기에 우주는 혼자 말을 늘어놓았다.

"난 꼭 돈 많이 벌 거야. 대기업 들어가려면 공부 엄청 잘해야겠지? 나 아직 영어 4등급인데 큰일 났다. 수학은 그래도 잘하는데."

이야기를 하다 시선이 느껴져 고개를 돌렸다. 은호가 자신을 바라보고 있었다.

"왜?"

은호는 우주의 손에서 펜을 가져가더니, 종이 위에 글자를 적었다.

「그림 그린다며.」

"요즘 같은 세상에 그림만 그리면서 어떻게 먹고사냐?"

우주는 툴툴거리고는 잠시 생각에 잠겼다. 우주에게는 가족이 엄마 한 사람뿐이었다. 중학교 2학년이 되었을 때 아빠가 돌아가셨고, 다른 형제도 없었기 때문이다.

홀몸으로 우주를 키우며 엄마는 고된 일도 마다하지 않고 일을 하셨다. 유복하지는 못해도 부족함 없는 가정에서 우주가 자랄 수 있도록 부단히 노력하셨던 것 같다. 그 모습을 지켜보며 우주는 자연스레 다짐했다. 적어도 받은 만큼의 보답은 할 수 있는 어른이 되자고.

"나한테 그림 그리는 건, 그거 같아. 버튼이 두 개가 있는데, 하나를 누르면 성공하는 버튼이고, 하나는 무조건 쫄딱 망하는 버튼이야. 둘 중 하나를 나보고 선택하라는 거 같아."

"……."

"거의 도박 같아. 난 안정적이게 살고 싶은데."

주변에서도 계속 우주가 그림 그리기를 원했다. 어느 날에는 유명한 대학 교수님이 유학을 제안하기도 했지만, 우주의 생각에는 변함이 없었다. 그림 그리는 것을 직업으로 선택하고 싶지 않았다. 입시 비용이나 대학 입학 등록금 같은 문제가 아니더라도 우주에게는 무서운 것들이 많았다.

실패를 했을 때의 미래를 생각하지 않을 수가 없었다. 엄마는 고된 일을 많이 한 탓에 점점 몸이 상해 가는 중이었고, 우주는 엄마가 빠른 시일 내에 일을 그만두기를 바랐다. 그러기 위해서는 우주가 빨리 안정적인 직업을 찾아야 했다. 그런 우주에게 그림을 그리는 일과 안정적인 직업과의 격차는 크게만 느껴졌다.

"디자인과도 괜찮다던데, 난 딱 그림 그리는 것만 좋더라. 컴퓨터 같은 건 머리 아파. 잘할 자신도 없고."

"……."

"그리고 지금은 나더러 다들 잘 그린다고 하는데, 대학 가면 나 같은 사람들 엄청 많을 거야."

은호는 생각에 잠긴 우주를 물끄러미 바라보았다. 색이 연한 호박색 홍채가 축구하는 아이들을 좇고 있었다. 우주는 축구하는 아이들을 보느라 은호의 시선을 눈치채지 못했다.

한국인들 중에서도 유독 머리카락이나 눈동자 색이 옅은 사람들이 있는데, 우주가 그런 쪽에 속했다. 모발이 밝고 옅은 편이며,

눈동자 역시 투명한 호박색이었다. 볼 때마다 바깥에서 뛰어다니는 것 같은데도 피부 역시 희었다.

"와, 쟤네 축구 진짜 못한다."

우주는 아무렇지 않게 미소 지었다. 그러나 그 웃음 뒤의 감정이 편치는 않아 보인다고 은호는 생각했다. 마냥 천진하고 밝은 줄만 알았는데 나름대로의 깊은 고민을 가지고 있는 모양이다.

은호는 우주의 시선을 따라 축구하는 아이들을 바라보았다. 다들 겉으로 드러내진 않지만 어쩌면 비슷한 고민을 하고 있는지도 모른다. 다들 비슷한 상황에 있으니 그럴 수밖에 없으리라.

우리는 어른들이 정해 준 길을 따라 줄지어 걸어가야 하는 상황 속에 있다. 길 끝에 있는 것이 막다른 길인지, 아니면 끝없이 이어지기만 한 길인지는 아무도 알 수 없는데도 막연하게 늘어진 하나의 길을 따라 걸어야만 한다.

스스로 걷는 길인데도 자신만의 선택은 대개 외면당하며, 이 길만이 옳은 길이라 강요당한다. 그러다 보면 어느새 그 강요가 남의 생각인지, 아니면 자신의 생각인지 알 수 없을 지경에 다다르기도 한다.

우주는 하고 싶은 일을 명확히 알고 있는데도 다른 길을 택했다. 그것이 사회가 강요한 길이 아니라고는 그 누구도 말하지 못할 터였다.

누군가 정해 준 길을 따라 걷는 것을 앞으로 나아간다고 말할 수 있는 걸까. 은호는 우주에게 들리지 않을 만큼 엷게 한숨을 내쉬었다. 어른과 아이의 경계 사이에 있는, 이 불완전하고 어리숙한 시기는 언제가 되어서야 끝나게 될까.

물줄기가 경쾌한 소리를 내며 손등 위로 떨어졌다. 우주는 오늘도 평소처럼 미술실에서 그림을 그리고 운동장 개수대에서 손을 씻는 중이었다. 손에 물감을 묻힌 채로 엄마를 마주하고 싶지 않기 때문에 하교하기 전에는 항상 손을 씻는다.

시원한 물줄기가 손에 얇게 말라붙은 물감을 녹여 냈다. 뽀득뽀득 소리가 날 정도로 손을 문질러 씻으며 굳은살에 밴 물감까지 말끔히 씻었다. 탈탈 손을 털고, 가지고 다니는 수건으로 손을 닦은 뒤 우주는 체육복 주머니에서 핸드폰을 꺼냈다. 그리고 이은호의 번호를 찾아냈다. 그 이름을 보며 우주는 고민에 잠겼다.

아까 수업 중에 갑자기 담임 선생님이 들어오시더니 은호를 데리고 나갔었다. 그러고 나서 은호는 다시 돌아오지 않았다. 혹시 집에 무슨 일이라도 생긴 건지 걱정이 되어서 우주는 반장 특권으로 담임 선생님에게 은호의 번호를 받아 냈다.

하지만 막상 연락을 하려니 고민이 되었다. 은호가 지나친 관심을 싫어하는 듯 보였으니까. 우주는 짧게 한숨을 내쉬고 다시 핸드폰을 주머니에 넣었다. 내일 학교에 오면 그때 물어보는 게 나을 것 같다.

다시 가방을 메고 운동장을 지났다. 머리 위로 쏟아지는 햇볕이 무척 따갑게 느껴졌다. 햇빛이 추위와 구름을 모두 몰아내고 여름을 불러오려는 모양이다. 한 해를 넘길 때마다 갈수록 여름이 빨리 찾아오는 듯하다. 이러다 봄이 없어지면 어떡하지.

시답지 않은 생각을 하며 운동장을 지나는데, 등나무 벤치에 누군가 앉아 있는 모습이 보였다.

은호였다. 우주는 자연스레 걸음을 멈추었다.

날이 너무 맑으면 눈앞의 풍경이 비현실적으로 느껴지곤 한다. 은호의 주변에는 나뭇잎 사이로 들어선 햇볕이 무늬가 되어 군락을 이루고 있었는데, 그건 꼭 아지랑이가 만들어 낸 환상처럼 보였다.

현실적이지 않을 정도로 예쁜 풍경인데 그 사이에 있는 은호의 얼굴은 꼭 그림자에 갇혀 있는 사람처럼 보였다. 시선을 내리고 있는 눈은 햇빛이 아닌 아주 먼 곳을 응시하고 있는 것 같았다.

우주는 은호에게 다가섰다. 은호는 제 위로 그림자가 드리우자 고개를 들었다. 늘 보던 까만 눈동자는 평소처럼 무심한데도 어쩐지 이상한 느낌이 들었다. 착각일까.

"……무슨 일 있었어?"

우주의 물음에 은호는 말없이 고개를 저었다. 그리고 일어서서 자리를 벗어나려는 듯 몸을 일으켰다. 우주는 다급히 은호를 붙잡았다. 은호가 팔을 놓아 달라는 뜻으로 살짝 팔을 틀었으나, 우주는 놓지 않았다. 지난번 일 때문인지 은호도 우주의 팔을 쳐 내지 못했다.

우주는 은호의 눈을 빤히 바라보았다. 눈가가 평소보다 조금 더 붉은 듯했다. 미세한 차이지만 알 수 있었다. 남들보다는 색에 민감한 편이었으니까.

문득 지난번에 옥상에 서 있던 은호의 뒷모습이 떠올랐다. 그때 불길한 느낌을 받았던 이유는 뭘까. 우주는 기억을 헤집어 은호의 모습을 다시 상기시켰다.

"이은호."

경직되어 있었다. 그저 땅을 바라보는 사람이라고 하기에는 너무도.

우주는 한 걸음 다가서서 은호의 손목을 그러쥐었다. 혼자 있고 싶어 하는 사람에게 자꾸만 다가가는 것이 옳은 판단은 아닐지도 모른다. 하지만 우주는 불안정해 보이는 은호를 그냥 두고 갈 수가 없었다. 무엇이든 해야 할 것 같았다.

"정말 아무 일도 없었어?"

우주는 조금 간절해진 어조로 물었다. 은호는 약하게 입술을 깨물었다. 까만 눈동자에서 혼재하는 무언가를 찾아낼 새도 없이, 은호는 제 눈을 손으로 가려 버렸다.

"짜증 나."

처음 듣는 목소리였다.

"너 진짜 짜증 나."

은호는 두려운 무언가를 마주한 사람처럼 떨었다. 지치고 힘들어 보이는 모습이었다. 우주는 손을 들어 은호의 머리를 쓰다듬어 주었다. 그러자 그는 우주의 어깨 위로 힘없이 고개를 숙였다. 불안정한 호흡이 어깨 위로 맞닿았다.

은호가 울고 있는 건 아니었지만, 내려앉는 호흡이 꼭 울음처럼 느껴졌다. 우주는 그저 은호의 머리카락을 어루만져 주었다. 환한 햇빛 아래에 있는데도 은호는 너무 어둡고 괴로워 보여 마음이 아팠다.

잠에서 깨어난 은호는 한동안 자리에서 일어나지 못했다. 그리운 꿈을 꾼 탓이다. 열여덟의 봄과 여름 사이에 겪었던 아릿한 기억이 꿈이 되어 나타났다. 다시는 이루어질 수 없는 신기루 같은 꿈이었다.

그는 꿈의 여운을 몰아내고 간신히 침대에서 몸을 일으켰다. 그러자 커다란 전신거울이 은호의 모습을 비추었다. 스물아홉의 이은호였다.

스물아홉 끝자락에 있는 이은호는 어엿한 어른이다. 이제는 말도 제대로 할 줄 알며, 경멸스러운 집안에 휘둘리지 않을 능력도 갖추었다. 돈도 많이 벌고, 객관적으로 보아도 제법 성공한 인생을 살고 있다.

모자랄 것 없는 인생인데도 그는 늘 불만족스러웠다. 가끔은 거울 속에 비치는 사람이 어른 이은호가 아니라 열여덟의 서툰 이은호이기를 바란다. 왜냐하면 지금의 인생에는 우주가 없으니까.

그는 자리에서 일어나 느린 걸음으로 방을 나섰다. 그리고 거실 한쪽 벽면을 차지하고 있는 바다 그림 앞에서 걸음을 멈추었다. 파도 위에서 수백 마리의 새가 비상하는 기이한 그림은 그가 9년 동안이나 찾아 헤매었던 사람의 작품이다.

불과 얼마 전에 그 사람과 재회했으나 남은 것은 허무함뿐이었다. 우주는 그를 보며 만나지 말았어야 할 사람을 마주한 것 같은 표정을 짓고 있었다. 감동적인 상봉을 기대하지는 않았으나 그런 표정을 지을 줄은 몰랐다. 내내 괴로운 얼굴이던 우주는 결국 도망치듯 은호의 앞에서 사라지고 말았다.

은호에게는 그날의 일이 마치 꿈처럼 느껴졌다. 우주의 모습이 너무도 변함이 없었기 때문인지도 모른다. 색이 옅은 눈동자도 그대로고, 선이 부드러운 이목구비도 그대로였다. 머리를 기르지도 않았고, 키도 자라지 않은 듯 보였다.

기억 속 모습과 전혀 변함이 없는 우주를 보며 그는 눈앞의 우주가 허상인지도 모른다는 생각을 했다. 너무도 그리워서 열여덟의 우주를 불러낸 것이라고. 그래서 신기루처럼 사라져 버린 것이라고.

은호는 소파 위에 힘없이 몸을 뉘었다. 출근할 시각이었지만 아무것도 하고 싶지 않았다. 괜찮은 어른이 되기 위해 애썼던 건 오직 한 사람을 위해서였는데. 그 사람은 더 이상 자신을 마주하고 싶지 않아 한다.

임우주.

임, 우주.

괜히 입 밖으로 이름을 꺼내어 본다. 이제 말도 잘하는데. 말하고 싶으면 마음껏 말할 수 있고, 큰 소리로 말을 할 수도 있는데. 정작 들어 줄 사람이 없다. 차라리 목구멍을 도려내 버릴까. 그러면 마음 여린 그 애는 다시 나를 동정하며 다가와 줄지도 모르잖아.

은호는 헛웃음을 지었다. 공허한 아침이 지나가고 있었다.

"TV 광고요?"

우주가 미현을 향해 의아한 얼굴로 물었다. 미현은 우주의 질문 보다 화실의 어질러진 환경이 더 신경 쓰이는지 설핏 미간을 좁혔 다. 까만 구두를 신은 그녀가 물감과 캔버스 천, 테레빈유 등을 건 너뛰고 우주에게 다가왔다.

"우주 씨. 제발 사람답게 좀 살자. 밥은 먹고 그림 그리는 거야?"

"아까 샌드위치 먹었어요."

우주의 대답이 만족스럽지 않은지 미현은 절레절레 고개를 저었다.

"그나저나 TV 광고는 무슨 말이에요?"

우주가 다시금 질문했다. 미현은 의자를 가져와 우주의 앞에 앉 으며 말했다.

"우주 씨 그림을 TV 광고에 쓰고 싶대. 붓 터치 하나하나 살아나 는 선명한 디스플레이라나 뭐라나. 광고 시기에 맞춰서 우주 씨 그림 으로 갤러리 개최도 해 주고, 같이 홍보도 할 거라던데? 다른 화가들 도 참여하긴 한다는데, 사실 그쪽 입장에선 우주 씨가 메인이지."

미현은 지갑에서 명함을 꺼내 우주에게 건네주었다. 우주는 이 젤에 붓을 내려놓고 손끝으로 하얀 명함을 받았다. 유화물감이 얼 룩덜룩 묻은 자신의 손과는 달리 너무도 깨끗하고 사무적인 물건 처럼 보였다.

명함에는 HK디스플레이라는 코발트색 로고가 새겨져 있었고, 로고 밑에는 '이은호 상무'라는 깔끔한 텍스트가 적혀 있었다.

"어제 이 사람 만났는데, 엄청 잘생겼더라. 순간 비혼 다짐이 살짝 무너질 뻔했다니까. 눈 호강 좀 했지."

미현의 감탄에 우주는 피식 웃었다. 어른이 된 은호의 모습은 남들이 보기에도 무척 근사한가 보다. 마주쳤을 때는 너무 놀라서 제대로 모습을 살피진 못했지만, 그래도 근사하고 멋있었던 것만은 기억이 난다.

"게다가 젊어. 그 나이에 상무라니. 회장 아들이라니 낙하산이긴 하겠지만."

우주는 느릿하게 고개를 끄덕였다.

"혹시 〈영속〉 사 간 사람이 이 사람이에요?"

"어떻게 알았어? 웬일로 서류 읽어 봤나 보네."

우주는 그림 그리는 것 외에는 다른 일에 관심을 가지지 않는 편이기 때문에 복잡한 일은 대개 미현이 처리해 주곤 했다. 하지만 이번에는 신경을 쓸 걸 그랬다. 그랬다면 은호와의 만남도 피할 수 있었을 테니까.

"그 사람이 원래 그림에 관심이 엄청 많대. 이 나라, 저 나라 그림 보러 다니는 게 취미였다는데 영국에 왔다가 우주 씨 그림을 본 거지. 엄청 마음에 들었나 봐. 〈영속〉 앞에서 한 30분을 가만히 서 있었다던데? 잘생긴 사람이 보는 눈도 좋아, 참."

미현은 만족스러운 듯 미소 지었지만, 우주는 웃을 수 없었다. 그 그림을 보며 은호가 어떤 표정을 지었는지 알고 있었으니까.

"난 좋은 기회라고 생각하는데, 우주 씨는 어떻게 생각해?"

미현의 눈이 반짝반짝 빛났다. 기대를 하는 눈빛이었다. 우주는 기대에 부응할 수 없어 대답을 망설였다. 색이 옅은 눈동자가 생각에 잠긴 채 바닥을 응시했다.

미현은 우주를 빤히 바라보았다. 대화를 할 때 우주가 시선을 내리는 일은 드물었다. 촘촘한 속눈썹이 낮게 드리운 모습을 보며 미현은 걱정스러운 표정을 지었다. 그녀는 허리를 숙여 앉아 있는 우주와 눈높이를 맞추었다. 우주가 놀라서 고개를 들었다.

"우주 씨, 어디 아파?"

"아뇨, 아니에요."

"그럼, 이번 일 안 내켜?"

미현이 걱정스레 물었다.

"아뇨. 좋은 기회라고 생각해요."

"그런데?"

우주는 머릿속에 떠오르는 생각들을 숨기고 다른 핑계를 댔다.

"……제가 그럴 정도의 실력인지 잘 모르겠어요."

"또 바보 같은 소리 한다. 우주 씨, 겸손한 것도 좋은데 가끔은 좀 현실로 돌아오라고. 당신 요즘 여기서도 이슈고 저기서도 이슈야, 응?"

"그래도……."

"이거 봐. 기사에 뭐라고 나와 있는 줄 알아? 얼굴 없는 희대의 천재 화가 Jay! 건조했던 예술계에 등장한 천재 신인!"

미현이 핸드폰 화면의 기사를 들이밀고는 과장하며 말했다. 우주는 소속 갤러리 이름을 따서 대충 지었던 가명이 그런 식으로 기사에 뜬 게 민망하여 얼굴을 붉혔다.

"그의 독특한 화풍 하나만으로 그의 존재는 증명된다. 와, 기사 잘 썼네."

믿기지 않게도 얼마 전부터 우주의 그림은 화제가 되고 있었다. 몇 년 전까지만 해도 우주는 영국에서 약간 이름이 알려진, 먹고사는 데 큰 지장은 없을 만큼 소소한 작가 생활을 하는 화가였다.

그런데 몇 달 전에 어떤 비평가가 우주의 그림을 극찬하면서 조금씩 알려지기 시작했다. 우주는 잘 몰랐지만, 그 비평가는 말 한마디로 그림의 가치를 몇만 달러 정도 높일 수 있을 만큼 유명한 사람이라 했다.

"저기, 미현 씨."

"아니! 생각해 보면 이 정도는 별것도 아니야. 오히려 우주 씨가 나서 주면 그 대기업에서 아이고 고맙습니다, 하고 받아 줘야 할걸?"

제 실력을 모르는 우주가 답답하여 미현은 흥분하며 말했다.

"한국에서는 당신 그림 그다지 안 알려지긴 했지만, 여기서는 그림 좀 아는 사람이면 우주 씨 모르는 사람이 없다고. 조건 더 까다롭게 해도 이상할 게 없다 이거야."

"그……"

우주가 더 말을 꺼내려 했으나, 미현은 말을 멈추지 않았다.

"오히려 그쪽에서 도움을 받는 거지. 우주 씨는 조금 더 이름을 알리는 정도고 말이야."

쌍꺼풀이 진 커다란 눈이 반짝이며 우주를 바라보았다. 우주는 곤란해졌다. 미현은 이번 일을 정말 성사시키고 싶은 듯 보였다.

우주로서는 미현의 제안을 거절하기가 어려웠다. 우주가 영국에 와서 그림을 그릴 때 가장 도움을 많이 받았던 사람이 미현이었으니까. 세상물정 모르고 영국 한가운데 던져졌던 우주에게 하나부터 열까지 가르쳐 주며 이곳에 자리 잡게 해 준 사람이다.

미현은 우주가 속한 갤러리의 큐레이터이고, 공적인 관계로 엮여 있으나 이미 그것을 넘어서 꽤 각별한 사이가 되었다. 미현이 제안하는 일은 다 우주를 위한 일이었고, 우주도 그녀의 말을 따르는 것을 좋아했다.

그러나 이번 일은 무턱대고 받아들일 수가 없었다. 은호가 어떤 생각으로 이 일을 제안했는지 알 수 없기 때문이다.

"이번 일 하게 되면 혹시 한국 가야 되나요?"

"응. 한국에서 그림 그리는 조건이 있었어."

"……안 한다고 하면 어떠실 거 같아요?"

우주가 조심스레 물었다. 미현은 말없이 상체를 일으키고는, 풍성하게 펌이 된 머리를 뒤로 넘겼다.

"뭐, 안 한다는 건 우주 씨 선택이긴 한데……."

"……."

"아까워서 땅 좀 칠 것 같긴 해. 눈물도 찔끔 나올 것 같고."

우주는 당황스러운 얼굴로 미현을 바라보았다. 미현은 우주의 눈치를 살피고는 더 기운 없는 얼굴로 말했다.

"주기적으로 자꾸 생각나서 울지도 몰라."

힘없는 미현의 말에도 우주는 그녀가 원하는 대답을 내어놓지 않았다. 미현은 장난을 거두고 진지하게 얼굴을 굳혔다.

"난 우주 씨가 손해 볼 제안은 절대 안 해. 우주 씨도 알잖아, 좋은 기회야. 무르면 평생을 후회할 정도로."

그럼에도 우주는 쉬이 대답을 하지 못했다. 머뭇거리는 우주를 보며 미현은 걱정스러운 어조로 물었다.

"우주 씨. 혹시 아직 한국 가기 무서워?"

"……아뇨, 이제는 괜찮아요. 그냥 여기가 너무 익숙해져서 그래요."

미현은 짧게 한숨을 내쉬었다. 그녀는 우주의 어깨에 손을 얹고는 다정히 말했다.

"아직 꺼려질 거 알아. 그래도 나는 가 보는 게 좋을 거 같아."

"……."

"우주 씨가 여기 있는 걸 원해서 말은 안 했지만, 여기 갇혀서 그림만 그리는 거 우주 씨한테 좋은 영향을 끼칠 거 같지는 않아."

미현의 얼굴에는 우주를 향한 애정과 염려가 담겨 있었다.

"난 우주 씨가 다양한 경험을 했으면 좋겠어. 그러려면 당연히 한국부터 가 봐야 할 것 같아. 거기가 시작이니까."

어쩌면 미현의 목적은 광고가 아니라, 우주가 한국으로 돌아가 묵혀 두었던 두려움과 직면하기를 바라는 것인지도 모른다.

"천천히 생각해 봐. 강요는 안 할게."

우주는 힘없이 고개를 끄덕였다. 미현은 부드러운 미소를 지으며 우주의 어깨를 다독여 주었다.

우주는 묵직한 종이봉투를 끌어안은 채 혼잡한 채링 크로스역을 빠져나왔다. 평소 자주 가던 화방에서 돌아오는 길이었다. 화실에 있자니 심란하여 생각을 정리할 겸 외출을 한 것이었는데, 화방에서 너무 오래 시간을 보내고 말았다. 새로 들어온 재료도 살펴보고, 이것저것 구경을 하다 보니 어느새 해가 저물어 있었다.

우주는 걱정스러운 얼굴로 구름이 낮게 드리운 하늘을 바라보았다. 비를 머금은 먹구름이 금방이라도 비를 쏟아 낼 듯했다. 비가 오기 전에는 화실로 돌아가야 했다. 어두운 날에 우주가 홀로 밖에 다녀온 것을 알면 미현이 걱정할 테니까.

서둘러 버스에 올랐다. 우주는 종이봉투를 한 아름 끌어안은 채 버스 창가에 앉아 바깥을 바라보았다. 도심에 어스름한 어둠이 내려앉자 곳곳에서 형형색색 불빛이 켜지기 시작했다. 색이 옅은 눈동자 위로 가로등 불빛과 네온사인이 명멸했다.

이국의 야경은 마음을 일렁이게 만든다. 아름답지만 늘 어지럽고 낯설다. 런던에서 생활한 지 몇 년이나 지났는데도 아직까지 이곳에 익숙해지지 못했다. 편한 곳이라는 생각을 단 한 번도 해 본 적이 없다.

이유는 하나였다. 자신은 도망자이고, 이곳은 도피처이기 때문이다.

'나는 매 순간이 지옥이었어.'

강가에 번지는 불빛처럼 은호의 모습이 머릿속에서 어른거린다. 우주는 고통스럽게 눈을 감았다. 그러나 정적 속에서 그의 모습은 더욱 선명하게 상기될 뿐이다.

건물 계단을 오르는 우주의 발걸음이 다급했다. 멍하니 생각에 잠겨 있느라 버스에서 늦게 내리고 말았다. 미현이 벌써 화실에 와 있을까 걱정이 되었다. 우주는 큰 걸음으로 계단을 올랐다. 계단의 마지막 칸을 밟고, 복도에 이르자 다급했던 걸음이 멈추었다. 화실의 문 앞, 복도 창문가에 누군가 서 있었다.

남자는 런던의 불빛인지 달빛인지 모를 빛을 받으며 창밖을 응시하고 있었다. 수려한 얼굴에 빛이 어른거렸으나 눈빛은 어둠에 잠겨 있다. 그의 눈에 담기는 것은 런던의 야경이 아니라 제 속의

56

어지러운 무엇인지도 모른다.

가슴이 쿵쿵 뛰어 댔다. 요란하게 존재감을 드러내는 심장을 가라앉히기 위해 우주는 길게 호흡을 내뱉었다.

"이은호."

짧게 이름을 불렀다. 차분히 창밖을 응시하던 은호가 고개를 돌려 우주를 바라보았다. 우주가 근처에 있는 것을 알고 있었는지, 그의 얼굴에는 놀란 기색이 없었다.

"도망 안 갔네."

은호는 설핏 미소 지으며 말했다. 우주는 무슨 말을 해야 할지 알 수 없어 어지러운 시선으로 그를 바라보기만 했다.

어른이 된 은호는 낯설었다. 예전보다 더 키가 크고 어깨도 더 넓어진 듯했다. 교복보다는 지금 입고 있는 정장과 코트가 훨씬 어울릴 만한 모습이었다. 조금은 어리숙하고 불안정해 보이던 소년의 모습은 더 이상 찾아볼 수 없었다.

그때는 불안정하여 날카로워 보였다면, 지금은 견고하여 더 차갑게 보였다.

그는 말없이 서 있는 우주를 향해 한 걸음 다가왔다. 차가운 밤공기를 타고 옅은 향수 냄새가 밀려들었다. 평정을 유지하기에는 도움이 되지 않는 향이었다. 우주의 혼란스러움은 더욱 고조되었다. 두 사람은 한동안 말없이 서로를 응시했다.

"반갑지 않은 얼굴이네. 힘들게 보러 왔더니."

은호가 먼저 입을 열었다. 그는 평온을 가장하고 있었지만, 조금 전까지만 해도 속을 태웠다. 우주가 다시 어디론가 사라져 버리고, 영영 되찾지 못할까 봐 두려움에 떨었다. 내내 숨이 죄이는 것 같은 불안감과 싸워야 했다.

"그동안 어떻게 지냈어?"

은호가 물었으나 우주는 대답하지 않았다. 그는 짧게 한숨을 내쉬었다. 오래 인내했음에도 조급했다. 우주가 대답을 망설이고, 자신의 눈을 바라보지 않는 것에 애가 탔다.

"말해, 임우주."

"……."

"그때의 나처럼 벙어리가 된 것도 아니잖아."

색이 옅은 눈동자가 짧게 흔들렸다. 우주는 자신의 동요를 드러내지 않기 위해 더 냉정한 얼굴로 그를 응시했다.

"무슨 말이 듣고 싶은 건데."

"내가 납득할 만한 이유."

"……."

"멀쩡하게 살아 있었으면서 왜 여태껏 내 앞에 나타나지 않았는지, 왜 갑자기 사라졌었는지 이유를 말해. 그러면 지금이라도 이해할 테니까."

은호는 제 앞의 사람을 흔들림 없이 직시했다. 그럼에도 자꾸만 마음이 약해졌다. 우주가 사라진 뒤로 수없이 그녀를 원망했다. 잔인하게 절단당한 기억을 9년 동안 안고 살아야만 했다. 그렇게 잔인하게 떠나 버릴 생각이었으면 애초부터 자신에게 손을 내밀지 말았어야 했다고, 홀로 슬퍼하고 분노했다.

하지만 지금은 아무런 말도 할 수 없었다. 화를 낼 감정도, 울음을 터트릴 기운도 남아 있지 않았다. 그저 다가가고 싶은 마음에 점철되어 무력해졌다. 그리웠던 얼굴을 보며 그는 가슴에 쌓여 있던 원망을 모두 내려놓을 수밖에 없었다.

"우주야."

그는 한숨을 내쉬듯 힘겨운 목소리로 말했다. 우주의 눈이 짧게 진동했다. 은호의 입에서 그려지는 자신의 이름에 우주는 자신이 세워 두었던 감정들이 기울어지는 것을 느꼈다.

"네 원망 많이 했어. 기다리며 지옥 같았어. 근데, 다 미뤄 둘게."

그는 한 걸음 더 다가와서 조심히 우주의 손을 감싸 쥐었다.

"그때, 무슨 일 있었니?"

지금의 우주가 아닌, 예전의 우주에게 묻는 것 같은 말투였다. 은호의 눈에는 우주를 걱정하는 마음과 예전 같은 다정함이 담겨 있었다.

"지금은 괜찮은 거야? 내가 도울 수 있는 일이면······."

"아니야."

단호히 말을 끊어 냈다. 우주는 떨리는 목소리를 감추고 또박또박 말하기 위해 애썼다.

"납득할 만한 이유는 없어."

마주하는 짙은 눈동자가 유약하게 흔들렸다.

"그때는, 엄마 일 때문에 한국에 있을 수가 없었어. 정신이 없어서 연락할 여유도 없었고."

"······."

"그걸 다 제외하고도 내가 너한테 일일이 내 상황을 설명해야 할 이유도 없어."

우주는 숨을 멈추고 짧게 말했다.

"나는 네 반응이 오히려 새삼스럽다."

그녀는 조소했다.

"알잖아. 나는 그때 반장이었고, 선생님 부탁 받아서 너한테 잘해 줬던 것뿐이야."

"······."

"이번 일, 네 사적인 감정 때문이라면 네가 먼저 거둬 줘."

유약하게 흔들리던 눈동자가 더없이 싸늘하게 가라앉았다. 불안정하게 흔들리던 은호는 원래의 모습으로 금세 돌아왔다. 그는 허탈한 웃음을 내뱉었다. 싸늘한 공기에 그의 조소가 섞여 들었다.

우주는 그를 지나치려 했다. 그러나 곧바로 팔이 붙잡혔다. 우주가 들고 있던 종이봉투에서 화구들이 와르르 쏟아져 내렸다. 그는 순식간에 거리를 좁혔다. 차가운 손가락이 목덜미를 감싸 쥐는 감각에 우주는 흠칫 몸을 떨었다.

"임우주."

그가 나지막이 이름을 불렀다.

"그동안 내가 너를 찾으면서 무슨 생각까지 한 줄 알아?"

"……."

"너를 다시 찾으면, 어딘가에 너를 가둬 두자. 그래서 네가 다시는 도망가지 못하고 나만 보게 하자."

원망의 말을 하면서도 은호의 눈에는 괴로움이 담겨 있었다.

"그보다 무서운 생각도 많이 했어. 그 긴 시간이 사람을 그렇게 만들더라."

"……."

"네가 모진 말 좀 한다고 내 기분 안 상해. 9년 동안 네가 나를 밀어 내는 것보다 더 최악의 상황까지 상상했으니까. 네가 죽지 않고 내 앞에 있는 것만으로도 감사하고 있어."

"……."

"그러니까, 네가 나한테 더 심한 말을 해도 나는 너 놓을 생각 없어."

우주의 눈동자가 깨어질 듯 불안정하게 흔들렸다. 두려워하는 눈이었다. 은호는 그 눈을 바라보다 목덜미에 닿아 있던 제 손을 떼어 냈다.

"한국에 와서 그림 그려. 내 말대로 해야 할 거야."

"네 말 들을 이유 없어."

우주는 차갑게 말했다. 은호는 짧게 한숨을 내쉬고는, 아까보다 더 서늘해진 시선으로 우주를 바라보았다.

"얼굴 알려지는 거 유독 조심했던데."

"……."

"지금 나한테는 너에 대한 기사 내는 거 일도 아니야."

"그게 무슨—"

우주가 미간을 좁혔다. 화가로서 얼굴을 숨겨 왔던 건 오로지 은호 때문만은 아니었다.

"그게 아니더라도 한국에 너 붙잡아 둘 방법은 많아."

은호는 손을 들어 우주의 머리카락을 쓸어 넘겼다. 예전처럼 다정한 손길이 아니라는 것은 그의 차가운 눈빛이 말해 주고 있었다. 꼭 경고하는 듯한 시선이었다.

"그냥 하는 말 아니니까, 내 말대로 해."

"……."

"난 무슨 짓이든 할 거야."

은호는 돌아섰고, 천천히 우주의 시야에서 사라졌다. 은호가 완전히 사라지고 난 뒤에 우주는 시선을 내려 바닥을 바라보았다. 바닥에 널브러진 화구들이 우주의 마음을 더욱 어지럽게 만들었다.

우주는 조례 시간에 받은 종이를 들여다보았다. 며칠 후 놀이공원에서 사생 대회와 백일장을 같이 한다는 안내문이었다. 이제 2학년이니 이런 행사는 한꺼번에 처리하려는 모양이다.

"오, 서울 구경하겠네."

옆에 앉아 있던 재현이 말했다.

"거기 서울 아냐. 경기도에 있어."

"아, 그래? 난 또."

안내문에는 사생 대회와 백일장 중 하나를 선택하면 된다는 글이 적혀 있었다. 우주는 잠시 고민을 하다가 백일장 칸에 체크를 했다. 사생 대회는 나가지 않을 생각이었다. 그림 그리는 대회나 행사에는 더 이상 참여하지 않겠다고 마음먹었으니까.

"너 백일장 하게?"

갑자기 재현이 얼굴을 들이밀고 물었다.

"엉."

"왜?"

"그림은 평소에도 많이 그리는데 뭐."

"그래도 상 타면 좋잖아."

"다른 애들한테 기회를 주는 거지. 내가 나가면 대상 확정이잖아."

"으, 잘난 척."

우주는 그저 웃었다. 빤히 바라보는 재현의 시선이 느껴졌지만, 무시하고 고개를 돌려 은호를 바라보았다. 은호는 평소와 다름없이 무덤덤한 얼굴로 안내문을 읽고 있었다.

'너 진짜 짜증 나.'

은호는 그 후로 다시 입을 닫았다. 우주에게 매정한 태도도 그대로였다. 그래서 우주는 그때 있었던 일이 꼭 꿈처럼 느껴지곤 했다. 하지만 어깨 위로 내려앉던 불안정한 호흡의 느낌이 아직도 생생했다.

그날 집에 돌아가 인터넷에 검색을 해 보니, 선택적 함묵증이라는 병과 은호의 상황이 조금 비슷한 듯했다. 발성이나 발음 기관에 문제가 없는데도 특정한 장소나 사람 앞에서는 말을 하지 못하는 것이라고 한다.

은호는 입을 닫아야 할 만큼 복잡하고 심란한 사연을 가지고 있는 모양이었다. 그것이 궁금하기도 하고, 걱정도 되었으나 섣불리 물을 수는 없었다. 숨기고 싶은 일을 굳이 파헤쳐서는 좋을 것이 없다는 사실을 우주도 잘 알고 있었기 때문이다. 그리고 어쩌면 은

호가 입을 닫은 것에는 대답하지 않겠다는 의미가 포함되어 있는
지도 모른다.

우주는 자리에서 일어서 은호에게 다가갔다.

"야, 이은호. 너는 뭐 할 거야?"

일부러 더 밝은 목소리로 웃으며 물었다. 은호는 흠칫 놀라서
고개를 들었다. 평소답지 않게 놀란 얼굴이 앳되어 보였다.

"백일장? 나도 백일장 하는데. 같이 하면 되겠다. 도재현도 백
일장 할 거래."

종이를 보며 말을 하는데 시선이 느껴졌다. 고개를 드니 은호가
우주를 빤히 바라보고 있었다.

"왜?"

우주가 물었으나, 은호는 고개를 돌려 대답을 피했다.

"싱겁긴. 일단 이거 줘. 애들 거 다 걷어야겠다."

우주는 은호의 안내문을 먼저 챙겼다. 그리고 반 애들 것까지
걷기 위해 은호의 앞자리에서 자고 있던 정혁을 흔들어 깨웠다.

"야, 김정혁. 그만 자고 너도 이거 얼른 내."

정혁이 부스스 몸을 일으켰다. 그리고 비몽사몽한 눈으로 안내
문을 보았다.

"넌 뭐 하는데?"

"난 백일장."

"그림 안 그리나?"

"엉."

"왜? 너 그림 그리는 거 좋아하잖아."

"물감 챙기기 귀찮아. 놀이기구 타야 되는데."

"아, 그러네. 나도 백일장 해야겠다."

정혁이 백일장에 체크를 하고는 우주에게 종이를 넘겨주었다. 종이를 받고 있는데 또 시선이 느껴져서 고개를 돌렸다. 은호가 자신을 바라보고 있었다.

"뭐 할 말 있어?"

은호는 고개를 젓더니 책상 위에 엎드렸다. 왜 저러는 거야? 의문을 품은 채 우주는 안내문을 걷었다.

"도재현아. 미안한데 나 이은호랑 앉아야 될 것 같아……."

놀이공원에 가는 당일이었다. 고속버스에 오르기 전에 우주는 재현을 붙잡고 미안한 어조로 말했다. 재현은 과장스럽게 입을 가린 채 석상처럼 굳어 버렸다. 세상에서 가장 파렴치한 사람을 보는 것 같은 얼굴이었다.

"극악무도한 배신자."

도재현과 같이 있으면 극악무도한 악인이 되기도 참 쉽다.

"피크닉 사 줄게."

"고작 과일 향을 첨가한 설탕 덩어리의 500원짜리 액체로 배신을 무마하려 하다니."

"……."

"이렇게 가볍고 저렴한 우정인 줄 알았다면 임우주와는 친구를 하지 않았을 것이다."

"소설 쓰냐. 백일장에서 대상 타겠네."

재현은 아랑곳 않고 기계 같은 목소리로 말했다.

"친구에게 실망한 재현은 상처가 깊었다. 금방이라도 옥루를 보일 것만 같았다."

"옥루 좋아하시네. 야, 너 나 말고 친구 많잖아. 이은호는 혼자
인데."

"나도 너뿐인데."

우주는 토하는 시늉을 했다. 재현이 상처받은 연기를 하며 쪼그
려 앉았다. 땅굴을 파고 들어갈 기세였다.

"아, 미안해. 다음에 떡볶이 사 줄게. 짜장 떡볶이로."

"맹세해."

"뭘 맹세까지."

"……."

"아, 진짜. 신께 맹세합니다. 됐냐."

"나 신 안 믿어."

"뭐 어떡하라고, 그럼."

재현이 새끼손가락을 내밀었다. 우주가 피식 웃으며 손가락을
걸어 주자, 재현은 우주를 흘끗 노려보더니 제 친구들에게 달려가
버렸다. 우주는 고개를 절레절레 젓다 차에 올랐다.

은호는 역시나 혼자 앉아 가만히 창밖을 보고 있었다. 우주가
그 옆에 털썩 앉자 은호는 고개를 돌려 잠시 우주를 바라보았다.
그 시선은 오래가지 못하고 다시 창밖으로 옮겨졌다.

차가 출발하자 우주는 기분이 좋아졌다. 답답한 학교가 아니라
바깥에서 하루를 보낸다는 사실이 좋았다. 신이 난 우주와는 달리,
옆자리에 앉은 은호는 늘 그랬듯 덤덤하기만 했다. 기껏 도재현의
투덜거림을 다 듣고 옆자리에 앉아 줬더니 우주 쪽은 쳐다보지도
않고 내내 창밖만 응시했다.

뭐, 그럴 수도 있지. 우주는 기분이 좋아서 그냥 그러려니 했다.

버스는 30분 정도를 달렸다. 우주는 맞은편에 앉은 서연이와 누가 콘칩을 입에 많이 넣나 내기를 했다. 콘칩은 주먹만큼 쥐어서 한입에 털어 넣어야 제맛이니까.

반장이라서 그런지 애들은 우주한테 먹을 걸 잘 줬다. 거절하지 않고 주는 간식을 다 받아먹는데, 옆에서 시선이 느껴져 고개를 돌렸다. 은호가 어이없다는 얼굴로 우주를 바라보고 있었다.

"왜?"

은호는 미간을 좁히더니, 우주에게 손을 내밀었다. 아까는 과자 안 먹는다더니 과자 먹고 싶은가 보다. 과자를 꺼내 주려고 하는데, 은호는 고개를 젓더니 입 모양으로 '손'이라고 말했다.

"손?"

우주가 손을 내밀자 은호는 우주의 손바닥에 손가락으로 글씨를 썼다. 길고 섬세한 손가락이 손바닥을 건들자 간지러운 감각에 손가락이 움츠러들었다. 괜히 얼굴이 붉어질 것만 같아서 우주는 헛기침을 했다.

「그만 먹어.」

"왜?"

「체해.」

"아냐, 나 소화 기관 완전 왕성해."

우주는 웃으며 자신만만하게 말했다. 은호는 한숨을 내쉬고 우주를 바라보더니, 다시 손바닥에 글씨를 썼다. 글자가 조금 길어지자 다시금 우주의 손끝이 움츠러들었다.

「나랑 자리 바꿔.」

"왜 바꿔?"

차가 정차하자 은호가 자리에서 일어섰다. 우주가 불만스레 은호를 바라보았으나, 은호의 얼굴은 단호했다. 우주는 하는 수 없이 창가에 앉았다.

은호가 차가운 얼굴로 자리를 차지하고 있으니, 반 애들은 은호에게 말을 걸지 못했다. 그러다 보니 자동적으로 우주에게 오는 먹을 것들이 끊겼다. 우주는 아쉬운 마음을 달래며 창밖으로 지나가는 풍경을 열심히 바라보았다.

차를 타고 가는 내내 이상하게도 손바닥이 계속 간지러웠다. 우주는 괜히 손가락을 쥐었다 펴기를 반복했다.

우주는 얼굴이 창백하게 질린 채 벤치에 앉아 있었다. 은호의 말대로 정말 체해 버렸다. 위에 돌덩이가 앉은 듯 속이 갑갑하고 머리가 띵했다. 돌아다녀야 하는데 속이 안 좋아서 한 발자국도 움직이기 힘들었다.

다른 애들은 다 흩어지고 우주 혼자 남은 상황이었다. 재현은 아직 삐졌는지 차에서 내리자마자 제 친구들과 어딘가로 가 버렸다. 심지어 은호도 없었다.

"나쁜 놈들……."

우주는 중얼거리며 벤치에 등을 기대었다. 이마에 손을 짚어 보니 뜨끈뜨끈했다. 어쩌면 저번 감기의 영향인지도 모르겠다. 평소에는 과자랑 빵 몇 개 먹는다고 체하지 않으니까.

혼자 탄식하고 있을 즈음 갑자기 눈앞에 무언가 드리웠다. 비닐봉지의 그림자였다. 은호가 우주의 앞에 비닐봉지를 내밀고 있었다.

"뭐야?"

은호는 대답 없이 우주의 무릎 위에 봉투를 내려놓았다. 봉투를 열어 보니 소화제와 이온음료수가 같이 들어 있었다. 우주는 놀란 눈으로 은호를 바라보았다.

"야⋯⋯. 나 좀 감동해서 눈물 나올 거 같아."

거짓말이 아니라 정말 코끝이 찡해졌다. 투명인간처럼 무시당하던 때가 엊그제 같은데 이렇게 챙겨 주기까지 한다. 은호는 우주가 감동을 받든지 말든지 담담한 얼굴이었다.

'지금 먹어.'

은호가 입 모양으로 말했다. 고개를 끄덕이고 소화제와 음료수를 마셨다. 약을 먹는 우주를 말없이 바라보던 은호는 우주의 이마에 손을 얹었다. 갑작스러운 접촉에 놀라서 우주는 뻐끔뻐끔 눈만 깜빡였다.

'열나.'

은호가 다시 입 모양으로 말했다.

"금방 괜찮아지겠지 뭐."

고개를 끄덕인 은호는 우주의 옆자리에 앉았다. 우주는 멀리서 움직이는 놀이기구들을 바라보며 깊이 한숨을 내쉬었다.

"나도 놀이기구 타는 거 좋아하는데."

"……."

"오늘 츄러스도 먹고, 구슬 아이스크림도 먹고, 핫바랑 버터 오징어도 사 먹으려고 했는데……."

그때 갑자기 옆에서 바람 소리 같은 작은 웃음소리가 들렸다. 은호가 웃고 있었다. 내내 날카로웠던 눈매가 부드러워지고, 조각상 같다고 생각했던 입술이 약간의 호선을 그렸다.

"왜 웃어?"

은호는 대답할 생각이 없는지 침묵을 유지했다. 우주는 은호에게 손바닥을 내밀었다.

"여기에 적어."

은호의 시선이 우주를 향했다. 그러다 손가락으로 글씨를 적었다. 손바닥이 간질간질했다.

「먹다 죽은 귀신 붙은 거 같아서.」

"먹다 죽어야 때깔도 좋다는 말도 있잖아. 그래도 좀 천천히 먹을걸."

「아예 먹지 말았어야지.」

"소풍 가는데 어떻게 안 먹어."

「네가 거절을 못 해서 그래.」

"음식을 어떻게 거절해."

은호는 기가 막힌 듯 웃으며 고개를 절레절레 저었다. 아픈 것은 억울했지만, 그래도 은호가 웃는 모습을 봐서 기분이 조금 좋아졌다.

"아, 맞다. 우리도 백일장 얼른 하자. 그래야 빨리 놀지. 난 속이 안 좋아서 놀이기구는 못 탈 거 같지만…… 너도 얼른 해."

우주는 가방에서 백일장 종이와 샤프를 꺼내며 말했다.

백일장 주제는 식상했다. 나무, 평화, 학교 등등 재미없는 주제가 나열되어 있었다. 이런 주제로 뭔가 써야 한다고 생각하니 벌써 머리가 아팠다. 우주는 생각나는 단어를 조합해서 산문을 쓰기 시작했다. 열심히 쥐어짜 내고 있긴 한데, 자신이 생각해도 알아보기 힘든 문장들이 많았다.

흘끗 고개를 돌려 은호의 산문을 훔쳐보았다. 그래도 은호는 자신보다는 잘 쓰는 것 같았다.

"우와. 너 어려운 단어 많이 안다."

은호가 쓴 것을 보다 자신의 종이를 바라보았다. 그야말로 개판이었다. 몇 글자 더 써 보려 했지만 잘 되지 않았다. 금방 지루해져서 괜히 주변을 둘러보았다. 그러자 나무 위에 앉아 있는 새가 보였다. 이름은 모르겠지만 참 예쁘게도 생겼다. 우주는 백일장 종이는 내려놓고 공책에 새를 그리기 시작했다.

은호는 글을 쓰다 말고 고개를 돌려 우주를 바라보았다. 웬일로 조용하다 했더니 그림을 그리고 있다. 공책 위로 샤프의 얇은 선이 모여 새가 되어 있었다.

은호는 조금 놀랐다. 우주가 그림을 좋아하는 것은 알았지만, 이렇게까지 잘 그리는 줄은 몰랐으니까. 그림에 대해서는 문외한이지만 고등학생이 이 정도까지 사실적으로 그리기는 힘들다는 것은 알고 있었다.

그림을 그리던 우주는 시선을 느꼈는지 고개를 돌렸다. 눈이 마주치자 화들짝 놀라서 공책을 덮는다.

"손이 심심해서……."

그리고 다시 산문을 쓰기 시작한다. 우주가 쓰는 글은 글씨도 이상했지만 내용도 이상했다. 누가 봐도 백일장보다는 사생 대회가 더 유리할 것 같다.

'거의 도박 같아. 난 안정적이게 살고 싶은데.'

하지만 우주가 왜 사생 대회에 참여하지 않았는지 알 것 같기도 했다. 그림을 그리고 상을 받고, 칭찬을 받으면 괜히 희망 같은 게 생길 테니까.

"이거 왜 이렇게 어렵냐. 야, 이은호. 나 네가 쓴 거 보면서 하면 안 돼? 베끼는 건 아니고 참고만."

우주가 시무룩한 얼굴로 말했다. 내려간 입꼬리가 우주의 기분을 말해 주었다. 생각이 다른 데 가 있으니 잘될 터가 있나. 은호가 종이를 주자 우주의 얼굴이 금세 환해졌다. 은호는 대신 우주가 받침대로 쓰던 공책을 빼냈다.

"공책은 왜?"

'보려고.'

입 모양으로 말하자 우주는 어처구니없다는 듯 웃었다.

"뭐, 맞교환이야?"

은호는 고개를 끄덕이고는 공책을 펼쳤다. 예상대로 그림이 많았다. 사람도 있고, 동물도 있고, 풍경도 있다. 창작을 한 그림도 있었는데, 역시나 잘 그렸다. 이런 걸 두고 천재라고 하는 걸까. 은호는 천천히 그림을 감상했다.

은호는 아까 우주가 새를 그리던 페이지를 펼쳐 글자를 적었다.

「이 그림 나 줘.」

"그걸 왜 너를 줘."

「내가 약 사다 줬잖아.」

"왜 가져가려는데?"

「잘 그려서.」

은호가 적어 놓은 글씨를 보며 우주의 귓바퀴가 점점 빨갛게 물들었다. 그러더니 헤헤 웃음소리를 내며 미소 지었다. 기분이 좋아 보이는 우주를 보며 은호도 짧게 웃었다.

겨우겨우 백일장 종이를 채웠다. 글씨도 엉망이고 내용도 엉망이었지만, 더 쓴다고 해서 나아질 것 같지 않아 종이를 접었다. 시계를 보니 아직 집합까지는 시간이 많이 남아 있었다.

"야, 이은호. 우리 돌아다니자. 놀이공원까지 왔는데 아깝잖아."

은호는 의외로 순순히 고개를 끄덕였다. 우주는 웃으며 걸음을 옮겼다. 놀이기구를 타지 않아도 생각보다 볼 게 많아서 다행이었다. 우주는 돌아다니며 저도 모르게 어떤 곳을 그리면 예쁠지 생각하기도 했다.

"너무 넓어서 다 돌아보려면 하루가 모자라겠다. 그치?"

은호는 그저 고개를 끄덕였을 뿐, 별다른 반응을 보이지는 않았다. 그래도 여느 때보다 표정이 유해 보였다. 그동안은 늘 경계하는 고양이처럼 날카로운 모습만 보여 왔는데, 유순해진 모습을 보니 신기했다.

돌아다니다 보니 배가 고파져서 우주는 홀린 듯이 매점이 늘어선 곳을 향해 걸었다. 그러다 은호에게 뒷덜미가 붙잡혔다. 은호가 우주에게 허락한 것은 미지근한 음료수 한 캔뿐이었다.

"나 이제 속 괜찮은데…… 츄러스 사 먹고 싶다. 음료수로는 배도 안 차는데."

우주가 투덜거렸지만 은호는 대꾸도 하지 않았다. 콧잔등을 찡그린 채 걷고 있을 때, 누군가 우주를 불렀다. 고개를 돌려 바라본 곳에는 다른 반 애들이 모여 있었는데, 그 사이에서 윤지가 우주에게 손을 흔들고 있었다. 윤지는 같은 중학교를 다녔던 여자앤데, 여자애들 중에서는 우주와 유독 친한 사이였다.

"어, 윤지야."

우주는 윤지에게 다가섰다.

"과자 먹을래? 나 먹을 거 엄청 많이 싸 왔어."

윤지가 과자를 내밀며 물었다.

"헐, 먹어도 돼?"

신나서 묻자 은호가 우주의 옷소매를 잡아당겼다. 우주는 자신이 아직 체한 상태라는 것을 자각했다.

"아, 먹고 싶은데 나 체했어."

"뭐야, 또 버스에서 엄청 먹었나 보네."

"어떻게 알았어?"

"뻔하지, 뭐. 너 예전에 수련회 가는 버스에서도 먹다가 체했잖아. 선생님이 바늘로 손 따 줬는데 너 아프다고 막 울고."

우주는 창피하여 어색하게 웃었다. 이러다 은호에게 자신이 정말 먹기 위해 사는 사람으로 각인이 될 것 같아 민망했다.

"별걸 다 기억하네."

"아무튼 체했으면 먹지 마. 근데 체했으면 그림도 제대로 못 그렸겠네?"

"어……. 나 이번에 그림 안 그렸어. 백일장 했어."

"왜? 너 나가면 무조건 대상이잖아."

"맨날 내가 상 타면 재미없잖아. 다른 애들한테 양보도 해야지."

웃으며 장난스럽게 농담을 하고 있을 때 갑작스레 불쾌한 목소리가 끼어들었다.

"가난해서 그림도 못 그리는 주제에."

목소리가 들린 방향을 바라보니 익숙한 얼굴의 남자애가 있었다. 현우였다. 현우 역시 같은 중학교를 나온 애인데, 예전에 우주를 좋아한다며 고백했던 것을 거절했더니 자존심이 상했는지 이상한 방향으로 우주를 괴롭히곤 했었다. 반이 바뀌고 나서는 그나마 덜했는데 갑자기 왜 또 시비를 거는지 모르겠다.

윤지가 매서운 눈으로 현우를 바라보았다.

"야, 김현우 너 미쳤냐?"

우주는 만류하듯 윤지의 팔을 잡았다. 괜히 엮였다가 윤지까지 곤란해질까 걱정이 되었다.

"옆엔 또 누구냐? 또 새로운 애 찾았나 보네."

우주는 미간을 좁힌 채 싸늘해진 시선으로 현우를 바라보았다.

시비의 원인은 은호인지도 모르겠다.

"너 입조심해."

"뭘 조심해? 하여튼 임우주 은근히 가볍다니까. 잘생기면 다 좋냐? 도재현에 이어서 쟤야?"

현우의 말에 은호의 얼굴이 차갑게 굳어졌다. 우주는 현우를 바라보고 있느라 은호의 표정 변화를 알지 못했다. 우주는 깊게 한숨을 내쉬고 윤지에게 말했다.

"나 그만 갈게. 나중에 보자."

윤지는 미안한 듯 우주를 바라보며 고개를 끄덕였다. 우주는 멋쩍게 웃고는 은호의 팔을 끌어당겼다. 그런데 은호가 그 자리에 멈춰 서서 움직이지 않았다. 현우는 아랑곳 않고 말을 이었다.

"너 아빠 없어서 남자애들한테 더 꼬리 치는 거지?"

"……."

"쟤는 돈 많냐? 그래서……."

가만히 서 있던 은호가 걸음을 옮겨 현우에게 다가갔다. 체격 차이를 느꼈는지 현우가 흠칫 물러섰다. 일이 벌어진 것은 순식간이었다. 은호는 자신이 마시고 있던 음료수 캔을 현우의 머리 위로 부어 버렸다.

끔찍한 침묵이 흘렀다. 머리카락을 타고 바닥으로 뚝뚝 떨어지는 음료수를 보며 우주는 아연해졌다. 주변에 있던 애들이 전부 다 은호와 현우를 바라보고 있었다.

충격에 빠져 있던 현우가 상황을 자각하고, 욕을 하며 은호에게 달려들었다. 은호는 그런 현우의 팔을 잡았다. 힘이 들어갔는지 현우의 손은 하얗게 질려 있었다. 우주는 급히 은호의 팔을 붙잡고 끌어당겼다. 그러나 은호는 꿈쩍도 하지 않았다.

"이은호. 하지 마. 그냥 가자."

계속 팔을 끌어당겼으나 은호는 손에서 힘을 풀지 않았다. 현우는 약간 겁을 먹은 눈으로 은호의 눈치를 살피고 있었다.

"가자, 응? 제발."

우주는 간절한 어조로 부탁했다. 그제야 은호는 팔에서 힘을 풀었다. 우주는 은호의 손목을 붙잡고 빠르게 그 자리를 벗어났다.

한참 동안 말없이 걷던 우주는 길에 인적이 드물어지고 나서야 걸음을 멈추었다. 그러고는 돌아서서 은호를 향해 매섭게 말했다.

"너 왜 그랬어?"

우주는 미간을 잔뜩 찡그리고 있었다. 은호는 우주가 왜 이렇게까지 화가 났는지 이해할 수 없었다. 아까 분명 상처받은 것 같은 표정을 지었으면서.

"네가 끼어들 일 아니었어. 그냥 무시하고 넘어가면 됐었는데……."

우주는 말을 멈추더니 제 머리를 헝클어트렸다.

"됐다. 마음은 고마운데, 앞으로 그러지 마. 알았어?"

"……."

"고개 끄덕이기라도 해! 알았어?"

마지못해 고개를 끄덕이자 우주는 크게 한숨을 내쉬었다. 그러고는 근처에 있던 벤치에 털썩 주저앉았다. 은호는 우주를 바라보다 옆에 앉았다. 우주는 은호와 눈도 마주치려 하지 않았다.

많이 화가 난 걸까. 누가 화를 내든 말든 그다지 신경 쓰는 성격이 아닌데도 우주가 화난 모습을 보니 마음이 편치 않았다.

은호는 물끄러미 우주의 옆모습을 바라보았다. 시선을 아래로 내리고 있는 우주의 눈매는 단순히 화가 났다고 하기엔 복잡해 보였다. 부끄러워 보이기도 하고, 슬퍼 보이기도 했다. 사람들이 많은 곳에서 모욕적인 말을 들었으니 그런 감정을 느끼는 것도 당연했다.

은호는 가볍게 우주의 손을 잡고 끌어당겼다. 우주가 흠칫 놀라며 고개를 돌렸다. 은호는 우주의 손바닥이 하늘을 보게 만들고 손바닥에 글씨를 적었다.

「츄러스 사 줄까.」

그제야 우주는 피식 웃음 지었다. 은호는 그 웃음을 보며 이상하게도 안도감이 들었다.

"괜찮아. 안 먹을래. 입맛 없어졌어."

"……."

"근데 너도 나만큼이나 오지랖 심한가 보다. 안 그렇게 생겨 가지고."

그게 오지랖인 건가. 그저 무례하게 구는 그 애에게 짜증이 났을 뿐인데.

"아무튼 다음부터 그러지 마. 너만 곤란해져. 걔 정도는 내가 알아서 할 수 있단 말이야."

우주는 피곤했는지 벤치에 등을 기대고 힘없이 늘어졌다. 등받이에 고개를 기대더니, 잠잠하게 가라앉은 눈으로 하늘을 응시한다. 파란 하늘이 맑은 눈동자에 가득 담겼다. 하늘을 비추는 눈동자는 투명하고 부드러운 빛을 띠었다.

은호는 우주의 눈동자 색이 자신과는 전혀 다른 연한 색인 것이 신기했다. 머리카락도 다른 사람들에 비해 조금 연하고, 심지어 속눈썹도 조금 연한 듯했다. 햇빛이 쏟아지고 있으니 삐져나온 잔머리와 속눈썹이 금빛으로 반짝였다.

저 연한 눈동자 뒤로 어떤 생각들이 뒤섞여 있을까. 어쩌면 아까 그 남자애가 했던 말을 되짚고 있는지도 모르겠다. 충분히 상처가 될 만한 말이었고, 괜찮지 않을 것이 분명했는데도 우주는 덤덤한 얼굴로 하늘만 바라보고 있었다.

"어! 야, 저거 물푸레나무야."

우주가 갑자기 벌떡 일어서더니, 벤치 근처에 있던 나무를 향해 다가갔다. 은호는 자리에서 일어서 우주의 곁으로 다가갔다.

"와, 이거 공기 좋은 데서만 자란다고 들었는데. 신기하다."

우주는 나무 근처에 떨어진 나뭇잎들을 줍더니 식수대가 있는 쪽으로 향했다.

"야, 은호야. 이리 와 봐."

우주는 손을 동그랗게 모아 식수대에서 물을 받았다.

"나뭇잎 찢어서 여기에 넣어 줘. 이거 물에 담그고 있으면 색이 파래진다?"

은호는 우주의 말대로 나뭇잎을 찢어서 손안에 넣었다. 물은 그대로였다. 의아한 얼굴로 우주를 바라보았다.

"기다려 봐. 엄청 천천히 변해."

햇빛이 따가워질 즈음에야 물에 옅은 푸른빛이 번졌다.

"이거 봐, 신기하지?"

우주는 말갛게 웃으며 은호를 바라보았다. 신기한지는 잘 모르겠지만 우주의 기분이 나아진 것 같아서 다행이라고 생각했다.

'어떻게 알았어?'

은호가 입 모양으로 물었다.

"아, 예전에 우리 아빠가 알려 줬어."

기분이 좋아 보인 것도 잠시, 우주의 표정은 또 가라앉고 말았다. 서글픈 얼굴이었다.

"어, 물 샌다."

우주의 손 틈새로 물이 떨어지고 있었다. 은호는 저도 모르게 우주의 손을 감싸 물이 새지 않도록 막았다.

온전히 손을 감싼 모양새가 되자 조금 민망해졌다. 우주도 놀란 듯 동그래진 눈으로 은호를 바라보고 있었다. 그러다 이내 미소 지었다.

"너도 은근히 착하다니까."

우주는 웃고 있었는데, 평소처럼 맑은 웃음이 아니라 약간의 씁쓸함을 머금은 웃음이었다.

"아까, 사실 속 시원하긴 했어."

"……."

"나한텐 무거운 일이 걔한테는 참 가볍나 봐."

우주는 물 안의 옅은 푸른빛을 가만히 바라보고 있었다. 내리쬐는 햇빛 때문일까. 눈동자가 햇빛을 흡수하여 일렁이는 것처럼 보였다.

지금 생각해 보면 오늘 하루가 우주에게 좋은 날이었을 것 같지는 않다. 속이 좋지 않아서 좋아하는 놀이기구도 타지 못하고, 먹고 싶은 것도 먹지 못했다. 좋아하는 그림도 그리지 못했다. 그럼에도 우주는 내내 밝은 표정만 보였었다. 아마 계속 옆에 있었던 은호 때문이었을 것이다.

우주는 아랫입술을 깨물었다. 눈동자가 일렁이듯 보였던 건 착각이 아니었나 보다. 우주의 눈시울이 서서히 붉게 물들기 시작했고, 눈동자에 고인 햇빛이 반짝였다.

왠지 그것이 떨어지는 모습은 보고 싶지가 않았다. 은호는 손을 뻗어 우주의 눈에 고여 있던 눈물을 거두었다. 속눈썹이 파르르 떨리며 눈물을 뱉어 냈다. 손가락 위로 얇게 배는 눈물이 뜨거웠다. 우주는 동그랗게 커진 눈으로 은호를 바라보았다.

'잊어버려.'

입 모양으로 말하고는 다시 우주의 손을 감쌌다. 손안에 담긴 물이 맑은 하늘 같은 푸른빛으로 물들어 가고 있었다.

'색, 예쁘네.'

우주에게 뜻이 전해졌는지, 전해지지 않았는지는 알 수 없었으나 불쾌한 기억보다는 아버지가 알려 주었다던 물푸레나무의 푸른 빛만을 기억에 담아 두길 바랐다.

은호가 우주의 손을 감쌌는데도 푸른색의 물은 천천히 줄어들어 바닥을 적셨다. 손안의 물이 모두 사라지자 은호는 우주의 손을 잡고 끌어당겼다. 그리고 다른 손으로 아이스크림 매점 쪽을 가리켰다.

'저거 먹을까?'

우주는 은호를 바라보며 동그래진 눈을 여러 번 깜빡이더니, 이내 눈물 고인 눈을 접으며 말갛게 웃었다.

우주는 오늘도 어김없이 미술실에서 그림을 그리는 중이었다. 평소와 조금 다른 점은 은호와 함께 있다는 것이다.

아까 우주는 은호가 교실에 혼자 있는 모습을 발견하고 할 일이 없으면 미술실에서 심부름이라도 해 달라고 농담을 했다. 그런데 은호는 정말 미술실까지 따라왔다. 사생 대회 이후로 은호와 좀 더 가까워지긴 했지만, 여전히 찬바람이 불 때가 많아서 진짜로 따라올 줄은 몰랐다.

우주가 당황스러운 기분을 느끼든 말든 은호는 우주의 맞은편에 앉아 우주의 그림을 물끄러미 바라보고 있었다.

"야, 이은호. 그만 쳐다봐."

쳐다보는 게 민망해서 말했더니 은호가 종이에 글자를 적어 보여 주었다.

「나 있으면 그림 못 그려?」

"아니, 그건 아닌데…… 네가 그렇게 보고 있으면 그림이 아니더라도 부담스러워."

「그럼 안 볼게.」

은호는 자리를 옮기더니 가방에서 문제집을 꺼내 공부를 하기 시작했다. 은호를 알게 되고 가장 의외였던 사실은 은호가 공부를 무척 잘한다는 것이었다. 모범생답게 문제집을 가지고 다니는 모양이다.

"그래, 차라리 공부라도 해라."

우주는 다시 그림을 그렸다. 하지만 그림을 그리다 이상한 느낌이 들어 뒤를 돌아보면 은호가 자신을 바라보고 있었다. 은호는 뻔뻔하게도 아무렇지 않은 척 다시 고개 숙여 책을 보았다.

"야. 솔직히 너 내 그림 마음에 들어서 그러지."

우주가 완전히 돌아앉아 은호를 바라보며 물었다. 은호는 느리게 눈을 깜빡였다.

"저번에 내 그림 달라고 했던 것도 그렇고. 내 그림 마음에 드는 거지?"

'뭐래.'

은호의 입 모양을 보며 우주는 콧잔등을 찌푸렸다. 은호는 다시 고개 숙여 문제를 풀었다.

"마음에 든다고 하면 하나 주려고 했는데."

우주의 말에 은호는 다시 고개를 들었다. 우주는 모르는 척 돌아앉아 그림을 그렸다. 은호는 우주의 옆으로 다가왔다.

'줘.'

"……."

'마음에 들어.'

"진짜?"

우주가 웃으며 물었다. 은호는 담담한 얼굴로 고개를 끄덕였다.

"알았어, 내일 봐서 괜찮은 걸로 하나 줄게. 사인도 해 줄까?"

우주가 헤실헤실 웃으며 말했다. 은호는 어이가 없는지 헛웃음을 지었다.

"왜, 나 나중에 직장 다니고 자리 잡히면 다시 그림 그릴 거란 말이야. 그때 대박 나면 내 그림 엄청 비싸게 팔릴 수도 있어."

우주의 능청에 은호는 다시금 웃었다. 이번에는 헛웃음이 아니라 정말 재미있어서 웃는 것 같은 얼굴이었다. 그 모습을 보며 우주도 해사하게 미소 지었다.

다음 날 그림을 가지고 왔더니 은호는 학교에 오지 않았다. 담임 선생님은 은호가 감기 때문에 결석한다는 전화를 받았다고 했지만, 우주의 마음은 석연치 않았다. 그동안 은호가 집에 가기 싫어하는 듯한 태도를 계속 보여 왔기도 했고, 알 수 없는 이유로 힘들어하는 모습을 본 적이 있기 때문이다.

[야, 은호야. 감기 걸렸다며. 괜찮아?]

은호에게 문자를 보냈으나, 하루 종일 답장이 없었다.

은호는 다음 날도 학교에 오지 않았고, 그다음 날도 학교에 오지 않았다. 몇 번 더 문자를 보냈으나 계속 묵묵부답이었다. 결국 우주는 담임 선생님에게 은호의 집 주소를 물었다. 친해진 지 얼마 되지는 않았지만, 왠지 은호는 유독 신경이 쓰였다. 얼굴을 봐야 안심이 될 것 같았다.

그렇게 찾아간 은호의 집 앞, 우주는 넋을 놓고 커다란 집을 바라보았다. 까만 철제 대문 뒤로 드라마에서나 나올 법한 집이 있었다. 흰색과 회색 벽이 조화로운 차가운 분위기의 주택이었다. 마치 방금 지어진 듯 외관이 깔끔했고, 건물 주변에는 관리가 잘된 정원이 집을 둘러싸고 있었다.

이렇게 좋은 집에 사는 애가 왜 우리 학교를 다니는 걸까. 우주는 자신이 들고 있는 비닐봉지가 조금 부끄러워졌다. 봉투 안에는 우주의 용돈으로 산 바나나와 사과 몇 개가 들어 있었다. 이렇게 큰 집인 줄 알았으면 차라리 안 사 왔을 텐데.

이미 산 걸 어쩌겠어. 쓸데없는 생각은 집어넣고 벨을 눌렀다. 네모난 인터폰 안쪽에서 목소리가 들렸다.

— 누구시죠?

"아, 저는 은호랑 같은 반 친구인데요, 반장이에요! 은호가 아프다는 얘기를 들어서 반 대표로 보러 온 거예요!"

상대방의 차가운 목소리에 거짓말이 절로 나왔다.

— 미안한데, 은호 지금 집에 없어요.

"어…… 혹시 병원에 있나요? 죄송하지만 어디 병원인지 알려 주실 수는 없나요?"

우주는 최대한 공손하게 말하려 노력했다. 하지만 인터폰에서는 더 이상 대답이 없었다.

"과일이라도 드리고 싶은데요!"

다시 벨을 눌러 보았지만 묵묵부답이었다. 설마 안 들여보내 줄 생각일까. 뭐 이런 집이 다 있어? 우주는 짜증스럽기도 하고 불안하기도 했다. 과일 봉지를 내려놓고 문 옆의 담벼락에서 까치발을 들었다. 담이 높아서 안쪽까지 보이지가 않았다.

에라, 모르겠다. 우주는 벽돌이 조금 튀어나온 부분을 밟고 담 안쪽을 들여다보았다. 커다란 주택이 조금 더 잘 보였다. 두리번거리고 있을 때, 2층 창문에서 누군가의 실루엣이 비쳤다.

은호일까? 다른 사람일 수도 있지만, 은호에게 형제에 관해 이야기를 들은 적이 없었다. 게다가 저 실루엣은 자신을 빤히 바라보고 있는 것만 같았다.

그냥 넘어가기에는 석연치 않았다. 이 차갑고 커다란 집은 왠지 찜찜한 기분을 안겨 준다. 우주는 땅으로 내려서서 다시금 벨을 눌렀다.

"저기, 전해 줘야 할 게 있는데요! 혹시 대신 전해 주실 수 없을까요? 학교 안내문이에요!"

인터폰에서는 여전히 반응이 없었다. 깊이 한숨을 내쉬는데, 문이 열리는 소리가 들렸다. 우주는 잽싸게 대문 안으로 들어섰다. 집 안으로 들어가는 현관문 앞에는 고운 외모의 아주머니가 서 있었다. 은호와 닮은 모습을 보아하니 어머니인 것 같았다.

"이거, 별거 아니지만 드세요."

우주는 은호의 어머니에게 과일 봉지를 건네주었다. 은호의 어머니는 경계하는 눈으로 우주를 훑어보더니, 손끝으로 봉지를 받아 들었다.

"저는 은호한테 따로 전해 줄 게 있어서요. 잠깐 보고 갈게요!"

그리고 우주는 문을 열고 냅다 집 안으로 들어섰다. 뒤에서 은호의 어머니가 "이봐요 학생!" 하며 다급히 소리치는 소리가 들렸지만, 우주는 멈추지 않고 빠르게 2층 계단으로 올라섰다. 바깥에서 보았던 창문을 떠올리며 은호가 있는 방의 위치를 확인했다. 예상이 되는 방 앞에서 걸음을 멈추었다.

그런데 이상하게도 문을 잠그는 고리가 바깥에 있었다. 설마 가둬 둔 것일까. 거기까지 생각이 미치자 가슴 안쪽이 차가워지는 듯했다. 우주는 떨리는 손으로 다급히 잠긴 문을 열었다.

방 안에는 은호가 있었다. 우주는 은호의 모습을 보고 무릎에 힘이 풀려 주저앉을 뻔했다. 은호의 얼굴이 엉망이었다. 누군가에게 맞은 것으로 보이는 상처가 가득했다.

우주는 집 밖으로 은호를 데리고 나가기 위해 은호의 손을 잡았다. 그러나 은호는 우주를 따라나서기를 망설였다.

"나가자, 은호야."

우주가 떨리는 목소리로 말했다. 그제야 은호는 우주의 손을 고쳐 잡고 자신이 먼저 방을 빠져나왔다. 1층으로 내려가면서 은호의 어머니가 은호의 팔을 붙잡았지만, 은호는 뿌리치고 우주의 손을 꽉 붙잡은 채 집을 빠져나왔다.

그렇게 한참을 달렸다. 차가운 공기가 폐에 들이닥쳐 숨을 쉬기 어려웠지만, 우주와 은호는 그 집에서 최대한 멀리 벗어나기 위해 계속해서 달렸다.

10분 가까이 달린 후에야 두 사람은 멈춰 섰다. 은호가 고개를 돌려 우주를 바라보았다. 우주는 상처가 가득한 은호의 얼굴을 보고 숨이 턱 막혀 왔다.

"괜찮아? 병원 가자."

떨리는 목소리가 빠져나왔다. 우주의 말에 은호는 고개를 저었다.

'병원 갈 정도는 아니야.'

은호가 입 모양으로 말했다.

"그래도……."

'괜찮아.'

우주는 은호를 끌어당겨 근처에 있는 벤치에 앉혔다.

"잠깐 여기 앉아 있어. 어디 가면 안 된다?"

은호가 고개를 끄덕이는 것을 확인하고 우주는 약국에 가서 타박상에 쓸 만한 약을 샀다. 이런 약으로 도움이 될 것 같지는 않았지만, 무슨 일이든 하고 싶었다.

우주는 다시 돌아와서 은호의 옆에 앉아 얼굴에 약을 발라 주었다. 피딱지가 앉은 입가에 약을 바르는데, 은호가 맞는 장면이 상상되어 손이 파르르 떨렸다.

"누가 이렇게 만든 거야?"

우주가 떨리는 목소리로 물었다. 은호는 아무런 대답도 하지 않았다.

"그냥 맞고만 있었어?"

은호는 느리게 고개를 끄덕였다.

"왜?"

은호는 여전히 대답이 없었다. 그저 우주를 빤히 바라보고만 있을 뿐이었다.

은호가 말을 하지 않는 이유를 이제야 알 것 같다. 가장 안식처가 되어야 할 집에서 이런 취급을 받으며 살아야 했던 은호는 그동안 얼마나 괴로웠을까.

울지 않으려고 했는데 그만 눈물이 터져 버렸다. 우주는 소매로 눈물을 벅벅 닦고 은호의 얼굴에 약을 발라 주었다. 얼굴을 찡그리지 않으려고 노력했는데도 울음 때문에 자꾸 얼굴이 일그러졌다. 눈물 젖은 뺨에 차가운 손가락이 닿았다. 은호는 조심스러운 손길로 우주의 눈물을 닦아 주었다.

모든 고통을 삼킨 두 눈이 우주를 응시하고 있었다. 우주는 울지 못하는 은호 대신에 엉엉 울음을 터트렸다. 은호는 서럽게 우는 우주를 안아 주었다. 등을 토닥이는 손길은 조심스럽고 다정해서 더 서글펐다.

잔뜩 울고 나니 민망해졌다. 울어야 할 사람은 자신이 아니라 은호였으니까. 우주는 휴지로 눈물을 닦으며 힐끔 은호를 훔쳐보았다. 은호는 물끄러미 우주를 바라보고 있었다. 붉어진 눈가를 보여 주는 것이 민망하여 우주는 손끝으로 눈가를 꾹꾹 눌렀다. 그래도 여전히 뜨거웠다. 우주는 단념하고 고개를 돌려 은호에게 물었다.

"야, 이은호. 밥 먹었어?"

은호는 고개를 저었다.

"설마 집에서 밥도 안 먹인 거 아니지?"

은호는 피식 웃으며 고개를 저었다. 이게 웃을 일인가. 속상한 마음이 들었다. 우주는 은호의 손목을 잡고 자리에서 일으키고는 죽집으로 향했다.

죽 두 그릇을 시키고 기다리는 동안, 우주는 심각해진 얼굴로 은호를 바라보았다.

"누가 그런 거야? 너희 엄마? 아니면 아빠?"

은호의 입은 굳게 다물려 열리지 않았다.

"⋯⋯엄마는 그럴 힘이 없어 보이시던데. 아빠겠지?"

은호는 짧게 고개를 한 번 끄덕이고 말았다. 우주는 머뭇거리다 다시금 질문했다.

"처음 맞은 거 아니지?"

은호가 이 상황에 무던해 보여 그런 생각이 들었다. 은호는 대답하지 않았지만 이 상황이 한두 번 벌어진 게 아니라는 사실을 추측할 수 있었다.

"선생님한테 말해서 도와 달라고 할까?"

은호는 고개를 저었다.

"아니면 경찰에 신고할까?"

은호는 설핏 웃으며 다시금 고개를 저었다. 그리고는 손을 내밀고 입 모양으로 말했다. '펜.' 우주가 가방에서 포스트잇과 펜을 꺼내 주자 은호는 글자를 적었다.

「걱정하지 마. 성인 되면 집 나올 거야.」

"1년 넘게 남았잖아."

「버틸 수 있어.」

우주는 걱정스러운 얼굴로 은호를 바라보았다.
"대체 왜 너를 때리는 거야?"

「내가 말을 잘 안 들어.」

"말을 안 들어도 그렇게 때리면 안 되는 거잖아."
정상적인 사람들이 아니니까. 은호는 말을 삼켰다.
은호의 아버지는 큰 회사를 이끌고 있는 사람이다. 아버지는 자신의 밑에서 일을 할 자식들을 필요로 했는데, 이미 은호의 이복형제들이 아버지 밑에서 일을 하고 있음에도 불구하고 그는 은호에게 계속 자신의 밑으로 들어올 것을 강요했다.
그러나 은호는 아버지 밑에서 살고 싶지 않았다. 이 지긋지긋한 집안에서 벗어나는 것만을 목표로 하며 살아왔다. 은호가 입을 닫은 후에는 아버지의 간섭이 심하지 않았는데, 근래 이복형제들이 일하는 것이 시원치 않았는지 다시 은호에게 간섭을 했다. 아버지는 말을 못하는 것 말고는 영리하고 쓸모 있어 보이는 은호를 이용하고 싶어 했다.
우주에게는 이런 말들을 할 수가 없었다. 어두운 면을 보여 주고 싶지 않았으니까. 그저 우주가 평소와 같은 태도로 자신을 대해 주었으면 좋겠다고 생각했다.

우주는 은호에게 더 질문을 하려 했지만, 마침 죽이 나와서 더 말을 걸 수 없었다. 우주가 시무룩한 얼굴로 가만히 있자 은호는 우주의 손에 숟가락을 쥐여 주었다.

「먹어.」

　"……너나 많이 먹어. 그거 한 그릇 다 비우기 전에는 안 보내 줄 거야."
　은호는 고개를 끄덕이고는 수저를 들었다. 우주도 죽을 먹기 시작했지만, 목구멍으로 잘 넘어가지 않았다. 우주가 깨작깨작 먹는 모습을 본 은호는 다시 펜을 들어 종이에 글씨를 적었다.

「먹다 죽은 귀신이 때깔도 좋다며.」

　우주는 대답하지 않고 풀이 죽은 얼굴로 가만히 있었다. 은호는 다시금 글씨를 적었다.

「먹어. 괜찮으니까.」

　대체 누가 누굴 위로하는 상황인지 모르겠다. 우주는 고개를 끄덕이고 푹푹 죽만 떠먹었다.

　"같이 가자, 너희 집."

죽을 다 먹고 나서 우주가 말했다. 은호는 의아한 얼굴로 우주를 바라보았다. 우주는 아무 말도 하지 않고 은호의 팔을 붙잡은 채 집으로 걸음을 옮겼다.

우주는 은호의 집 대문 앞에 서서 크게 숨을 내쉬었다. 호흡을 가다듬고 벨을 누르려고 했을 때, 은호가 우주의 팔을 잡고 뒤로 끌어당겼다.

'괜찮으니까 그만 가.'

걱정스러운 얼굴이었다. 우주는 고개를 젓고는 벨을 눌렀다. 느린 속도로 대문이 열렸다. 우주는 은호의 손을 잡고 문 안쪽으로 들어섰다.

문 앞에서 은호의 어머니가 차가운 눈으로 우주를 응시하고 있었다. 우주는 떨리는 목소리를 내지 않기 위해 노력했다.

"앞으로 또 이런 일 생기면 경찰에 신고할 거예요."

"이봐요, 학생. 뭔가 오해하는 거 같은데……."

"부잣집이라서 제 입 막기는 쉬울 수도 있는데, 저 반장이라서 반 애들 번호 다 알고 선생님들 번호도 다 알아요."

"……."

"다시는 이런 일 만들지 마세요. 은호 또 학교 빠지는 일 생기면 사람들한테 다 말할 거예요."

은호는 시선을 내려 자신의 손을 꼭 붙잡은 우주의 손을 바라보았다. 저보다 큰 손을 꼭 붙잡은 채 떨고 있다. 우주는 이 상황을 두려워하면서도 은호를 위해 나서 주고 있었다.

누구도 자신을 위해 이렇게 나서 준 적이 없었는데. 은호는 떨리는 우주의 손을 힘주어 붙잡았다. 따스한 손의 떨림은 천천히 잦아들었다.

은호가 다시 등교할 수 있게 된 건 며칠 후의 일이다. 평소처럼 이른 시각에 등교한 그는 교실 앞에 멈추어 섰다. 어째선지 평소와 기분이 조금 달랐다. 가슴속이 간지러웠고, 약간은 초조했다.

　머뭇거리다 교실 문을 열었다. 텅 빈 교실 한쪽에서 홀로 책상에 엎드려 있는 사람이 보였다. 색이 옅은 밤색 머리와 교복 바지 차림을 보건대 분명 우주였다.

　왜 이렇게 일찍 온 걸까. 보통 제시간에 딱 맞춰 오거나 지각을 하던데. 혹시 기다린 걸까. 은호는 조심스러운 걸음으로 우주의 앞으로 다가섰다.

　그는 잠이 든 우주의 모습을 바라보다 손을 들어 스치듯 미약하게 머리카락을 쓰다듬었다. 얇은 머리카락이 손가락 안에서 부드럽게 흐트러졌다. 손끝에서 심장 박동처럼 떨림과 파동이 느껴졌다.

　간질거리던 마음의 원인은 여기에 있었던 모양이다. 학교에 오면 초조했던 마음이 가라앉을 줄 알았는데 오히려 더 혼란해졌다. 복잡한 감정들이 겹겹이 층을 쌓아 간다.

　알 수 없는 감정이 뒤섞이기 시작했을 때, 창밖의 구름이 흩어지며 햇볕이 들어섰다. 느티나무 가지는 2층 교실까지 높이 뻗어 있는데도 햇빛을 막아 주기엔 역부족이었다. 은호가 손으로 햇빛을 가리기도 전에 우주는 뒤척이며 스르르 눈을 떴다. 부스스한 얼굴로 고개를 들더니, 앞에 있는 은호를 발견하고 눈을 동그랗게 떴다.

　"이은호! 너 괜찮아?"

우주는 벌떡 일어섰다. 그러고는 은호의 옷을 벗기기라도 할 기세로 달려들었다.

"상처는 없어? 혹시 그때 나 때문에 더 맞은 거 아니지?"

은호는 옷깃을 젖히는 우주의 팔을 저지하며 약하게 웃었다. 우주는 의아한 표정을 지었다.

"왜 웃어? 웃는 거 보니 괜찮긴 한가 보네."

은호는 엷게 웃으며 고개를 끄덕였다. 우주는 안도한 얼굴로 다시 자리에 앉았다.

"핸드폰은 왜 안 되는 거야?"

은호는 주머니에 있던 핸드폰을 꺼내 글자를 적었다. 그리고 우주에게 보여 주었다.

[오늘 아침에 받았어.]

"무슨 핸드폰도 맘대로 못 하게 해? 진짜 너희 집 문제가 많다."

우주는 살짝 인상을 썼다. 그러고는 제법 진지해진 얼굴로 물었다.

"정말 신고하면 안 돼?"

은호는 고개를 저었다. 아버지에게 저항할 수는 있다. 나이를 먹으며 아버지보다 키가 커지고, 폭력에 대응할 수 있을 만큼은 영리해졌다. 그러나 은호는 아무것도 하지 않았다. 저항하는 순간 폭력의 대상이 자신이 아닌 어머니에게 향한다는 사실을 알기 때문이다.

어머니를 사랑한다거나, 지키고 싶다는 마음 따위는 아니다. 그 여자는 이미 은호에게서 무엇도 아닌 사람이다. 그럼에도 은호가 이 모든 것들을 감당하고 있는 이유는 하나뿐이다. 그 여자에게 조금의 빚도 지지 않고 말끔히 집안을 떠나고 싶었다.

"하긴, 내가 뭘 알겠어. 할 수 있는 게 없네."

우주가 풀이 죽은 목소리로 말했다. 은호는 빤히 우주의 얼굴을 바라보았다. 그렇게 생각하지 않으면 좋겠다는 생각이 들었다.

"근데 입술 아직 덜 아물었네. 애들이 왜 그러냐고 물어보면 어떡하지."

찰나의 순간이었다. 우주가 손을 들어 은호의 입술 끝을 매만졌다. 가슴이 쿵 내려앉는 듯했다. 손길은 금세 멀어졌으나, 부드러운 손끝이 닿았던 곳에는 잔열이 남아 얼얼하기까지 했다.

"야, 은호야. 우리 학교 땡땡이칠까. 기분 전환할 겸."

우주가 고개를 기울인 채 은호를 바라보았다.

"너는 계속 아프다고 하면 되잖아. 난 엄마한테만 말하면 되고. 우리 엄마 의외로 이런 거엔 쿨하거든."

우주의 얼굴만 바라보느라 아무런 대꾸도 할 수 없었다. 우주는 은호의 반응을 보며 아쉬운 듯 말했다.

"안 되려나. 너 공부도 해야 되는⋯⋯."

은호는 우주의 팔을 잡고 일으켰다. 가자, 입 모양으로 말하자 우주는 환한 미소를 머금었다.

"야. 우리 되게 이상해 보이나 봐."

우주는 분홍색 아이스크림 수저를 입에 문 채 작은 목소리로 말했다. 우주의 말처럼 아이스크림 가게 안의 사람들이 힐끔힐끔 우주와 은호를 쳐다보고 있었다. 평일 오전에 교복을 입고 여유롭게 아이스크림을 먹는 두 사람의 모습이 이상해 보였나 보다.

"하긴, 애들은 지금 한창 수업 들을 시간인데."

우주는 헤헤 웃었다. 사람들의 눈에 이상해 보일까 걱정하는 게 아니라 신이 난 것 같았다.

"엄마한테 학교 안 간다고 하니까 나보고 많이 아프냐고 묻더라. 내가 학교를 빠진 적이 별로 없거든. 바른 생활 했던 게 이런 때는 도움이 된다니까?"

우주는 조잘조잘 말을 하며 열심히 민트 맛 아이스크림을 먹었다. 은호는 그런 우주를 신기한 눈으로 바라보았다. 줄곧 느꼈지만 우주는 먹는 걸 참 좋아한다. 가만 보면 자신보다 더 많이 먹는 것 같기도 하다. 그런데도 살은 별로 찌지 않는 체질 같다. 말을 많이 하거나 돌아다니는 걸로 영양분을 다 소비하는 건지도.

말을 하며 먹다 보니 우주의 입가에 아이스크림이 묻었다. 은호는 물끄러미 우주를 바라보다가 입 모양으로 말했다.

'입에 묻었어.'

우주가 손으로 닦으려고 해서 은호는 휴지를 들어 먼저 우주의 입가에 묻은 아이스크림을 닦아 주었다. 우주는 놀란 듯 동그랗게 눈을 떴다. 닦아 주는 것까지는 너무 과한 행동이었나 보다.

"뭐야, 왜 이렇게 자연스러워."

우주가 눈을 깜빡이며 말했다.

"야, 이은호. 너 솔직히 여자 친구 많이 만나 봤지."

은호는 고개를 저었다.

"거짓말. 보통 기술이 아니야."

고개를 저었는데도 우주는 믿지 않는 얼굴이었다.

"내 입술 예뻐서 닦아 주고 싶겠지만 참아. 내가 교복바지 입고 있어서 사람들이 우리 둘 다 남자인 줄 안단 말이야."

전혀 남자같이 안 생겼는데. 오해를 하려고 해도 할 수 없을 것 같다.

'머리, 계속 짧았어?'

은호가 우주의 머리카락을 바라보며 입 모양으로 물었다. 우주는 제 머리카락을 한 번 만지더니 고개를 저었다.

"어⋯⋯. 아니. 중학교 2학년 때까지는 긴 머리였어."

기른 적도 있나 보다. 그때는 어떤 모습이었을지 궁금했다.

'짧은 머리가 좋아?'

우주는 은호의 입을 바라보며 말을 확인했다.

"글쎄. 가끔 길러 보고 싶긴 해."

우주는 의뭉스러운 미소를 지으며 답했다. 은호는 그 태도가 의아했다. 기르고 싶으면 그렇게 하면 될 텐데, 우주의 대답은 꼭 기를 수 없다고 말하는 것처럼 들렸다.

"그래도 이러고 다니는 거 엄청 편해. 우리 학교는 바지도 입을 수 있어서 다행이야. 치마는 엄청 불편하거든."

우주는 언제 그랬냐는 듯 밝은 목소리로 말했다.

"여자애들 교복도 다 편한 걸로 바꿨으면 좋겠다. 특히 하복은 입고 조금만 움직여도 단추 뜯어질 거 같아. 대한민국 여고생들을 너무 만만하게 생각하는 거지. 밥도 남자애들만큼은 먹고 운동도 그만큼 할 수 있는데."

아까 전에 약간 가라앉은 듯 보였던 건 착각이었을까. 알 수 없었다. 우주에 대해 모르는 것이 너무도 많았다.

은호는 우주가 궁금해졌다. 사람을 알아 가고 싶다는 생각을 한 적이 없는데 우주에게는 질문이 하고 싶어졌다. 그동안 어떻게 살아왔는지, 어떤 기분을 느껴 왔는지 묻고 싶었다. 너무도 생소한 감정이어서 이런 스스로가 놀랍기까지 했다.

하지만 남들처럼 자연스럽게 질문하는 것이 그에게는 불가능한 일이었다. 짧은 문장은 어떻게 해서든 말할 수 있지만, 길게 말해야 한다고 생각하면 머릿속이 어지러워졌다. 목구멍을 무언가가 틀어막아 놓은 것처럼 말문이 막힌다.

아이스크림 가게를 나서면서 은호는 우주의 뒷모습을 바라보았다. 하나를 의문하기 시작하자 생각들이 꼬리를 물고 끊어지지 않았다. 그동안은 우주의 행동에 의문을 품은 적이 없는데, 지금은 우주가 자신에게 왜 이렇게까지 잘해 주는지 의문이 들었다.

은호는 앞서 걷고 있던 우주의 손목을 약하게 그러쥐었다. 우주가 고개를 돌려 의아한 얼굴로 그를 바라보았다. 은호는 한참 동안 말을 하지 않았다. 우주는 재촉하지 않고 그가 말하기를 기다려 주었다.

"왜 도와줬던 거야?"

그는 어렵게 목소리를 내어 물었다. 많은 것을 포함한 질문이었다. 왜 다가왔는지, 왜 손을 잡아 주었는지.

질문이 의외였는지 우주는 큰 눈을 느리게 깜빡일 뿐 대답하지 못했다. 한동안 침묵이 지속되었다. 두 사람 사이의 적막을 깨듯 하늘에서 빗방울이 떨어지기 시작했다. 은호는 멍하니 서 있는 우주의 팔을 잡고 가까운 건물의 처마 쪽으로 이끌었다.

우주와 은호는 벽에 기대어 소나기가 지나가기를 기다렸다. 은호는 먹구름이 드리운 하늘을 바라보다 고개를 돌려 우주를 바라보았다. 우주는 생각에 잠긴 듯 깊어진 눈으로 떨어지는 빗방울을 응시하고 있었다.

"그게……."

우주는 한참 후에 입을 열었다. 입을 열고도 말을 하지 못해 한참이나 머뭇거렸다.

"미안해. 처음엔 담임 선생님 부탁 받고 그런 거야."

우주는 미안한 표정을 지었다.

"나중에는 예전의 내 모습이 생각나서 신경 쓰이기도 했고."

예전 모습이라니. 우주에게는 무슨 일이 있었던 걸까.

"근데 지금은 정말 아니야. 내가 그러고 싶어서 그런 거야. 너 좋은 점도 많이 알게 됐고, 친해지고 싶다는 생각도 들어서……."

말을 하며 우주의 귓바퀴가 붉게 달아올랐다.

"뭐 이런 말을 하게 하냐."

우주는 민망한지 머리를 긁적였다. 그러다가 고개를 돌리고 은호의 눈치를 살폈다.

"혹시 화났어?"

은호는 피식 웃고는 고개를 저었다. 우주는 안도했는지 해사한 웃음을 지었다.

"다행이다."

우주는 다시 고개를 돌리고 비가 떨어지는 모습을 바라보았다. 은호도 시선을 옮겨 비 내리는 풍경을 바라보았다. 비가 오는 것을 좋아하지 않았는데 지금은 나쁘지 않았다.

"사실은, 좋아서 머리를 잘랐던 건 아니야."

우주가 조용한 목소리로 입을 열었다. 은호는 고개를 돌려 우주를 바라보았다. 우주는 빗방울이 고이기 시작한 땅을 응시하고 있었다.

"너도 사생 대회 때 알았겠지만, 우리 아빠 나 중학생 때 돌아가셨어."

"……."

"형제도 없어서 엄마랑 나 둘뿐인데, 예전에 갑자기 옆집 아저씨가 집까지 들어온 적이 있어."

은호는 표정을 굳혔다.

"이웃집 아저씨가 도와주셔서 다행히 별일은 없었는데 그 이후로 생각이 많아지더라. 여자 둘이 살면 위험한 일이 너무 많더라고."

우주는 길어진 앞머리를 손끝으로 매만졌다.

"그래서 그때 머리 자르고 한 번도 안 길렀어. 옷도 치마 같은 건 안 입고. 의미 없는 짓일지도 모르는데, 할 수 있는 게 그런 거밖에 없었어."

"……."

"나한텐 엄마가 전부야."

우주는 담담히 자신의 이야기를 했다.

"그땐 너무 힘들었는데, 겉으로는 안 드러냈었거든. 너도 그런 거 같아서 더 신경 쓰였어. 물론 지금 네가 더 힘들긴 하겠지만……."

"……."

"그래도 더 크고 나면 우리 둘 다 행복하게 잘 살고 있을 거야. 지금은 어리고, 할 수 있는 일도 별로 없으니까 뭐든 힘든 거겠지."

우주는 시선을 옮겨 먹구름이 드리운 하늘을 바라보았다. 그리고 부드러운 미소를 머금었다.

"다 괜찮아질 거야."

우주의 눈동자는 거무스름한 하늘을 담아내는데도 밝은 빛을 띠었다. 맑은 하늘을 상상하고 있기 때문일까. 은호는 저도 모르게 손을 들어 우주의 머리카락을 짧게 쓸어내렸다. 위로를 해 주고 싶었던 것 같다.

우주는 놀란 듯 은호를 바라보더니, 이내 싱그러운 웃음을 지었다.

일순 가슴속에서 풍랑이 불었다. 먼 곳에서부터 불어온 바람이 잔잔한 물결을 만들고, 켜켜이 쌓여 거대한 너울이 되었다. 알고 싶지 않았던 감정들이 확연하게 밀려들었다.

좋아하게 될 것 같다.

심장 소리가 증폭되어 귓가에 들리는 듯했다. 사람에게 사랑을 갈구하는 일을 다시는 하고 싶지 않았는데. 목소리까지 내어 주고 모든 것을 끊어 냈음에도 불구하고 어리석은 감정은 다시금 찾아들어 그를 뒤흔들었다.

이 마음은 어떻게 끝을 맺게 될까. 의문했으나 예측할 수 있는 것은 무엇도 없었다. 너울거리는 마음을 끌어안고 시간이 지나가기를 기다리는 수밖에.

공항 밖으로 나오자 속눈썹 위로 가벼운 눈송이가 툭 떨어졌다. 우주는 고개를 들어 하늘을 바라보았다. 바람과 함께 분설이 흩날리고 있었다. 몇 년 만에 방문한 한국에서 가장 먼저 그녀를 반기는 것은 눈 내리는 하늘이었다.

숨을 내쉬자 하얀 입김이 물에 떨어진 흰 물감처럼 흩어졌다. 미현은 멍하니 서 있는 우주의 앞으로 다가와 목도리를 여며 주었다.

"우주 씨, 추워? 확실히 런던보다 춥긴 춥다."

미현이 목도리를 여미며 우주의 안색을 살폈다. 걱정이 담긴 얼굴이었다. 우주의 추위를 걱정하는 게 아니라 다른 걱정을 하는 듯했다. 미현의 걱정을 덜어 주기 위해 우주는 얼굴에 미소를 머금었다.

"안 추워요. 미현 씨는요?"

"괜찮아. 나 튼튼한 거 알잖아."

우주는 푸스스 소리 내어 웃었다. 미현도 시원스러운 미소를 지었다.

"그럼 가 보자."

미현은 씩씩하게 말하며 우주의 팔을 잡고 이끌었다.

은호의 회사 사람이 공항 앞에 마중을 나와 있었다. 우주는 낯선 사람이 운전해 주는 차를 탈 바에는 공항버스를 타고 싶다고 생각했지만, 미현을 불편하게 만들고 싶지 않아 얌전히 차에 올랐다.

우주와 미현을 태운 차는 공항을 벗어나 영종대교로 들어섰다. 시야가 트이며 다리 아래로 넓은 바다가 보였다. 우주는 창밖을 바라보며 상념에 잠겼다. 한국을 떠날 때 이 다리를 건너며 조금 울었던 기억이 난다. 비행기를 타기도 전에 바다를 건너며, 자신이 도망을 치고 있다는 사실이 실감 나서 그랬던 것 같다.

다리 중반쯤을 지났을 때 핸드폰에서 진동이 울렸다. 우주는 핸드폰 화면을 켜 도착한 메시지를 확인했다.

[너 대체 어쩔 생각이니?]

죄책감을 확인시켜 주는 문자였다. 우주는 옅게 한숨을 내쉬고 핸드폰 화면을 껐다. 마음이 불편한 것은 그때나 지금이나 마찬가지인 듯하다.

교통정체를 뚫고 차는 느리게 서울로 들어섰다. 높은 건물들이 모습을 드러내며 하늘을 가렸다. 몇 년 만의 방문이었으나 서울은 그다지 달라진 것이 없는 듯했다. 여전히 분주하고 약간은 답답한 느낌을 주었다.

다행히도 차는 비교적 한산한 서울 외곽으로 들어섰다. 그리고 잠시 뒤 깔끔한 아이보리색 건물 앞에서 정차했다.

"앞으로 사용하실 건물이에요."

운전을 해 준 남자가 말했다. 그는 작업실에 대해 설명하며 미현과 우주를 건물 안으로 안내했다.

작업실은 무려 독채였고, 런던에 있던 작업실과는 비교도 안 될 만큼 넓고 쾌적한 공간이었다. 벽이나 바닥재, 조명 하나하나 섬세하게 신경을 쓴 티가 났다. 구비된 소파나 의자도 고급스러워 보였다.

작업실 옆에는 우주가 생활할 공간도 따로 마련되어 있었는데, 임시로 마련해 둔 곳이 아니라 아예 집을 새로 지은 듯했다. 원목 가구가 배치된 따스한 분위기의 인테리어로 꾸며져 있었다.

우주는 이 공간이 과분하다고 생각했다. 작업실은 큰 그림을 그리기 버겁지 않을 정도의 공간이면 충분하다. 우주는 은호가 자신에게 왜 이런 친절을 베푸는지 의아했다. 심란한 마음에 깊이 한숨을 내쉬자 미현이 우주의 어깨를 톡톡 두드렸다. 우주는 고개를 돌려 미현을 바라보았다.

"우주 씨. 불편해?"

"아뇨, 아니에요."

"그래도 이은호 상무가 신경을 많이 썼나 봐."

"……그러게요."

우주는 복잡한 마음을 숨기고 웃으며 대답했다.

미현은 일이 있다며 잠시 자리를 비웠다. 미현이 없는 틈을 타

우주는 짐 정리를 시작했다. 붓이나 물감, 유화 기름 등을 종류별로 정리하고, 가져왔던 물건들도 하나씩 수납장에 넣었다. 잡생각을 지우기 위해 일부러 더 기계적으로 몸을 움직였다.

바닥에 앉아 마지막으로 붓 정리를 하고 있을 때였다. 갑작스레 문이 벌컥 열렸다. 고개를 들어 바라본 곳에는 재현이 있었다.

"야, 임우주! 오면 온다고 연락을 하든가."

"어떻게 알고 왔어?"

우주는 놀라서 눈을 동그랗게 뜨고 물었다.

"아줌마랑 윤미현 씨한테 들었지! 내가 다른 사람한테 네가 한국 온다는 얘기를 들어야겠냐."

재현의 툴툴거림에 우주는 피식 웃음 지었다.

"정리되면 연락하려고 했지. 근데 선글라스는 왜 쓰고 온 거야? 어두워졌는데."

"나 요즘 너무 유명해서 쓰고 다녀야 돼."

재현이 선글라스를 벗으며 능청스레 말했다.

"웃기시네."

"진짜거든."

10년 전에 대한민국에서 제일 높은 사람이 되고 싶다던 도재현은 어째선지 배우가 됐다. 공부로 성공하기는 어려울 것 같으니, 우리나라 사람들의 지대한 관심사 중 하나인 연예계로 진출하겠다는 헛소리를 하며 연예계에 발을 들였다.

몇 년간은 그다지 유명하지 않았는데, 얼마 전에 조연으로 참여한 영화가 흥행을 하면서 이제는 제법 유명해졌다. 재현의 얼굴을 아는 사람도 많아지고, 팬도 많아졌지만 우주는 아직도 저 성격 특이한 놈이 왜 인기가 많은지 이해할 수 없었다.

"얼굴 좀 제대로 보자. 잘 지냈냐?"

재현이 우주의 앞에 무릎을 접고 앉으며 말했다.

"한 달 전에도 봤는데 뭘."

"매정이 하늘을 찌르겠다."

재현이 불만스레 말했다. 우주는 그저 웃었다.

영국에 있을 때에는 재현과 주로 메신저로 연락을 주고받았다. 재현이 바쁘지 않을 때면 런던에 놀러 와 우주의 얼굴을 보고 가기도 했다. 계속 연락을 주고받았으니 어색할 것은 없는 사이였다.

"근데 갑자기 한국에는 왜 온 거야?"

재현이 의아한 얼굴로 물었다.

"아⋯⋯. TV 광고에 내 그림 쓰고 싶대서. 당분간 여기서 작업해야 돼."

"TV 광고? 뭐, 디스플레이 광고 이런 건가?"

"그런가 봐."

"임우주 잘나가네. 어디 회사인데?"

"HK디스플레이."

우주의 대답에 재현의 표정이 조금 경직되었다. 우주는 대수롭지 않은 이야기를 하듯 말했다.

"은호 만났어."

"⋯⋯."

"은호가 제안한 거라고 하더라."

"어떻게 찾았대?"

"그림을 알아본 거 같아."

재현이 한숨을 내쉬었다.

"별말 안 해?"

"응, 딱히."

"괜찮겠어?"

재현은 걱정스러운 얼굴이었다.

"괜찮지 않을 건 없지."

우주는 웃으며 답했다. 그러나 재현은 여전히 걱정스러운 얼굴이었다. 우주는 분위기를 바꾸고 싶어서 태연히 말했다.

"야, 도재현. 시간 있으면 나 밥이나 사 줘. 오랜만에 한국 식당 가고 싶다."

우주에게 무어라 더 말을 할 수가 없어진 재현은 우주의 머리카락을 장난스럽게 흐트러뜨렸다. 얇고 색이 밝은 머리카락이 부스스 헝클어졌다.

"아, 하지 마!"

우주가 콧잔등을 찡그리며 제 머리카락을 정돈했다.

"오랜만에 만난 친구한테 머리카락 내어 주기도 아깝냐."

"그럼 너도 머리 내."

"말 살벌하게 하네. 머리 내가 뭐야. 그리고 나는 연예인이잖아."

"웃기시네. 아무도 못 알아보잖아."

"야, 네가 그동안 한국에 안 와 봐서 모르는 거야. 요즘 나 밖에 나가면……."

화기애애하던 분위기가 깨어진 것은 그때였다. 우주의 표정이 일순 굳어졌다. 재현은 우주의 시선이 향하는 곳으로 고개를 돌렸다. 차가운 시선으로 두 사람을 응시하고 있는 은호가 있었다.

"모른다고 하지 않았나?"

은호가 재현을 바라보며 물었다. 서늘해진 가슴 탓인지 높낮이

가 거의 없을 정도로 차분한 목소리가 나왔다. 이 분노가 재현을 향한 것인지, 우주를 향한 것인지 은호는 알 수 없었다.

우주를 찾는 동안 그는 재현에게 몇 번 연락을 했었다. 우주의 행방을 아느냐 묻는 은호의 질문에 재현은 늘 같은 대답을 했다. 알지 못한다고. 그러나 지금 두 사람의 모습은 몇 년 만에 마주한 사람들처럼 보이지 않았다.

"같이 있는 게 자연스러워 보이네."

은호는 조소하듯 말했다. 그때 우주가 자리에서 일어서며 차분한 음성으로 말했다.

"……내가 말하지 말아 달라고 했어."

은호는 다시 시선을 옮겨 우주를 직시했다. 우주의 얼굴은 재현과 대화를 나누었을 때와는 달리 냉담했다. 모든 감정을 다 삼켜버린 듯 흔들림 없는 연한 눈동자와 마주하자 서늘했던 가슴이 쿵쿵, 귓가에 들릴 정도로 크게 뛰어 대기 시작했다.

"재현아. 잠깐 자리 좀 비켜 줘."

우주가 재현을 바라보며 말했다. 재현은 잠시 망설였으나 우주의 단호한 눈을 보고는 고개를 끄덕이고 자리에서 벗어났다. 재현이 밖으로 나간 뒤에도 두 사람은 오랫동안 입을 열지 않았다.

"그동안 꽤 재미있었겠다."

먼저 적막을 깬 사람은 은호였다.

"널 찾으려고 발악하는 내가, 네 눈에는 얼마나 우스워 보였을까."

은호는 대답하지 않는 우주의 얼굴을 훑었다. 속눈썹이 드리운 눈매에서부터 선이 부드러운 코끝, 도톰한 입술에 이른다. 이상할 정도로 변함없는 얼굴이라고 생각했는데 밝은 곳에서 보니 조금 달라진 것 같기도 했다.

밝고 생기 있던 눈동자가 어두워졌다. 무언가를 희석하여 감정을 억누른 것 같은 눈이었다. 특유의 활기를 잃은 건 눈동자뿐만이 아니었다. 뺨도 조금 여윈 듯했고, 옷 사이로 드러난 목선도 가늘어졌다.

그런 우주를 보며 상반된 감정이 충돌했다. 당장에라도 목을 조르고 싶기도 했고, 안타까워 뺨을 어루만지고 싶기도 했다.

"그렇게 하고 싶으면 해."

은호의 시선을 눈치챈 우주가 말했다. 은호는 굳어진 시선으로 우주를 바라보았다.

"내가 무슨 생각을 하는 줄 알고?"

"죽이고 싶을 정도로 밉잖아."

"……"

"네 원망 안 할 테니까, 네가 하고 싶은 대로 해."

"입 다물어."

은호는 내뱉듯이 차갑게 말했다. 그는 감정을 들킨 것에도 화가 났지만, 은호의 다른 감정은 외면하는 것 같은 우주에게도 화가 났다.

한 걸음 다가선 은호는 우주의 목을 감싸 쥐었다. 힘이 들어가지 않은 손길이었으나 위협적인 상황임에는 틀림없다. 그러나 은호를 바라보는 눈동자는 담담하기만 했다.

혼란스러웠다. 햇빛 아래에서 여름 하늘보다도 맑은 웃음을 짓던 우주의 얼굴이 아직까지 선명한데, 그 사람은 이제 존재하지 않는 것만 같다. 까맣게 어둠이 내려앉은 바깥을 배경으로 하고, 그보다 더 어두워진 눈빛으로 그를 응시하고 있을 뿐이다.

"그렇게 할까."

"······."

"아무것도 아닌 사이로 남게 될 바에는, 그냥 그렇게 할까."

자신을 바라보고 있는 우주의 눈은 불투명한 유리 같았다. 아무런 감정도 담고 있지 않은 것이 싫었다. 순간 다 깨트려 버리고만 싶었다. 손끝에 힘이 들어갔다. 하지만 우주에게 어떠한 위해도 가하지 못하고 손에서 힘을 풀었다.

오히려 더 괴로워졌다. 날카로운 무언가가 가슴을 난도질하는 기분이었다. 이런 식으로 우주를 대하고 싶었던 적은 한 번도 없었다.

"허탈하네. 우리 결말이 겨우 이런 거라니."

그는 자조했다. 살면서 허무하게 놓쳐 버린 것들이 있다. 사람이나 물건, 지위나 명예 같은 것들 말이다. 놓쳤다 해도 크게 미련 가진 적은 없었다. 모든 것을 다 가지면서 살 수는 없다는 사실을 어렸을 적부터 지독히도 잘 알고 있었으니까.

그러나 우주는 달랐다. 자신이 유일하게 욕심을 내도 되는 사람이라고 생각했다. 관계가 어긋났다 해도 언젠가는 다시 내 삶을 구원하고 곁에서 있어 주리라 믿었고, 욕심을 내도 기대를 저버리지 않을 사람이라고 맹신했다.

하지만 어쩌면 우주의 존재는 그동안 그가 지나쳐 버렸던 것들과 다르지 않았는지도 모른다. 언젠가는 포기해야 하고, 지나쳐야 하는 관계로 끝을 맺는 것을 받아들여야 하는지도.

그렇게 생각하자 더욱 고통스러워졌다.

"정말 내 손에 죽어 줄 생각이었어?"

은호는 조용한 목소리로 물었다.

"왜?"

"……."

"죄책감을 느껴?"

우주는 대답하지 않았다. 은호는 한숨 같은 웃음을 흘렸다.

"이기적이야."

"……."

"내 손에 죽어 주겠다는 건, 나를 위해서가 아니라 너를 위해서 잖아."

연한 눈동자가 희미하게 흔들렸다. 은호는 그 눈을 직시하며 단호한 어조로 말했다.

"나한테 미안하면 피하지 말고 똑바로 대면해. 어설프게 회피하지 마."

짧은 침묵이 흘렀다. 은호는 우주가 떨리는 손을 말아 쥐는 것을 바라보았다. 이 와중에도 손을 잡고 싶다는 충동이 드는 것을 간신히 내려놓아야 했다.

"너한테 무슨 일이 있었는지는 당분간 안 물을게. 이유를 찾으려는 행동도 하지 않을 거야."

"……."

"그러니까 피하지 마."

"……."

"그땐 정말 용서 못 할 거 같으니까."

그는 약하게 한숨을 내쉬고는 우주를 두고 화실을 나섰다.

건물을 빠져나오자마자 타인의 시선이 느껴졌다. 은호는 돌아서서 자신을 응시하는 사람을 바라보았다. 재현이었다. 화단 턱에 앉아 있던 재현은 몸을 일으키며 차가운 어조로 말했다.

"임우주 그냥 둬."

"……."

"예전처럼 서로 모르는 듯이 살아."

은호를 응시하는 시선에 경계가 담겨 있었다. 예전에도 재현이 은호를 좋아하는 것처럼 보이진 않았지만, 지금 같은 눈빛을 보인 적은 없었다. 은호는 재현이 있는 방향으로 완전히 돌아섰다.

"친구 사이도 그 정도면 오지랖 아닌가."

그는 무표정한 얼굴로 말했다.

"네가 그동안 나한테 거짓말했던 건, 우주 의지인 걸 아니까 따질 생각은 없어."

"……."

"근데 그 이상은 네가 간섭할 부분 아니야."

재현은 침묵했다.

은호는 어쩌면 재현과 우주의 관계에 변화가 생겼을지도 모른다는 생각을 했었다. 그러나 지금 재현의 반응을 보아서는 별다른 일이 있었던 것 같지는 않다. 물론 추측일 뿐이었지만.

"너랑 함께했던 과거, 임우주한테는 좋은 기억 아니야."

은호는 서늘해진 눈으로 재현을 바라보았다.

"나도 너한테 부탁 같은 거 하고 싶지 않은데, 임우주를 위해서 부탁하는 거야. 우주 그냥 놔둬."

재현에게서 자신을 향한 적의가 느껴졌다. 은호는 그런 재현을 보며 높낮이 없는 목소리로 말했다.

"네 부탁 들어주기도 싫고, 그게 아니더라도 애초에 우주한테서 멀어질 생각도 없어."

"……."

"무슨 일이 있었는지는 내가 알아낼 거고, 그런 말을 들어도 임우주한테 들을 거야."

재현의 표정이 굳어졌다.

"그러니까 더는 주제넘게 굴지 마. 너보다는 내가 우주를 더 잘 알아."

은호는 처음으로 적의를 드러냈다. 그는 재현의 대답을 기다리지 않고 차에 올라 그 자리를 벗어났다.

"이건 꿈이야."

모의고사 성적표가 나왔다. 성적표에 쓰인 등급을 보며 우주는 나락으로 떨어지는 기분을 느꼈다.

"맞아. 이건 꿈이야."

옆에 앉아 있던 재현이 중얼거리더니 성적표를 반듯이 접었다. 그러더니 쓰레기통에 던져 버리고는 핸드폰을 꺼내 게임을 하기 시작했다. 가끔은 도재현의 저런 면이 정말 부럽다.

"너도 잘 못 봤어?"

"맨날 똑같지 뭐."

"너 그래도 국어랑 과탐은 잘하잖아."

"그나마 잘 본 거지. 그리고 아직 2학년인데 뭐."

재현은 미친 사람처럼 허허 웃더니 다시 게임에 집중했다.

반면 우주는 심란했다. 아직 2학년이라고 해도 곧 여름이고, 무더운 여름을 견디고 나면 수능이 1년 남짓 남을 것이다. 1년 안에 안정적인 성적을 만드는 게 과연 가능할까? 우주는 푹 한숨을 내쉬고 책상 위에 엎드렸다. 재현이 그런 우주의 머리를 헝클었다.

"야. 기운 내. 오늘 오빠가 밥 사 줄까."

"오빠란 말 한 번만 더 하면 너 입 꿰맬 거야……."

"잔인한 것."

"밥 먹고 싶은데, 오늘은 그냥 갈래."

"네가 웬일로 먹을 걸 다 거절하냐. 진짜 심각한가 보네."

"……."

"걱정 마. 300일의 전사도 있다잖아."

나는 그럴 머리가 안 된다고. 대답할 기운도 없어서 우주는 힘없이 늘어졌다.

은호는 제 앞에서 밥을 먹고 있는 우주를 물끄러미 바라보았다. 언젠가부터 우주는 당연한 듯이 은호와 밥을 먹게 되었다. 우주는 워낙 친구들이 많아서 밥을 먹을 때도 특정한 친구와 먹기보다는 시간이 맞는 애들과 먹었던 것 같은데, 이제는 매번 자신과 함께 밥을 먹는다.

익숙해졌는데도 새삼스럽게 쳐다보고 있는 것은 우주가 밥을 잘 먹지 못해서였다. 늘 왕성한 식욕을 보여 주던 우주는 어째선지 밥을 깨작깨작 먹고 있었다.

은호는 손으로 똑똑 테이블을 두드렸다. 멍하니 밥알을 씹던 우주가 놀라서 고개를 들었다.

"어, 왜? 뭐라고 했어?"

'어디 아파?'

은호가 입 모양으로 물었다. 우주는 설레설레 고개를 저었다.

"아냐. 아프긴."

'근데 왜.'

우주는 대답하기를 머뭇거렸다. 그러다 조심스레 말을 꺼냈다.

"이은호. 혹시 너 시험 잘 봤어?"

오늘 모의고사 성적표가 나왔던 것이 문제였나 보다. 은호가 대답하지 않자 우주는 시무룩한 얼굴로 말했다.

"너는 잘 봤겠지? 공부 잘하니깐. 부럽다……."

'넌 그림 잘 그리잖아.'

"그림을 잘 그리면 뭐 하냐. 공부를 못하는데."

이쯤 되면 우주가 가진 생각은 이상했다. 그간 봐 온 우주는 그림에 열정이 큰 사람이었다. 열정만 큰 게 아니라 성실하기도 하고, 그에 상응하는 실력도 있었다.

공부를 잘하는 사람은 이 나라에 수도 없이 많지만, 우주만큼 특별한 재능을 가진 사람은 드물다. 우주도 그 사실을 모르지는 않을 텐데, 어째선지 우주는 그림을 진로로 하지 않겠다는 생각을 아예 못 박아 버린 듯했다.

'가자.'

은호는 자리에서 일어섰다.

"엉? 너 다 먹었어? 덜 먹은 거 아냐?"

은호는 우주의 팔을 잡고 자리에서 일으켰다. 억지로 밥을 먹여 봤자 잘 먹을 것 같지 않았다.

은호는 우주에게 아이스크림 하나를 사 주었다. 우주는 뭐든 잘 먹긴 하지만, 아이스크림 먹을 때 유독 신나 보이니까.

입에 아이스크림을 하나씩 물고 두 사람은 운동장 조회대에 앉았다. 그늘이 드리운 조회대와 달리 운동장 위로 고스란히 햇빛이 쏟아지고 있었다. 햇빛을 받는 인공잔디가 오늘따라 유독 파란 빛을 띠었다.

"아무래도 이제 미술실에서 그림 그리는 거 그만해야겠어."

조용히 아이스크림만 먹던 우주가 입을 열었다. 은호는 고개를 돌려 우주를 바라보았다. 우주는 마음을 다잡았는지 아까보다는 차분해진 얼굴이었다.

"그림이 성적에 영향이 가는 거 같아. 못해도 하루에 세 시간은 거기에 있으니까."

그 정도라도 그러니까 지금까지 버틸 수 있었던 거 아닌가. 은호는 빤히 우주의 얼굴을 바라보며 생각했다.

"야, 은호야. 넌 공부 어디서 해?"

'집에서.'

"나도 집에서 하는데 왜 난 공부를 못할까."

우주의 얼굴을 다시 시무룩해졌다. 은호는 핸드폰에 글자를 적어 우주에게 보여 주었다.

[주말에 도서관에서 같이 할까.]

우주는 크게 눈을 깜빡였다.

"그래도 돼?"

은호가 고개를 끄덕이자 우주는 환히 웃었다.

"그래! 우리 일요일부터 하자!"

[할 거면 토요일부터 해야지.]

"아냐. 토요일은 할 일 있어."

어째선지 울적한 말투였다. 은호가 우주를 빤히 바라보자, 시선을 느낀 우주는 아무렇지 않게 미소 지었다. 그러더니 전투적인 얼굴로 씩씩하게 아이스크림을 해치웠다.

하늘이 꿀렁꿀렁했다. 잿빛 먹구름이 금방이라도 비를 쏟아 낼 것만 같다. 서둘러야겠다는 생각을 하며 우주는 사물함을 정리했다. 늘 사물함에 있던 팔레트와 각종 물감, 자투리 종이 등을 쇼핑백에 넣었다. 커다란 쇼핑백에 담긴 화구와 종이는 너무 많고 무거워서 양팔로 끌어안아야 할 정도였다.

우주는 짐을 한 아름 안고 소각장으로 향했다. 묵직한 짐을 소각장에 내려놓고 크게 숨을 내쉬었다. 늘 화구들을 다 버리고, 그렸던 그림과 자투리 종이를 다 태워 버릴 작정이었다.

성적이 나오지 않는 이유를 우주는 잘 알고 있었다. 아니라고 생각하고 싶지만 분명 그림 때문이었다. 미술실에서 그림을 그리는 시간만 해도 하루에 세 시간이 넘고, 집에서도 그림 생각을 하느라 헛된 시간을 보낼 때가 많다. 그림을 직업으로 삼지 않겠다고 다짐을 했으면 망설이지 말았어야 했는데 그동안 너무 안이했던 것 같다.

우주는 소각장에 종이를 모아 두고는 아까 샀던 라이터를 켜 보았다. 부싯돌이 마찰하며 물방울 모양의 불꽃이 피어올랐다. 이 불꽃이 그림을 다 삼켜 버릴 것이라 생각하면 마음이 아팠다.

생각에 잠긴 채 멍하니 불꽃을 바라보고 있을 때, 갑자기 핸드폰에서 진동이 울렸다. 우주는 라이터를 내려놓고 핸드폰을 꺼냈다.

[너 어디야?]

은호였다.

[학교인데, 왜?]
[학교 어디.]

소각장이라고 말을 하면 안 될 것 같았다. 우주는 답장을 하지 않고 핸드폰을 다시 주머니에 넣었다. 깊이 한숨을 내쉬며 바닥에 늘어진 화구들을 바라보았다. 화구를 보고 있으면 아빠 생각이 나지 않을 수가 없다. 아빠도 그림을 그리던 사람이었으니까.

아빠가 살아 계실 때에도 집안은 넉넉하지 못했다. 아빠가 병을 앓기 시작한 후부터 가세는 더 기울기 시작했고, 엄마는 고된 일을 시작해야만 했다. 아빠가 돌아가시고 난 뒤에는 남은 것이 별로 없었다. 짙고 깊은 슬픔과 약간의 빚, 그림 몇 장뿐이었다.

어느 날 문득 잠에서 깨었을 때, 엄마는 우주에게서 등을 돌린 채 울고 있었다. 고요한 새벽에 간헐적으로 들려오는 울음소리를 들으며, 그림을 그리던 힘없는 아빠의 뒷모습도 같이 겹쳐 보였다. 우주는 그때 처음으로 아빠를 원망했다.

좋은 아빠였지만, 아직도 많이 사랑하지만 원망스러웠다. 왜 그렇게 먼저 떠나 버렸냐고. 왜 우리에게 이런 슬픔을 남기고 떠난 것이냐고.

우주는 더 이상 아빠의 흔적을 따라 걷지 않기로 다짐했다. 그림과 아빠의 불행이 전혀 상관없다 할지라도 불확실한 것에 미래를 걸 수는 없었다. 하나뿐인 엄마에게 다시는 슬픔을 안겨 주고 싶지 않았다.

우주는 다시금 라이터를 켰다. 자투리 그림이 그려진 종이를 가져다 대려는데, 갑자기 비가 떨어졌다.

"뭐야?"

우주는 황당한 얼굴로 하늘을 바라보았다. 하늘이 참 친절하기도 하다. 망설이는 우주의 마음을 눈치채고 이렇게 비를 쏟아 주시니. 우주는 라이터를 내려놓고 그냥 떨어지는 비를 맞았다. 시간이 지날수록 비는 거세졌다. 어깨를 적시는 비가 시리고 무거웠다.

모르겠다. 정말 아무것도 알 수가 없었다. 좋아하는 것을 그만두어야겠다고 마음을 먹었지만, 사실 이것이 옳은 방향인지 확신할 수가 없다. 누군가 제대로 된 방향을 알려 준다면 얼마나 좋을까. 오로지 스스로의 선택에 의해 삶이 결정되는 것이 우주는 두려웠다.

무기력하게 바닥만 응시하고 있을 때였다. 둥그런 그림자가 우주의 위로 드리웠다. 고개를 들자 우산을 들고 있는 은호가 보였다. 우주는 크게 눈을 떴다.

"왜 여기에 있어?"

은호는 무릎을 굽혀 앉더니, 우주의 손에 우산을 쥐여 주었다. 그리고 바닥에 늘어진 화구를 챙기기 시작했다.

"뭐 해."

은호는 대꾸 없이 화구를 정리하기만 했다.

"그거 다 버릴 거야."

은호는 우주의 말을 듣지 않고 화구를 챙겨 자리에서 일어섰고, 학교 건물 안으로 들어서려는 듯 걸음을 옮겼다. 우주는 급히 은호의 팔을 잡고 돌려세웠다.

"너 뭐 하는 거야."

"……."

"뭐 하는 거냐니까!"

우주는 저도 모르게 화를 냈다. 은호는 한 걸음 다가오더니, 소매로 우주의 젖은 얼굴을 닦아 주었다.

'내가 가지고 있을게.'

"그걸 네가 왜 가지고 있어?"

'스무 살 되고, 대학 가면 그때 다시 줄게.'

은호의 얼굴은 평소와 다름없이 담담했으나 눈빛은 유했다. 그 속에서 우주를 향한 걱정을 읽을 수 있었다. 그런데도 우주의 마음은 비틀렸다. 은호를 향한 감정이 아니었는데도 화를 내고 말았다.

"왜? 네가 뭔데."

울음기가 올라와서 코끝이 시큰해졌다. 우주는 그것을 숨기기 위해 괜히 더 사납게 말했다.

"네가 뭘 아는데?"

은호는 말없이 우주를 바라보았다. 짙은 눈동자가 어떤 생각을 품고 있는지 알 수 없었다. 침묵을 유지하던 은호는 몇 번 입을 뻐끔거렸다. 목소리는 나오지 않았다. 은호는 약간 인상을 썼다. 그리고 다시금 입을 열었다.

"모르겠어."

은호는 조금 힘겨운 듯 말을 이었다.

"모르니까 이렇게라도 하려고."

은호의 말은 어색하고 힘겹게 들렸다. 그럼에도 우주에게 말을 전달하기 위해 애를 쓰고 있었다. 은호는 소매를 들어 우주의 뺨을 다시금 닦아 주었다.

"울지 마."

뺨 위로 쏟아지듯 눈물이 떨어졌다. 은호는 화구를 내려놓고 양손으로 우주의 눈물을 닦아 주었다. 우주는 창피한 것도 잊고 그냥 흐느껴 울어 버렸다. 은호는 그런 우주의 어깨를 다정히 안아 주었다.

"미안해."

"아니야, 미안하다고 하지 마."

우주는 울먹이며 말했다.

"그냥 너한테 짜증 낸 거야. 내가 미안해."

우주는 엉엉 울음을 터트렸다. 은호는 계속 우주의 등을 다독여 주었다. 괜찮다고, 다 알고 있다는 듯이.

학교 건물로 들어서는 동안 우주는 몸을 바들바들 떨었다. 비를 맞은 탓에 몸에 한기가 느껴졌다. 은호는 그런 우주를 보더니 입고 있던 카디건을 벗어 우주에게 걸쳐 주었고, 어깨를 감싼 채 건물 안쪽으로 이끌었다.

교실로 들어선 뒤, 은호는 우주더러 젖은 옷을 갈아입는 게 좋겠다고 입 모양으로 말했다. 우주는 고개를 끄덕이고는 탈의실에서 옷을 갈아입고 다시 교실로 돌아왔다. 그런데 교실에 있어야 할 은호가 보이지 않았다. 대신 우주의 책상 위에 쪽지 하나가 놓여 있었다.

「잠깐 기다리고 있어. 어디 가지 말고.」

그저 글자일 뿐인데도 가슴 안쪽이 따스해지는 듯했다. 우주는 쪽지를 손에 쥔 채 얌전히 의자에 앉아 은호를 기다렸다.

이렇게 비가 많이 오는데 은호는 대체 어딜 간 걸까. 얼른 돌아오면 좋겠다. 돌아오면 아까 짜증 냈던 거 꼭 사과해야지. 우주는 속으로 다짐하며 책상 위에 엎드렸다.

몸이 노곤해서인지 금세 졸음이 쏟아졌다. 저도 모르게 잠을 자고 있을 때, 어깨에 무언가 얹어지는 느낌이 들어 번쩍 눈을 떴다. 고개를 돌리자 우주의 어깨 위에 담요를 걸쳐 주고 있는 은호의 모습이 보였다. 깜빡 잠이 들어 은호가 들어온지도 몰랐나 보다.

'자도 돼.'

우주는 고개를 저었다. 은호는 우주의 맞은편에 앉더니 들고 있던 봉투에서 무언가 꺼냈다. 유리병에 담긴 음료수였다. 밖에서 음료수와 담요를 사 온 모양이다.

"아, 고마워."

병을 두 손으로 감싸자 손바닥에 온기가 느껴졌다. 어깨에 덮인 담요도 따뜻하고, 음료수도 뜨겁다 싶을 정도로 따뜻했다. 은호의 배려가 고맙고 미안해서 우주는 코끝이 시큰해지는 것을 느꼈다.

달달하고 따뜻한 음료수를 마시는 동안 은호의 시선이 느껴졌

123

다. 우주는 아까 화내서 미안하다고 말을 하고 싶었지만, 아까 엉엉 울었던 게 민망하여 쉬이 입을 열지 못했다. 귓가에 들리는 것은 조용한 빗소리뿐이었다. 약간은 어색하고도 간지러운 침묵 속에서 커피만 느리게 줄어들었다.

음료수가 반 정도 줄었을 때 은호가 자리에서 일어섰다. 은호는 자신의 자리에서 종이 한 장을 꺼내더니, 우주의 책상 위에 올려놓았다. 우주가 의아한 얼굴로 바라보자 은호는 종이에 글씨를 적었다.

「그림 그려 줘.」

"그림?"

우주가 망설이자 은호는 우주의 손에 연필을 쥐여 주었다. 뭘 그려야 할까. 고민하던 중 문득 학교 화단에 피어 있던 철쭉이 생각났다. 우주는 천천히 연필을 움직였다. 이제 여름이고, 비도 오니까 내일쯤이면 꽃잎이 다 떨어졌을지도 모르겠다. 그 전에 예쁘게 색칠을 할 수 있으면 좋을 텐데.

"야, 은호야."

우주는 입을 연 후에도 한동안 말을 하지 못했다. 은호는 우주가 무언가 말을 꺼내기를 재촉하지 않고 기다려 주었다.

"너는 미래 생각하면 막연해질 때 없어?"

지난번에 은호를 위로하면서, 우리 둘 다 어른이 되면 행복하게 잘 살고 있을 것이란 말을 했었다. 그런데 지금 생각해 보니 그저 말뿐인 위로에 불과했던 듯하다. 사실은 우주도 앞으로의 미래가 막연하고 무섭기만 했다.

은호는 우주를 빤히 응시하더니, 우주의 그림 옆에 글씨를 적었다.

「있어.」

"진짜?"
은호는 고개를 끄덕였다. 그러고는 다시 글씨를 적었다.

「항상 막연해.」

은호도 집안 문제 때문에 항상 마음이 편치 않았으리라. 괜한 질문을 한 것 같아서 우주는 다시 말을 잇지 못했다. 긴 침묵이 흘렀다. 두 사람 사이에는 조용한 빗소리와 사각사각 그림을 그리는 소리만이 지속되었다. 우주는 한참 후에 천천히 입을 열었다.
"예전에, 엄마가 아파서 일주일 정도 입원했던 적이 있다?"
은호는 계속 말하라는 듯 고개를 한 번 끄덕였다.
"그때 병원에서 나한테 막 이것저것 말하면서 선택하라고 하는 거야. 별건 아니었어. 그냥 식단이나 병실, 입원 기간 이런 문제였는데 갑자기 머릿속이 새하얘지는 거야."
"……."
"그동안 선택을 하면서 살 일이 별로 없었으니까. 그냥 부모님이 하라는 대로 살기 바빴지."
우주는 꽃잎의 수술을 그려 넣으며 말했다.
"엄마 입원하고 집에 혼자 있을 때도 기분이 이상했어. 나 혼자 선택하고 해결해야 할 일이 너무 많은 거야."

"……."

"무서웠어. 내가 뭔가를 선택했다가 잘못되면 어떡해. 그럼 다 내 잘못인 거잖아."

은호는 조용히 우주의 말을 들었다. 나이를 먹는다는 건 앞으로 스스로 선택해야 할 일이 많아진다는 것과 같은 뜻인지도 모르겠다. 스스로의 선택에 온전히 책임질 수 있는 사람이 되면 어른과 가까워질 수 있는 걸까. 그건 은호에게도 멀게만 느껴졌다.

"우리 아빠도 그림 그리는 사람이었어."

"……."

"그림이 아니라 다른 삶을 선택했다면 어땠을지 자꾸 생각하게 되더라. 아빠가 돌아가신 건 그림이랑 전혀 상관이 없는데…… 그냥 그게 아니었으면 엄마랑 내가 좀 더 안정적으로 살 수 있지는 않았을까, 이런 생각이 들었어."

우주는 자조하듯 웃었다.

"나 진짜 나빴지."

"그렇게 말하지 마."

은호는 목소리를 내서 말했다.

"너 안 나빠."

우주는 놀란 듯 동그랗게 뜨인 눈으로 은호를 바라보았다.

"난 네가 말할 때마다 진짜 깜짝깜짝 놀라게 된다."

우주는 설핏 웃더니, 아까보다는 편안해진 얼굴로 그림을 그렸다. 은호는 그 모습을 빤히 바라보았다.

우주는 어린 나이인데도 불구하고 벌써부터 너무 많은 것들을 걱정해야 하는 입장에 있는 것 같다. 우주가 그림을 선택한 뒤의 실패를 자꾸만 고려하는 것은, 그 후에 뒤따라오는 무게를 아버지를 잃음으로써 이미 알아 버렸기 때문인지도 모른다.

은호는 그런 우주에게 어떠한 말도 할 수 없었다. 마음 같아서는 하고 싶은 일을 하라고 말하고 싶었다. 우주는 그림을 그릴 때 가장 즐거워 보이니까. 그러나 말할 수 없었다. 현실의 제약이나 선택의 무게 같은 것을 은호도 잘 알고 있기 때문이다.

은호는 종이에 글씨를 적었다.

「나중에 다시 찾아올 수 있을 거야.」

우주는 글씨를 보더니 엷은 미소를 지었다. 약간은 씁쓸하지만, 편안해 보이는 미소였다. 은호는 우주의 머리카락을 쓰다듬어 주었다. 그렇지만 그 역시 씁쓸해지는 마음은 어쩔 수가 없었다. 말뿐인 위로가 아니라 정말 힘이 되어 주면 좋겠다는 생각이 들었다.

"은호야. 나도 물어보고 싶은 거 있어."

우주가 말했다. 은호는 말하라는 뜻으로 고개를 끄덕였다.

"저번에 등나무에서 말이야, 너 선생님이 불러서 집에 일찍 갔던 날. 그때 무슨 일 있었어?"

은호는 그때의 기억을 쉽게 떠올렸다. 그러나 말을 하기가 망설여졌다. 누군가에게 자신의 이야기를 제대로 한 적이 없었기 때문이다.

"말하기 힘들면 안 해도 돼."

은호가 머뭇거리자 우주가 말했다. 은호는 고개를 젓고는 다시 종이에 글자를 적었다. 우주도 자신의 삶에 대해 알려 주었으니까.

아버지는 회사를 운영하는 사람이며, 자신의 밑에 들어올 것을 원한다고. 그것뿐만이 아니라 많은 것들을 요구한다는 이야기를 간략하게 적었다. 은호의 글씨를 읽으며 우주의 얼굴은 침울하게 가라앉았다.

「그날, 그 사람이 찾아와서 나더러 정신병원에 가서 입원치료 받으라고 하더라.」

우주는 아무 말 없이 그저 은호가 글씨를 쓰는 것을 바라만 보았다.

「엄마도 동의했고.」

글씨를 적고 있는 은호의 표정은 아버지 이야기를 할 때와는 달리 좀 더 가라앉은 듯 보였다. 우주는 은호를 빤히 바라보다가 다시 질문했다.

"왜 아빠가 때리는 거에 저항 안 해?"

우주의 물음에 은호는 대답 없이 느리게 눈을 깜빡였다.

"네가 그 사람을 무서워하는 것 같지는 않아서."

은호는 생각에 잠긴 눈으로 우주를 바라보다가 다시 종이 위로 글자를 적었다.

「엄마 때문에.」

"엄마?"

은호는 고개를 끄덕였다.

「내가 맞아 주지 않으면 그 남자가 엄마를 때리니까.」

우주는 놀란 눈으로 은호를 바라보았다. 은호는 여전히 담담한
얼굴로 글자를 적었다.

「사랑해서 그러는 건 아니야. 엄마라고 생각도 안 해. 그냥
지금 키워 준다는 이유로 빚지기 싫어서.」

우주는 은호의 말에 의문을 가졌다. 엄마라고 생각하지도 않는
다면서 왜 은호는 빚을 지고 있다고 생각하는 걸까? 그 사람은 학
대를 방치함으로서 부모의 자격을 잃은 사람인데.

우주가 보기에는 은호가 빚을 지고 있는 게 아니라, 오히려 그
사람이 빚을 지고 있는 것처럼 보였다.

갑자기 은호가 생각에 잠겨 있는 우주의 뺨을 꼬집었다. 우주는
생각에서 벗어나 은호를 바라보았다.

"왜 꼬집어."

은호는 뺨을 놓아주더니, 웃으며 고개를 저었다. 그리고 입 모
양으로 말했다.

'배 안 고파?'

왠지 말을 돌리는 것 같은 느낌이 들었다. 더 묻고 싶은 것들이
많았지만, 은호가 원치 않는 듯해서 우주는 가슴속에 질문들을 묻
어 두었다. 대신 웃으며 밝은 목소리로 말했다.

"엄청 배고파. 비 그치면 우리 맛있는 거 먹으러 가자."

은호는 엷게 웃으며 고개를 끄덕였다. 창밖에서는 서서히 비가
잦아들고 있었다. 우주는 어서 햇빛을 보고 싶다고 생각하며 은호

가 쓴 글자 옆에 꽃을 그려 넣었다.

어느덧 무더운 여름이었다. 등굣길에 여느 때보다도 많은 햇빛이 쏟아졌다. 우주는 일부러 나뭇잎이 풍성한 나무 그늘 쪽으로 붙어서 걸었다. 추운 겨울보다는 여름을 좋아하는 편이지만, 그래도 이건 너무 더운 것 같았다. 빨리 걷다 보니 이마에 얇게 땀이 배어 나오기까지 했다.

사실 이런 여름에는 학교를 가는 깃도 싫어지는데 오늘은 학교 가는 게 싫지 않았다. 오히려 걸음을 재촉하게 된다. 사실 오늘만 그랬던 게 아니라 이번 봄과 여름은 내내 그랬다. 우주는 기분 좋은 웃음을 지으며 걸음을 바삐 했다.

교실 문 앞에 도착한 우주는 멈춰 섰다. 이은호 있으려나. 지금은 이른 시각이고, 은호는 항상 일찍 등교하는 편이니 교실에 있을 것 같긴 했다. 주저하다 살짝 뒷문을 열어 보았다. 역시나 은호 혼자였는데, 웬일인지 공부를 하는 게 아니라 책상 위에 엎드려 있었다.

피곤한 걸까. 어제 비가 그치자마자 기분전환을 한다는 명목으로 우주가 은호를 여기저기 끌고 다녀서 그런 건지도 모르겠다. 우주는 살금살금 다가가 은호의 옆자리에 앉았다.

눈을 감고 있는 은호는 미약한 숨을 내쉬며 곤히 자고 있었다. 우주가 은호의 눈앞에 손을 흔들어 보았지만, 은호는 눈을 뜨지 않았다.

우주는 빤히 은호의 모습을 바라보았다. 감고 있는 눈 밑으로 드리운 속눈썹이 무척 길었다. 이제 보니 눈썹도 가지런하고, 콧대의 선도 예뻤다. 사실 다 잘생겼지만, 은호의 얼굴에서 가장 마음에 드는 부분은 입술이었다. 모양이 예쁘고 두께가 적당하며, 여러 색을 잘 조합해야 나오는 예쁜 선홍빛을 가지고 있다.

……남의 얼굴을 두고 무슨 생각을 하는 거람. 우주는 멋쩍어졌다. 황급히 자리에서 일어섰다. 그런데 돌아서자마자 손목이 붙잡히고 끌어당겨졌다. 가벼운 힘에 의해 우주는 다시 자리에 앉게 되었다.

은호가 엎드린 채 고개만 돌려 우주를 응시하고 있었다. 자는 게 아니었나. 우주는 당황스러운 얼굴로 눈만 깜빡였다.

"일찍 왔네."

은호가 목소리를 내어 말했다. 나른하고 단정한 목소리가 듣기 좋다는 생각이 들었다.

"……응. 일찍 일어나서. 근데 너 요즘 말하는 횟수 늘은 거 같다."

"연습 중이야."

"진짜?"

우주가 놀라서 물었다. 은호는 고개를 끄덕이고는 우주의 손을 끌어당겨 손바닥 위에 글씨를 썼다.

「긴 문장은 아직 어려워.」

"천천히 하면 되지 뭐."

우주의 말에 은호는 엷게 눈웃음을 지었다. 그리고 다시 스르르 눈을 감았다. 잘 거면 손목은 놔줬으면 좋겠는데……. 우주의 바람과는 달리 은호는 계속 우주의 손목을 잡고 있었다.

단둘뿐인 교실 안은 적막했다. 창문으로 들어오는 선선한 바람만이 귓가를 간질였다. 창밖의 느티나무가 흔들리는 소리가 들리고, 뒤이어 은호의 머리카락도 잘게 흔들렸다.

머리카락을 쓰다듬어 보고 싶어져 우주는 손을 들었다. 어째선지 쿵쿵, 빠른 속도로 심장이 뛰기 시작했다. 손끝마저 저린 듯했다.

손끝에 머리카락이 닿으려던 찰나, 은호가 눈을 떴다. 갑작스레 낯설고도 선명한 감정이 가슴속을 파고들었다. 아린 통증과 함께 가슴이 곤두박질쳤다.

우주와 은호는 눈이 마주친 채 굳어 버렸다.

쿵쿵쿵, 아까보다 더 빠른 속도로 가슴이 널뛰기 시작했다. 그러자 우주의 손목을 잡고 있는 은호의 손에 조금 더 힘이 들어갔다. 손에 움켜쥔 맥박, 무언가를 읽어 내듯 바라보는 새까만 눈동자.

우주는 화들짝 놀라서 손을 빼냈다. 그리고 황급히 자리에서 일어섰다.

"나 화장, 화장실 좀……."

우주는 후다닥 교실을 벗어나서 거의 뛰듯이 화장실 앞에 도착했다. 복도 벽에 기대어 손바닥으로 얼굴을 감쌌다. 거울을 보지 않아도 제 얼굴이 얼마나 새빨갛게 달아올라 있을지 예상이 갔다.

은호가 느꼈을까. 제 손바닥 아래에서 빠르게 요동치던 맥박 소리를.

우주는 벽에 등을 기대며 크게 한숨을 내쉬었다. 바보는 아니라서 이 감정이 뭔지는 알고 있다. 하지만 달갑지 않았다. 은호와 어색해지고 싶지 않았으니까.

은호는 근래 들어 조금씩 말을 하기 시작했고, 우주는 그 말을 들어 줄 사람이 자신이었으면 했다. 평소와 같은 분위기에서 은호가 자연스럽게 말을 할 수 있게 되길 바랐다.

"임우주? 거기서 뭐 해?"

우주는 팔을 내리고 자신을 부른 사람을 바라보았다. 같은 반인 서연이었다.

"너 얼굴이 왜 이렇게 빨개? 더워?"

"아, 응. 좀 덥다. 근데 일찍 왔네?"

"너야말로 웬일로 일찍 왔어?"

"난 일찍 오지 말란 법 있냐."

"뭐래 지각쟁이가. 근데 왜 여기서 이러고 있어? 교실 안 가?"

"아, 가야지. 같이 가자."

우주는 웃으며 답했다. 머릿속에서 생각을 지우고 서연이와 이런저런 이야기를 하며 교실로 향했다.

"그래서 영어 쌤이 나더러 채점하라는 거 있지."

"그걸 왜 너를 시켜? 웃긴다. 그럴 땐 거절해야지, 임우주야."

"얼마 안 되길래 그냥 한다고 했어. 이은호가 도와준다고 해서."

대수롭지 않은 어투로 말하며 교실 뒷문으로 다가서는데, 갑자기 서연이 멈춰 섰다. 우주는 의아한 표정을 지었다. 서연이 창문으로 교실 안쪽을 바라보며 말했다.

"이은호 있다."

"어? 응. 쟤 원래 항상 일찍 와. 은근 성실하거든. 근데 안 들어가?"

멈춰 선 서연이 갑자기 우주의 손목을 덥석 붙잡더니, 복도 벽에 우주를 몰아세웠다.

"깜짝이야. 왜 그래?"

"야, 우주야. 나 할 말 있는데……."

서연이 진지한 얼굴로 말했다.

"서연아. 우린 이뤄질 수 없어."

우주가 농담을 하자 서연이 얼굴을 붉혔다.

"아, 뭔 소리야! 그게 아니라……."

서연은 말을 아물리지 못하고 머뭇거렸다. 갑자기 왜 이러는 걸까. 우주는 의아한 얼굴로 서연을 바라보았다.

"우주 너 이은호랑 친하지?"

"친하긴 친하지. 왜?"

"아니, 그, 있잖아……."

하얀 뺨이 발그레 물드는 모습을 보며 우주는 서연이 하려는 말이 무슨 말일지 직감적으로 알아차렸다.

"나도 이은호랑 친해지고 싶어."

그 속뜻 역시.

서연이는 은호와 친해질 기회를 만들어 달라고 했다. 어려운 부탁도 아니었고, 거리낄 것도 없었다. 서연이는 예쁘고 성격도 좋고, 공부도 잘하는 편이었다. 착하고 귀여운 면도 있어 은호와 친해져도 해가 되지 않을 터였다.

은호의 인간관계가 조금 더 넓어지는 것은 좋은 일이었다. 여러 사람과 접촉하고 마음을 열다 보면 입을 열기도 좀 더 수월해질 테니까. 그걸 잘 알고 있는데도 우주는 마음이 편치 않았다. 옹졸하게 질투를 하는 자신이 한심해 미칠 것 같았다.

결정적으로 마음이 더 불편해진 것은 화학 시간이 끝났을 때였다. 수업을 마친 화학 선생님이 2인 1조로 과제를 해서 제출하라고 말을 했고, 그 순간 서연이 반짝이는 눈으로 우주를 바라보았다. 은호와 할 수 있게 도와 달라는 것 같은 눈빛이었다.

그 눈빛을 보고 나니 계속 마음 한구석이 불편했다. 우주는 자괴감에 책상에 머리를 박고 엎드렸다.

"너 이은호랑 할 거냐?"

갑자기 재현이 물었다.

"어? 아니……."

"왜 대답이 애매해. 이은호 혼자 해야 되면 그냥 이은호랑 하고."

또 툴툴거릴 줄 알았는데 재현은 의외로 차분히 말했다.

"아냐. 붙여 줄 사람이 있어서……. 사실 누가 이은호한테 좀 관심이 있는 거 같아."

"송서연?"

"어떻게 알았어?"

우주가 화들짝 놀라서 물었다.

"보면 알지, 그런 거는."

그렇게 둔한 편은 아니라고 생각했는데 왜 몰랐던 걸까. 그러고 보니 서연이는 은호가 인사를 안 받아 줘도 계속 인사를 했던 것 같다. 둔한 스스로가 놀랍도록 한심하여 우주는 멍해졌다.

"그래서 너는 쟤랑 못 하니까 나랑 하겠다 이거야?"

"아니, 왜 또 그렇게 받아들이냐……."

우주가 쭈뼛거리며 말하자 재현이 웃으며 우주의 머리를 헝클어 트렸다.

"농담이다 인마."

화난 줄 알았네. 우주는 불만스러운 얼굴로 흐트러진 머리카락을 정리했다.

"너는 어쩌고 싶은데? 송서연이랑 이은호랑 붙여 주고 싶어?"

"친해지고 싶다는데 내가 친해지지 말라고 할 권한이 있나."

은호가 누군가와 친해지는 걸 막을 권한은 자신에게 없었다. 우주는 생각에 잠긴 채 손가락만 만지작거렸다. 재현은 그런 우주를 빤히 응시했다. 문득 시선을 느낀 우주가 고개를 돌려 재현을 바라보았다.

"왜?"

"어, 아니."

재현은 다른 곳으로 시선을 옮겼다. 그러다가는 다시 우주를 바라보았다.

"나랑 해."

"엉?"

"그냥 나랑 하자고."

"……"

"이은호는 송서연이랑 하라고 해."

은호는 알겠다고 했다. 약간의 거부 반응이라도 나올 줄 알았는데 대수롭지 않다는 듯 승낙을 하여 우주는 조금 충격을 받았다.

점심시간이 되자 서연이는 은호의 앞자리에 앉아 은호에게 말을 걸었다. 우주는 멀리서 그 모습을 지켜보며 마음이 꿀렁거리는 것을 느꼈다. 가슴 안쪽이 쓰리기까지 했다. 이런 스스로가 싫어서 반성하는 의미로 벽에 머리를 기대고 서 있었다.

쳐다보지 마, 쳐다볼 것 없어. 우주는 스스로에게 주문을 외듯 되뇌었다.

"임우주, 벽이랑 대화하냐? 우리 농구할 건데 너도 할래?"

농구공을 든 영훈이 다가와 물었다.

"너넨 가끔 나를 여자라고 생각하지 않는 거 같다."

"네가 우릴 남자로 여기지 않는다고 생각하지는 않니?"

"오…… . 일리 있어."

"상처받는다."

"나 깍두기 시켜 줘."

우주가 헤헤 웃으며 말했다.

"깍두기는 무슨. 제일 득달같이 하면서. 아무튼 할 거면 빨리 나가자."

"엉."

심란했는데 잘됐다. 몸이라도 움직이면 잡생각들이 좀 덜어질 테니까. 우주는 영훈을 따라나섰다. 그러다가 고개를 돌려 은호가 있는 창가 자리를 바라보았다.

서연은 예쁘게 웃고 있고, 은호는 그런 서연을 바라보고 있었다. 마음이 너무 꿀렁거려서 멀미를 하는 것만 같았다. 우주는 어렵게 시선을 떼고 도망치듯 교실에서 벗어났다.

농구 코트 위로 따가운 햇볕이 쏟아지고 있었다. 살갗을 따갑게 할 정도로 강한 빛을 받으며 우주는 열심히 뛰었다. 그렇게 하면 머릿속을 헤집는 복잡한 생각들이 조금이라도 덜어질 것 같아서였다. 그러나 머릿속을 점철한 생각들은 쉬이 사라지지 않았다.

은호를 향한 자신의 감정은 친구로서의 감정이 아니었다. 그동안 누군가를 좋아해 본 적이 없어 어떤 감정인지 눈치채지 못했지만, 오늘로서 확연해졌다. 은호를 좋아하게 되었다.

은호는 우주에게 자신을 왜 도와주었냐는 질문을 했지만, 사실 도움을 받은 건 오히려 우주 쪽이었다. 철없는 동질감으로 다가섰던 우주를 받아 주었던 것도 은호고, 힘들어하는 우주의 마음을 먼저 알아봐 준 것도 은호였다.

'색, 예쁘네.'
'모르니까 이렇게라도 하려고.'

그동안 은호가 전달해 주었던 마음이 얼마나 위로가 되었는지, 은호는 알지 못할 터였다. 고마움에 그치지 못한 감정은 어느새 크게 자라나 버렸다.

이제는 우주에게 너무도 중요한 사람이다. 그런 은호에게 특별한 사람이 생긴다면 어떻게 해야 하는 걸까. 서연이와 은호는 친해지는 것에서 더 발전하여 사귀게 되는 게 아닐까. 그러면 은호를 향한 자신의 감정은 당연히 포기해야 할 텐데.

우주는 우뚝 멈춰 섰다. 너무 뛰어다녀서 호흡이 가빴다. 폐부에 밀려드는 공기는 뜨거웠고, 요동치는 심장 소리가 귀를 울릴 정도로 거세었다. 어지러운 생각들과 심장 박동, 호흡이 하나로 엉키고 머릿속을 터트릴 것처럼 우주의 속을 휘저어 놓았다. 그리고 하나의 결론을 만들어 냈다.

퍽—! 순간 머릿속이 번쩍였다. 머릿속을 휘젓던 생각들이 모두 흩어지고, 엉뚱한 생각이 머리를 지배했다.

아파!

우주의 안면을 후려친 농구공은 발치에서 얄밉게 굴러가고 있었다. 우주는 풀썩 주저앉았다.

"야, 이, 미친. 얼굴을……!"

중요한 생각 중이었는데! 우주는 거의 절규했다. 주변에 애들이 모여드는 게 느껴졌지만 아파서 신경 쓸 겨를이 없었다. 곧 손바닥 위로 뜨거운 무언가가 흘러내리는 느낌이 들었다. 손바닥을 펼쳐 보니 새빨간 피가 묻어 있었다.

은호는 손에 턱을 괸 채 문제를 풀고 있었다. 앞에 앉은 서연이란 이름의 여자아이는 은호가 대꾸를 하든 말든 열심히 말을 걸었다. 어색함을 풀어 주기 위한 것일 테지만, 은호는 그것이 더 어색하고 불편했다.

"분자는 이 색깔로 할까?"

서연이 펜을 들며 물었고, 은호는 고개를 끄덕였다.

서연은 자신에게 호감을 가지고 있는 것 같다. 간혹 이런 애들이 있었다. 이야기를 나눈 적도 없고, 서로에 대해 잘 알지 못하는데도 받아 주기 어려운 마음을 품고 다가오곤 했다.

우주는 서연의 생각을 알면서도 이 상황을 만들어 준 걸까. 은호는 손으로는 문제를 풀면서도 다른 생각에 잠겼다.

'재현이가 같이 하자고 해서. 내가 예전에 서운하게 한 것도 있어서 어쩔 수 없을 거 같아.'

우주는 국어책에서 나올 법한 말투로 잘도 거짓말을 했다. 거짓말을 쉬이 눈치챘지만, 그냥 모른 척 속아 준 것은 언제까지 우주에게 의지할 수 없다는 사실을 알기 때문이다. 그는 우주가 자신을 챙겨 준다고 생각하는 게 싫었다. 이제는 집안이나, 말을 못하는 상황들을 다 배제시키고 평범하게 우주를 대하고 싶었다.

그래서 다른 사람과 과제를 하라는 것을 받아들이긴 했는데, 우주가 아무 생각도 없이 자신과 여자애를 붙여 준 거라고 생각하면 속이 쓰렸다.

은호는 손가락을 말아 쥐었다. 아침에 우주의 손목을 잡았을 때, 빠르게 뛰고 있는 맥박을 느꼈다. 그건 염원이 만들어 낸 착각이었을까.

"어, 쟤네 농구하나 보네. 맨날 덥다면서 지치지도 않나."

서연이 창밖을 바라보며 말했다. 은호도 덩달아 창밖을 바라보았다. 열린 창문으로 농구 코트에 모여 있는 아이들이 보였다. 어쩐지 반이 썰렁하다 했더니 저기에 다 모여 있었나 보다.

경기를 뛰는 애들도 있었고, 응원을 하는 애들도 있었는데, 그 많은 애들 중에서 우주의 모습은 쉽게 눈에 들어왔다.

"우주도 있다."

은호는 고개를 끄덕였다.

"분명 아이스크림 내기하는 걸 거야. 임우주 아이스크림이면 환장하거든. 저렇게 내기에서 이겨서 혼자 아이스크림 연달아 세 개

먹다가 배탈 난 적도 있어."

아무래도 임우주한테는 아이스크림 못 먹고 죽은 귀신이 붙은 게 틀림없다. 하루에 한 번씩은 아이스크림을 사 먹는 거 같은데도 또 아이스크림을 따내기 위해 저보다 큰 남자애들 사이를 요리조리 뛰어다닌다.

"너 웃는 거 처음 본다."

은호는 고개를 돌려 서연을 바라보았다. 서연은 큰 눈을 느리게 깜빡이며 은호를 응시하고 있었다.

"있잖아, 혹시 우주 좋아해?"

"……."

"내 말은 친구로서가 아니고……. 알지? 무슨 뜻인지."

으악―! 갑자기 밖에서 소란스러운 소리가 들렸다. 은호와 서연은 다시 창문으로 고개를 돌렸다. 경기가 중단되었는지 애들이 한곳에 우르르 모여 있었다. 그 틈새로 얼굴을 감싼 채 주저앉아 있는 우주의 모습이 보였다.

은호는 자리에서 일어섰다. 밖으로 나가기 위해 몸을 돌리려던 찰나에 팔이 붙잡혔다.

"대답하고 가면 안 돼? 나도 삽질하기는 싫어서."

서연은 흔들림 없는 눈으로 은호를 직시했다. 대답하기 전까지는 놓아주지 않을 기세였다. 은호는 불안한 시선으로 다시 창밖을 바라보았다. 우주가 다른 애들의 부축을 받으며 농구 코트를 벗어나고 있었다.

은호는 짧은 한숨을 내쉬었다. 새삼스러울 것도 없다. 이미 확신하던 감정이었으니까.

"응. 좋아해."

은호의 말에 서연의 눈이 놀라서 동그랗게 커졌다.

"미안."

"뭐야. 너 말할 줄 알아? 아니, 그것보다 왜 미안하다고 하는데? 사과하지 마! 나도 너 얼굴만 좋아한 거야."

서연의 말을 들으며 은호는 설핏 웃었다. 서연은 힘없이 은호의 팔을 놓아주었다. 은호는 급히 교실을 빠져나와 아래층으로 향했다. 양호실로 갔을 것 같아서 은호는 빠르게 걸음을 옮겼다.

"양호 선생님은 왜 안 계셔? 밥 먹으러 갔나?"

양호실 근처에 도달하자 남자애들의 목소리가 들렸다. 그리고 이어지는 목소리는 익숙했다.

"아, 됐으니까 빨리 나가서 이기고 와."

"그래도 코피 많이 나는데."

"지금 코피가 중요하냐, 아이스크림이 중요하지! 얼른 가서 이기고 와. 설레임 먹고 싶다고."

"알았다. 네 코피값은 우리가 충당해 온다."

머지않아 양호실에서 같은 반 남자애들 세 명이 나왔다. 두 명은 대수롭지 않게 지나가는 반면, 한 명은 멈춰 서서 은호를 바라보았다. 재현이었다.

"뭐 해, 도재현. 얼른 가야 돼. 점심시간 얼마 안 남았다."

"아, 응."

세 사람이 자리를 뜨고, 은호는 양호실 안으로 들어섰다. 그는 웬만해서는 잘 놀라지 않는 성격인데도 우주를 보고 놀라서 가슴이 쿵 내려앉았다. 우주는 휴지 뭉치를 코에 대고 있었는데, 휴지 뭉치라기보다는 그냥 빨간 덩어리로 보였다.

은호가 들어온 것을 알아챈 우주는 코가 막혀 맹맹해진 목소리로 말했다.

"뭐야, 이은호? 어떻게 왔어?"

은호는 대꾸 없이 새 휴지를 찾아 우주의 코를 막아 주었다. 피를 보고 있자니 속이 쓰렸다. 그냥 놔두면 멎는다는 사실을 알고 있는데도 걱정이 됐다.

"잘한다."

괜히 퉁명스럽게 말이 나왔다. 우주는 그런 은호를 보며 웃었다.

"야. 말하는 횟수도 적은데 이왕이면 좋은 말만 해 줘라."

우주는 장난스럽게 말했지만 은호는 여전히 속이 상했다. 코피가 잘 멎지 않는 것 같아 우주의 뒷목을 감싸 살짝 고개를 숙이게 만들었다. 갑작스러운 접촉에 놀랐는지 손바닥 밑에서 우주가 흠칫 놀라는 게 느껴졌다. 그게 미안해서 은호는 뒷머리를 짧게 쓰다듬어 주었다.

그 이후로 침묵이 지속되었다. 평소 말이 많은 우주는 어째선지 말을 하지 않았다. 어색한 공기가 맴도는 부자연스러운 고요였다. 바깥에서 떠드는 목소리와 매미 우는 소리가 아주 먼 곳에서 들려오듯 작게 느껴졌다.

초침 소리가 얼마나 많이 반복되고 있는지 알지도 못한 채 은호는 고개를 숙이고 있는 우주만 바라보았다. 그때 열린 창문으로 선선한 바람 한 줄기가 들어섰다. 우주의 머리카락이 흔들리며 옅은 샴푸 냄새를 풍겼다.

머리카락 사이로 바람이 드러낸 귓바퀴가 보였다. 붉은 물을 들인 것처럼 귓바퀴가 달아올라 있었다. 무엇을 부끄러워하고 있는 걸까. 알려 달라고 하며 쓰다듬어 보고 싶은데, 그러면 아까처럼 놀랄 것 같아서 은호는 아무런 행동도 하지 못했다.

"……코피 이제 멎은 거 같아."

우주가 조용한 목소리로 말하며 적막을 깼다. 은호가 휴지를 떼어 보니 정말 피가 멎어 있었다. 은호는 양호실에서 얼음 팩을 찾아 우주의 얼굴에 대 주었다.

"내가 할게."

우주가 얼음 팩을 잡으려 했으나, 은호는 고개를 저었다. 우주는 은호의 얼굴을 똑바로 바라보기가 어려워 아래로 시선을 내렸다. 의식하고 나니 너무 어색해 죽을 것 같았다.

"근데 너 아까 서연이랑 화학 수행평가 하고 있지 않았어?"

겨우 할 말을 찾아내어 우주가 고개를 들고 물었다. 은호는 고개를 끄덕였다. 우주의 기분이 침울하게 가라앉았다.

"……좋디?"

은호는 의아한 눈으로 우주를 바라보았다.

"아니, 서연이 예쁘잖아. 성격도 좋고. 그런 애가 너랑 친해지고 싶다고 하는데 감지덕지해야지. 그렇지. 넌 어땠어?"

바보처럼 횡설수설 말을 하고 말았다. 반면에 은호의 눈은 언제나 그랬듯 반듯하고 깊었다. 그 눈을 보며 우주는 조금 겁이 났다. 지금 자신의 마음을 알면 은호는 어떤 표정을 지을까.

"서연이랑 사귈 거야?"

그래서 생각을 거치지 않고 말을 해 버렸다. 충동적인 말이 후회가 되었지만, 오늘 이대로 집에 가면 잠도 제대로 자지 못할 것 같았다. 은호는 놀란 눈으로 우주를 바라보다 이내 피식 웃음 지었다.

'너는?'

"엉?"

'내가 어떻게 했으면 좋겠어?'

은호가 입 모양으로 물었다. 차분히 자신을 바라보는 시선에 가슴이 요동쳤다. 소용돌이치듯 생각이 몰아치며 얼굴에 열이 올랐다. 하지만 그 혼란 속에서도 감정은 확고했다.

"……안 그랬으면 좋겠어."

우주는 기어들어 가듯 작은 목소리로 말했다. 그러자 은호는 눈을 접으며 웃었다.

'그래.'

"무슨 대답이 그래. 내가 사귀지 말라고 하면 안 사귈 거야?"

은호는 고개를 끄덕였다.

"왜? 나한테 그럴 권한은 없는데."

"……."

"네가 원하는 대로 하면 되는 거야. 그냥 이건 내 의견이고."

"안 사귈 거야."

은호가 목소리를 냈다. 우주는 놀란 눈으로 은호를 바라보았다.

"왜?"

은호는 시선을 들어 우주의 눈을 응시하며 담담한 목소리로 말했다.

"네가 좋으니까."

차가워진 손끝이 붉게 달아오른 귓바퀴를 짧게 스치고 지나갔다. 불어오는 바람처럼 가벼운 손짓이었다.

우주는 멍한 눈으로 높다란 HK디스플레이 건물을 바라보고 있었다. 어쩌다 여기까지 오게 된 걸까. 깊이 내쉰 한숨이 뿌얀 연기가 되어 차가운 겨울 공기에 섞여 들었다.

오늘 오전에 한창 그림을 그리고 있을 때 은호에게서 연락이 왔다. 몇 통이나 전화가 왔지만 우주는 받지 못했다. 얼마 지나지 않아 문자가 왔는데, 계약 문제로 할 이야기가 있으니 회사로 오라는 내용이 적혀 있었다.

[내 말 듣기로 했었잖아.]

덧붙여져 있는 내용에는 은호의 짜증이 담겨 있는 듯했다.

은호의 말을 거절할 수 있는 상황이 아니니 회사에 오긴 했지만, 높은 건물을 보고 있자니 마음이 영 불편했다. 다시 돌아가야 할지 말지 고민하며 우주는 건물 앞을 서성였다.

그때 회사 건물 안으로 들어서려던 누군가와 눈이 마주쳤다. 어딘지 모르게 얼굴이 익숙한 남자였다. 기억을 되짚자 떠오르는 얼굴이 있었다. 은호의 이복형제 중 한 사람이었다. 과거에 은호와 함께 있을 때 우연히 마주친 적이 있었다.

'형 봤는데 인사도 안 하냐? 옆에는 여자 친구?'

오래전 일이지만, 혹시라도 자신을 알아보면 껄끄러운 일이 생길 것 같아서 얼른 뒤를 돌았다. 성큼성큼 앞서 걷는 도중에 갑자기 팔이 붙잡히고 돌려세워졌다. 은호의 이복형이 인상을 쓴 채 우주의 앞에 서 있었다.

"이봐요. 부르는데 왜 답도 안 합니까?"

얼굴에 불만이 가득했다. 과거에 마주쳤을 당시에도 좋은 인상은 아니었던 것으로 기억한다. '팔자 좋네.'라면서 은호에게 비꼬듯 말했었으니까. 우주는 저도 모르게 조금 차가운 어조로 말했다.

"무슨 일이신데요?"

"예전에 만난 적 있지 않아요? 그쪽 이은호 여자 친구였던 거 같은데."

"잘못 보신 거 같은데요."

"아닌 거 같은데."

확신하는 것 같은 대답이었다. 우주가 낭패감을 느끼고 있을 때였다. 남자에게 붙잡혀 있던 팔이 갑작스레 떨어졌다. 옆에는 은호가 서 있었고, 제 이복형의 팔을 붙잡고 있었다.

"내 손님인데."

"……."

"뭐 문제 있어?"

평소처럼 무표정한 얼굴이었지만, 서늘한 눈빛이 은호의 기분이 좋지 않다는 사실을 알려 주었다. 남자는 한쪽 눈썹을 치켜뜬 채 우주와 은호를 번갈아 바라보았다. 그러더니 빈정거리듯 웃으며 말했다.

"드디어 찾았나 보네? 찾던 사람."

"내 일에 관심 가지기 전에 형 일이나 신경 쓰지그래."

"날 세우는 거 보니 신경 쓰이긴 한가 봐?"

남자의 말에 은호는 잠시 아무 말도 하지 않았다. 우주는 안절부절못하고 은호만 바라보았다.

"신경 쓰는 거 알면 건드리지 마."

은호는 제 형의 대답을 듣지 않고 우주의 팔을 잡았다. 우주는 아무런 말도 하지 못하고 그저 은호의 뒤를 따라 걸었다. 은호의 걸음이 조금 빠른 듯해서 우주는 걸음을 맞추기 위해 다리를 바삐 움직였다.

은호가 향한 곳은 회사 사무실이 아닌 지하 주차장이었다. 주차장에 들어섰을 때 은호는 우뚝 걸음을 멈추었다. 그러고는 우주를 향해 시선을 옮겼다.

"밥 먹었어?"

"어?"

"밥 먹었냐고. 저녁."

일상적인 질문이 갑작스럽게 느껴졌다. 같이 밥을 먹자고 하려는 걸까. 그건 곤란했다. 머뭇거리느라 우주의 대답은 뒤늦게 빠져나왔다.

"……먹었어."

"뭐 먹었는데."

우주는 당황스러운 표정으로 눈을 깜빡였다. 안 먹은 걸 먹었다고 해야 하니 메뉴가 잘 생각나지 않았다.

"……찌개?"

"거짓말 못하는 거 여전하네."

"아냐, 먹었어."

"거짓말을 할 거면 제대로 하든가."

거짓말이 티가 났나 보다. 예전에도 은호는 우주의 거짓말을 쉬이 눈치채곤 했다.

은호는 다시 앞서 걸었다. 이번에는 걸음이 조금 느린 듯했다. 그는 검은색 세단 앞에서 멈춰 서더니, 조수석 문을 열고 우주를 바라보았다.

"타."

"어디 가게?"

"밥 먹으면서 일 얘기 좀 하자고."

"……."

"그 정도는 해 줄 수 있잖아."

짙어진 눈동자가 우주를 응시하고 있었다. 은호의 까만 눈동자는 오래 바라보고 있으면 마음이 무거워진다. 우주는 그 눈길을 거절하지 못하고 차에 올랐다.

"뭐 먹고 싶은 거 있어?"

은호가 운전석에 오르며 물었다. 우주는 대답 없이 은호를 물끄러미 응시하기만 했다. 은호는 의아한 얼굴로 우주를 바라보았다.

"뭐 먹고 싶은 거 있냐고."

"어? 아니, 괜찮아. 아무거나 먹어도 돼."

우주는 조금 당황하며 대답했다.

"그냥, 사람 많지 않은 데로 가자."

은호는 별말 없이 고개를 끄덕이더니, 우주가 있는 쪽으로 팔을 뻗어 조수석 벨트를 채워 주었다. 거리가 가까워지며 코끝에 은은한 향수 냄새가 훅 끼쳐 들었다. 우주는 살짝 눈을 찡그리고 가까운 거리에 있는 은호를 바라보았다.

"내가 할 수 있어."

"알아."

은호는 태연히 대답하고는 자신의 안전벨트도 마저 채웠다. 곧이어 차가 매끄럽게 출발했다.

은호가 운전하는 모습을 보고 있자니 기분이 이상했다. 능숙하게 운전을 하는 은호는 예전에 자신이 알던 사람과는 전혀 다른 사람처럼 보였다. 하지만 얼굴을 보고 있으면 과거의 모습이 불쑥불쑥 나타나 마음을 휘저어 놓기도 했다.

어지럽고 심란했던 마음이 한층 더해지는 것 같았다. 우주는 반대쪽 창문으로 시선을 옮기고 눈을 내리감아 버렸다.

"아까 이윤영이 너한테 무슨 말 했어?"

은호가 운전을 하며 물었다. 그런데 어째선지 대답이 돌아오지 않았다. 그는 고개를 돌려 우주를 바라보았다. 우주는 눈을 감고 있었다. 설마 잠이 든 걸까. 차에 오른 지 얼마 되지도 않았는데.

"임우주, 자?"

자는 것치고는 자세가 뻣뻣했다. 대화를 하고 싶지 않아서 자는 척을 하는 걸까. 신호가 걸린 틈을 타 그는 우주의 옆모습을 빤히 바라보았다.

만나지 못했던 건 짧은 세월이 아니었는데도 왜 우주의 모습은 그대로일까. 차라리 조금 변했더라면 이렇게까지 마음이 무뎌지지는 않았을 텐데.

"임우주."

"……."

"보고 싶었어."

그는 조용한 목소리로 말했다.

"너는 아니었겠지만."

우주는 그저 미동 없이 눈만 감고 있을 뿐이었다. 이렇게까지 말했는데도 반응이 없는 것을 보면 정말 자고 있는 모양이다.

그는 우주를 향해 손을 뻗었다. 연한 밤색의 머리카락에 손이 닿으려는 찰나에 그는 손을 거두었다. 건드리면 이 시간이 깨어질까 두려웠다. 그저 물끄러미 얼굴만 바라보다 머리카락 사이로 드러난 귓바퀴에 시선을 옮겼다. 옅게 혈색이 돌고 있다.

초여름, 매미 울음소리가 들려오던 그때처럼 선선한 바람이 불어주었으면 좋겠다. 그러면 바람을 흉내 내어 살짝 건드려 볼 수라도 있을 테니까. 하지만 안타깝게도 지금은 너무 추운 겨울이었다.

은호가 우주를 데리고 간 곳은 화실 근처의 한식당이었다. 두 사람이 앉은 자리에 한 상 가득 정갈한 음식이 차려졌다. 불편한 상황만 아니었더라면 감격을 했을 만한 상이라고 우주는 생각했다. 요즘에는 외국에서 한국 음식을 접하는 것이 어려운 일은 아니지만, 그래도 이렇게 한국에서 제대로 먹는 것과는 확연한 차이가 있다.

우주는 숟가락을 들었다. 호화로운 밥상이지만 여전히 은호가 신경 쓰였다. 은호가 말을 걸까 봐 한 숟갈을 먹고, 다시 고개를 들고 은호를 바라보기를 반복했다. 그런 우주의 상태를 눈치챈 은호가 먼저 말했다.

"나 신경 쓰지 말고 먹어. 말 안 걸 테니까."

"일 얘기 하자며."

"거짓말은 나처럼 제대로 하는 거야."

"……."

"먹어. 그러려고 데리고 나온 거니까."

그는 우주와 밥을 먹기 위해 일 얘기를 하자는 거짓말을 한 모양이다. 우주는 고개를 끄덕이고 말없이 밥을 먹었다. 음식을 먹는 동안에 은호는 정말 말을 걸지 않았다. 그저 조용히 식사를 하며 이따금씩 우주가 밥을 먹는 모습을 응시할 뿐이었다.

약간의 어색함과 심란한 마음 탓에 식사 자리가 편치는 않았다. 무슨 맛인지도 잘 느껴지지 않을 정도였지만, 우주는 신경 쓰지 않으려 노력하며 식사에만 열중했다.

은호는 정말 우주가 밥을 다 먹고 난 뒤에야 입을 열었다.

"그대로네."

"응?"

"얼굴도 그대로고, 밥 먹는 모습도 그대로야."

"……."

"달라진 건 아무것도 없는 거 같은데 왜 우린 멀어진 걸까."

은호가 혼잣말처럼 말하고는 우주의 얼굴을 빤히 응시했다. 짙은 눈동자가 금방이라도 제 속을 들여다볼 것만 같았다. 9년의 공백, 그사이에 있었던 일들을 쉬이 알아낼 것처럼.

"며칠 생각해 봤는데."

"……."

"나는 네가 너무 원망스럽고 미운데, 눈앞에 있는 너는 못 미워하겠어."

우주는 놀란 눈으로 그를 바라보았다. 은호는 어떻게 이런 말을 하는 걸까. 아무런 말도 없이 떠나 있던 세월이 9년이다. 원망스러운 게 당연한데도 그는 미워하지 않겠다는 말을 한다.

"그러니까 앞으로 계속 나 만나."

"……."

"네가 나한테 조금이라도 미안한 감정이 남아 있다면, 도망가지 마. 이렇게 밥도 먹고, 만나서 얘기도 해."

우주는 흔들리는 눈으로 은호를 바라보았다. 그러나 그는 단호히 답했다.

"거절은 안 받을 거야. 그렇게 해."

우주는 은호의 눈을 더 마주하고 있기가 어려워 자리에서 일어섰다. 힘없이 화장실에 들어서서 자신을 비추는 거울을 바라보았다. 고요하게 가라앉은 눈동자가 낯선 이의 눈처럼 내면을 들여다본다. 안이한 마음을 가지고 있다. 차라리 은호가 모든 것을 알아채고, 용서를 빌 수 있는 기회가 주어지기를 기다리고 있다. 끔찍하게도.

우주는 깊이 한숨을 내쉬었다. 마음을 가다듬으려 애썼다. 이렇게 쉽게 무너트리기 위해 그 오랜 시간을 숨겨 온 것이 아니었다. 유약해지는 마음은 다시 가슴 한구석에 구겨 넣어야 했다. 우주는 심호흡을 하고 화장실을 나섰다.

복잡한 생각들을 정리하며 식당 안으로 들어섰을 때였다. 갑자기 누군가와 크게 부딪혔다. 뜨거운 액체가 우주의 팔에 쏟아졌고, 놀란 상대방이 무어라 말을 하며 우주의 팔을 잡았다. 소란스러운 상황에 식당 직원들이 급히 다가오고, 상황을 발견한 은호도 급히 우주의 곁으로 다가왔다.

놀란 얼굴에 걱정이 드리워 있었으나 우주는 그를 볼 겨를이 없었다. 많은 사람들에게 둘러싸인 상황이 당혹스럽기만 했다. 우주는 누군가 자신의 팔을 끌어당기는 손길에 소스라치게 놀라서 팔을 뿌리쳤다.

순간 자신을 둘러싼 사람들이 새카맣게 뭉친 그림자가 되었다. 입이 없는 검은 형체들이 마구 우주를 끌어당기기 시작했다. 덜컥 겁을 먹은 우주는 자신을 붙잡는 까만 형체들을 뿌리치고 도망치듯 식당을 나섰다.

토기가 밀려드는 것을 참고 우주는 빠르게 걸음을 옮겼다. 이성적인 생각을 할 수가 없었다. 그저 도망치고 싶다는 생각뿐이었다. 간신히 건물을 빠져나왔지만 얼마 벗어나지 못하고 붙잡혔다. 격하게 뿌리치려는 손길을 상대방이 힘주어 붙잡았다.

"우주야, 너 왜 그래. 나 봐."

우주는 울먹이며 계속 벗어나려고 애를 썼다. 은호는 우주의 뺨을 잡아 자신에게 시선을 고정시켰다.

"임우주! 왜 그래, 응?"

우주는 그제야 제 눈앞에 있는 사람을 똑바로 보게 되었다. 걱정을 담은 눈동자가 흔들리며 자신을 바라보고 있다. 그제야 우주는 상황을 자각했다. 불안정했던 우주의 호흡이 점차 잠잠해졌다.

"일단 병원부터 가자."

은호가 부축하듯 우주의 어깨를 감싸 안았다. 우주는 그 손길을 밀쳐 내고 한 걸음 물러섰다.

"아니야, 나 먼저 갈게. 미안해. 혼자 가."

"무슨 소리를 하는 거야, 너 지금—"

"안 다쳤어. 괜찮아. 나 먼저 가야 될 것 같아."

제대로 말을 하려 노력했으나 끊어지듯 말이 나왔다. 우주는 급히 은호의 팔을 뿌리치고 걸음을 옮겼다. 그러나 얼마 걷지 않아서 다시금 팔이 붙잡혔다. 그때 경적 소리와 함께 두 사람의 옆으로 차가 들어섰다. 창문이 열리며 모습을 드러낸 사람은 미현이었다.

"이게 무슨 상황이야? 두 사람 아는 사이였어?"

미현이 놀란 얼굴로 물었다. 그러다 우주의 불안정한 상태를 알아차리고는 표정을 굳혔다.

"아니다. 얘기는 나중에 하고, 우주 씨 일단 차 타. 마침 작업실 가던 길이었으니까."

우주는 은호의 손길을 뿌리치고 곧바로 차에 올랐다. 미현은 굳은 얼굴로 서 있는 은호를 바라보았다.

"지금은 제가 우주 씨 데려다주는 게 더 나을 것 같네요. 나중에 봬요."

미현은 다소 급하게 차를 출발시켰다.

은호가 시야에서 사라지자 우주는 몸을 숙이고 한참 동안 가쁜 호흡을 내쉬었다. 울음 섞인 숨이 새어 나오며 머리에서 무언가 폭발하듯 두통이 일었다.

"좀 괜찮아?"

미현이 화실 소파에 앉아 있는 우주에게 차를 가져다주었다. 우주는 희미하게 웃으며 고개를 끄덕였다.

"괜찮아요. 좀 놀라서 그랬어요."

"요즘에는 안 그러더니…… 무슨 일 있었어? 혹시 이은호 상무가 무슨 짓 한 거야?"

우주는 놀라서 손사래를 쳤다.

"아니에요. 그냥 저 혼자 놀라서 그런 거예요."

"……."

"그런 사람 아니에요, 정말."

미현은 우주의 맞은편에 앉아 침묵했다. 우주가 무언가 말을 할 때까지 기다리려는 모양이었다. 우주는 따듯한 머그컵을 손으로 감싸며 말했다.

"……친구였어요."

"친구? 이은호 상무랑?"

미현이 놀라서 되물었다. 우주는 고개를 끄덕였다.

"왜 그걸 지금 말해?"

"좀 복잡한 사정이 있어서요……. 죄송해요."

"……단순히 친구 관계인 분위기가 아니었던 것 같은데. 혹시 사귀었어?"

"아, 아뇨. 그런 건 아니에요."

우주의 대답에 미현이 미심쩍다는 듯 미간을 좁혔다.

"아니기는. 뭐가 있긴 있었나 보구만."

대답을 머뭇거리자 미현이 과장하며 말했다.

"세상에, 우리 우주 씨한테 남자가 있었다니 나 좀 서운해지려고 한다. 난 나중에 늙어서 우주 씨랑 같이 실버타운 들어가서 사는 게 꿈이었는데!"

미현의 투정에 우주가 작게 웃음을 터트렸다.

"그나저나 그 사람 자기 일에는 사적인 감정 안 끌어들일 것처럼 보였는데 의외네. 다 우주 씨 꾀려고 이번 일 벌였나 보다."

우주가 아니라고 말했지만, 미현은 듣지도 않고 "속았네, 속았어."라고 중얼거렸다.

"진짜 이상한 놈은 아니지?"

미현이 흘끗 우주를 바라보며 물었다.

"아니에요. 그런 거."

"안 돼, 안 돼. 그 사람 얼굴만 잘났지 우주 씨가 아까워. 그리고 재벌 만나는 거 아니야. 내가 들었는데, 거기도 집안싸움 장난 아니라더라."

"집안싸움이요?"

우주가 놀라서 물었다.

"응. 이복형제끼리 자리싸움하기 바쁘다더라."

자리싸움이라니. 아까 은호의 회사 앞에서 봤던 은호의 이복형제의 얼굴이 떠올랐다. 그 사람은 충분히 그럴 가능성이 있어 보였지만, 은호는 아니었다. 어릴 때는 오히려 집안에서 벗어나고 싶어 했다. 그랬던 은호가 왜 아직까지 집안을 벗어나지 않고 회사에 있는지 의문이었다.

"적당히 받을 것만 받자, 우주 씨. 재벌이랑 결혼하면 힘들어진다구."

어두운 얼굴의 우주를 보며 미현이 너스레를 떨었다. 우주는 간신히 희미한 미소를 지어 보였다.

"여태껏 한국 안 오려고 했던 이유에 이은호 상무도 포함되는 거야?"

우주는 힘없이 고개를 끄덕였다.

"이은호 상무는 우주 씨 상황 알아?"

"……아뇨. 전혀 몰라요."

미현은 짧게 한숨을 내쉬었다. 그러더니 소파에 있던 자신의 가방에서 파일 홀더를 꺼내고 그 안의 서류를 우주에게 건네주었다. 우주는 의아한 얼굴로 서류를 받아 들었다.

"우주 씨, 좀 색다른 그림 시도해 볼 생각 있어?"

"네?"

갑작스럽게 대화의 흐름이 전환된 것이 의아했다.

"그쪽에서 제안한 건데, 갤러리에 TV랑 그림을 섞어서 전시를 하고 싶대."

미현은 우주가 들고 있는 서류의 페이지를 넘겼다. 서류 한 면에는 그림이 있었는데, 직사각형에 세로로 6등분을 한 선이 그어져 있는 그림이었다. 그 옆에는 자잘한 설명이 적혀 있었다.

"이런 조형물을 만들고, 그림이랑 디스플레이를 번갈아 배치할 거래. 그림으로 디스플레이 기술을 홍보하겠다 이거지."

우주는 다시 서류를 읽어 보았다. 계약서이다 보니 어려운 법률 용어가 잔뜩 쓰여 있었다. 우주는 다시 고개를 들어 미현을 응시했다.

"완성하면 꽤 그럴듯할 거 같아서 일단 서류는 받아 왔어. 근데 우주 씨한테 부담될 것 같으면 굳이 안 해도 돼. 우리는 우주 씨 컨디션이 우선이니까."

"재밌을 거 같긴 한데, 왜 갑자기 이 얘기로 넘어온 거예요?"

"이거 하고 싶으면 우주 씨가 직접 이은호 상무한테 가서 서명하고 오라고."

"네?"

우주가 놀라 되물었다.

"내가 내일 할 일이 좀 많아서. 이은호 상무랑 얼굴도 안다니 우주 씨가 다녀오면 좋을 거 같아."

"거짓말. 내일 일 없으시잖아요."

"아닌데? 일 있어. 엄청나게 바빠."

미현이 태연히 말했다. 우주는 난감한 얼굴로 그녀를 바라보았다.

"어때? 하고 싶어?"

"하고 싶긴 한데……."

우주는 말끝을 흐렸다. 은호와 다시 만나야 한다는 사실이 망설여졌다.

"어차피 맞닥뜨려야 할 사람이라면 갑자기 만나는 것보단 준비된 상태에서 만나는 게 나아, 우주 씨. 그리고 이은호 상무가 우주 씨 그렇게 보냈는데 가만히 있겠어? 어차피 찾아오든가 부르든가 하겠지."

미현의 말은 틀린 것이 없었다. 그러나 우주는 선뜻 대답하지 못했다.

"가서 얼굴 한 번 더 보고 판단하고 와. 가만히 앉아 있는다고 해결되는 거 없잖아."

"……그럼 일주일 뒤에 가도 될까요?"

"일주일이나? 안 돼. 3일 안에 해결해."

미현은 단호히 고개를 저었다. 우주는 어쩔 수 없이 고개를 끄덕였다.

미현과의 약속대로 3일이 지난 후에야 은호를 만나러 왔다. 다시금 마주한 높은 회사 건물을 보며 우주는 땅이 꺼져라 한숨을 내쉬었다. 어떻게 은호를 대해야 할지 벌써부터 걱정이 되었다. 지난 3일간 생각을 정리하고 결정을 내렸으나, 그래도 여전히 마음은 무겁고 심란했다.

편치 않은 가슴을 억누른 채 그녀는 회사 안으로 들어섰다. 데스크 직원이 의아한 얼굴로 우주를 바라보았다.

"아, J갤러리에서 왔는데요, 이은호 상무님 만나러 왔어요."

다짜고짜 높은 직급인 상무를 만난다고 해서 이상하게 생각하지 않을까 걱정을 했는데, 다행히도 데스크 직원은 미소로 우주를 응대해 주었다. 미현이 사람을 보낸다고 미리 연락을 해 주어서 다행이었다. 데스크 직원은 어딘가로 전화를 걸더니, 우주에게 A동 11층으로 가면 된다고 친절히 알려 주었다.

우주는 꾸벅 인사를 하고 걸음을 옮겨 은호가 있는 곳으로 향했다.

걸으며 이따금씩 마주치는 회사 직원들의 모습이 새로웠다. 자신과는 다른 세계에 사는 사람들 같았다. 자신의 시간보다 조금 더 빠르고 분주한 세상이 아닐까.

11층에 도달하자 더 많은 사람들이 보였다. 넓은 사무실에서 사람들이 각자의 자리에 앉아 컴퓨터를 하거나 전화를 하고 있었다. 서류를 들고 돌아다니는 사람도 보였다.

그 분주함 속에 은호가 있었다.

상무라는 높은 직책과 어울리지 않는 평범한 사무실 의자에 앉아 전화 통화를 하며 서류를 들여다보고 있었다. 소매를 팔꿈치까지 걷어붙인 채 일을 하는 은호에게서 어리숙한 분위기는 조금도 찾을 수 없었다.

어린 은호는 이제 정말 존재하지 않는 모양이다. 무료한 눈으로 창밖을 바라보며, 말 한마디 하지 않고 지내던 소년은 이제 기억 속에만 존재한다.

"무슨 일로 오셨어요?"

멀뚱히 서 있는 우주를 보며 누군가 다가와서 물었다.

"네?"

"무슨 일로 오셨냐구요."

"아, J갤러리에서 왔어요."

우주의 대답에 먼저 반응한 사람은 은호였다. 멀리 있어 목소리가 들리지 않았을 텐데, 어떻게 알았는지 그는 통화를 하다 말고 우주에게 시선을 고정했다. 유리 파티션을 뚫고 깊은 시선이 닿았다. 그러자 어지러웠던 사무실 공간이 차분히 가라앉은 것 같은 이상한 기분이 들었다.

은호는 행동을 멈춘 채 빤히 우주를 바라보았다. 그러다 자신이 통화를 하고 있었다는 사실을 깨닫고는 통화를 마무리 지었다. 전화를 끊은 은호가 우주에게 다가왔다. 직원은 은호가 오는 것을 보고 자신의 일을 하러 가 버렸다.

"……직접 올 줄은 몰랐는데."

"아, 응. 그렇게 됐네."

"다른 데로 가자."

은호가 느리게 걸음을 옮겼다. 우주는 그 걸음에 맞춰 은호의 뒤를 따랐다.

은호가 문을 열고 들어선 곳은 응접실 같은 공간이었다. 가운데 응접용으로 보이는 소파와 테이블이 있고, 벽 쪽에 널따란 책상이 있었다. 그 책상 위에는 '이은호 상무'라고 적힌 명패가 있었다.

이곳은 은호의 개인 공간인 듯싶었다.

직감적으로 자주 사용하지 않는 곳임을 알았다. 이곳에 있는 은호보다는 사무실에서 사람들과 섞여 일하는 은호의 모습이 더 자연스러웠으니까.

은호는 가만히 서서 우주를 바라보고 있었다. 다른 곳을 보고 있어도 우주는 은호의 시선을 의식할 수 있었다. 그녀는 시선을 옮겨 은호를 바라보았다.

"팔은 좀 괜찮아?"

은호의 물음에 우주는 지난번 식당에서 자신의 팔에 뜨거운 무언가가 쏟아졌던 것을 기억해 냈다.

"응. 괜찮아."

"좀 보자."

"……."

"확인만 할게."

우주는 몇 걸음 다가서서 소매를 걷고 팔을 보여 주었다. 액체가 쏟아졌을 때 두꺼운 옷을 입고 있었기 때문에 살갗만 조금 빨개졌을 뿐 화상을 입지는 않았다.

다시 팔을 거두려고 하자 은호가 우주의 손목을 가볍게 쥐고 끌어당겼다. 그러고는 조심스러운 손길로 우주의 옷소매를 더 걷었다. 길고 섬세한 손가락이 팔목 안쪽을 쓸어내렸다. 우주는 손가락을 움츠렸다.

"화상은 안 당했네, 다행이다."

"……안 다쳤어. 괜찮아."

은호는 짧게 고개를 끄덕이는 시선을 들어 우주를 바라보았다. 연한 눈동자가 이유 모를 불안으로 흔들리고 있다. 가볍게 쥐고 있는 우주의 손목에서도 거친 맥박이 느껴졌다.

은호는 대체 우주에게 무슨 일이 있었던 건지 묻고 싶었다. 그 날 우주가 보였던 불안정한 행동은 과거의 우주에게서는 볼 수 없던 모습이었다. 지난 며칠간 걱정이 되어 미칠 것만 같았다. 하지만 물어볼 수가 없었다. 물어보면 우주가 금방이라도 도망을 갈 것만 같았으니까.

그래서 기다리기로 했다. 인내하기로 마음먹었다. 예전의 우주가 은호를 천천히 기다려 주었던 것처럼.

"며칠 연락도 안 하더라. 내가 네 코트 가지고 있는데."

"……."

"코트를 버려도 되는 거야, 아니면 내가 버림받은 거야?"

은호는 엷게 웃으며 장난스럽게 물었다. 우주는 무언가 말하려고 입을 뗐으나 무어라 할 말이 없어 다시 입을 다물었다. 대답을 기대하고 한 질문은 아니었는지, 그는 우주의 손목을 놓아주었다. 그러더니 책상 쪽으로 가서 자그마한 상자를 가지고 와 우주에게 건네주었다.

"……뭐야, 이게?"

우주는 의아한 얼굴로 물었다.

"열어 봐."

받아 든 상자를 열어 보았다. 안에는 손목시계가 들어 있었다. 언뜻 보기에도 비싸 보이는 물건이었다. 우주는 상자를 닫아 은호에게 돌려주었다.

"마음은 고마운데, 못 받아."

"마음에 안 들어? 어울릴 거 같은데."

"내가 받을 물건은 아닌 거 같아."

163

은호는 생각보다 쉽게 상자를 받아 들었다. 그러더니 상자를 열어 시계를 꺼냈다. 그는 우주의 손목을 가볍게 감싸 쥐고는 시계를 채워 주었다.

"안 받는다니까."

"이게 몇 번째인 줄 알아?"

우주는 손을 빼내려던 동작을 멈추고 그를 바라보았다.

"내가 산 네 선물, 이게 몇 번째일 거 같아?"

깊고 짙은 눈동자가 흔들림 없이 우주의 눈을 직시했다.

"좋은 물건을 보면 네 생각이 나더라. 그래서 네가 없는 걸 알면서도 선물을 샀어. 너 만나면 줘야지, 네가 선물 받고 웃어 줬으면 좋겠다고 생각하면서."

"……."

"주인 없는 선물이 내 방에는 꽤 많아. 너를 못 찾고 화가 나서 버린 물건도 많고."

은호는 우주의 손목에 채워진 시계를 감상하듯 바라보았다.

"예쁘네."

"……."

"하나 정도는 받아 줘. 아깝잖아."

우주는 어떠한 행동도 하지 못하고 가만히 은호를 바라보았다. 여전히 자신의 손에 닿아 있는 은호의 손이 신경 쓰였으나 겉으로 드러내지 않았다.

"물어보고 싶은 게 있어."

"응. 말해."

"……네가 내 그림을 쓴다는 게, 정말 내 그림 때문이야 아니면 나 때문이야?"

그는 말없이 우주를 바라보았다. 생각에 잠긴 듯 입술이 맞물린다.

"둘 다라고 하면 설득력이 없나?"

"……."

"네 그림을 쓰는 것도 이번 일에는 분명 이득이고, 나도 너 자주 볼 수 있어서 좋을 것 같아서. 덕분에 이렇게 얼굴 볼 일까지 생겼잖아."

그는 미소 지으며 말했다.

"걱정하지 마. 사적인 감정 담았다고 해서 일 어설프게 하지 않을 테니까."

불편하고 곤란하다 생각되는 이유는 은호의 탓이 아니라 순전히 자신의 문제였다. 우주는 은호를 바라보기만 했다. 그는 시선을 피하지 않고 흔들림 없는 눈으로 우주를 응시했다.

긴 침묵이 지속되었다. 은호와의 간격은 가까웠으나 저 멀리 있는 사람처럼 느껴졌다. 이대로 바라보고 있으면 간격을 좁히고 싶다는 욕심이 날 것만 같다.

"……서류 작성하자."

그래서 우주는 시선을 거두었다. 우주의 손목을 잡고 있던 그의 손이 떨어졌다.

이어져 있던 끈이 떨어진 듯했다. 은호는 우주의 찬 기운이 남은 손을 말아 쥐었다. 아쉬움에 손끝이 저릿했다.

두 사람은 손님용 소파에 마주보고 앉았다. 은호는 우주가 서명해야 하는 곳의 위치를 짚어 주었다. 우주는 은호의 손끝을 바라보고, 은호의 얼굴을 바라보기를 반복했다. 그리고 펜을 쥐고 종이를 넘기며 서명을 했다.

은호는 우주의 손이 차가웠던 것을 상기하며 머그잔에 차를 담아 가져다주었다. 우주는 그것을 모르고 고개 숙인 채 서명만을 반복했다.

"우주야."

대답이 없었다. 손끝으로 테이블을 두드리자 우주는 고개를 들었다.

"아, 미안해. 뭐라고 했어?"

"아냐, 차 마시라고."

"응, 고마워."

우주는 차로 입술만 축이고 다시 서명을 했다.

"여기도 사인해야 돼."

은호는 우주의 손을 감싸 위치를 정정해 주었다. 우주는 놀란 듯 은호를 바라보다가 은호의 손이 이끌리는 대로 서명을 했다.

우주가 서명을 하는 동안에도 은호는 우주의 손을 감싼 제 손을 떼지 않았다. 그는 손안에 감긴 우주의 손이 작다는 생각을 하고 있었다.

예전에는 우주가 작다는 생각을 한 적이 한 번도 없다. 흔들리던 때도 있었지만 약하다는 말이 어울리지 않을 만큼 견고한 사람이었으니까. 그런데 지금은 만지면 손안에서 부서질 것 같다. 금세 형체를 잃고 흩어져 어딘가로 사라져 버릴까 두려웠다.

생각에 잠긴 은호에게 시선이 닿았다. 우주는 자신의 손을 놓아주지 않는 은호를 당황스러운 얼굴로 바라보고 있었다. 그제야 은호는 우주의 손을 놓아주었다.

"가자, 데려다줄게."

"아냐. 나 혼자 갈게."

반사적으로 나온 대답이었다. 은호는 무언가 반박하려다 말고 지그시 입술을 깨물었다.

"그냥 데려다주겠다는 거야."

"……"

"네가 잘 들어가는 모습만 보겠다는 뜻이야. 그것도 안 돼?"

"……미안해. 정말 혼자 가고 싶어. 너도 많이 바빠 보이고."

흔들리는 은호의 눈을 보며 우주의 마음도 뒤흔들렸다. 지난 3일 간 은호와 더는 가까이 지내지 말자고 결론을 내렸으나, 그 결심이 무색하게도 어렵고 힘들었다. 커다란 무언가가 가슴을 밟고 있는 듯 고통스러웠다.

그러나 우주는 더는 고려하지 않고 손목의 시계를 빼서 테이블 위에 올려놓았다.

"이것도 안 받는 게 좋을 것 같아."

은호는 차가워진 시선으로 테이블 위의 시계를 바라보았다.

"그리고 앞으로는 일 얘기만 하자. 사적인 감정으로 너 대할 수 없을 거 같아."

말을 할 때마다 목구멍 안에 모래가 끼인 듯 거칠고 고통스러웠 다. 은호는 침잠한 눈으로 우주를 바라볼 뿐이었다.

"갈게."

우주의 말에 은호는 한숨처럼 긴 호흡을 내쉬었다. 우주는 그를 두고 문을 나섰다.

은호는 학교 앞 벤치에 앉아 하늘을 올려다보았다. 여느 때처럼 햇볕이 따갑지 않았다. 아침저녁 공기도 서늘해졌고, 파릇하던 나뭇잎들은 노랗게 익어 벤치 위로 툭툭 떨어졌다.

끝나지 않을 것 같았던 무더위가 이제 지나가려는 모양이다. 더위는 싫지만, 여름이 지나가는 것이 조금 아쉬웠다. 이번 해의 여름은 그 어느 때보다도 인상적이었으니까. 눈을 감으면 떠오르는 기억들이 많았다. 노란색 우산, 연필로 그린 새, 물푸레나무, 민트 맛 아이스크림.

"으아, 미안! 늦었지?"

그리고 옅은 호박색 눈동자. 갑자기 나타난 우주는 가쁜 호흡을 내쉬며 은호의 옆에 털썩 앉았다.

"늦게 일어나 버렸어, 진짜 미안."

우주는 몸을 숙이고 크게 숨을 내쉬었다.

아침에 5분만 더 자려고 했던 게 30분이나 자 버렸다. 정신없이 준비를 마치고 뛰어나왔지만, 약속 시간에서 10분이나 늦고 말았다. 은호는 늘 약속 시간보다 일찍 나오기 때문에 거의 20분은 기다렸을 것이다.

"내가 늦었으니까 오늘 밥은 내가 사 줄게."

우주는 미안함을 담아 말하며 크게 숨을 몰아쉬었다.

"별로 안 기다렸어."

은호가 말했다. 은호는 요즘에 연습을 거쳐 짧은 단어 정도는 어렵지 않게 말할 수 있는 수준이 되었다. 물론 아직도 우주가 아닌 다른 사람들 앞에서는 입을 열지 않고, 우주와도 입 모양이나 쪽지로 대화하는 경우가 대부분이지만 그래도 우주는 다행이라고 생각했다.

"거짓말하네. 오늘은 진짜 내가 사 줄래. 맨날 얻어먹잖아."

우주는 웃으며 말하고는 자리에서 일어섰다.

"얼른 도서관 가자. 모처럼 주말에 공부하러 나왔는데 자리 못 잡으면 안 되니까."

은호는 고개를 끄덕이고 자리에서 일어섰다. 두 사람은 나란히 걸었다.

"안 추워? 반팔."

"응. 뛰어왔더니 하나도 안 추워. 오히려 더운데."

은호의 물음에 우주는 웃으며 답했다.

도서관에 가는 동안 두 사람은 평소처럼 이야기를 나누었다. 하지만 약간의 어색한 공기가 흐른다는 사실을 두 사람 다 알고 있었다.

'네가 좋으니까.'

은호가 그 말을 한 뒤로 계절이 바뀌었다. 기말고사를 치르고, 짧은 여름 방학을 보내고, 체육대회 같은 행사를 하는 동안 은호와 우주는 늘 함께였다. 하지만 관계는 변하지 않았다. 그 말 이후로 은호는 별다른 말을 하지 않았고, 우주도 그 뜻을 물은 적이 없기 때문이다.

사실 우주는 그 말의 뜻이 궁금했지만, 은호가 먼저 말을 꺼내지 않았기 때문에 묻지 못했다. 더군다나 그 이후로 은호는 생각에 잠긴 것 같은 태도를 많이 보였다. 대체 무슨 생각을 하는 건지, 깊어진 눈으로 한참 어딘가를 응시하다가는 빤히 우주를 바라보곤 했다. 우주가 혹시 집에 무슨 일이라도 있냐고 물으면 은호는 아니라고 답하고는 말을 돌렸다.

오늘도 역시나 마찬가지였다. 두 사람은 도서관 열람실에 마주 보고 앉아 있었고, 은호는 공부를 하다 말고 고개를 들어 우주를 바라보았다. 빤히 응시하는 눈은 어떤 생각에 잠겼는지 평소보다 더 짙어 보였다.

「너 자꾸 그러면 내가 멍은호라고 이름 바꿔 부른다.」

우주는 포스트잇에 글자를 적어 은호의 책에 턱 붙여 놓았다. 은호는 피식 웃었다.

「고민 있으면 얘기 좀 해라.」

다시 포스트잇을 건네주었다. 은호는 노란 포스트잇을 빤히 바라보기만 했다. 그러다 글자를 적었다.

「궁금한 게 있는데.」

우주는 포스트잇 위에 물음표를 그렸다.

「너는 내가 말했으면 좋겠어? 다른 사람들처럼.」

은호의 질문은 새삼스러웠다. 요즘 은호가 목소리를 내는 횟수
가 늘긴 했으나, 그래도 대부분은 입 모양으로 말을 하거나 이렇게
글자로 대화를 주고받았다. 하지만 처음부터 그렇게 대화를 했으
니 딱히 불편한 것도 없었고, 문제를 느낀 적도 없었다.
우주는 새 포스트잇을 떼어 다시 글자를 적었다.

「지금도 불편한 건 없어. 근데 앞으로 살아가려면 말해야 될
때가 많으니까, 네가 말하는 게 너한테는 좋지 않을까?」

은호는 한참 쪽지를 바라보다가 다시 글자를 적었다.

「그런 거 말고. 네 생각만.」

빤히 우주를 응시하는 눈은 여전히 짙었다. 저 새까만 눈동자에
는 어떤 생각이 혼재되어 있는 걸까.

「몰라. 난 지금도 좋아. 근데 너 목소리 좋긴 해.」

쪽지를 바라보던 은호가 설핏 웃었다.

"왜?"

우주가 속닥이며 물었다. 은호는 고개를 저었다. 어째선지 약간 쓸쓸해 보이는 얼굴이었다. 은호는 다시 포스트잇에 글자를 적었다.

「임우주. 우리 주말에 놀러 가자.」
「어디? 가고 싶긴 한데, 우리 곧 고3이야.」
「하루만.」

보통 놀러 가자고 말하는 사람은 우주였기 때문에 은호가 이런 말을 하는 게 의외이기도 하고, 신기하기도 했다. 정말 고민이 있는 걸까. 우주는 빤히 은호를 바라보다 고개를 끄덕였다. 놀러 가서 꼭 대답을 들어야겠다고 생각했다.

「근데 어디로?」
「바다.」

바다? 바다는 너무 거창한 거 아닌가. 우주가 생각에 잠겨 있는 사이 은호가 입고 있던 겉옷을 벗어 우주에게 건네주었다.

'입어. 춥잖아.'

도서관은 벌써 에어컨을 틀어서 마침 조금 추웠던 참이다. 우주가 무어라 말할 새도 없이 은호는 다시 고개 숙여 공부를 시작했다.

은호와 우주는 기차를 타고 바다에 갔다. 쌀쌀해진 탓에 바닷가에는 사람 하나 없이 썰렁했지만, 그래도 풍경은 무척 예뻤다. 환한 하늘 아래에서 반짝이는 바다는 눈이 시릴 정도로 깨끗한 하늘색이었다.

매일 학교와 도서관을 오가는 생활을 반복하다 바깥바람을 맞으니 우주의 기분은 무척 들떴다. 차가운 바람이 뺨을 괴롭히는데도 마냥 즐거웠다.

파도 때문에 물이 튀었지만, 우주는 개의치 않고 발장난을 쳤다. 파도를 피하며 호들갑을 떠는 우주를 보며 은호는 웃음을 터트렸다. 한참 동안이나 파도와 씨름을 하던 우주는 결국 체력이 방전되고 나서야 노는 것을 멈추었다.

"좀 걷자."

은호가 손을 내밀며 말했다. 우주는 동그랗게 커진 눈으로 은호를 바라보았다. 손을 잡으라는 뜻일까. 손을 잡으면 얼굴이 붉어질 것 같은데. 그래도 내밀어진 손을 잡고 싶어서 우주는 은호의 손 위에 제 손을 올려놓았다. 은호는 부드러운 웃음을 지으며 우주의 손을 잡아 주었다.

두 사람은 바닷가를 따라 나란히 걸었다. 가슴이 아릴 정도로 두근거려서 우주는 아무 말도 할 수 없었다. 그저 발끝만 바라보며 말없이 걸었다. 은호도 조용히 느린 걸음을 걷고 있었다.

이렇게 걷고 있으니 꼭 특별한 사이가 된 것 같았다. 은호는 무슨 마음일까. 자신에게 호의를 가진 것은 확실한데, 요즘 은호가 무슨 생각을 하는 건지 전혀 알 수가 없었다.

은호는 어떻게 생각할지 모르지만, 우주는 은호의 침묵이 나쁘지 않았다. 마음을 전달하는 방법은 말이 아니어도 얼마든지 많다. 은호는 우주의 얘기를 결코 흘려듣지 않는 편이며, 그 스스로도 똑바로 의사를 전달했다.

그거면 되지 않을까. 너무 안이한 생각일까. 조용한 것도 은호가 가진 장점이 될 수는 없는 걸까. 다시 고개를 숙이고 걸었다. 그때 은호가 멈춰 섰다. 우주도 자연스레 걸음을 멈추고 은호를 바라보았다.

'나 할 말 있어.'

은호가 입 모양으로 말했다.

"뭔데?"

은호의 눈은 어째선지 어둡게 가라앉아 있었다. 그 모습을 보며 우주는 조금 불안해졌다.

"왜 그래?"

'나, 전학 가려고.'

우주는 놀란 얼굴로 은호를 바라보았다. 어둡게 침잠한 눈이 우주를 응시했다.

"……어디 간다고?"

우주는 은호의 말을 알아들었지만, 믿기지 않아서 질문했다.

'전학 갈 거야.'

"갑자기 무슨 전학이야?"

'외삼촌 집에서 살기로 했어. 성인 될 때까지 기다릴 수가 없어서.'

"……."

'그래야 너랑 편히 만날 수 있을 거 같아.'

은호는 입 모양으로 천천히 말을 전달했다. 우주는 갑작스러운 은호의 말이 너무도 당황스러웠다. 여태껏 계속 고민하던 태도를 보였던 이유가 이것이었나 보다.

"언제 가는데? 어디로?"

'이번 달 지나기 전에 서울로.'

서울은 차를 타면 한 시간 반 정도 되는 거리에 있다. 지금처럼 가까운 거리가 아니어서 분명 자주 만나기는 힘들 터였다.

왜 미리 말을 해 주지 않은 걸까. 우주는 은호에게 원망스러운 감정까지 들었다. 하지만 그동안 가족들 때문에 괴로움을 겪었을 은호를 생각하면 화를 낼 수도 없었다. 집안을 떠날 기회가 주어진 건 분명 은호에게 잘된 일이었다.

공허한 눈으로 먼 곳을 응시하던, 괴로움을 모두 제 안으로 집어삼키던 은호의 모습이 상기되자 우주는 은호에게 조금의 투정도 부릴 수가 없었다.

"그래. 잘됐다."

아무렇지 않은 척 웃었지만 가라앉는 마음을 저지하기는 어려웠다.

"잘 선택했어."

울음이 올라와 목구멍이 아릿해졌다. 우는 모습을 보이고 싶지 않아서 우주는 은호를 지나쳤다. 그리고 부러 밝은 목소리로 말했다.

"밥 먹으면서 얘기하자. 배고프다."

"우주야."

우주는 우뚝 멈춰 서서 고개를 돌려 은호를 바라보았다. 은호가 목소리를 내어 자신의 이름을 부른 것은 처음이었다.

은호는 우주의 앞으로 성큼 다가왔다. 차갑게 식은 뺨 위로 은호의 손이 맞닿았다. 우주의 고개가 들어 올려지고, 부드러운 입술이 살포시 뺨에 내려앉았다.

"고마웠어."

우주는 놀란 눈으로 은호를 바라보았다.

"우산 줬을 때도, 등나무에서 위로해 줬던 것도. 엄마 앞에서 손 잡아 줬을 때도."

"……."

"나한테 말 걸어 줘서 고마워."

"……."

"같이 있어 줘서 고마웠어."

은호가 그렇게 길게 말한 것은 처음이었다. 여전히 은호의 말은 서툴고 어색했지만, 그래도 이전에 비하면 많이 자연스러웠다. 아마 연습을 거쳤으리라. 그 목소리를 듣고 나자 참고 있던 눈물이 터져 버렸다.

"왜 울어."

은호는 다정한 손길로 눈물을 닦아 주었다. 우주는 고개를 들어 은호를 바라보았다.

"다시 말해 봐. 내 이름."

"왜, 임우주."

"다시."

"우주야."

은호가 웃으며 말했다. 우주는 울음을 참지 못하고 눈물을 쏟았다. 은호는 서럽게 울음을 터트리는 우주를 당황한 듯 바라보았다. 은호가 우주를 달래기 위해 등을 다독여 주었지만, 우주는 울음을 그치지 못했다.

"왜 울고 그래."

"너 같으면 안 울겠냐!"

"미안해."

우주는 코를 훌쩍였다. 은호는 우주의 뺨을 적신 눈물을 손으로 훔쳐 냈다.

"임우주."

"응."

"하고 싶은 말이 더 있는데."

"……."

"그건 나중에, 내가 더 말을 잘하게 되면 그때 할게."

"지금도 잘하는 거 같은데."

우주의 말에 은호는 고개를 저었다. 그리고 우주의 머리를 쓰다듬어 주었다.

"우주야."

"왜."

"연락할 거지?"

우주는 울음을 참고 고개를 끄덕였다. 은호는 다정하게 미소 짓고는 우주를 끌어안았다. 은호의 품은 가을 바다의 찬바람을 막아 줄 만큼 따스하고 평온했다. 영원히 그곳에 머물고 싶을 정도로.

08. 깨져 버린 것

자정이 지났음에도 화실의 불은 꺼지지 않았다. 우주가 손에서 붓을 내려놓지 않았기 때문이다. 오늘따라 그림이 채워지는 속도가 더뎠다. 그림을 그리는 것은 때에 따라 속도가 달라지지만, 오늘만큼 느린 경우는 드물었다. 복잡한 머릿속 때문이리라.

머릿속을 원하는 생각들로만 채워 넣을 수 있다면 얼마나 좋을까. 새하얀 캔버스에 그림을 그릴 때처럼 원하는 것들만 가득 채울수 있다면 사는 게 훨씬 편해질 텐데.

하지만 지금은 생각들을 지워 내려 덧칠을 해도 깊어지고 짙어질 뿐이다. 생각을 거듭할수록 입체감을 가지기 시작한다. 머릿속의 은호가 점점 실체가 되어 가고, 그 감정을 곱씹으며 우주의 가슴속은 새카맣게 타들어 갔다.

우주는 깊이 한숨을 내쉬었다. 나가서 커피라도 마시기 위해 겉옷을 걸쳤다. 지금은 도저히 제대로 그림을 그릴 수 없을 것 같았다.

건물 현관을 나서자 찬 기운이 물씬 밀려들었다. 겨울 저녁은 어느 계절의 어둠보다도 짙고 서늘했다. 코끝을 찡하게 만드는 추위에 외투를 여몄다.

그러나 우주는 세 걸음도 걷지 못하고 멈춰 서야 했다. 가로등 불빛 아래 길게 늘어진 누군가의 그림자가 시야에 들어선 탓이다. 우주는 고개를 들었다. 오늘 하루 종일 우주의 머릿속에서 머물던 사람이 정말로 실체가 되어 나타났다.

어둠이 짙게 드리운 탓인지, 은은한 가로등 불빛 아래에 있는 은호는 마치 홀로 어느 연극 속에 갇힌 사람처럼 보였다. 그는 벽에 기댄 채 미동 없이 땅만 내려다보고 있었다. 상처와 혼란이 뒤섞인 시선은 머릿속의 상상보다 더 입체적이어서 잔인하게 느껴졌다.

"이은호."

잘 열리지 않는 입을 열어 그를 불렀다. 고개를 든 얼굴은 추위에 젖어 있었다. 머리카락이 바람에 흔들리며 빨갛게 얼어 있는 귓바퀴를 드러냈다.

"너 여기서 뭐 해."

조용히 물었다. 늘 곧았던 은호의 눈빛은 무질서했다. 유약한 시선은 파들파들 흔들리다 주저앉듯 아래로 떨어졌다.

우주는 가로등 불빛 안으로 들어섰다. 가까이 다가서자 은호에게서 평소와 다른 분위기를 느낄 수 있었다. 어쩌면 술을 마셨는지도 모르겠다.

"왜 안 들어오고 여기 서 있어."

우주는 한숨 쉬듯 말했다. 은호는 한참 답하지 않았다. 그리고 예전처럼, 말에 서툴렀던 그때처럼 느릿하게 입을 열었다.

"네가 싫어하니까."

겨울의 찬 공기가 모조리 가슴속으로 들어온 듯했다.

"은호야."

우주는 손을 꼭 말아 쥔 채 마음을 정리하려 애썼다.

"왜 그래. 이제 이러지 마."

"……."

"그냥, 네 삶을 살았으면 좋겠어."

은호는 추위 탓인지, 슬픔 탓인지 붉게 물든 눈으로 우주를 응시했다.

"나만의 삶은 원래 없었어. 이미 죽은 삶이었고, 살고 싶지 않은 인생이었어."

"……."

"네가 나를 살렸잖아."

은호는 짧게 숨을 내쉬었다. 그리고 버거운 듯 말을 내뱉었다.

"내 삶을 책임지라는 말 따위가 아니야."

"……."

"그냥 너를 보며 살고 싶어."

은호의 홍채는 너무 짙고 까만데도 다양한 색채를 지닌 듯하다. 너무 많은 감정을 조합하게 만든다.

"너를 괴롭게 하려고 이러는 게 아니야. 나는……."

은호는 말끝을 흐렸다. 우주가 없을 때, 원망을 하면서도 나중에 다시 만나면 그때는 꼭 행복하게 만들어 주고 싶다는 생각을 했었다. 그러나 지금 그런 생각은 그저 자신을 위한 기만 같기도 했다.

"우주야."

그는 어지럽게 방황하던 시선을 옮겨 다시 우주를 응시했다.

"너랑 함께한 건 짧은 시간이었지만, 나는 너에 대해 잘 알았어. 내가 고려하고 살펴야 할 사람이 너밖에 없었거든. 지금도 마찬가지고."

"……."

"네가 나를 밀어낼 때마다 너는, 너무 괴로워 보여. 슬퍼하는 것처럼 보여."

떨리는 호흡이 겨울 공기에 흩어졌다. 은호의 눈시울에서 일렁이는 감정을 보며 우주는 명치가 아파 왔다. 가슴이 뜨거워지고, 금방이라도 눈물이 나올 것 같은 기분이 들었다.

"말도 안 되는 착각 하지 마. 나는 너 안 보고 살고 싶어."

우주는 부러 더 냉정하게 말했다. 벽에 기대어 있던 은호는 한 걸음 다가와 조심스러운 손길로 우주의 손을 잡았다. 얼음처럼 차가운 손끝은 희미하게 떨리고 있었다.

"그냥 예전으로 돌아갈 수는 없을까."

그는 우주의 어깨 위로 무너지듯 고개를 숙였다.

"욕심냈던 거, 인정할게. 예전보다 더 깊은 관계를 원했어."

"……."

"내가 너만 보고, 너도 나만 보는 그런 관계를 원했어. 계속. 근데 이젠 그게 아니어도 괜찮아. 더 욕심내지 않을게."

울음 같은 호흡이 어깨 위로 맞닿았다.

"그냥. 예전처럼 네가 나를 보고 웃어 주는 것만으로 만족할게. 그러니까."

밀어내지만 마, 라고 말하려고 했다. 그러나 단호한 손길이 은호의 어깨를 밀어 냈다.

"가."

여느 때보다 차가운 시선이었다. 관계의 끝을 예고하는 것처럼.

"다시는 찾아오지 마."

"……"

"이제 그만하자, 은호야."

우주는 깊은 한숨을 내쉬었다.

"정말 그만하자."

우주의 그림이 들어갈 전시장의 공사 진행은 순조로웠다. 은호는 어제와 달리 흐트러짐 없는 모습으로 꼼꼼히 공사 진행 상황을 확인하는 중이었다. 그에게서 어떠한 이상함도 느껴지지 않았기 때문에, 그의 마음이 혼란한 상태라는 사실은 아무도 알지 못했다.

"우주 씨랑 어떻게 됐어요?"

함께 갤러리 내부를 살펴보던 미현이 물었다. 일 얘기만 하던 중 갑작스레 나온 사적인 얘기였다. 은호는 걸음을 멈추고 미현을 바라보았다.

"그게 윤미현 씨랑 관련이 있습니까."

부드럽게 말을 하려 했으나 저도 모르게 날을 세웠다.

"당연히 관련 있죠. 우리 우주 씨 일인데. 우주 씨, 저랑 일로 엮여 있긴 하지만 저한테는 동생 같은 사람이에요."

그녀는 은호의 속을 뒤집어 놓는 말을 태연히도 했다. 얼마나 가까운 사이인지 그가 정확히 알 방법은 없지만, 적어도 자신보다 가까운 사이인 것은 확실한 듯했다.

"이 상무님이랑 우주 씨는 언제부터 친구였어요?"

"그게 왜 궁금합니까."

그는 부드럽게 말하는 것은 포기하고 딱딱한 어조로 말했다. 미현은 개의치 않는 듯 태연히 말을 이었다.

"학생 때 우주 씨는 조금 달랐다고 들어서요. 지금보다 엄청 밝았다면서요? 잘 웃고, 귀엽고, 사람들이랑 잘 어울리고."

"그랬었죠."

은호는 짧게 한숨을 내쉬듯 말했다. 태연자약한 모습을 가장하고 있으나 그는 불안해서 미칠 것만 같았다.

아득했다. 우주와 자신의 관계는 돌이킬 수 없을 만큼 멀어진 게 아닐까. 기다리고, 다가간다고 해결되는 관계가 아니라 아예 다른 공간에 남게 되었는지도.

미현은 말없이 은호를 바라보았다. 내내 차갑고 사무적이던 사람에게서 드러난 슬픔이 그녀의 마음을 편치 않게 만들었다. 그는 곧 언제 그랬냐는 듯 감정을 억눌렀다.

"윤미현 씨는 계속 우주 곁에 있었던 겁니까. 9년이 넘는 시간 동안."

"9년은 아니고 7년 정도 같이 있었죠."

"윤미현 씨가 보기엔 어땠습니까."

"뭐가요?"

"우주요."

미현은 의아한 얼굴로 그를 바라보았다.

"잘 지냈는지 묻는 겁니다."

무슨 의도로 그런 질문을 하는지 알 수 없었지만, 미현은 고개를 끄덕이며 답했다.

"잘 지냈어요."

믿지 않는 것 같은 시선이 미현을 향했다. 아마 저번에 우주가 불안정한 행동을 보였던 것을 떠올리고 있으리라.

"좀 문제도 있긴 했지만 잘 지냈어요. 내가 뭐 하러 거짓말을 하겠어요. 우주 씨 평범하게 잘 지내 왔어요."

그는 짧은 한숨을 내쉬었다.

"……다행이네요."

조금은 안도하는 듯한 얼굴이었다. 의도를 담은 질문이 아니라 그저 순수한 질문이었던 모양이다. 미현은 의외라고 생각했다. 사랑하던 사람이 말없이 자신의 곁을 떠났고, 9년 동안 소식 한 번 전하지 않았다. 그의 감정이 원망에 가까워도 이상하지 않을 터였다.

"의외네요. 우주 씨를 원망할 줄 알았는데."

은호는 갤러리를 보던 시선을 옮겨 차분히 미현을 바라보았다.

"원망합니다."

"원망하는 사람한테 보통 그런 반응을 보이진 않아요."

"잘 지냈길 바라는 사람을 원망하는 게 이상합니까."

"모순이죠. 자기를 떠났으면 망가지길 바라는 게 원망이잖아요."

생각에 잠긴 듯 그가 느릿하게 눈을 깜빡였다.

"망가지길 바란 적 없습니다."

"그럼 원망하지 않았나 보네요."

두 사람의 곁으로 공사 관계자가 다가온 탓에 대화는 중단되었다. 미현은 공사 관계자와 이야기를 나누기 시작했으나, 은호는 그 사이에 끼어들지 못했다. 미현의 말이 생각의 여지를 남긴 탓이다.

우주의 공백이 그에게 고통을 남기긴 했으나 우주가 망가지길 바랐던 적은 없다. 오히려 아무 일 없이 무사하기만을 바랐다. 그 감정이 우주를 향한 원망으로 치부될 수 없다면, 그동안 가지고 있던 원망의 본래 자리는 어디일까.

왜 그때 우주의 곁에 있지 않았어? 왜 우주가 떠나도록 만들었지? 왜 이런 상황을, 왜. 끊임없이 의문하며 원망했던 대상은.

과거의 무력한 자신이다.

주차장을 지나던 은호의 앞에 회색 세단 한 대가 들어섰다. 은호가 의아한 눈으로 차를 바라보자 일정한 속도로 운전석 창문이 내려갔다. 창 너머 드러난 사람은 미현이었다.

"사실 거짓말이에요. 우주 씨 잘 지냈다고 한 거."

미현의 말에 은호의 눈빛이 어두워졌다.

"썩 행복하게 지내진 못했던 거 같아요."

"그게 무슨 말입니까."

"마음에 걸리는 일이 있었나 봐요. 이제 보니 그게 이 상무님이었던 거 같고."

"……"

"우주 씨를 원망하는 게 아니라 걱정하는 거 같아서 말해 주는 거예요. 괜한 오해로 우주 씨 갉아먹을 사람은 아닌 거 같아서."

미현은 드물게 진지해진 눈으로 그를 응시했다.

"이 상무님이 걱정할 만한 일이 있었어요."

"걱정할 만한 일이라뇨."

"이유는 직접 묻는 게 좋을 것 같아요."

"……"

"저도 이 상무님처럼 우주 씨 의견을 존중하는 게 우주 씨를 위한 거라고 생각했었어요. 근데 요즘은 우주 씨 판단이 정말 자기 자신을 위한 건지 의문이 들어요."

그는 미현의 얼굴에서 진심 어린 걱정을 읽었다.

"내가 보기엔 정정해 줄 사람이 필요한 것 같아요."

"……."

"몇 년 동안 우주 씨 주변에서 설득하는 사람들도 많았지만, 우주 씨는 자기 생각이 옳다고 생각하면서 살았어요. 그래서 늘 불안정했던 거 같고."

"……."

"일단 얘기라도 나눠 봐요. 그동안 제대로 얘기 나눈 적도 없을 거 아니에요."

하지만 우주가 얘기를 나누길 원치 않는다. 은호의 생각을 읽기라도 했는지, 미현은 한숨 쉬듯 대답했다.

"얘기하기 싫어서가 아니라 무서워서 그러는 거예요."

미현의 말은 모든 대화를 차단하며 살았던 과거의 자신을 상기시켰다. 우주는 뭘 두려워하고 있는 걸까.

"일단 화실에 가 봐요. 아직 그림 그리고 있을 거예요."

고개를 끄덕이고 돌아섰다. 그런데 다시금 미현이 은호를 불렀다.

"이 상무님!"

은호는 돌아서서 그녀를 바라보았다.

"우주 씨가 대화를 할 때 어디를 보는지 잘 봐요."

은호는 우주의 작업실 건물 앞에 차를 세웠다. 많은 생각이 뒤섞여 혼란했으나, 생각을 정리할 여유도 없이 차에서 내렸다. 화실이 가까워지자 그의 가슴은 주체할 수 없을 정도로 거세게 요동쳤다.

삶이 책 한 권이었으면 좋겠다는 생각이 들었다. 뒷장을 펼쳐 우주와 자신의 이야기가 담긴 페이지를 읽고 싶다. 서술된 우주의 마음을 읽으며, 가장 옳은 방향을 선택할 수 있는 기회가 제게 주어졌으면 좋겠다.

그동안의 시간은 손에 쥔 모래처럼 붙잡을 새도 없이 손가락 사이로 맥없이 흘러내리기만 했다. 그가 선택할 틈도 없이 깨져 버린 모래시계처럼 어긋나고 말았다.

돌이킬 수 있을까. 돌아갈 수 있을까. 늘 후회 속에 살았던 그는 자신할 수 없었다.

화실 앞에서 멈춰 섰다. 어째선지 문은 반쯤 열려 있었고, 문 안쪽의 실내는 어둠에 잠긴 상태였다. 그는 다급히 문 안쪽으로 들어섰다. 실내가 너무 어두워 한참 후에야 앞이 식별되었다. 흐릿한 어둠 속에서 소파에 누워 있는 우주의 모습을 발견할 수 있었다.

우주는 이마에 팔을 얹은 채 눈을 감고 있었다. 자고 있는 걸까. 날씨도 춥고 늦은 시각인데 왜 화실 문을 열어 놓았는지 의문이 들었다. 은호는 소파 앞으로 다가섰다. 짙은 어둠과 적막 속에서 그는 미동 없이 우주를 바라보았다.

"우주야."

조심스레 이름을 불렀으나 우주는 미동이 없었다. 정말 자고 있는 걸까. 하지만 잠이 든 사람이라고 하기엔 편해 보이지가 않았다.

은호가 손을 뻗어 우주의 머리카락을 쓰다듬으려던 찰나였다. 머리카락에 손끝이 닿자마자 우주는 흠칫 놀라서 눈을 떴다. 그리고 몸을 일으키며 당황한 눈으로 은호를 바라보았다.

"이은호?"

"……."

"언제부터 여기…… 아니, 일단 불 좀 켜고 얘기하자."

우주는 눈에 띄게 당황한 모습이었다. 서둘러 자리에서 일어선 우주는 벽에 있는 스위치를 찾아 불을 켰다. 그리고 싸늘하게 가라앉은 눈으로 은호를 응시했다.

"설명이 덜 됐어?"

"……."

"그만하라고 했잖아. 이런 식으로 찾아오는 거 이제 불쾌할 지경이야."

차가운 목소리에 가슴이 내려앉았다. 9년간 원망한다 생각했던 적도 있지만, 그럼에도 단 한 번도 사랑하지 않았던 적이 없는 사람이다. 그런 사람이 자신을 경멸하듯 화를 내고 있었다.

절망스러웠다. 다 그만두고 우주의 옆에서 사라지고 싶을 정도였다. 그러나 미현이 했던 말이 그를 다시금 붙잡았다.

"물어볼 게 있어."

"말해."

"윤미현 씨가 네 얘기를 했어. 네가……."

은호는 말을 멈추었다. 갑작스레 미현이 했던 말이 떠오른 탓이다.

우주는 은호의 입을 보고 있었다. 그게 두 사람 사이에 이상한 일은 아니었다. 과거에 두 사람은 주로 입 모양을 보고 대화를 했었으니까. 그 습관이 남아서 우주는 은호가 제대로 말을 하게 되었을 때에도 은호의 입을 바라보며 대화하곤 했다.

그래서 최근까지 우주가 입을 보고 있는 것을 알아도 이상하게 생각하지 않았다. 하지만 다시 생각해 보면 자연스러운 일이 아니었다. 두 사람은 9년 동안 대화를 하지 못했으니까. 습관이 남아 있다 하기엔 너무도 긴 시간이었다.

기시감이 들었다. 은호는 우주에게 다가섰다. 표정이 변한 은호를 보며 우주의 눈이 너울거리듯 흔들렸다. 간격을 좁힌 그가 우주의 뒤에 있는 조명 스위치를 껐다. 실내가 다시 암흑에 잠기자 우주는 당황한 목소리로 말했다.

"뭐 하는 거야."

은호는 다시 불을 켜려는 우주의 팔을 붙잡았다.

"우주야."

'이 상무님이 걱정할 만한 일이 있었어요.'

미현의 말이 다시금 상기되었다. 그는 심각해진 얼굴로 우주를 바라보았다.

"너 대체 무슨 일이 있었던 거야."

"놔."

"대답 먼저 해."

"놓으라니까!"

"우주야, 너 대체……."

그는 자신이 예상하는 것이 아니기를 간절히 바라며 우주를 바라보았다.

그때 창문으로 들어선 어슴푸레한 빛이 우주의 얼굴에 닿았다. 색이 옅은 호박색 눈동자는 여전히 은호의 입을 향하고 있다. 어둠 때문에 잘 보이지 않을 텐데도.

일순 사고가 정지된다. 기억이 난파당한 듯 흩어지고, 다시 서서히 맞춰진다. 이상했던 것들이 하나둘씩 떠오르기 시작했다. 같이 차를 탔을 때, 우주는 잠을 자는 것으로 대화를 차단했다. 뒤에서 불렀을 때 돌아보지 않았던 적도 있고, 은호의 말을 알아듣지 못하고 되물은 적도 있다.

"우주야."

거대한 충격에 휩싸인 은호의 눈동자가 부서질 듯 유약하게 흔들렸다.

"너, 내가 뭐라고 하는지 모르는 거야?"

은호의 손에 힘이 빠졌는데도 우주는 손을 뿌리치지 않았다.

"우주야. 대답해 봐."

"……."

"응?"

은호는 애원하듯 말했다. 그러나 우주는 대답 없이 고통스러운 얼굴로 눈을 내리감을 뿐이었다. 마치 모든 것을 체념한 사람처럼. 그 모습을 보며 그의 가슴은 산산조각 났다. 날카로운 흉기가 가슴속을 가차 없이 난도질하는 것만 같았다. 온몸을 짓누르는 절망감에 그는 좌절했다.

고통은 이미 충분히 겪었다고 생각했다. 어릴 적 기억은 고통스러웠고, 우주를 기다리는 일은 그보다 더 힘겨웠다. 그래서 이제 어느 정도의 고통에는 무감해질 수 있으리라고 생각했다. 하지만 이건 그에 비할 고통이 아니었다.

'다 괜찮아질 거야.'

맑은 하늘처럼 미소 짓던 우주의 모습이 떠올랐다. 고통과 불운 같은 건, 자신에게나 어울리지 우주에게는 조금도 어울리지 않는 것이었는데.

어찌할 새도 없이 뺨을 타고 눈물이 떨어져 내렸다. 침잠한 눈으로 은호를 응시하던 우주는 떨어지는 눈물을 보고는 괴로운 듯 입술을 깨물었다.

9년 동안 너는 무엇을 삼켜 왔던 걸까. 누가 네 삶을 이런 식으로 흘러가게 만들었을까. 많은 감정과 생각이 복잡하게 뒤엉켰다. 그러나 아무 말도 할 수 없어 그는 우주를 제 품에 안았다. 우주는 추위를 겪는 사람처럼 몸을 떨며 울음을 삼켰다.

은호가 없는 1년은 어떻게 지나갔나 생각해 볼 겨를도 없이 빠르게 지나가 버렸다. 실성한 듯 공부에 손을 놓기도 하고, 갑자기 미친 듯이 공부에 매달리기도 했다. 그렇게 몇 번의 모의고사를 치르고 나니 어느새 수능이 다가와 있었다.

　수능 날 아침은 요란스러웠다. 길에 경찰들이 지나다니고, 후배들이 교문 앞에서 꽹과리를 치며 손에 초콜릿을 마구 쥐여 주었다. 도재현은 옆에서 어제 찹쌀떡을 열 개나 먹어 속이 안 좋다며 내내 징징거렸다.

　정신없는 아침을 보내고 나니 1교시였고, 정신을 차리고 보니 순식간에 시험이 끝나 있었다. 우주와 재현은 영혼이 빠져나간 사람처럼 터덜터덜 시험장을 벗어났다.

　우주는 걷다 말고 돌아서서 낯선 학교를 바라보았다. 순간 스스로가 바보처럼 느껴졌다. 이 정신없는 하루를 위해서 그렇게 고민하고, 눈물을 흘리고, 우울해했던 걸까. 고작 반나절일 뿐인데.

"임우주야."

멍한 눈으로 같이 학교를 바라보던 재현이 말했다.

"엉."

"난 수능이 끝나면 기분이 좋을 줄 알았는데, 아니야. 구려. 그
것도 엄청 구려."

"나도 그래."

"이은호는 시험 잘 봤으려나?"

"걔야 공부 잘하니까 뭐……."

우주는 힘없이 대답했다.

"우리보다는 홀가분하려나?"

"그럴지도."

"야, 임우주. 안 되겠다. 우리 오늘 고기 먹자. 이제 떡볶이 따
위는 졸업시켜야 돼."

"짜장 떡볶이에 환장하는 인간이……. 그리고 너 아까 속 안 좋
다며?"

"아, 몰라. 오늘은 무조건 고기 먹어야 돼. 가자, 가자."

그렇게 재현에게 이끌려 고깃집으로 향했다. 마음이 허해서인지
둘이서 삼겹살 10인분을 순식간에 해치웠다. 그리고 집으로 가는
버스에서 기절하듯 잠이 들었다.

우주는 재현과 헤어지고 힘없이 길을 걸었다. 오늘따라 집이 무
척 멀게 느껴졌다. 혼자 있으니 시험 결과에 대한 걱정이 머릿속을
가득 채웠다. 성적이 잘 안 나오면 앞으로 어떻게 해야 할까.

기운 없는 걸음으로 집 앞에 도착했을 때였다. 골목에 서 있는
익숙한 사람의 모습이 보였다. 우주는 크게 눈을 떴다.

"이은호!"

핸드폰을 보고 있던 은호가 고개를 들어 우주를 바라보았다. 무표정하던 얼굴에 편안한 미소가 드리웠다. 우주는 급히 은호에게 다가섰다.

"뭐야, 너 왜 여기에 있어? 설마 시험 끝나자마자 바로 온 거야?"

"응. 시험 잘 봤……."

은호가 말을 끝맺기도 전에, 우주는 손바닥으로 은호의 입을 틀어막았다.

"말하지 마라."

우주가 인상을 쓰며 말했다. 은호는 웃으며 고개를 끄덕였다. 순간 힘이 빠졌다. 우주는 무릎을 꺾으며 땅 위로 엎어졌다. 놀란 은호가 우주를 일으키려 했지만, 우주는 종이 인형처럼 축 늘어져 일어설 생각을 하지 않았다.

"왜 그래. 힘들었어?"

"……."

"임우주, 일어나 봐. 울어?"

은호의 목소리를 들으며 코끝이 시큰해졌다. 은호는 이제 말을 할 때 큰 어려움을 겪지 않게 되었다. 지난번에 만났을 때까지만 해도 말을 할 때 머뭇거리는 티가 났었는데, 이제는 완전히 자연스럽게 말을 한다. 전화를 자주 했기 때문에 알고는 있었지만 실제로 들으니 가슴이 벅찼다. 시험에 관한 생각까지 겹쳐서 감정이 더 복잡해졌다.

"진짜 울어?"

"울긴 누가 울어!"

우주는 벌떡 상체를 일으켰다. 그러자 가까운 거리에서 웃고 있는 은호와 눈이 마주쳤다. 우주는 화들짝 놀라서 다시 몸을 숙였다.

"안 울어. 안 운다고."

"너 지금 나한테 절하는 거 같아."

"······알게 뭐야."

"그만하고 일어나. 옷 더러워지겠다."

우주가 자리에서 일어서자, 은호는 더러워진 우주의 무릎과 소매를 털어 주었다. 우주는 멀뚱히 은호를 바라보았다.

"너는 시험 잘 봤어?"

"그럭저럭."

은호는 이미 수시 전형으로 대학에 붙은 상황이었다. 최저 등급만 맞추면 되었는데, 은호는 공부를 잘하는 편이어서 어렵지는 않았을 것이다.

반면 우주는 아직 채점을 하지 않았는데도 시험 결과에 자신이 없었다. 은호와 가까운 대학에 다닐 수 있을지 의문이었다. 우주의 기분이 가라앉은 것을 눈치챘는지 은호는 등을 토닥여 주었다.

"괜찮아. 대학이 인생의 전부는 아니야."

"조용히 해라."

우주가 살벌하게 말하자 은호는 입을 꾹 다물었다.

"근데 너한테서 고기 냄새 나. 밥 사 주려고 온 건데."

"아······ 화나서 고기 10인분 먹었어. 도재현이랑."

"누구는 밥도 못 먹고 달려왔더니."

우주는 멋쩍게 웃었다.

"근데 너 정말 갑자기 왜 온 거야? 연락도 없이."

"왜긴, 너 보러 왔지. 이것도 줄 겸."

은호는 뒤를 돌더니, 바닥에 있던 무언가를 들어 우주에게 건네주었다. 쇼핑백에 한가득 든 것은 우주의 화구였다.

"아직 스무 살은 아니지만 시험은 끝났으니까."

정말 가지고 있어 줬구나. 화구를 건네받고 나자 우주의 기분은 더욱 가라앉았다. 그동안 무얼 위해서 고민하고 애써 왔는지 알 수 없었다.

우울한 생각에 잠겨 있는데, 머리카락이 쓰다듬어졌다. 고개를 들어 은호를 바라보았다.

"수고했어."

"……."

"그걸로 된 거야."

정말 그걸로 된 걸까. 은호가 그렇게 말하니 정말 그렇게 믿고 싶어졌다. 은호는 거짓말을 하지 않는 사람이니까. 우주는 엷게 미소 지었다. 은호는 그런 우주를 보며 마주 웃어 주었다.

혼자 고기를 먹은 게 미안해서 우주는 은호를 고깃집에 데리고 왔다. 우주는 직접 고기를 구워 주겠다고 선포하고는 불판 위에 고기를 올렸다. 고기를 구우며 하나씩 집어 먹는 것도 잊지 않았다. 아까 먹었던 고기는 오는 길에 다 소화가 됐나 보다.

"야, 은호야. 나 서울에 있는 대학 못 가면 어떡하지?"

"어쩔 수 없는 거지 뭐."

"냉정하기는. 나는 너랑 가까운 대학 다니고 싶었는데."

"안 가까우면 어때. 내가 찾아갈 건데."

"말이 쉽지……."

"지금도 잘 만나고 있잖아."

"너 지금도 피곤해 죽으려고 하잖아!"

"아냐, 안 피곤해."

은호는 부모님으로부터 벗어나기 위해 노력 중이었다. 경제적으로 독립이 되어야 부모님에게서 온전히 벗어날 수 있다고 생각했기 때문에 은호는 공부를 하면서도 틈틈이 아르바이트를 했다. 은호가 힘든 상황에 놓여 있었기에 우주는 꼭 은호가 사는 곳과 가까운 대학에 합격하고 싶었다. 하지만 시험을 잘 보지 못했으니 확신할 수 있는 상황이 아니었다.

"임우주."

"엉?"

"너 논술 시험 하나 남았지?"

"응. 왜?"

"그거 끝나고 나랑 놀자."

"그래, 놀긴 놀아야지……. 결과 나올 때까지는 열심히 놀 거야. 뭐 할까?"

"그냥 밥도 먹고, 아이스크림도 먹고. 너는 하고 싶은 거 있어?"

"어……. 영화 보고 싶다!"

"그래, 영화 좋다."

은호는 고개를 끄덕였다.

"다른 약속 잡으면 안 된다?"

"나랑 그렇게 놀고 싶어?"

우주가 웃으며 묻자 은호는 엷게 미소 지었다.

"할 말 있어. 그때."

"무슨 할 말? 지금 하면 되잖아."

"중요한 말이라서."

우주는 크게 뜬 눈을 깜빡이며 은호를 바라보았다.

'말 잘하게 되면, 그때 할게.'

지금 자신이 머릿속에 떠올리는 말과 같을까. 괜히 귓바퀴가 홧
홧해져 우주는 냉수를 벌컥벌컥 들이켰다. 은호는 우주를 보며 푸
스스 소리를 내며 웃었다.

논술 시험이 얼마 남지 않았을 때 낯선 번호로 전화가 왔다. 전
화를 받은 우주는 상대방의 목소리를 들으며 표정을 굳혔다. 전화
를 건 사람은 은호의 어머니였다. 그녀는 은호를 만나고 싶다고 말
했다. 서울까지 찾아왔지만, 은호가 만나 주지 않는다며 우주에게
도움을 청했다.

"은호가 안 만나고 싶다는데 제가 별수가 있겠어요."

최대한 냉정히 말했다. 은호의 어머니는 한동안 말을 하지 않았
다. 그리고 힘없이 가라앉은 목소리로 말했다.

— 이번이 마지막이에요.

"……."

— 집으로 가자고 할 생각도 없고, 강요하고 싶은 마음도 없어
요. 그러니까 학생이 한 번만 이야기해 줘요.

우주는 깊이 한숨을 내쉬었다. 은호 어머니의 말만 듣고 섣불리
결정을 할 수 없었다. 은호의 이야기를 먼저 들어야 했다.

"……그럼 제가 오늘 서울 가서 은호랑 얘기만 해 볼게요."

우주는 곧장 서울로 가는 고속버스를 탔다. 은호의 어머니를 위해서가 아니라 은호를 위해서였다. 부모님 때문에 몇 년이나 입을 닫고 살 정도로 괴로움을 겪은 사람이다. 우주는 은호가 또다시 고통받는 상황을 만들고 싶지 않았다. 차라리 이번 기회에 은호가 제 가족들과 완전히 인연을 끊기를 바랐다.

은호는 지금 무슨 생각을 하고 있을까. 어제 전화할 때에는 분명 아무렇지 않은 태도를 보였는데. 그때도 속이 타들어 가고 있지는 않았을까.

걱정하며 깊이 한숨을 내쉬고 있을 때, 갑자기 주머니에서 핸드폰 진동이 울렸다. 은호였다. 우주는 통화 버튼을 눌렀다.

"어, 알바하는 시간 아니야?"

— 응. 잠깐 틈나서. 밖이야? 차 소리 들리네.

우주는 대답을 머뭇거렸다. 일을 하는 중에 은호의 어머니가 우주에게 연락을 했다는 사실을 알면 은호가 심란해할 것 같았다.

"응, 엄마랑 밥 먹으러 가고 있어."

일이 끝난 뒤에 말을 해야겠다고 생각하며 거짓말을 했다.

— 그래? 좋겠네. 많이 먹고 와.

"응. 너는 밥 먹었어?"

— 응. 많이 먹었어.

웃음기를 띤 목소리는 담담했지만 다정함이 느껴졌다.

— 너 시험 끝나면 만나는 거 안 잊어버렸지? 일주일 남았어.

"야. 귀에 딱지 앉겠다. 그만 말해, 안 잊어버렸으니까."

전화기 안에서 웃음소리가 들렸다.

"나 어지간히 보고 싶은가 봐?"

우주는 장난스럽게 물었다. 그런데 예상외로 진지한 답이 나왔다.

— 응. 보고 싶어.

"⋯⋯."

— 진짜 보고 싶어. 일주일 너무 길다.

은호는 대체로 감정 표현이 적고 무뚝뚝한 성격인데도 이렇게 가끔 지나치게 솔직해진다. 부끄러운 것과는 별개로 은호의 목소리에 기운이 없는 것 같아서 안타까웠다. 어머니 때문에 지친 건 아닌지 걱정이 되었다.

"일주일 금방 지나갈 거야."

우주의 말에 전화 속에서 작은 웃음소리가 들려왔다.

— 그래.

"⋯⋯."

— 아, 미안. 끊어야겠다. 알바 끝나고 다시 연락할게.

"응. 열심히 해."

— 응. 고마워.

그리고 전화가 끊겼다. 우주는 아쉬운 마음에 핸드폰을 내려놓지 못했다.

은호가 일하고 있는 곳으로 찾아가야겠다고 생각했다. 깜짝 놀라게 해 줘야지. 맛있는 것도 먹고, 서울 구경도 시켜 달라고 하고. 우주는 창밖을 바라보며 미소 지었다. 날이 무척 맑았다. 파란 하늘 위로 번지는 햇빛이 눈이 부셨다.

맑은 날은 사람을 들뜨게 만든다. 햇빛에 그런 힘이 있는 건지, 모든 것이 눈부시고 찬란한 날에는 긍정적인 생각을 하게 된다. 우주는 오늘 나쁜 일 대신 좋은 일이 생길 것이란 기대를 했다.

그러나 그 기대는 머지않아 산산조각 나고 말았다.

직진하던 고속버스의 몸체가 갑자기 강하게 흔들렸다. 땅과 바퀴가 마찰하며 귀를 찢을 듯한 날카로운 소음을 냈고, 차가 회전했다. 찰나의 순간 우주는 창밖에서 정면으로 돌진하는 대형 트럭을 보았다.

마치 폭발 같은 소리가 났다. 버스의 몸체가 일그러지며 창문에서 유리가 튀었다. 커다란 고속버스는 몇 바퀴를 굴렀고, 우주는 어딘가에 부딪혀 순식간에 구석으로 나가떨어졌다. 다른 승객들도 마찬가지였다. 비명을 지를 새도 없이 사고가 벌어졌고, 순식간에 끝났다.

움직임을 멈춘 차 안은 적막했다. 이상한 모양으로 휘어진 철제 조각과 부서진 의자, 유리 조각, 매캐한 연기와 먼지, 그리고 사람들이 뒤엉켜 있었다.

우주는 끊어질 듯 희미한 정신을 간신히 붙잡고 눈을 떴다. 그리고 자신이 부서진 철제 조각에 깔려 있다는 사실을 깨달았다. 다리는 이상한 모양으로 휘어지고, 등에는 유리 조각이 박혀 있었다. 머리에서 흐르는 뜨겁고 끈적이는 피는 자꾸만 시야를 방해했다.

그보다 참기 어려운 것은 귀에서 들리는 소리였다. 누군가 머리 옆에서 커다란 종을 치는 것처럼 이상한 이명이 귀를 괴롭혔다. 머리가 깨어질 듯 아팠다.

누가 나 좀 죽여 줬으면. 견디기 어려운 고통에 차라리 죽고 싶다는 생각이 들었다. 간신히 눈을 굴려 주변을 바라보았다. 누군가와 눈이 마주쳤다. 창가에 앉아 있던 아주머니였다. 머리에 피를 흘리고 있었고, 눈을 부릅뜬 채 우주를 바라보고 있다. 앞에 있는 남자 또한 눈앞에 안개가 낀 듯 공허한 눈으로 어딘가를 응시하고 있었다.

곧 저렇게 되는 걸까?

우주는 가쁜 숨을 몰아쉬었다. 관자놀이 위로 눈물이 떨어져 뜨거운 피와 함께 뒤엉켰다. 짧은 순간 많은 생각이 스쳐 지나갔다. 엄마, 은호, 재현이, 친구들. 그리고 그림을 그리는 아빠의 뒷모습.

이렇게 되고 나서야 하나의 사실을 깨닫게 된다. 그동안 너무 바보 같은 생각을 하며 살았다. 원망할 필요 없는 것들을 원망하며, 불행에 자꾸만 이유를 가져다 붙였다. 아빠를 잃은 건 그림 때문도 아니고, 가난하거나 힘이 없었기 때문이 아니었다. 그냥 지금의 자신처럼 운이 나빴기 때문이다.

그 사실을 깨닫고 나니 걱정이 되었다. 만약 여기서 죽게 된다면, 남겨진 사람들은 우주처럼 이 운 나쁜 죽음에서 이유를 찾지 않을까. 엄마는 자신이 우주를 돌봐 주지 못해서라고 생각할지도 모르고, 은호는 어머니 때문에 서울에 오느라 사고를 당했다고 생각할지도 모른다.

우주는 가쁜 숨을 몰아쉬었다. 만약 정말로 죽게 된다면, 모두의 기억 속에서 자신의 존재가 사라지기를 바랐다. 남겨진 사람들에게는 너무 버겁고 고통스러운 일일 테니까.

우주는 자신의 존재가 소멸하기를 바라며 눈을 감았다. 시야가 아득히 암전했다.

눈을 떴다. 아직 제자리를 찾지 못한 정신이 이리저리 허공을 헤매다 간신히 자리를 잡는다. 호흡기로 인해 시야가 뿌옇게 흐려졌다가 선명해지기를 반복했다.

우주는 제게 무슨 일이 있었는지 기억해 냈다. 교통사고를 당했다. 죽을 줄만 알았는데 어떻게 살긴 살았나 보다.

우주의 시야에 엄마가 들어섰다. 마지막으로 보았을 때와는 달리 초췌한 모습이었다. 엄마는 눈물을 흘리며 우주에게 무어라 말을 했다. 그런데 목소리를 내지 않고 뻐끔거리기만 한다. 마치 목소리를 낼 수 없었던 은호처럼.

'우주야, 괜찮아?'라고 묻고 있다. 우주는 간신히 목을 움직여 고개를 끄덕였다. 엄마가 울음을 터트리며 엉엉 울었다. 그런데 여전히 울음소리는 들리지 않았다. 의사가 와서 무언가 말을 하는데, 또 뻐끔거리기만 했다. 뭐라고 하는지 전혀 알 수가 없었다. 우주가 호흡기를 가리키자 의사는 호흡기를 빼 주었다.

"엄마."

"응, 응. 말해."

"엄마. 나 목소리가 안 나와."

말을 했는데도 목소리가 나오지 않았다.

"엄마는 왜 뻐끔거려. 뭐라고 말 좀 해 봐."

엄마가 당황한 얼굴로 의사 선생님을 바라보았다. 의사가 무어라 말을 걸었다. 하지만 하나도 들리지 않았다.

아무 소리도 들리지 않으니 물속에 잠긴 기분이 들었다. 호흡이 버거워지며 숨이 막히고, 날카로운 무언가가 머리를 찌르는 것처럼 두통이 일었다. 우주는 몸이 아픈 것도 잊고 급히 자리에서 일어섰다. 붕대가 칭칭 감긴 팔을 들어 옆에 있던 화병을 밀쳤다. 화병이 산산조각 나는데도 병실 안은 고요하기만 했다.

덜컥 겁이 났다. 커다란 무언가가 자신의 목을 조르는 것처럼 숨이 잘 쉬어지지 않았다. 물건을 마구 던지며 소리를 질러 보았으나, 여전히 적막했다. 솟구치는 공포감에 마구 몸부림치며 소리를 질렀다. 무언가 부딪치고 깨지며 살에 파고들었지만, 그것을 신경 쓸 겨를이 없었다. 아무 소리도 들리지 않는다는 사실이 미치도록 무섭고 두려웠다.

의사와 간호사가 몸부림치는 우주를 제압했다. 팔에 주삿바늘이 꽂히고 나서야 우주는 잠잠해지며 서서히 힘을 잃고 늘어졌다. 방전되듯 깜빡이는 시야 사이로 엄마가 오열하는 모습이 보였다. 울음소리는 여전히 들리지 않았다.

그저 이명뿐이었다. 마치 심전도 그래프가 직선이 되며 죽음을 알리는 순간처럼 긴 이명만이 귓가에서 맴돌았다.

내게서 무언가 죽어 나갔다.

말을 하다 보면 하루에도 몇 번씩 과호흡을 했다. 목소리가 나오지 않으니 숨을 쉬지 못한다는 착각에 빠지는 탓이다. 우주는 예전의 은호처럼 입을 다물게 되었다.

「아무한테도 말하지 마. 아무도 몰랐으면 좋겠어.」

우주는 엄마에게 쪽지로 의사 전달을 했다. 거의 제정신이 아닌 딸을 보며 엄마는 우주의 말을 들어주었다.

「네 핸드폰으로 계속 연락이 오더라. 은호라고 쓰여 있던데. 연락하지 말까?」

엄마의 글씨를 보고 모든 감각 기관이 아래로 추락하는 기분이 들었다. 은호. 이은호. 잊고 지냈던 따스한 감정들이 밀물처럼 밀려들었다. 은호는 아직 우주를 기다리고 있을 것이다. 시험이 끝나면 만나기로 했었으니까. 하지만 이미 시험은 끝났고, 약속도 지키지 못했다.

우주는 그날 밤 병원에서 도망을 쳤다. 아픈 다리를 이끌고 대책 없이 집으로 향했다. 우주는 자신의 집 대문 앞에 서 있는 익숙한 사람을 발견했다. 은호였다. 우주는 저도 모르게 뒷걸음질 쳤다.

은호는 우주의 옆집에 살던 아주머니에게 무언가 말하고 있었다. 들을 수 없지만 대화의 내용은 대충 예상이 갔다. 두 모녀가 갑자기 사라졌다는 내용일 터였다. 은호는 충격을 받은 얼굴로 한참을 가만히 서 있었다. 이웃집 아주머니가 다시 집 안으로 들어서자, 은호는 힘을 잃고 담벼락 앞에 주저앉았다. 절망하는 얼굴이었다.

우주는 망설였다. 자신에게 어떤 일이 있었는지, 왜 약속을 지키지 못했는지 말을 해 주어야 할 것 같았다. 그러나 말을 해도 괜찮을지 의문이었다. 은호 어머니의 부탁으로 은호를 만나러 가다 일어난 사고였으니까.

은호는 죄책감을 가질지도 모른다. 그렇게 되면 은호와의 관계가 어떻게 될지 겁이 났다. 죄책감과 미안한 감정으로 점철되어 버리는 게 아닐까.

우주는 다시금 한 걸음 뒤로 물러섰다. 그러자 어느 집의 유리창으로 비치는 자신의 모습이 보였다. 얇은 환자복을 입고 있다.

팔다리는 볼썽사나운 붕대로 칭칭 감겨 있으며, 목발로 간신히 몸을 지탱하고 서 있다. 얼굴은 며칠 사이에 살이 많이 빠져 해골 같은 모습이었다. 이 모습이 은호에게 얼마나 충격을 줄까.

혼란스러웠다. 지금 생각하는 것들이 다 은호를 위한 것인지, 아니면 그저 자신이 은호에게 이런 모습을 보여 주고 싶지 않기 때문인지 알 수 없었다.

우주는 돌아섰다. 도저히 은호를 만날 수 없었다. 어디로 향하는지도 모르고 정처 없이 걸었다. 다리가 아픈 것도 잊고 몇 시간씩이나 어딘가로 도망을 쳤다.

한참 후에야 우주는 멈춰 섰다. 다리가 아파 더 이상 걸을 수 없었다. 그 자리에 주저앉아 울음을 터트렸다. 서럽게 감정을 쏟아 내는데도 울음소리조차 들리지 않았다.

세상에서 소리 하나가 없어진 것뿐인데 감정마저 잘려 나가는 듯했다. 자신이 알던 세상이 아니라 낯선 공간에 던져진 기분이었다. 이제는 자신이 살아 있다는 사실에 의구심이 들 지경이었다.

땅 위로 몸을 웅크리며 머리를 감쌌다. 부자연스러운 고요가 자신을 집어삼킨다. 맹렬하게 자라나는 두려움과 공포를 저지할 방법을 알 수 없었다.

그저 이 경멸스러운 고요가 자신을 집어삼키고 망가트리길 기다리는 수밖에는.

10. 물고기

우주는 은호에게 커피 잔을 건네주었다. 시선을 아래로 내리고 있던 은호가 고개를 들어 우주를 바라보았다. 그는 울음을 그친 상태였지만 여전히 눈시울이 붉었다.

은호가 잔을 받아 들자 우주는 맞은편에 간이 의자를 두고 앉았다. 그러나 대화는 오고가지 않았다. 두 사람 사이에 긴 침묵이 흘렀다.

"미안해."

먼저 입을 연 사람은 은호였다.

"네가 미안할 게 뭐가 있어."

"못 알아채서."

흔들리는 눈으로 우주를 바라보던 은호는 고개를 숙였다. 우주는 엷게 한숨을 내쉬었다. 언젠가는 은호가 자신의 청력에 대해 눈치챌 것이라 생각은 했지만, 그래도 이 상황을 최대한 미루고 싶었다. 영국으로 돌아가기 전까지 만이라도 모르길 바랐던 건 무리한 생각이었나 보다.

"대화는 입 모양 보고 하는 거야?"

은호가 물었다. 우주는 고개를 끄덕였다.

"응. 다 알아듣는 건 아니지만 웬만하면 알아들어."

우주가 남들보다 시각적으로 발달한 점은 구화를 배우는 데 큰 도움이 되었다. 몇 년간의 연습 끝에 웬만한 말은 다 추측할 수 있게 되었다. 하지만 그렇다고 해서 모든 말을 알아듣는 건 아니다. 사람마다 소리를 낼 때의 입 모양이 다르고, 정면이나 근접한 거리가 아닐 때에는 제대로 말을 알아듣기 어렵다.

제약이 있음에도 불구하고 우주가 은호와 수월히 대화할 수 있었던 건, 과거에 두 사람이 입 모양으로 대화를 하던 방식 덕분이었다.

"무슨 일이 있었던 거야?"

"교통사고."

은호의 조심스러운 물음에 우주는 짧게 대답했다. 그는 가라앉은 목소리로 말했다.

"어쩌다."

"그때, 엄마랑 밥 먹으러 간다고 했을 때 차 사고가 났어."

우주는 거짓말을 했다. 이미 준비하고 있던 말이기에 어색하지 않게 말할 수 있었다. 자신이 숨기고 있는 것들을 은호가 알지 못하길 바랐다.

"너희 어머니는 괜찮으셔?"

"응. 나 혼자 있을 때 사고 난 거야."

은호는 고개를 끄덕였으나 아직까지 제대로 상황을 받아들이지 못하는 것처럼 보였다.

"아예 듣지 못하는 거야?"

"······한쪽 귀는 아예 못 들어. 다른 쪽은 큰 소리만 희미하게 확인할 수 있는 정도고."

"······."

"아예 안 들리는 거나 마찬가지야."

우주의 대답에 은호의 눈이 침잠하듯 어둡게 가라앉았다. 우주는 손끝이 차갑게 식는 기분이 들어 머그잔을 감싸 쥐었다. 잠시 호흡을 가다듬고 마저 말을 이었다.

"그때는 연락 못 해서 미안해. 거의 제정신이 아니었어."

"······."

"지금은 그래도 잘 지내. 보다시피 말도 잘하고, 네가 알아채지 못할 만큼 멀쩡하게 생활하고 있어."

"······잘 지내고 있는 건 알아."

우주는 말없이 고개를 끄덕였다. 다시금 불편한 침묵이 지속되었다. 생각이 뒤엉켜 있는 탓에 두 사람은 어떠한 말도 섣불리 하지 못했다. 오랜 정적이 두 사람 사이를 갈라놓았다.

"달라지는 거 없어, 은호야."

우주는 조용한 목소리로 입을 열었다. 잠시 흔들렸지만, 달라지는 것은 없다. 지금이 아니더라도 자신과 은호의 관계는 언젠가는 불편하게 끝을 맺을 터였다.

"나는 이제 혼자 지내는 게 좋아. 누구한테 마음을 내어 줄 여유도 없고, 그러고 싶지도 않아."

"······."

"이 삶에 너무 익숙해져서 네가 다가오는 게 버거울 것 같아."

유약하게 흔들리는 은호의 눈을 더는 마주하지 못하고 고개를 숙였다.

"예전의 나랑 지금의 나는 많이 달라."

"……."

"너무 많은 게 변해서 예전처럼 널 대할 수는 없을 거야."

은호가 좋아했던 사람은 이제 존재하지 않는다. 그러니 은호와 자신의 관계도 온전하지는 못할 것이다.

"우리 여기서 더 가까워지지는 말자."

"……."

"그래야 너도, 나도 괜찮을 거 같아."

커피 잔을 감싸 쥔 손이 파르르 떨렸다. 우주는 떨고 있는 것을 드러내지 않기 위해 제대로 잔을 잡았다.

"이런 말 해서 미안해."

우주는 테이블 위에 잔을 내려놓고 자리에서 일어섰다. 그리고 작게 미소 지었다.

"이제 그만 가 줄래. 할 일이 많이 남아서."

평온한 얼굴이었지만 목소리가 떨렸다. 우주는 그 사실을 알지 못할 터였다. 그런 우주를 보며 은호는 이 자리에 더 있겠다는 말을 할 수가 없었다. 그는 자리에서 일어서 한 걸음 우주에게 다가섰다. 손을 들어 조심스레 우주의 머리카락을 쓸어내렸다.

"나도 달라지는 거 없어."

그는 담담히 말했다. 우주는 은호의 입을 바라보며 은호가 무슨 말을 하는지 확인했다. 흔들리는 시선은 우주가 이 상황을 버거워하고 있음을 알려 주었다.

그동안 계속 이렇게 살아왔을까. 외면하고 싶은 순간에도 고개를 들고 상대방의 말을 확인했을까.

그는 머리카락을 쓰다듬던 손을 내려 우주의 뺨을 감싸 쥐었다. 그러고는 고개를 숙여 하얀 뺨에 가볍게 입을 맞추었다. 무게감이 느껴지지 않을 만큼 미약한 입맞춤을 끝내고 그는 물러섰다. 우주는 동그랗게 커진 눈으로 그를 바라보았다.

"갈게. 내일 보자."

은호는 다시금 우주의 머리를 쓰다듬고 자리를 벗어났다.

우주는 힘없이 소파에 앉아 손바닥 위로 얼굴을 묻었다. 내가 너한테 무슨 짓을 한 줄 알고, 너는. 괴로움에 입술을 깨물었다. 슬픔이 무게가 되어 자신의 몸을 짓누르는 듯했다.

사고가 난 지 얼마 되지 않았을 때의 일이다. 우주가 입원해 있는 병실로 은호의 어머니가 찾아왔다.

'엉망이구나.'

그녀는 힘없이 병원 침대에 앉아 있는 우주를 보며 그렇게 말했다. 그때는 입 모양을 제대로 확인할 수 없었는데도 그 말을 분명하게 알아들었다.

그녀는 우주에게 유학을 권했다. 자신의 부탁으로 은호를 만나러 가다 일어난 사고이니 자신이 책임을 지겠다고 했다. 우주의 유학 비용을 모두 지원하며, 수술이나 재활치료에 들어가는 돈도 모두 책임지겠다고 했다.

그리고 거기에 한 가지 조건을 붙였다. 더 이상 은호와 만나지 않아야 한다는 조건이었다. 우주는 그녀가 내민 계약서와 다름없는 종이를 보며 실소했다.

이런 사람을 사랑하는 은호가 가여웠다. 은호는 제 어머니를 사랑하지 않는다고 말하지만, 그건 은호가 상처받고 싶지 않아 만들어 낸 거짓이었다. 은호는 지속되는 아버지의 폭력으로부터 어머니를 지켜 왔고, 아버지의 손아귀에서 벗어날 기회가 있었는데도 여태껏 어머니를 위해 계속 집안에 남아 있었다.

사랑하는 사람에게 더 이상 상처받고 싶지 않아 스스로를 속이기까지 한 은호에게 이 사람은 무슨 짓을 하고 있는 걸까.

그러나 우주 자신도 이 사람과 별반 다를 것 없는 사람으로 느껴졌다. 왜냐하면 이 사람의 제안을 거절하지 않을 생각이었으니까.

우주는 순식간에 수술비를 떠안은 짐 덩어리로 전락했다. 이대로 있다가는 우주의 인생뿐만 아니라 하나뿐인 엄마의 인생도 모조리 망가지게 될 터였다. 제안을 받아들이는 것 말고는 이 상황을 타개할 방법이 생각나지 않았다.

'그렇게 할게요.'

우주는 사고가 난 후 처음으로 입을 열었다. 목소리가 나오는지, 나오지 않는지는 정확히 알 수 없었지만 의사는 분명히 전달되었으리라 생각했다. 은호의 어머니는 우주가 듣던, 들리지 않던 냉정한 얼굴로 대답을 했다.

'잘 생각했다.'

아침에 잠에서 깨어나자마자 두통이 일었다. 우주는 자리에서 일어나지 못하고 한동안 두통에 시달렸다. 간혹 이럴 때가 있다. 몸에 문제가 있는 것도 아닌데 날카로운 송곳으로 머리를 찌르는 것 같은 두통이 찾아오곤 했다.

병원에서는 두통의 원인이 사고 후유증이라고 했다. 치료는 받을 만큼 받았으니 마음을 편히 가지라는 이야기를 들었지만, 그게 말처럼 쉽지는 않았다.

관자놀이를 문지르고 있을 때, 협탁 위의 핸드폰에 불이 들어왔다. 우주는 핸드폰을 확인했다.

[우주 씨. 일어났어? 오늘 갤러리 가 보는 거 안 잊었지?]

미현에게서 온 문자였다. 미현은 우주에게 그림 배치를 확인할 겸 공사가 진행 중인 갤러리에 가 보자는 말을 했었다. 미안하게도 잊고 있었다. 다행히 약속 시간까지는 여유가 있어 우주는 자리에서 일어났다.

핸드폰과 책을 가져와 다시 침대에 앉았다. 음성 인식 어플을 켠 뒤에 책 한 장을 읽기 시작했다. 아무리 바빠도 아침에는 발음 연습을 하는 것이 우주의 하루 일과였다.

책 한 장을 꼼꼼히 읽고 발음 연습을 마친 뒤, 우주는 욕실 안으로 들어섰다. 양치를 하면서 거울에 비치는 자신의 모습을 빤히 바라보았다. 두통 때문에 안색이 그다지 좋지는 않지만, 그래도 9년 전의 몰골에 비하면 사람다운 얼굴이다. 지금 이렇게 좋아하는 일을 하고, 엄마에게 가끔 효도도 하며, 여유로운 삶을 살 수 있는 것은 순전히 은호 덕분이었다.

그때 자신이 은호를 팔아 눈앞에 번진 불을 껐으니까.

이 사실을 은호가 알게 되면 어떤 반응을 보일까. 또 사랑하는 사람에게 배신을 당한 은호의 마음이 얼마나 너덜너덜해질까.

우주는 양치질을 끝내고 다시 거울 속의 제 모습을 바라보았다.

"은호야."

괜히 목소리를 내어 본다. 거울에 비치는 자신은 마치 물속에 잠긴 물고기처럼 입을 뻐끔거리고 있을 뿐이다.

다시금 날카로운 두통이 찾아왔다. 우주의 표정이 고통스럽게 일그러졌다.

갤러리 내부는 아직 시공 초기 단계였다. 벽과 바닥 모두 회색 시멘트로만 칠해져 있어 황량해 보였지만, 내부가 무척 넓고 동원된 인력이 많았다. 완공만 되면 그동안 우주가 했던 어떤 전시회보다 큰 규모가 될 것 같았다.

"우주 씨. 조명은 저번에 했던 걸로 할까?"

"그게 좋을 것 같아요."

미현의 물음에 우주는 고개를 끄덕이며 답했다. 그리고 무언가 적는 시늉을 했다. 화가로서 얼굴을 공개한 적이 없기 때문에 우주는 지금 미현의 밑에서 일하는 사람 행세를 하는 중이었다.

"우주 씨. 우리 끝나고 맛있는 거 먹으러 갈까?"

미현이 우주에게만 보이도록 손으로 입을 가린 채 말했다.

"그럴까요?"

"곱창에 소주 어때."

"대낮부터요?"

"낮부터 시작해서 저녁까지 먹으면 되잖아."

미현의 말이 귀여워서 우주는 웃음을 터트렸다. 미현을 바라보며 웃고 있을 때, 시야에 익숙한 사람이 들어섰다. 갤러리 안으로 들어서고 있는 사람은 은호였다. 그는 시공업체 사람들과 이야기를 나누며 내부를 살피고 있었다.

"어, 이은호 상무다. 인사하러 갈까?"

"……아니에요. 일하는 거 같은데."

"우리도 일하는 중이잖아. 왜, 혹시 사적인 인사 하고 싶었어?"

우주가 황당하다는 얼굴로 미현을 바라보았다. 미현은 하하하 웃음을 터트렸다. 듣지 못하지만 아마 얄미운 웃음소리일 것이라고 생각했다. 우주는 괜히 시선을 피하며 갤러리만 둘러보았다.

그러다 다시 뒤를 돌아 흘끔 은호를 바라보았다. 사람들 틈에 섞여 일을 하는 은호의 모습이 새삼 새로웠다.

'너 진짜 짜증 나.'

제 감정을 어찌할 줄 모르던 어린아이는 이제 완전히 어른이 되었나 보다. 정장을 입고 여러 사람들과 일을 하며 대화하는 게 어색하지 않은 어른으로.

몰래 감탄하며 은호를 보고 있을 때였다. 고개를 든 은호와 눈이 마주쳤다. 우주는 저도 모르게 시선을 피하며 돌아섰다.

갤러리를 둘러보는 내내 계속 은호의 시선이 느껴졌지만, 우주는 고개를 돌리지 않았다. 이러고 싶지는 않았지만 어쩔 수 없었다. 사이가 가까워질수록 은호에게는 상처만 주게 될 테니까.

미현은 우주가 다른 데 정신이 팔려 있다는 사실을 금세 눈치챘다. 갤러리를 둘러보는 내내 은호를 지나치게 의식하고 있으면서도 아닌 척하는 것이 눈에 훤했다. 은호 역시 저를 바라보지 않는 우주에게 계속 시선을 고정하고 있었다.

"애가 탄다, 애가 타."

미현이 쯧쯧 혀를 차며 말했다. 우주는 미현이 말한 것을 모르고 그저 갤러리만 살펴보는 중이었다.

"내가 인심 쓴다."

미현은 푹 한숨을 내쉬고는 핸드폰을 들어 문자를 찍었다. 그러고는 우주의 어깨를 톡톡 두드렸다. 우주가 뒤를 돌아 미현을 바라보았다.

"우주 씨, 나 일이 생겨서 같이 밥 못 먹을 거 같아."

"무슨 일 생겼어요?"

우주가 걱정스레 물었다.

"아니, 아니. 별거 아니야. 가족들이 잠깐 보자네. 데려다주지도 못할 거 같은데 괜찮겠어?"

"괜찮아요. 제가 애도 아니고."

"내 눈엔 아직 애예요."

"저 며칠만 있으면 서른이에요."

"아무튼, 택시 불러 줄 테니까, 요 앞에 카페 있지? 그 앞에서 꼼짝 말고 있어."

"그냥 지하철 타고 가도 되는데……."

"미안해서 그러는 거야. 그러니까 얌전히 움직이지 말고 딱 거기 서 있어야 된다?"

미현이 단호한 태도로 말했다.

"알았어요. 내일 봬요."

"응. 조심히 들어가."

우주는 미현에게 손을 흔들고 갤러리를 나섰다.

건물을 나서자마자 기다렸다는 듯이 기운이 쭉 빠졌다. 몸이 가라앉고, 머리끝까지 물이 차오르는 것 같은 이상한 기분이 들었다. 우주는 잘 움직이지 않는 목을 움직여 주변 사람들을 바라보았다. 사람들은 여전히 뻐끔뻐끔, 물고기처럼 입을 움직이고 있었다.

아무 생각도 하지 않으려고 했으나 은호에 대한 생각은 가차 없이 머릿속을 헤집었다.

은호와 거리를 두고, 원래의 삶으로 돌아가기만 하면 된다. 예전에도 그랬듯이 자신의 삶에서 은호가 흐려지길 기다리는 일밖에는 남지 않았다고, 그것이 은호에게도 자신에게도 나은 일이라는 것을 알고 있다.

다 알고 있는데도 나는 왜 자꾸.

눈앞에 그림자가 드리웠다. 고개를 숙이고 걷던 우주는 고개를 들었다. 은호가 제 앞에 서 있었다. 그는 화가 난 것 같기도 하고, 슬퍼하는 것 같기도 한 미묘한 표정이었다.

"내 얼굴도 안 보고 그냥 갈 생각이었어?"

그는 딱딱한 어조로 물었다. 우주는 대답하지 못하고 그를 바라만 보았다.

"난 너 만나는 시간만 기다렸는데."

두 사람은 한동안 말없이 서로를 바라만 보았다. 우주를 빤히 응시하고 있던 그가 한 걸음 다가왔다.

"왜 눈가가 빨개."

화가 난 듯 보이던 얼굴은 어느새 느슨해져 온전히 걱정만을 담고 있다.

"울었어?"

우주는 급히 고개를 저었다.

"아냐, 울 일이 뭐가 있어."

우주의 말에도 은호의 표정은 풀어지지 않았다. 그는 손을 들어 붉어진 우주의 눈매를 어루만졌다.

"운 게 아니면 슬픈 건가."

그가 낮아진 목소리로 말했다.

"뭐가 슬펐어?"

우주는 은호의 손을 잡아 내리며 고개를 저었다.

"아니라니까."

우주는 잡고 있던 은호의 손을 놓으려 했다. 그런데 놓기도 전에 은호가 반대로 우주의 손을 감싸 쥐었다. 자연스레 손가락이 얽혔다.

"가자. 데려다줄게."

"괜찮아. 혼자 가도 돼."

"윤미현 씨한테 부탁받은 거야."

미현이 말했던 약속 장소에 있는 것만으로도 예상할 수 있는 사실이었다.

"그게 아니더라도 데려다주긴 했겠지만."

"그래도……."

우주가 머뭇거리자 은호는 엷게 한숨을 내쉬었다.

"너도 네 마음대로 다가왔었잖아."

"……"

"내가 원치도 않았는데 다가와서 좋아하게 만들었잖아."

은호는 조금 더 힘을 주어 우주의 손을 붙잡았다.

"네 얼굴 한 번이라도 더 보려고 이러는 거 맞아. 부담스러울 거 아는데, 나도 네가 다가왔던 만큼은 다가갈 거야."

그는 단호히 말했다. 우주가 무어라 답하기도 전에 은호는 잡은 손을 이끌었다. 그는 도로에 세워져 있는 자신의 차로 향하더니, 조수석 문을 열고 우주를 바라보았다.

"타."

여기서 실랑이를 벌여 봤자 은호가 고집을 꺾지는 않을 것 같았다. 우주는 어쩔 수 없이 차에 올랐다.

차가 도로를 달리는 동안 당연하게도 두 사람은 아무 말도 하지 않았다. 우주는 익숙하고도 불편한 정적 속에서 멍하니 지나가는 풍경만 바라보았다.

신호가 걸렸을 때 교복을 입고 거리를 걷고 있는 학생들이 보였다. 우주는 그들에게서 자신의 옛 모습을 떠올렸다. 사고가 나지 않았다면 지금 자신은 어떤 모습을 하고 있을까. 어릴 때처럼 마냥 긍정적이고 해맑은 사람으로 자랐을까. 아니면 지금과 비슷했을까.

분명한 건, 좋아하던 사람들과는 인연을 끊지 않고 계속 연락을 하면서 지냈으리란 사실이다. 인연을 끊지 않았다면 지금 은호와의 관계는 어땠을까. 확신할 수는 없지만 적어도 지금처럼 괴로운 관계는 아니었으리라.

다시금 두통이 찾아와 머리를 짚었다. 저도 모르게 관자놀이를 문지르고 있을 때, 은호가 도로변에 차를 세웠다. 그리고 걱정스러운 얼굴로 우주를 바라보았다.

"아까부터 자꾸 머리를 짚네. 머리 아파?"

"어? 아니야, 안 아파."

"안색도 안 좋아 보이는데. 감기 걸렸어?"

은호는 우주의 이마에 손을 올렸다. 크고 따스한 손이 이마에 닿자 두통이 나아지는 것 같은 착각이 들었다.

"열은 없는데."

"진짜 괜찮아."

"병원 안 가도 되겠어?"

"응."

은호는 석연치 않은 듯 우주를 바라보았으나, 마땅히 할 말이 없는지 고개를 끄덕이고 차를 몰았다. 차 안은 다시금 정적에 잠겼다.

오는 사이 두통이 더 심해져 어지럽고 속이 매스껍기까지 했다. 은호는 그런 우주의 상태를 눈치채고 화실 안까지 부축하듯 우주를 데리고 들어섰다.

"좀 누울래?"

우주는 고개를 저었다.

"그냥 가도 돼. 안 졸려."

"그럼 좀 앉아 있어."

은호는 우주를 화실 소파에 앉히더니, 방 안에서 담요를 가져와 우주에게 덮어 주었다.

"안색이 왜 이렇게 안 좋아. 많이 아파?"

그는 우주의 머리를 쓸어 넘기며 다정히 물었다. 이런 다정함을 받을 자격도 없다는 생각에 속이 쓰려 왔다.

"그냥 좀 쉬면 괜찮아져."

"……이런 적이 또 있어?"

우주가 대답하지 않자 그는 엷게 한숨을 내쉬었다.

"나 전화 좀 하고 올게."

"바쁘면 그냥 가도 돼, 은호야. 나 진짜 괜찮아."

그는 말없이 고개를 젓고 밖으로 나섰다. 그리고 미현에게 전화를 걸었다.

— 두통이요?

상황을 전달받은 미현이 되물었다. 그녀는 깊이 한숨을 내쉬고는 말을 이었다.

— 병원은 안 데려가도 돼요. 정신적인 이유니까.

미현의 말에 은호는 표정을 굳혔다.

"정신적인 이유라뇨?"

— 스트레스 때문에 그러는 거예요. 간혹 그래요. 뭐가 그렇게 불편한 건지.

"……."

— 안 바쁘면 옆에 좀 있어 줘요. 그대로 두면 하루 종일 밥도 안 먹을 텐데.

"……알겠습니다."

은호는 전화를 끊고 다시 화실로 들어섰다. 우주는 무표정한 얼굴로 미동 없이 소파에 앉아 있었다. 그 고요하고 감정 없는 얼굴이 과거의 모습과는 너무 상반돼 보여서 가슴 안쪽이 쓰려 왔다.

그는 우주의 앞에 무릎을 굽히고 앉아 시선을 맞추었다. 우주가 시선을 들어 은호를 바라보았다.

"괜찮아?"

"……가, 은호야."

"내가 갔으면 좋겠어?"

우주는 힘없이 고개를 끄덕였다.

"이런 모습 보여 주기 싫어."

우주가 시선을 내리며 말했다. 아래로 내려앉은 눈매에 슬픔이 드리워 있었다.

그동안 우주는 혼자 이런 식으로 괴로움을 견뎌 왔을까. 그렇게 생각하자 가슴이 내려앉는 듯했다. 그는 조심스럽게 우주의 뺨을 들어 자신을 바라보게 했다.

"나도 싫었어."

"······."

"혼자 있고 싶었는데 네가 자꾸 다가왔잖아."

우주는 등나무 아래에서 힘없이 고개를 숙이던 소년의 모습을 떠올렸다.

"근데 그때 너한테 기대고 나니까 좀 낫더라."

그는 붉게 달아올라 있는 우주의 눈가를 어루만졌다.

"아무 말도 안 할 테니까, 그냥 여기 있을게."

우주는 대답하지 않았지만 그는 우주의 옆에 앉았다. 그리고 팔을 들어 우주가 자신의 어깨에 기댈 수 있게 해 주었다. 기운이 없는지 우주는 평소처럼 밀어 내지 않고 머리를 기대었다.

그는 우주의 손을 잡았다. 망설이듯 흠칫하는 우주의 손에 깍지를 끼웠다. 우주는 밀어 내지 못하고 한동안 그렇게 가만히 있었다.

머지않아 어깨 위로 툭툭 눈물이 떨어졌다. 그는 울음기가 번져 있는 우주의 눈가에 지그시 입을 맞춰 주었다.

11. 거짓말

　은호는 이른 아침부터 상무실에 출근해 있었다. 그는 턱을 괴고 앉아 어떤 문서를 읽는 중이었다. 깊은 생각에 잠긴 그는 긴 손가락으로 종이를 몇 번 두드리기를 반복했다.

　그가 보는 문서에는 우주가 사라졌던 날에 일어났던 교통사고 기록이 모두 담겨 있었다. 그가 우주를 찾아다녔던 때에도 이미 본 적이 있는 기록이지만, 새삼 다시 꺼내 본 이유는 우주가 거짓말을 하고 있다는 사실을 확인하기 위해서였다.

　'그때, 엄마랑 밥 먹으러 간다고 했을 때 차 사고가 났어.'

　우주는 그렇게 말했지만, 그날 우주가 살았던 지역에서 일어났던 교통사고 부상자 명단에는 우주의 이름이 없었다. 청력을 잃을 만큼 큰 교통사고도 이 지역에서는 일어나지 않았다.

그날 큰 규모의 교통사고는 그 지역이 아니라 서울 인근에서 일어났다. 서울로 올라가는 고속버스가 전복되는 사고였다. 당시 우주와 조금이라도 연관이 있을 만한 사건들은 다 찾아보았기 때문에 이 교통사고 역시 조사를 했었다.

하지만 그때는 이 사고에서 우주의 흔적을 찾을 수 없었다. 인근 병원까지 모조리 찾아보았으나 어디에서도 우주와 관련된 것들을 발견하지 못했다. 그래서 그동안 우주가 사라진 원인이 이것이 아니라고 생각했다. 하지만 교통사고가 났다는 우주의 말이 정말이라면, 현재로서는 이 사고가 가장 유력했다.

그는 다시 생각에 잠겼다. 왜 그때는 흔적을 찾을 수 없었을까. 혹시 누군가 의도적으로 흔적을 지웠기 때문이 아닐까.

손끝으로 종이를 넘기고 있을 때 핸드폰이 울렸다. 그는 핸드폰 화면에 뜬 이름을 보며 미간을 좁혔다. 어머니였다.

10년 전, 우주가 사라지기 직전의 그날 그는 어머니로부터 전화를 받았었다. 그때 어머니는 자신과의 만남을 원했지만 그는 단호히 거절했다. 어쩌면 그때 어머니가 우주에게 연락을 하지 않았을까.

우주가 사라진 일에 어머니가 연관되어 있으리라는 생각을 하지 않았던 것은 아니다. 그간 어머니의 곁에서 행동을 주시하기도 했다. 그러나 증거도 없을뿐더러 결정적인 이유가 없었다. 당시 은호와 우주는 그저 어린애였을 뿐이다. 우주를 제 곁에서 떨어트린다고 해서 어머니가 얻을 수 있는 것은 없었다.

'우주 좀 찾아 주세요. 하라는 대로 다 할게요.'

224

그때 은호가 우주를 찾는 조건으로 다시 본가에 들어가겠다고 말한 건, 어머니도 예상하지 못한 일이었을 테다. 오히려 우주를 찾는 것 때문에 아버지의 뜻과는 더 멀어질 수도 있었다. 그런 위험을 감수하면서까지 우주를 떼어 내야 할 이유가 있었던 걸까.

전화가 끊겼다가 다시금 울렸다. 은호는 그제야 전화를 받았다.

"네."

— 너는 왜 이렇게 연락이 안 되니?

"바쁜 거 아시잖아요."

— 밥은 잘 챙겨 먹으면서 일하는 거야?

"네."

이렇게 평범한 어머니와 아들처럼 통화를 할 수 있는 건, 은호가 어머니와 아버지의 비위를 맞춰 주고 있기 때문이다.

— 네 아빠랑 또 싸웠다며. 왜 그렇게 아버지한테 반항하니?

"반항이 아니라 일하다 보니 그렇게 된 거예요. 하실 말씀 있으면 얼른 하세요. 저 바빠요."

— 그거 때문에 전화한 거 아니야.

"그럼 왜요."

— 너 언제까지 혼자 지낼 거니? 엄마가 괜찮은 사람 몇 명 소개시켜 줄게.

그는 깊이 한숨을 내쉬고는 가라앉은 목소리로 물었다.

"엄마는 제가 어떤 사람을 만났으면 좋겠는데요?"

— 응?

"집안에 도움이 될 사람? 아니면, 재력이나 학력을 갖추었는데도 저를 내조만 해 줄 사람?"

긴 침묵이 이어졌다.

"말해 보세요. 어떤 사람을 원하시는데요?"

침묵 끝에 냉정한 목소리가 들려왔다.

— 너 약하게 만들지 않는 사람.

은호의 표정이 굳어졌다.

"……그 애는 저를 약하게 만들 사람이라고 생각하세요?"

— 누구 말하는 거니?

"아시잖아요."

— 걔 얘기는 또 왜.

"얘기하면 안 되는 이유라도 있어요?"

— 그게 아니라 네가 힘들어하니까 그렇지.

그는 한숨을 내쉬며 의자에 등을 기대었다.

아버지가 가진 것들에 집착하는 어머니를 보며 가엾다고 생각한 적이 있다. 하지만 지금은 우주에게 집착하는 자신과 어머니가 그다지 다를 바가 없어 보이기도 한다.

자신이 갖고 싶은 것들을 위해 아들까지 팔아넘기는 어머니나, 우주를 갖기 위해 앞으로 자신이 할 행동들이 얼마나 차이가 날까.

"엄마."

그는 의자에 머리를 기대며 조용한 목소리로 말했다.

"우린 참 닮았어요."

— …….

"인정하기 싫은데, 그렇더라고."

은호는 자조하듯 웃었다.

"끊을게요. 또 전화할게요."

그는 꺼진 핸드폰 화면을 바라보았다. 새까만 화면을 응시하는 그의 눈동자 역시 어둡게 가라앉았다. 만약 나한테서 우주를 앗아

간 것이 당신이라면 나는.

생각은 오래 이어지지 못했다. 지금은 우주의 상황에 대해 알아내는 것이 먼저였다. 은호는 다시 화면을 켜 문서에 적혀 있던 전화번호를 입력했다.

귀를 다침으로서 잃은 것은 단지 청력뿐만이 아니다. 소리가 들리지 않으니 사람들과의 대화를 잃었고, 의사소통을 하지 못하자 사람들을 꺼리게 되었다. 사람을 대하는 법을 잊게 되니 사회성마저 상실했다.

청력을 잃은 모든 사람들이 자신과 같지는 않을 것이다. 예상치 못한 불행에 놀라울 정도로 훌륭히 대응하는 사람들도 많다. 하지만 우주는 유독 이 고요에 적응하지 못했다. 매 순간이 절망스러웠고, 좌절감을 느꼈다.

그런 자신에게 그림은 구원처럼 느껴졌다. 그림은 소리와는 전혀 관계없는 일이며, 자신에게 주어진 단 하나의 능력이었으니까. 우주는 청력을 잃은 후부터 계속 그림에 집착해 왔다.

그러나 지금 생각해 보면 그림이 자신을 더 고립시켰던 것 같다. 귀가 들리지 않는 자신을 인정하지 못하고 그림이라는 다른 세상 속에 스스로를 가두어 놓았으니까.

우주는 붓을 내려놓았다. 이렇게 생각이 많은 날에는 그림도 잘 그려지지 않는다. 팔을 위로 뻗으며 스트레칭을 했다. 아침부터 계속 그림만 그렸더니 온몸이 뻐근했다.

그때 정면의 창문 쪽에 무언가 비추었다. 우주는 화들짝 놀라

뒤로 휘청거렸다. 높은 의자에 앉아 있던 탓에 쉽게 중심을 잃었다. 뒤로 넘어가며 땅에 등을 박을 줄로만 알았는데, 우주는 어딘가에 안전하게 안착했다.

돌아보니 은호가 있었다. 그는 바깥의 찬 기운이 묻어 있는 손으로 우주의 등을 받쳐 주고 있었다.

"괜찮아?"

우주 못지않게 놀란 눈이 그녀를 응시했다. 우주는 당황스러운 눈으로 은호를 바라보다 고개를 끄덕였다. 은호는 우주가 괜찮다는 것을 확인하고는 한 걸음 물러섰다.

"미안. 너무 집중하는 거 같아서 말을 못 걸었어."

"아냐, 괜찮아."

잠시 어색한 침묵이 흘렀다.

"어쩐 일로 왔어?"

"너 보러."

그는 간단명료하게 대답했다. 반면에 우주는 할 말을 잃었다. 어제 울었던 게 민망하기도 하고, 넘어질 뻔한 게 창피하기도 해서 무슨 말을 해야 할지 알 수 없었다. 그런 우주를 향해 은호가 먼저 말을 걸었다.

"문은 왜 맨날 열어 놔? 누가 들어오면 어쩌려고."

"그냥, 답답해서."

그림을 그릴 때 문을 다 닫아 두면 세상이 너무 갑갑하게 느껴진다. 이따금씩 갇혀 있는 기분이 들 때가 있다.

생각하던 것을 입 밖에 내지 않았는데도 은호는 우주의 마음을 이해하기라도 했는지, 이유를 묻지 않고 고개를 끄덕였다.

"그래도 위험하니까, 저녁에는 문 꼭 닫아 놔."

우주는 고개를 끄덕였다. 대답이 만족스러웠는지 은호는 엷게 미소 지었다.

"머리는 좀 괜찮아? 안 아파?"

"응. 안 아파."

"믿어도 돼?"

"오늘은 하나도 안 아팠어, 정말로."

"다행이네."

그는 안도한 듯 다시금 미소 지었다.

"밥 안 먹었지? 아직 시간 이르니까, 이따 밥 먹으러 가자."

우주는 망설였지만, 이내 고개를 끄덕였다. 어제 일 때문에 은호의 말을 단호히 거절하기가 어려웠다. 어제 그는 늦은 밤까지 우주의 곁에 있어 주었다.

"그림 그리던 거 계속 그려. 방해 안 할게."

"아냐, 어차피 얼마 남지도 않았고."

"내가 보고 싶어서 그래."

은호는 우주의 머리를 쓰다듬고는 소파에 가서 앉았다. 우주는 돌아앉아서 손가락이 닿았던 앞머리를 만지작거렸다.

다시 그림을 그리기 위해 붓을 들었지만 손목이 뻣뻣했다. 은호의 시선이 느껴진다는 사실만으로도 어색하고 긴장이 됐다. 괜히 얼마 남지 않은 물감만 열심히 짜 댔다.

물감이 더 이상 나오지 않아 입구 부분을 잘라 내기 위해 칼을 들었다. 더 안 나올 것 같아도 잘라 내면 꽤 많은 양이 입구에 남아 있곤 하니까.

잘 잘리지 않아 헤매고 있을 때 갑자기 어깨에 닿는 손길이 느껴졌다. 갑작스러운 접촉에 우주는 화들짝 놀라서 뒤를 돌았다. 들고 있던 칼이 무언가를 스쳤다.

은호의 손이었다. 상처를 헤집고 나온 붉은색 피가 바닥으로 추락했다.

은호는 병원에 가지 않아도 괜찮다고 말했지만, 우주는 억지로 은호를 병원에 데리고 왔다. 파상풍의 위험도 있고, 꿰매야 할 상처일 수도 있기 때문이다. 다행히 꿰맬 정도는 아니어서 은호는 가벼운 치료만 받는 중이었다.

큰 상처가 아닌데도 우주는 치료 과정을 차마 지켜보지 못하고 밖으로 나왔다. 응급실 앞 벤치에 앉아 힘없이 고개를 숙였다. 아무리 피해를 주지 않으려 해도 어쩔 수 없이 타인에게 피해를 줄 때가 있다. 그 대상이 은호라는 사실은 우주를 절망하게 만들 정도였다.

고개를 푹 숙인 채 생각에 잠겨 있을 때 시야에 밤색 구두가 들어섰다. 은호는 무릎을 굽혀 앉아 고개 숙인 우주와 시선을 맞추었다.

"괜찮아?"

"……그건 내가 물어야 할 말이잖아."

우주는 잘 나오지 않는 목소리를 억지로 꺼내었다.

"놀랐을 거 같아서."

"아냐, 너는 괜찮아? 상처 안 아파?"

"응. 하나도 안 아파. 내일이면 다 나을 거 같아."

은호의 대답에도 우주의 마음은 편치 않았다. 우주는 붕대를 감은 은호의 손을 똑바로 바라보기가 어려워 시선을 아래로 내렸다.

"미안해, 정말."

힘없는 목소리로 말했다. 그러자 따스한 손이 뺨을 감쌌다. 우주는 다시 시선을 들어 그를 바라보았다.

"네 실수 아니고 내 실수였어. 갑자기 다가가는데 누구인들 안 놀라겠어."

우주의 눈을 직시하며 그는 담담히 말했다. 그러고는 우주의 흘러내린 머리카락을 귓바퀴 뒤로 넘겨 주었다.

"그래도 미안한 얼굴이네."

"……."

"정 미안하면 나 부탁 하나만 들어줄래."

우주는 의아한 얼굴로 그를 바라보았다.

"뭔데?"

자리에서 일으켰다.

"우리 집 같이 가자."

"집?"

"응. 집에서 해야 되는 일인데 팔이 이래서 할 수가 없네. 도와줄 거야?"

우주는 고개를 끄덕였다.

"내가 할 수 있는 일이면 도와줄게."

은호는 웃으며 우주의 머리카락을 쓰다듬었다.

은호의 집은 딱 은호의 성격다웠다. 차분한 색조로만 꾸며진 집은 군더더기 없이 깔끔했다. 마치 인테리어 잡지에 실린 사진을 그대로 가져다 놓은 것처럼 보이기도 했다.

그 깔끔하고 단조로운 집에 딱 하나 튀는 것이 있었는데, 거실 벽 한 면에 걸린 커다란 그림 〈영속(永續)〉이었다. 우주는 그림을 응시하다 말고 은호를 바라보았다.

"이 그림, 마음에 들어?"

"네 그림은 다 마음에 들어."

어떻게 저렇게 태연한 태도로 부끄러운 말을 잘하는 걸까. 부끄러운 감정이 얼굴로 드러났는지 은호가 설핏 웃었다.

"그래도 저 그림은 더 특별하긴 해. 다른 그림이랑 달라."

그림을 바라보는 그의 눈은 생각에 잠겨 있었다. 평소보다 더 가라앉은 듯 보이는 눈은 어떤 생각을 하고 있는지 알 수 없었다.

"……어떻게 다른데?"

"그냥 내 추측일 뿐이야. 억측일 수도 있고."

우주는 빤히 은호를 바라보았다. 그러나 은호는 대답해 줄 생각이 없는지 우주의 팔을 잡고 소파로 이끌었다.

"앉아 있어."

그리고 은호는 방 안으로 들어섰다. 그가 다시 나왔을 때에는 넓적한 상자를 들고 있었다. 소파 테이블에 그가 올려 둔 상자를 보며 우주는 황당한 표정을 지었다.

"이게 뭐야?"

"거기 적혀 있잖아. 500피스 퍼즐."

"이게 해야 될 일이야?"

"응."

당연하다는 듯 대답하는 태연한 태도에 우주는 기가 막혔다.

"……나 갈게."

"잠깐만, 잠깐만."

우주가 자리에서 일어서자 은호는 급히 우주의 팔을 붙잡았다.

"나 손도 다쳤는데 안 해 줄 거야?"

은호의 간절함이 담긴 눈동자를 보니 단호히 거절하기가 어려웠다. 우주는 한숨을 내쉬고 다시 소파에 앉아 퍼즐 상자를 열었다. 은호는 웃으며 우주의 옆에 붙어 앉았다. 우주는 저도 모르게 웃고 말았다. 평소에는 차갑고 예민해 보이는 애가 이런 모습을 보이니 웃기기도 하고, 귀엽기도 했다.

은호는 웃는 우주를 빤히 바라보았다. 우주는 퍼즐을 맞추기 시작하여 은호의 시선을 눈치채지 못했다.

"우주야."

"……"

"너 나 만나고 처음 웃었어."

입 모양을 보고 있지 않기 때문에 우주는 은호가 무슨 말을 하는지 알지 못했다.

가슴이 무겁게 내려앉았다. 사고 한 번이 우주에게서 얼마나 많은 것들을 앗아 갔을까. 오늘처럼 누군가에게 피해를 줬다고 생각하며 마음 졸인 날도 많았으리라.

제 귀를 떼어 내서 우주에게 줄 수 있다면 얼마나 좋을까. 그래서 우주가 다시 들을 수 있다면, 예전처럼 환한 미소를 자주 보여 준다면 기꺼이 떼어 낼 텐데.

"이거, 여기다 놓는 거 맞을까?"

우주가 고개를 돌리고 물었다. 그는 태연히 고개를 끄덕이며 웃었다. 우주는 다시 집중해서 퍼즐을 맞추었다. 안 할 것처럼 하더니 퍼즐을 맞추는 게 재미있는지 집중한 얼굴이었다.

그는 우주의 손목을 손끝으로 톡톡 두드렸다. 우주가 고개를 돌려 다시금 은호를 바라보았다.

"우주야. 나 넥타이 풀어 줘. 손 아파서 못 하겠다."

"······내가?"

"응. 네가."

우주는 당황했다. 넥타이 푸는 게 어려운 일은 아니지만, 왠지 어색하고 이상한 일처럼 느껴졌다. 그래도 잘못한 것이 있으니 아무렇지 않은 척 넥타이를 풀어 주었다.

그런데 잘 풀어지지 않았다. 넥타이를 매어 본 적이 없으니 푸는 법도 잘 몰랐던 탓이다. 우주가 넥타이를 푸는 데 애를 먹는 사이, 은호는 우주를 빤히 바라보았다.

관찰하듯 바라보는 시선에 우주의 귓바퀴가 서서히 달아오르기 시작했다. 얼른 넥타이를 풀고 싶은데 오히려 이상하게 엉켜 버렸다. 은호는 넥타이를 푸르고 있는 우주의 손을 감싸 쥐었다. 우주는 고개를 들어 그를 바라보았다.

"임우주."

"응?"

"입 맞추면 화낼 거지."

우주는 당황한 눈으로 은호를 바라보았다.

"······미안, 무슨 말인지 못 알아들었어."

"알아들었잖아."

"글쎄······."

우주는 시선을 피하고는 은호에게 손이 붙잡힌 채 넥타이를 풀어냈다.

"어, 다 풀었다."

우주는 어색한 미소를 지었다. 웃는 얼굴을 보며 은호도 그냥 웃고 말았다.

"춥다, 들어가."

은호는 제게 인사하는 우주를 불만스러운 얼굴로 바라보았다. 데려다주겠다고 하는데도 한사코 거절하는 우주의 태도가 못마땅했다.

"진짜 혼자 가려고?"

"응. 너 손 다쳐서 운전하기도 힘들잖아."

"괜찮다니까. 안 아픈데 너랑 같이 있으려고 그런 거야."

"내가 마음이 안 편해서 그래. 추우니까 얼른 들어가."

은호는 깊이 한숨을 내쉬었다.

"그럼 택시 타는 거 보고 갈게."

우주는 난감한 얼굴로 은호를 바라보았다.

"나 택시 타는 거 별로 안 좋아해. 지하철 타고 가려고."

낯선 사람과 차를 타는 것은 꺼리게 된다. 대화를 할 수도 없고, 초면인 사람은 입 모양을 봐도 말을 못 알아들을 때가 많기 때문이다. 우주의 얼굴에서 곤란함을 읽었는지 은호는 더 이상 말을 하지 않았다.

"괜찮으니까 그만 들어가, 진짜로."

"……."

"상처 관리 잘하고. 갈게."

우주는 그를 향해 손을 흔들었다가 그 행동이 어색하게 느껴져 손을 내렸다. 그리고 후다닥 돌아서서 걸었다. 은호의 시선이 느껴졌지만, 의식하지 않고 앞만 보며 걸었다.

바로 지하철을 타려다 좀 더 걷고 싶어져서 지하철역을 지나쳤다. 핸드폰으로 지도를 확인하고 느리게 걸음을 옮겼다.

항상 생각하는 거지만 서울의 저녁은 저녁 같지가 않다. 언제나 조명이 환하고, 거리에 사람들이 많다. 그러고 보니 오늘은 금요일 저녁이라서 사람이 더 많은 듯하다. 이제 곧 연말이고, 새해도 올 테니 모임을 갖는 사람들이 많을 것이다.

우주는 천천히 사람들 사이를 지나며 생각에 잠겼다. 은호의 손은 괜찮을까. 좀 더 신경을 써 주고 싶었지만, 상황이 상황인지라 옆에 더 있겠다는 말을 할 수가 없었다. 그리고 같이 있어 봤자 큰 도움도 되지 않을 것이다.

계속 같이 있으면 언젠가 또 이런 일이 생기겠지. 폐를 끼치고, 은호는 당연하게 자신을 배려하는 일들이. 후원이나 은호의 어머니 문제가 아니더라도 옆에 있지 말아야 할 이유가 많았다.

생각에 잠긴 채 한참 걷고 있을 때였다. 갑자기 누군가 우주의 앞에 멈춰 섰다. 마스크를 쓰고 있는 낯선 남자였다. 무어라 말을 거는데, 입 모양이 보이지 않아서 말을 알아들을 수 없었다.

우주가 대답하지 않자 남자의 미간이 좁혀졌다.

"못 들었어요? 번호 좀 달라구요."

귀가 들리지 않는다고 말을 하려 했을 때였다. 누군가 우주의 손을 잡았다. 우주가 놀라지 않을 정도로 조심스러운 손길이었다. 고개를 돌리자 붕대를 감은 손이 보였다. 은호였다.

"제 여자 친군데요."

은호는 남자에게 웃으며 말을 하고 있었는데, 옆모습이라서 무어라 말을 하는지는 알 수 없었다. 어째선지 남자는 멋쩍어진 얼굴로 자리를 떴다. 우주는 은호를 향해 고개를 돌렸다.

"왜 여기에 있어? 따라왔어?"

우주가 놀란 얼굴로 말을 하든 말든, 은호는 남자가 사라진 방향을 짜증스러운 얼굴로 바라보고 있었다. 그러고는 무어라 말을 했다.

"……너 방금 욕했어?"

은호는 고개를 돌려 우주를 바라보았다.

"아니, 안 했는데."

"……."

"안 했어."

믿기진 않았지만 그냥 고개를 끄덕였다.

"저 사람이 뭐라고 했어?"

"그냥 길 물어봤어."

"……그래?"

"응. 그래."

단호한 은호의 태도에 수긍하는 수밖에 없었다.

"근데 왜 따라온 거야?"

"……그냥 걷고 싶어서."

"말도 안 되는 소리 하지 말고. 괜찮으니까 얼른 들어가. 나 혼자서도 잘 다녀."

"이 밤에 혼자 보내는데 어떻게 걱정이 안 돼."

"……."

"네 상황 때문에 그러는 거 아니야. 내가 신경 쓰여서 그러는 거지."

은호는 짧게 한숨을 내쉬고는 우주의 손을 잡았다.

"이왕 온 거 그냥 같이 가자. 사람 그만 애타게 하고."

그는 느리게 걸음을 옮겼다. 여기까지 따라온 걸 보면 고집을 꺾기는 어려울 듯했다. 우주는 조용히 은호의 걸음을 따라 걸었다. 길을 걷는 동안 우주의 머릿속에는 많은 생각들이 교차했다.

후원을 받았다는 사실을 숨기는 게 정말 은호를 위한 일일까. 어쩌면 자신은 은호가 받게 될 상처보다 은호의 경멸 어린 시선이 닿는 것을 더 두려워하는지도 모른다. 다정한 눈이 순식간에 변모하여 적의를 품게 될까 봐.

지독히도 이기적인 생각이었다. 이건 은호를 우롱하는 것과 다르지 않았다. 가슴을 짓누르는 죄책감에 고통스러워졌다.

우주는 걸음을 멈추었다. 옆에서 걷던 은호도 우주를 따라 걸음을 멈추고 그녀를 바라보았다. 두 사람은 어느새 번화가를 벗어나 연한 가로등 불빛만 드리운 한적한 골목에 서 있었다.

"은호야."

"응."

차분하게 말을 하고 싶었는데 목소리가 잘 나오지 않았다. 스스로의 모습을 볼 수 없어도 제 눈이 얼마나 떨리고 있을지 예상이 갔다. 은호의 손에 살짝 힘이 들어갔다.

다시 말을 하기 위해 입을 열려던 순간, 붙잡힌 손이 끌어당겨졌다. 은호는 우주를 제 품에 끌어당겨 안았다. 갑작스레 품에 갇힌 우주는 당황하여 뒤로 물러서려 했다. 그러나 은호는 팔의 힘을 풀지 않았다.

머리카락과 어깨 위로 규칙적인 호흡이 내려앉았다. 긴 손가락이 달래듯 우주의 머리카락을 쓸어내렸다.

"또 무슨 말을 하려고 그렇게 떨어."

우주는 듣지 못할 말이었다. 그는 서글픈 마음이 드러날까 봐 한참 동안 우주를 안고만 있었다. 잠시 뒤 우주를 품에서 놓아준 은호는 아무렇지 않은 척 미소를 지었다.

"임우주. 나랑 내일 데이트해."

"……."

"나 손 다쳤잖아. 그 정도는 해 줘."

우주는 은호를 바라보는 게 버거워서 시선을 내렸다. 그는 우주의 뺨을 들어 올려 붉게 달아오른 눈가에 입을 맞추었다.

"다른 말은 하지 마. 그냥 나랑 같이 있겠다고 해. 응?"

은호의 짙은 눈동자가 물결처럼 흔들리고 있었다. 그는 우주가 하려던 말을 눈치채기라도 한 걸까.

"우주야. 난 너 필요해. 네가 내 옆에 있어야 돼."

"……."

"응? 내일 나랑 같이 있어."

그는 애원하듯 간절히 말했다. 붉어지는 눈가를 더는 보고 싶지 않아 우주는 고개를 끄덕이고 말았다. 그는 다시금 우주를 껴안고는 떨리는 호흡을 내뱉었다.

밤공기가 유독 차가웠다. 그는 우주에게 서늘한 공기가 닿지 않도록 힘주어 그녀를 끌어안았다.

12. 마지막

그림을 그리고 있을 때 앞치마 주머니 안에서 진동이 느껴졌다. 우주는 붓을 내려놓고 핸드폰을 확인했다.

[오늘 나 만나는 거 안 잊어버렸지?]

은호의 문자였다. 보채는 것 같은 문자가 귀여워서 우주는 저도 모르게 피식 웃고 말았다.

[응. 안 잊어버렸어.]

답장을 보내기를 망설이다가 겨우 하나를 보냈다. 그러는 동안에도 가슴 안쪽에 가시 같은 무언가가 걸린 듯했다.

그때 어깨에 부드러운 손길이 닿았다. 미현이었다. 어째선지 그녀는 난감한 얼굴로 우주를 바라보고 있었다.

"우주 씨. 손님 온 거 같은데."

"손님이요?"

우주는 의아한 얼굴로 고개를 돌렸다. 그리고 표정을 굳혔다. 화실 문 쪽에 은호의 어머니가 서 있었다. 우주는 엷게 한숨을 내 쉬고는 자리에서 일어섰다.

"앉으세요."

우주의 말에 여자는 별다른 대꾸 없이 화실 소파로 걸음을 옮겼 다. 우주도 맞은편에 앉았다.

미현이 차를 내어 주며 걱정스러운 얼굴로 우주를 바라보았다. 우주는 괜찮다는 뜻으로 희미하게 웃어 보였다.

"후원까지 해 줬으면 됐지 왜 이런 일까지 벌였는지 모르겠구나."

미현이 자리를 비켜 주자 여자가 입을 열었다. 못 본 사이 얼굴에 세월의 흔적이 드리우긴 했으나, 그녀의 모습은 여전히 아름다웠다.

"저도 은호 옆에 있을 자격 없다는 거 아는데, 은호 삶은 자기 가 결정하게 해 주세요. 이렇게 끼어든다고 되는 거 아니잖아요."

우주는 한숨 쉬듯 말했다.

"걔가 하고 싶은 대로 하고 살았으면 지금 그 자리에 있을 수 있었겠니?"

"은호가 원하는 건 그런 게 아니었을 거예요."

"그건 걔가 물질적으로 결핍된 삶을 살아 본 적이 없어서 그래. 상황이 바뀌면 달라지겠지."

여자는 깊이 한숨을 내쉬었다. 그녀의 얼굴에는 지친 기색이 완 연했다.

"나한테 조언이든 뭐든 이제 그만해 줬으면 좋겠다. 난 네가 은호랑 안 만났으면 좋겠어."

"……."

"너한테 악감정이 있어서가 아니야. 그 애가 앞으로 밟고 올라 가야 할 사람들이 얼마나 많은지 아니? 내 앞에선 아닌 척하지만 걔도 일에 욕심이 있어."

"……."

"많은 사람들을 이끌어 나가는 사람은 어느 정도 타고난 기질이 있어야 해. 다른 형제들 중에서는 그만한 재목이 없어. 본인도 그걸 알고 있고, 걔 아버지도 알아."

여자는 시선을 들어 다시 우주를 응시했다.

"얼마 전에 은호 회사로 안 돌아왔던 거, 너 때문이지?"

우주가 두통을 앓았을 때, 은호는 회사로 복귀하지 않고 계속 우주의 곁을 지켰다. 우주의 생각이 표정으로 드러났는지 여자는 나지막하게 말을 이었다.

"그랬던 적 한 번도 없는 애니까."

"……."

"넌 걔를 너무 약하게 만들어."

여자는 시선을 내려 찻잔 속의 맑은 물을 바라보았다. 은호와 닮은 짙은 눈동자는 공허해 보였다.

"난 그 애가 사랑 같은 건 안 했으면 좋겠어."

"……."

"결국 스스로 망가질 뿐인데."

우주는 여자의 눈동자 속에서 쓸쓸한 감정을 읽었다. 그 원인을 찾을 새도 없이 그녀는 다시 차가움으로 자신의 감정을 감추었다.

"네 장애에 대해 뭐라고 할 생각은 없다만, 앞으로 계속 만난다면 이런 일이 잦아질 거란 생각은 안 하니? 갠 불안정한 너를 보살피려 할 거고, 일보다는 너를 우선으로 생각할 거야. 이렇게 중요한 때에 말이야."

우주는 자신 때문에 은호의 손이 다쳤던 것을 떠올렸다.

"이제 돈으로는 어쩌지도 못할 것 같고."

그녀는 변함없이 차가운 어조로 말했다. 이제 우주는 누군가에게 지원을 받을 만한 상황도 아니었고, 후원을 받았던 돈은 이미 갚은 지 오래였다. 그녀는 자리에서 일어서며 말했다.

"이거 하나는 알아 둬. 은호 너 사랑해서 그러는 거 아니야. 자기한테서 결핍된 걸 너한테서 찾으려는 것뿐이지. 근데, 지금 네가 은호한테 뭘 해 줄 수 있는 상황은 아니잖니?"

가슴이 서늘해졌다. 그녀는 냉정히 잘라 말했다.

"이번 일만 끝나면 다시 영국으로 돌아가. 아니면 전처럼 숨어 지내든가."

"……."

"여기서 네가 할 일은 아무것도 없어."

"얘가 또 왜 이래."

재현이 무기력하게 누워 있는 우주의 곁으로 다가섰다. 우주는 기운 없는 목소리로 말했다.

"오랜만이네. 한동안 안 보이더니."

"내가 강원도로 촬영 간다고 했냐, 안 했냐."

"안 했던 거 같은데……."

"했거든?"

"미안."

"참 나. 정신을 어디다 두고 다니는 거야."

재현은 투덜거리며 우주의 머리카락을 쓸어 넘겼다. 그리고 이마 위에 손을 얹었다.

"또 머리 아파?"

"아냐."

"아니기는. 얼굴 보니 딱 죽기 직전이구만."

"……."

"이은호 때문에 그래? 오늘 걔네 엄마 왔었다며."

미현이 재현에게 말을 해 준 모양이다.

"웃기는 아줌마야. 요즘엔 드라마에서도 그런 설정 잘 안 나오는데."

우주는 피식 웃었다.

"집안 때문만은 아닌 거 같아."

"그럼?"

오늘 그녀가 했던 말은 꼭 은호를 걱정하는 사람의 말처럼 느껴졌다. 물론 자신의 욕심을 위해 은호를 이용하려는 것인지도 모르지만, 온전히 그렇게 생각하기에는 석연치 않은 점이 분명 있었다. 하지만 이유가 무엇이든 그 사람은 잘못된 방법으로 제 자식을 대하고 있었다.

재현은 깊이 생각에 잠긴 우주를 물끄러미 바라보았다.

"넌 아직도 이은호가 좋냐?"

갑작스러운 재현의 물음에 우주는 대답하지 못했다. 재현은 대답을 재촉하지 않고 그저 가만히 우주의 머리카락을 쓸어 넘겼다.

"나 연예인 하길 잘한 거 같아."

"갑자기 무슨 소리야?"

"그냥, 갑자기 그런 생각이 드네."

"……체질인 거 같아 보이긴 해."

"그거 때문이 아니라."

"응?"

"사랑 많이 받잖아."

"사랑받고 싶어?"

우주의 물음에 재현은 말없이 고개를 끄덕였다.

"다행이네. 지금 사랑 많이 받잖아."

재현은 웃으며 고개를 절레절레 저었다. 우주는 의아한 얼굴로 그를 바라보았다.

"됐다."

재현이 손가락을 튕겨 우주의 이마를 때렸다. 우주는 불만스러운 얼굴로 재현을 바라보았다.

"이은호 좋아하면 그냥 잡아."

"……너 은호 별로 안 좋아하지 않았어?"

"알긴 알았나 보네."

"보면 알지."

재현이 피식 웃었다.

"지금도 싫어. 너 사고 난 거 걔 탓 같아서."

"……."

"그래도 9년 동안 죽었는지 살았는지도 모를 사람 찾아다니는 거, 쉽지 않잖아. 뭐든 네가 우선이라는 거지."

재현은 답지 않게 진지한 태도로 말했다.

"너도 마찬가지고."

우주는 물끄러미 그를 바라보았다.

"그냥 네가 원하는 대로 해. 넌 예전부터 네가 원하는 건 꼭 포기하려고 그러더라."

"……."

"바보 같은 짓 하지 마. 그런다고 누가 알아주냐. 너만 힘들지."

재현은 엄지손가락으로 자신이 때린 우주의 이마를 문질렀다.

"머리 아플 정도로 끙끙거리지 말고, 그냥 네가 하고 싶은 대로 해."

높은 회사 건물이 빼곡하게 늘어서 있는 거리는 여느 때처럼 수많은 사람들이 만들어 내는 소리로 가득하다. 분주한 발자국 소리, 통화를 하는 목소리, 도로를 지나다니는 차의 소음. 그 소란 속에서도 자신은 홀로 고요하다. 사람들과 함께 걷고 있는데도 자신은 흐름에 융화되지 못한 채 허공을 부유하는 찌꺼기가 된 것만 같다.

우주는 은호의 회사 건물 근처에서 멈춰 섰다. 은호의 손이 다친 상황이니 자신이 오겠다는 말을 먼저 하긴 했는데, 막상 오고 나니 은호의 얼굴을 볼 자신이 없었다.

하지만 오늘은 꼭 말을 해야 했다. 오전에 은호 어머니와 이야기를 하며 더 이상 은호를 속이지 말자고 마음을 굳혔다. 네가 괴로워할 걸 뻔히 알면서도 후원금을 받고 떠났다고, 그렇게 털어놓아야 했다.

은호에게 회사 근처라는 문자를 보내고 고개를 들었을 때였다.

빨간 랩코트를 입은 여자가 시야에 들어섰다. 여자는 우주를 빤히 바라보고 있었는데, 어째선지 여자의 얼굴이 익숙했다. 기억을 되짚자 머지않아 떠오르는 사람이 있었다.

'나도 이은호랑 친해지고 싶어.'

얼굴을 붉히며 수줍게 말을 하던 여자아이의 얼굴이 떠올랐다. 서연이었다. 우주는 저도 모르게 시선을 피했다. 자리에서 벗어나기 위해 걸음을 옮겼으나 그새 붙잡히고 말았다.

"임우주, 너 어떻게―"

우주를 바라보며 서연이 놀란 얼굴로 말했다. 오랜만에 만난 친구를 대하는 얼굴이 아니라 크게 충격받은 사람처럼 보였다.

"……오랜만이네."

무슨 말을 해야 할지 알 수 없어 우주는 어색하게 답했다.

"너, 은호 만나러 온 거야?"

서연의 입에서 나오는 이름에 우주의 표정이 경직되었다. 은호와 서연은 아직까지 연락을 하고 있었던 모양이다. 우주가 고개를 끄덕이자 서연은 한숨을 내쉬며 말했다.

"은호 요즘 이상하다 했더니 너 때문이었구나."

"……."

"멀쩡히 살아 있었으면서 왜 이제 와 나타났어? 그렇게 숨어 있을 때는 언제고."

서연에게서 적대감이 느껴졌다. 우주는 대답하지 못하고 떨리는 손을 말아 쥐었다.

"너 때문에 은호가 얼마나 힘들어했는지 알긴 아는 거야? 사람

가지고 장난치는 것도 정도껏이지. 대체 뭐 하자고 여기 다시 나타
난 거야?"

서연은 화를 내면서도 괴로운 듯 보였다. 은호와 서연이 사이에
무슨 일이 있었는지는 알 수 없지만, 자신이 은호에게도 서연에게
도 못할 짓을 한 것만은 분명했다.

"……은호랑 뭘 하려는 의도는 없어."

우주는 힘겹게 입을 열었다.

"난 여기 일 때문에 온 거야. 은호를 만난 건 우연이고, 이번 일
만 마무리되면 다시 원래 살던 나라로 돌아갈 거야."

우주는 이 상황이 버거워 고개를 숙였다. 다시 고개를 들었을
때, 어째선지 서연의 시선은 우주의 뒤쪽을 향해 있었다.

"은호야."

서연의 입 모양은 의외의 말을 했다. 우주는 서연의 시선을 따
라 고개를 돌렸다. 차갑게 굳어진 얼굴로 자신을 바라보는 은호가
있었다.

가슴이 무겁게 내려앉았다. 그러나 한편으로는 다행이라고 생각
했다. 어떤 방식으로든 은호에게 사실을 털어놓아야 했으니까.

은호는 우주에게 성큼 다가와 우주의 팔을 붙잡고 이끌었다. 빠
르게 걷는 은호의 손에서는 떨림이 느껴졌다. 거리에 지나다니는
사람이 드물어지고 나서야 그는 걸음을 멈추고 우주를 바라보았다.

"아까 한 말, 무슨 뜻이야?"

다시금 두통이 우주를 괴롭히기 시작했다.

"또 나를 두고 가겠다고?"

은호의 시선이 서늘했다. 그 눈을 보며 불안한 감정이 올라와
속이 울렁였다. 더 이상 은호를 바라보고 있기가 힘겨웠다. 하지만

그래서는 안 되는 처지였다. 누군가의 말을 전달받기 위해서는 고통스러워도 상대를 바라봐야만 했다.

"난 네 옆에 못 있어."

우주는 어렵게 말을 꺼내었다.

"왜."

"……."

"네 귀가 안 들리는 거, 난 하나도 상관없어. 그게 네가 나를 떠나야 하는 이유가 되어야 하는지도 이해 안 가."

"그게 아니라……."

우주는 말을 아물리지 못하고 잠시 머뭇거렸다.

"그게 아니라, 너희 어머니가 나를 후원해 주셨어."

은호의 표정이 차갑게 굳어졌다.

"유학 비용, 병원비, 수술비 다 지원해 주셨어. 너를 안 보는 조건으로."

짙은 눈동자가 공허해졌다. 그 눈을 바라보며 우주는 날카로운 무언가가 제 가슴속을 헤집는 것 같은 통증을 느꼈다.

"내가 너를 팔아서 내 눈앞의 불을 껐어."

우주는 흔들리는 눈으로 그를 바라보았다.

"나를 위해서 9년이나 널 버려 둔 거야."

"……."

"그런 내가 너를 어떻게 붙잡고 있어."

우주는 더는 그를 바라보지 못하고 고개를 숙였다.

"미안해."

울음을 참아 내느라 목이 통증을 호소했다. 그래도 우주는 차분하게 말을 전달하기 위해 노력했다.

"미안하단 말로 용서되지 않을 거 알아."

"……."

"그래도 미안해."

우주는 더는 그 자리에 서 있지 못하고 돌아섰다. 은호는 우주를 붙잡지 않았다.

돌아오는 길에 비가 내렸다. 몸이 좋지 않은 탓에 맹렬히 쏟아지는 비를 버티기가 힘들었다. 추위가 겹쳐 빗줄기가 살갗을 찌르는 것처럼 아팠다. 그러나 아픔보다는 그저 어디로든 도망을 가야겠다는 생각만 강하게 들었다. 아까부터 새까만 안개 같은 것이 자신을 삼키려 하고 있었으니까.

도망가고 싶었던 적은 단 한 번도 없다. 현재에도, 지금도. 영원히 숨어 지내는 삶을 바라는 사람이 어디 있겠는가. 하루에도 몇 번씩 자신을 가둔 틀에서 뛰쳐나가고 싶었다. 하지만 걸음을 내디딜수록 커지는 절망감은 감당할 만한 무게가 아니었다.

겨우 귀 하난데. 겨우 그것뿐인데도 나락으로 떨어지고, 절망하는 삶을 알아 버렸다.

청력을 잃고 몇 년 동안은 사고 후유증이 심했다. 잠을 자면 꿈에 사고 당시 죽은 사람들이 나왔다. 그 사람들은 왜 너만 살았냐며 뻐끔뻐끔 입 모양으로 우주에게 말을 했고, 어느새 검은 안개가 되어 우주를 삼켜 버렸다. 꿈속에서 비명을 내질렀지만, 소리는 결코 밖으로 새어 나가지 않았다.

제정신이 아닌 우주를 보며 엄마는 심한 우울증을 겪었다. 그 모습을 보며 우주는 차라리 그때의 교통사고로 죽었다면 얼마나 좋았을까 생각했다. 누군가에게 고통만을 안겨 주는 사람일 바에야 흔적도 없이 사라지고 싶었다.

그래도 견뎌 냈다. 극복하려고 노력했다. 새로이 언어를 배우고 악몽도 떨쳐 냈다. 그렇게 지내다 보니 영원히 무뎌지지 않을 것 같던 고통이 무뎌지는 순간이 왔다. 뻔뻔하게도 은호에 대한 죄책감도 묻어 두었다. 시간은 우주를 순응하게 만들었다.

하지만 지금에 와서야 후회가 된다. 그때 견디지 말 걸 그랬다. 견뎌 보겠다는 이유로 여러 사람들을 괴롭게 했다. 엄마도, 은호도, 그리고 스스로도. 그냥 다 놓아 버릴 걸 그랬다.

밝은 불빛이 갑자기 시야를 가득 메웠다. 눈을 아프게 만들 정도로 환한 빛이었다. 뒤쫓아 오던 까만 안개는 하나의 덩어리로 뭉뚱그려지고, 공중으로 치솟아 사라졌다.

우주는 가만히 서서 빛을 바라보고만 있었다. 자신이 어디에 서 있는지 알지 못했다. 아슬아슬하게 차가 지나가며 경적을 울려 댔고, 사람들이 웅성거렸으나 우주에게는 전혀 전달되지 못했다.

불빛이 점점 더 다가오는 순간, 온기를 가진 무언가가 손목을 휘감았다. 강하게 끌어당겨지며 바닥으로 몸이 기울었다. 형편없이 바닥에 처박힐 줄 알았던 몸은 누군가의 따스한 품에 안전하게 안착했다.

파르르 떨리는 팔이 우주를 힘껏 끌어안았다. 머리를 쓸어내리는 손길은 불안정하게 덜덜 떨리고 있음에도 우주를 달래기 위해 애썼다.

잠이 들어 있던 우주는 천천히 눈을 떴다. 희뿌연 시야가 어지러이 흔들렸다. 초점이 간신히 제자리를 찾자 어스름한 어둠 속에서 익숙한 물건들이 보였다. 이곳은 화실에 딸린 방이었다.

머리가 아팠던 탓에 또렷하진 않으나, 은호가 자신을 여기까지 데려다주었던 기억이 남아 있었다. 간신히 몸을 씻고, 은호의 부축을 받아 침대에 누워 잠이 들었던 것 같다.

벽에 걸린 시곗바늘은 새벽 1시를 가리키고 있었다. 은호는 돌아갔을까. 우주는 침대에서 몸을 일으키고 방을 나섰다.

화실에 은호가 있었다. 그는 아까의 차림 그대로 창문 앞에 서서 창밖을 응시하는 중이었다. 지금처럼 새벽이 짙어진 시간에는 창밖에 가로등 불빛밖에 보이지 않을 텐데, 그는 무엇을 하염없이 바라보고 있는 걸까.

어두운 눈동자는 과거의 기억을 불러일으켰다. 등나무 아래에서 아주 먼 곳을 바라보며 제 안으로 고통을 삼키던 은호의 모습을.

"은호야."

그가 고개를 돌렸다. 여느 때보다도 깊이 침잠한 눈동자가 우주를 향했다. 한참 동안 그는 말을 하지 않고 우주를 직시하기만 했다. 우주는 재촉하지 않고 그가 무언가 말하기를 기다렸다.

"후원은."

그가 천천히 입을 열었다.

"새삼스러울 것도 없어."

"……무슨 말이야?"

"어머니와 네가 떠났던 게 연관이 있을 거라고 이미 예상했었어."

"……."

"네 원망 안 해."

"……."

"어머니가 마땅히 해야 될 일이었고, 그때 내가 옆에 있었던 것보다는 어머니가 후원을 해 주는 게 너한테 더 도움이 됐을 테니까."

그는 창문 밖으로 다시 시선을 옮겼다. 그에게서 어떠한 감정도 읽어 낼 수 없었다. 어스름한 가로등 불빛만이 까만 눈동자 위를 촛불처럼 부유하고 있을 뿐이었다.

그는 다시 고개를 돌려 우주를 바라보았다.

"내가 화가 나는 건, 넌 네 죄책감을 해소할 방법으로 나를 떠날 생각만 하고 있다는 거야."

예전에도 그랬듯 은호는 자신의 마음을 너무도 쉽게 알아차린다. 우주는 자꾸만 손이 떨려서 손가락을 꽉 말아 쥐었다.

"우주야."

그는 담담히 우주의 이름을 불렀다. 화가 난다 했던 말과는 달리 그의 얼굴은 차분했다. 너무도 무감정한 얼굴이어서 오히려 불안정해 보일 정도였다.

"나는, 너 사랑해."

"……."

"정말 많이 사랑해. 겨우 이 말 따위에 담을 수 없을 만큼 계속 사랑해 왔어."

무너지지 않으려 애썼으나 말 한마디에 가슴이 죽은 나무껍질처럼 바스러지는 듯했다. 내내 생각을 읽을 수 없었던 은호의 눈동자에는 결코 외면할 수 없는 확연한 감정이 맺혀 있었다.

"근데 넌 아닌 거 같아."

말을 마친 은호의 눈매가 일순 균열이 깨진 것처럼 고통스럽게 일그러졌다.

"다르다고 생각한 적 없는데, 네가 아무리 밀어내도 나는 너를 잘 알고 있으니까. 너도 나랑 같을 거라고 믿었는데."

은호의 눈동자가 서서히 젖어 들기 시작했다. 그것을 보며 우주는 가슴에 둔중한 고통을 느꼈다.

"내 옆에 있을 때 너는 너무 괴로워 보여."

호흡을 고르는 듯 그는 버겁게 숨을 내쉬었다. 그리고 다시 고개를 들어 우주를 바라보았다.

"마지막이야. 지금 네가 안 잡으면 다시는 네 앞에 안 나타날 거야."

은호의 마음과 자신의 마음이 다를 리 없었다. 하지만 망설여졌다. 불안정한 자신의 모습을 자꾸만 되짚어 보게 되었다.

우주가 망설이는 동안 짙은 눈동자 속에서 흔들리던 빛은 점차 잦아들었고, 눈동자는 텅 빈 것처럼 까맣게 물들었다. 그는 허탈한 한숨을 내쉬었다.

"그래."

"……."

"네가 원하는 대로 해 줄게."

은호는 우주에게서 시선을 떼고 몸을 돌려 화실을 빠져나갔다.

우주는 굳어 버린 듯 그 자리에서 움직이지 못했다. 불안한 감정이 엄습하여 심장이 거세게 박동했다. 은호와의 관계는 이렇게 끝나 버리는 걸까. 오해를 끌어안은 채 짓이겨지고, 망가지는 게 우리의 결말이었을까.

이 결말을 자초한 사람은 우주였다. 두렵다는 이유로 회피하며 계속 은호를 괴롭게 만들었다. 그럼에도 불구하고 은호는 그녀를 용서했다. 다시 손을 내밀어 주고, 사랑한다 말을 해 주었다.

우주는 생각을 마무리 짓지 못하고 급히 바깥으로 나섰다. 신발을 신을 여유도 없이 건물 밖으로 뛰쳐나가자 찬바람이 불어닥쳤다. 살을 에는 듯한 추위가 고통스러웠지만, 우주는 개의치 않고 멀어지는 은호를 따라잡기 위해 걸음을 옮겼다.

"잠깐만, 잠깐만 은호야!"

멀찍이 떨어져 있는 은호를 향해 소리쳤지만 그는 걸음을 멈추지 않았다. 덜컥 겁이 나서 황급히 은호의 뒤를 쫓았다. 거의 다 따라잡은 순간 갑자기 무릎이 욱신거렸고, 다리에 힘이 풀려 우주는 앞으로 고꾸라졌다. 땅과 부딪힌 손바닥과 무릎에서 심한 고통이 느껴졌다. 일어서려고 안간힘을 썼으나 다리에 힘이 들어가지 않았다. 후들거리는 다리는 고통 때문인지 두려움 때문인지 제 기능을 하지 못했다.

"가지 마!"

우주는 소리쳤다. 얼마나 크게 소리를 냈는지는 알 수 없었지만, 목이 아플 만큼 큰 소리였다. 은호는 걸음을 멈추었다. 그러나 다가오지 않고 그 자리에 서서 우주를 바라보기만 했다. 우주는 애원하듯 떨리는 목소리로 말했다.

"네 옆에 있어서 괴로웠던 게 아니야. 죄책감이 들어서 그랬어."

"정말 그것뿐이야?"

동요 없이 차가운 시선으로 자신을 바라보는 사람은 은호가 아닌 다른 사람 같았다.

"말해."

"……."

"말하지 않으면 다신 볼 일 없을 거야."

우주가 대답하지 못하자 은호는 돌아서려 했다. 우주는 간신히 목소리를 뱉어 냈다.

"네가 나한테 지칠까 봐 무서웠어."

그는 멈춰 서서 다시 우주를 바라보았다.

"난 내 장애 때문에 하루에도 몇 번이고 지쳐. 귀가 들리지 않아서 불행한 게 아니라 이걸 극복하지 못해서 내내 불행했어."

더는 말을 하기가 힘들었다. 추위는 매서웠고, 몸은 피로했다. 당장에라도 기절할 것 같았지만 우주는 힘겹게 말을 이었다.

"나 때문에 엄마가 지쳐 가는 모습을 옆에서 계속 봐야 했어."

우주는 그를 바라보기가 버거워서 고개를 숙였다.

"너도 지칠까 봐 무서웠어. 예전이랑 너무 달라진 나를 더 이상 사랑하지 않을 것 같았어. 네가 후회하고 나를 떠나는 모습을 보게 될 것 같아서……."

아린 눈동자가 결국 눈물을 쏟아 냈다. 뺨을 타고 흘러내린 눈물이 땅을 적셨다.

'색, 예쁘네.'

어린 날의 여름이었다. 그때 눈물을 닦아 주며 위로해 주었던 은호의 모습을 내내 잊지 못했다. 괴로움에 몸부림치면서도 단 한 번을 잊어 본 적이 없다.

"네 마음이랑 다르지 않아. 한 번도 달랐던 적 없어. 근데 난, 내 상황이……."

우주의 위로 그림자가 드리웠다. 따스한 손길이 뺨에 닿으며 고개가 들어 올려졌다. 은호는 우주의 앞에 무릎을 접고 앉아 시선을 맞추었다.

"그런 걸로 지쳤으면 9년이나 널 기다리지 않았을 거야."

그는 떨어지는 우주의 눈물을 닦아 주며 말했다.

"난 네가 죽었다고 해도 너를 찾아야겠다고 생각했어. 귀가 안 들리는 게 아니라 불구가 되었다고 해도 찾을 작정이었어."

"……."

"네가 변했다고 해서 감정을 저울질할 만큼 가벼운 마음 아니야."

은호의 눈에서는 흔들림 없는 확고한 감정이 느껴졌다. 왜 은호는 이런 자신마저 사랑해 주는 걸까.

"우주야."

"……."

"너 만나기 이전의 나는 죽은 사람이나 다름없어."

그는 떨어지는 눈물을 다시금 닦아 주었다.

"난 네가 필요해. 그래야 살 수 있어."

은호의 말은 우주를 무력하게 만들 정도였다. 쌓아 왔던 것들을 다 무너트리고 그저 은호에게 매달리고만 싶었다.

"9년간 기다리면서 괴로웠는데도 너 만났던 거 후회한 적 한 번도 없어. 앞으로도 마찬가지일 거야."

다정한 손길로 눈물을 닦아 준 뒤 그는 침묵했다. 한동안 가만히 우주를 바라보기만 했다. 오랜 정적 끝에 그는 입을 열었다.

"그래도 네가 힘들면, 그만하고 갈게."

가슴이 추락하는 듯했다.

"어떻게 할까."

"……."

"나 그냥 갈까, 우주야."

우주는 무력하게 고개를 저었다. 눈앞의 은호를 더 이상 외면하고 싶지 않았다.

"가지 마, 미안해."

우주는 울음 섞인 목소리로 힘겹게 말했다.

"옆에 있어 줘."

말을 마치자마자 따스한 입술이 포개어졌다. 우주는 익숙한 향기가 제 머릿속에 가득 채워지는 것을 느꼈다. 포개어진 입술은 짙은 열기를 품고 있었고, 절박한 감정을 담아 우주의 입술을 탐했다.

모르겠다. 이제는 하나도 모르겠어. 미래를 생각하지 않은 이 감정이 어떤 결과를 부르게 될지 알 수 없지만, 지금은 무엇도 중요하지 않았다. 눈앞에 있는 사람은 이성적인 판단을 상실하게 만든다.

우주는 팔을 뻗어 따스한 품에 안겼다. 살을 에듯 서늘했던 바람이 맞닿은 온기로 인해 단숨에 흩어졌다.

13. 썩은 나무

　아무리 곧은 나무여도 썩은 땅에서는 가지를 뻗을 수 없다. 시궁창처럼 병든 지반 아래로 살 곳을 찾아 뿌리를 내린다 해도 함께 썩어 버릴 뿐이다.

　은호와 어머니의 나무는 잘못된 곳에 뿌리를 내리고 함께 까맣게 썩어 들어갔다.

　아버지가 나타나기 전의 어머니는 만면 가득 온화한 미소를 지을 줄 아는 사람이었다. 그런 어머니의 손을 잡는 어린 날의 자신 역시 그녀를 향해 환한 웃음을 짓는 것이 익숙했다.

　비좁은 땅에 뿌리를 내리고 서로 의지하며 살았다. 완전한 세상이었고, 어느 누구도 침범할 수 없는 영역이었다. 아버지도 없고, 부유하지도 않은 결핍된 삶이었으나 행복했다. 누구보다 다정하고 상냥한 사람이 자신의 어머니였으니까.

　균열이 생기기 시작한 것은 아버지가 나타난 후부터다. 은호가 막 초등학생이 되었을 무렵 그 남자가 집에 찾아왔다. 어머니는 겁을 먹은 채 은호를 감싸 안았고, 은호는 그 품 안에서도 자신을 훑는 혼탁하고 꺼림칙한 시선을 느꼈다.

남자는 어머니에게 말했다. 여자 혼자서 아이를 키우기는 어려우며, 가난하고 결핍된 환경보다는 안정된 환경에서 아이를 키우는 것이 아이를 위한 일이라고 했다. 어린 나이였기에 제대로 이해하지는 못했지만, 은호는 불길한 예감을 했다. 가능하다면 그 남자의 입과 엄마의 귀를 틀어막고 싶었다.

그즈음부터 어머니는 웃음을 잃기 시작했다. 남자는 이따금씩 집으로 찾아왔고, 그런 날이면 은호는 홀로 방에 갇혀 시간을 보내야 했다. 남자가 돌아간 뒤에 남은 것은 수표 몇 장과, 끔찍할 정도로 공허해진 어머니의 눈동자였다.

어느 날은 남자의 본부인이 찾아와 어머니를 창녀 취급 하며 모멸감을 주었다. 은호에게는 더러운 창녀의 자식이라며 욕을 했다. 은호는 그때 어머니가 화를 내는 모습을 처음 보았다. 소리를 지르며 악을 쓰는 모습이 제가 아는 사람이 아닌 것 같아 은호는 그녀의 마른 손을 붙잡고 울음을 터트렸다.

'은호야. 너 아빠네 집에 갈래?'

우는 은호를 달래며 어머니는 힘없는 목소리로 말했다. 은호는 덜컥 겁이 나 고개를 저었다.

'싫어. 엄마랑 있을래. 아무 데도 안 가.'
'왜? 엄마가 해 줄 수 있는 건 아무것도 없는데.'

'아니야. 엄마랑 같이 있고 싶어.'

'……'

'엄마. 나 버리지 마. 앞으로 엄마 말 잘 들을게. 응? 제발.'

울며 애원했다. 그것이 무색하게도 다음 날 은호는 그 남자의 집으로 보내졌다.

원래 살던 집과는 비교할 수 없을 정도로 크고 화려한 집이었다. 은호는 그 거대한 집이 자신을 집어삼킬 것만 같아 겁이 났다. 깊고 어두운 심연 속에 자신을 가둬 다시는 엄마와 만날 수 없게 만들 것만 같았다.

'야. 너 거지새끼라며? 근데 왜 우리 집에서 살아?'

그 집에는 은호 또래의 남자아이가 있었다. 윤영이란 이름의 아이는 본부인의 자식이었다. 제 어미가 그렇듯 윤영 역시 은호를 조롱하고 괄시했다.

어린 윤영은 은호가 먹는 밥에 흙이나 표백제 같은 것을 넣기도 했고, 은호의 물건을 모두 부수거나 칼로 난도질하기도 했다. 죽은 비둘기를 은호의 서랍에 넣어 둔 적도 있었다.

'거지들은 이런 거 먹으면서 산다던데.'

윤영은 은호를 조롱하며 웃었다. 지금 생각해 보면 당시의 윤영은 위협을 느꼈던 것 같다. 그 집안의 아들은 셋뿐이었고, 앞으로 자신과 영역싸움을 하게 되리라는 사실을 본능적으로 알았을지도 모른다.

괴롭힘이 도를 넘었지만 윤영의 어머니는 제 아들을 방치했고, 아버지라는 사람은 애초에 집안을 돌보지 않는 사람이었다. 그 남자가 하는 일이라고는 가끔 자신의 꼭두각시들이 얼마나 자라 있는지, 또 얼마나 이용가치가 있는지 확인하는 것뿐이었다.

은호는 어머니가 했던 말을 떠올리며 하루하루를 견뎌 냈다.

'은호야. 거기 가면 형들도 있고, 새엄마도 있을 거야. 싸우지 말고 잘 지내야 된다? 은호가 잘 지내고 있으면 엄마가 열 밤만 자고 다시 찾아갈게.'

거짓인 것을 알았지만 그냥 믿었다. 내 엄마니까. 다정하고 상냥하며, 언제나 나만을 위해 주는 사람이었으니까.

'너희 엄마 창녀라며?'

윤영은 은호의 약점이 어머니라는 사실을 쉬이 눈치챘다. 영악한 아이는 어떻게 행동해야 어른들을 이용할 수 있는지 알고 있었고, 윤영은 어른들이 있을 때 일부러 은호 어머니를 욕보였다.

은호는 윤영을 향해 주먹질을 했다. 윤영의 바람대로 은호는 벌을 받게 되었고, 윤영의 어머니는 은호를 며칠 동안 창고 안에 가둬 두었다.

앞이 보이지 않을 정도로 칠흑 같은 어둠 속에서 은호는 홀로 숫자를 세었다. 시간의 흐름을 알 수 없는 모호한 공간 속에서 숫자를 세며 어둠에 무뎌지기만을 기다리는 것이 은호가 할 수 있는 유일한 일이었으니까.

금방이라도 자신을 집어삼킬 것 같은 어둠 속에 있어도 괜찮았다. 어머니가 다시 자신을 데려갈 거라 믿었으니까. 상냥한 웃음을 지으며 다시 제게 손을 내밀어 주리라 확신했으니까.

그러나 3년이 지나도 어머니는 찾아오지 않았다.

은호는 어느 순간부터 입을 닫았다. 그 집안에서 누군가와 대화를 한들 돌아오는 것은 조롱과 멸시뿐이었다. 더 이상 누구의 말도 듣고 싶지 않았고, 말을 하며 감정을 드러내고 싶지도 않았다.

'저 애, 말을 아예 못 하는 것 같더라고요. 안타까워서 어쩌죠? 제 엄마한테 다시 돌려보내야 하는 거 아닐까요?'

윤영의 어머니는 때를 놓치지 않고 제 남편에게 말했다. 남자는 은호가 쓸모없어졌다고 판단했는지 은호를 다시 어머니에게 돌려보냈다.

3년이나 자신을 찾아오지 않은 사람이지만, 그래도 다시 만날 수 있다는 것에 은호는 기뻐했다. 사정이 있었을 거야, 우리 엄마는 그런 사람이 아니잖아. 은호는 굳게 믿었다. 다시 만나기만 하면 예전으로 돌아갈 수 있으리라 확신했다.

3년 만에 다시 마주한 어머니는 기억과는 다른 모습을 하고 있었다. 화려한 집, 화려한 옷, 독한 향수 냄새, 뺨을 내리치며 할퀴는 날카로운 손톱.

'언제까지 그렇게 살 건데. 언제까지!'

날카롭게 소리를 지르는 여자는 자신이 사랑하던 사람이 아니었다.

'예전처럼 살고 싶어? 예전처럼 무시받으며 살고 싶냐고!'

어머니는 계속 은호를 남자에게 보내려는 시도를 했다. 은호의 상태가 나아지면 남자는 어머니에게 돈을 쥐여 주었고, 말을 하지 않으면 손찌검을 했다. 은호는 그럴 때마다 어머니에게 가해지는 폭력을 막았다. 어머니를 사랑해서가 아니었다. 그저 빚이라고 생각했다. 어릴 적 자신을 키워 준 사람에 대한 빚.

비슷한 일의 연속이었다. 몇 년 동안이나 은호는 입을 열지 않았다. 무엇인지 모를 감정이 가시처럼 가슴에 박혀 있는 듯했지만 그는 외면했다.

어느 날 남자는 본가에서 먼 지방으로 은호와 어머니를 보냈다. 은호를 본가에 보내려는 어머니의 행동이 과해졌던 탓이다.

'안녕. 내가 10반 반장이야. 잘 지내보자.'

거기서 만난 우주라는 이름의 여자아이는 쓸데없이 밝고 쾌활하며 사교적인 사람이었다. 사랑받으며 자란 사람 같았다. 은호의 집 안과는 정반대의 따뜻하고 화목한 가정에서 부족함 없이 사랑 받으며 자랐을 것이라 생각했다.

우주에게 거부감이 있었던 건 아니다. 제 부모가 아닌 다른 사람에게 혐오감을 품을 만큼 은호의 감정은 풍부하지 못했다. 그저 끊임없이 자신을 향해 손을 내미는 우주가 귀찮았을 뿐이다.

그는 우주가 자신의 삶에 섞여 들 것이라고는 조금도 생각하지 않았다. 그도 그럴 것이 자신과 우주는 너무도 다른 세상에 속해 있었으니까. 그러나 우주는 끊임없이 은호에게 다가왔다. 매번 환하게 웃으며 인사를 해 주었고, 같이 길을 걸어 주기도 했고, 비오는 날 우산을 건네주기도 했다.

'무슨 일 있었어?'

그리고 위로를 해 주었다.

남의 감정에 예민하고 눈치가 빠른 그 애한테 짜증이 났다. 왜 남의 감정을 들먹이는지, 왜 묻어 두려 했던 것들을 꺼내게 만드는지. 그동안은 아무도 이런 걸 묻지 않았는데. 내가 어떤 기분을 느끼는지, 무엇을 말하고 싶은지 고려하는 사람이 없었는데.

그는 우주의 어깨 위로 무력하게 고개를 숙였다. 우주는 말없이 은호의 머리를 쓰다듬어 주었을 뿐 이유를 묻지 않았다. 그 손길이 너무도 따스해서 더 이상 밀어내고 싶다는 생각이 들지 않았다.

그때는 예상하지 못했다. 썩은 땅에 뿌리를 내린 자신을 이 사람이 구해 낼 줄은. 그리고 햇빛이 드는 영역에 자신을 옮겨 놓을 줄은 전혀 상상도 하지 못했다.

그저 등나무 아래로 스며드는 햇빛이 유독 찬연하다는 생각만 했다. 그게 네게서 비롯된 빛인 줄은 알지도 못한 채.

은호의 차는 매끄럽게 대문 안으로 들어섰다. 언제 봐도 익숙해지지 않는 본가의 건물은 숨이 막힐 정도로 갑갑한 기분을 안겨 준다. 차를 세우고 운전석에서 내리자마자 은호는 자신을 바라보고 있는 사람을 발견했다. 윤영이었다.

"왜 왔냐?"

윤영이 비웃음을 머금으며 물었다. 은호는 표정 없는 얼굴로 답했다.

"오면 안 돼? 우리 집인데."

"여기가 왜 네 집이야. 사생아 새끼가."

윤영은 회사에서 마주쳤을 때보다 더 적대적인 태도를 보였다. 그는 은호가 이 집에 오는 것을 유독 싫어했다. 아마 이 집만큼은 자신의 영역이라 생각하기 때문이리라. 어차피 다 똑같은 처지인데 그 안에서 영역싸움을 하겠다고 덤비는 윤영의 꼴이 우스웠다. 살아남을 능력이 없으니 더 초조하고 불안한 상태일 것이다.

얼마 전에는 약을 하다 걸렸다고 들었다. 말을 못했던 과거의 자신이나, 정신이 이상해진 윤영이나 다를 것 없이 안쓰러운 인생이었다.

"지금 사생아는 형 아닌가?"

은호의 말에 윤영의 표정이 경직되었다. 빠르게 다가온 그가 은호의 멱살을 잡았다.

"입 안 닥쳐?"

"모르는 것 같아서 알려 준 것뿐인데 왜."

은호는 대수롭지 않은 얼굴로 윤영의 팔을 쳐 냈다. 윤영은 금방이라도 달려들 듯 거칠어진 얼굴로 은호를 바라보았다.

"집은 안 뺏어 갈 테니까 걱정하지 마. 이 집은 나도 싫어해."

은호는 설핏 웃고는 윤영의 옆을 지나쳤다.

"연락도 없이 웬일이니?"

집 안으로 들어서자 여자가 자신을 반겼다. 창녀 소리를 듣던 여자는 어느새 이 집안의 안주인 자리를 차지했다.

"밥은 먹었니? 안 먹었으면……."

"우주 더는 건드리지 마세요."

은호가 말을 끊어 내자 온화했던 여자의 눈이 서늘하게 가라앉았다. 그녀는 차가운 어조로 말했다.

"건드린 적 없어. 난 선택지를 줬을 뿐이고 걘 선택을 했을 뿐이야. 설마 애처럼 나를 원망하는 거니?"

우주의 사고는 이 사람이 아니었더라면 일어나지 않았을 일이다. 죄책감이라고는 일절 없는 태도를 보며 은호는 경멸감을 느꼈다.

"그 애가 더 이상 만나지 말자고 했으면 그렇게 해, 은호야. 걔 말고도 신경 쓸 일 많잖아. 다 네 생각 해서 이러는 거야."

"당신이 내 생각을 했으면 애초에 여기까지 오지도 않았겠죠."

여자의 표정이 굳어졌다. 은호는 높낮이 없이 가라앉은 목소리로 말을 이었다.

"그동안 당신한테 필요한 건 다 가져다줬잖아요."

"……."

"내가 그걸 다시 앗아 갈 거란 생각은 해 본 적 없어요?"

"너……."

"적당히 해."

그는 내뱉듯이 차갑게 말했다. 여자는 크게 뜨인 눈으로 은호를 바라보았다.

"내가 장단 맞춰 주면 당신도 그렇게 하라고."

충격으로 굳어진 눈을 보며 가슴이 답답해졌다. 날카로운 무언가가 몸 어딘가에 걸려 있는 듯한 기분이었다. 은호는 짧게 한숨을 내쉬고 말했다.

"그 자리에 계속 있고 싶으면, 더 이상 제 삶에 관여하지 마세요."

"......"

"당신한테 그럴 권한 조금도 없으니까."

집으로 돌아오자마자 은호는 제 방으로 향했다. 그는 조심스럽게 침대맡에 앉아 자신의 침대에서 잠이 든 사람을 바라보았다. 오후가 다 되어 가는데도 우주는 죽은 듯이 잠을 자고 있었다. 일부러 쪽지를 남기고 본가에 다녀왔는데 쪽지를 읽기는커녕 눈 한번 뜨지 않은 듯하다.

이제 그만 눈을 뜬 모습이 보고 싶은데, 곤히 자는 모습을 보니 도저히 깨울 수가 없었다. 어제 응급실까지 다녀왔으니 피곤할 만도 했다. 깨우는 것은 포기하고 은호는 우주의 옆에 누웠다. 팔에 머리를 괴고 우주의 자는 얼굴을 물끄러미 바라보았다.

눈이 퉁퉁 부어 발갛게 달아올라 있었다. 어제 우주를 너무 몰아붙였던 것 같아 미안한 마음이 들었다. 하지만 후회는 하지 않는다. 그렇게라도 하지 않으면 우주가 제대로 마음을 표현하지 않을 것 같았으니까.

그는 손을 들어 우주의 머리카락을 쓸어내렸다. 손가락 사이로 흐트러지는 머리카락의 감촉은 감미로울 정도였다. 이제 정말 우주는 자신의 옆에 있게 된 걸까. 오랜 염원이 이루어졌다는 사실이 잘 실감 나지 않았다.

저도 모르게 뺨을 쓰다듬고 있는데, 어느새 동그랗게 커진 호박색 홍채와 눈이 마주쳤다. 일어나자마자 은호를 마주친 것이 당황스러운지 크게 뜨인 눈을 느리게 깜빡이고 있다. 그 눈을 바라보다 은호는 우주의 입술 위로 제 입술을 포개었다.

손 아래에 있는 뺨이 흠칫 놀라는 것이 느껴졌다. 다행히도 우주는 그를 밀어 내지 않았다. 은호는 움직이지 않고 가만히 입술을 대고만 있었다. 닿아 있는 것만으로도 벅차서 그 이상 바랄 수가 없었다.

그는 짧은 입맞춤을 끝내고 물러서서 우주를 바라보았다.

"일어났어?"

웃으며 물었다. 그런데 우주는 다시 한번 흠칫 놀라더니 이불 속으로 들어가 버렸다. 은호는 우주가 덮고 있는 이불을 끌어 내리려 했지만, 우주는 필사적으로 이불을 붙잡았다. 그는 이불을 끌어 내리기는 포기하고 우주를 바라보았다.

"왜 숨어."

우주는 눈만 내민 채 은호가 하는 말을 확인했다. 그러나 대답은 하지 않았다. 그는 우주의 머리카락을 쓸어 넘기며 물었다.

"머리는 좀 괜찮아? 안 아파?"

"응."

"넘어진 데는."

"괜찮아, 진짜…… 근데 어디 갔다 왔어?"

우주의 눈이 은호가 입고 있는 옷을 향했다.

"회사에."

은호는 대답하며 우주의 이마에 입을 맞추었다. 우주는 다시 이불 속으로 숨어 버렸다.

"오늘 토요일인데?"

"일이 있었어."

은호는 태연하게 거짓말을 하며 다시 뺨에 입을 맞추었다.

"지금 몇 시야?"

대답을 들으려면 입을 봐야 하기 때문인지, 우주는 다시금 이불에서 눈만 내밀고 물었다.

"11시 40분."

은호는 대답하며 우주의 관자놀이에 입을 맞추었다.

"왜 자꾸……."

"하면 안 돼? 나 사랑한다며."

"내, 내가 언제."

"그랬잖아. 내 마음이랑 다르지 않다고. 그럼 사랑하는 거지."

우주는 말문을 잃은 듯 다시 이불 안으로 숨어 버렸다. 은호는 결국 힘으로 이불을 끌어 내리고는 우주의 뺨에 입을 맞추며 맑은 웃음을 지었다.

"씻고 나와. 밥 먹자."

은호는 우주의 머리를 한 번 쓰다듬고는 방을 나섰다. 다시 이불 속에 숨은 우주는 새빨갛게 달아오른 얼굴을 식히기 위해 애를 써야 했다.

우주가 씻고 나왔을 때에는 부엌 식탁에 상이 차려져 있었다. 밥과 국, 반찬 몇 개가 도자 그릇에 정갈하게 담겨 있는 것을 보며 우주는 크게 눈을 떴다.

"우와. 이거 네가 다 한 거야?"

"어…… 다는 아니야."

사실 반찬은 배달을 시켜 먹거나 도우미 아주머니가 준비해 주시는 게 대부분이다. 우주의 눈이 너무 반짝이는 것 같아서 은호는 사실대로 말하지 못했다. 그것을 모르는 우주는 홀로 감동에 잠겼다. 아무래도 다음엔 요리를 배워야겠다고 은호는 생각했다.

"이리 와 봐. 밥 먹기 전에 밴드 붙이자."

"아, 응."

어제 넘어졌던 것 때문에 손바닥에 상처가 있었다. 은호는 우주의 손바닥을 잡고 연고를 발라 주었다. 간지러울 정도로 조심스러운 손길이었다.

"아파?"

"아니. 괜찮아."

은호는 밴드를 붙이고 그 위에 짧게 입을 맞추었다. 우주가 놀라서 바라보자 그는 태연히 장난스러운 미소를 지었다.

"밥 먹자."

우주는 고개를 끄덕이고 식탁 앞에 앉았다. 수저를 들고 국을 떠먹어 보니 맛이 제법 괜찮았다. 혼자 오래 살면서 요리도 잘하게 된 걸까. 부러운 솜씨다. 사실 우주는 그림 그리는 것 말고는 잘하는 게 하나도 없었다.

"맛있다. 고마워."

우주는 조금 쑥스러운 기분으로 고마움을 전했다. 은호는 그런 우주를 보며 예쁘게 미소 지었다. 우주는 고개를 숙이고 다시 밥을 먹었다.

밥이 맛있는 건 둘째 치고, 앞으로 은호와의 관계가 어떻게 되는 건지 의문이었다. 어제는 오자마자 잠이 들었으니 대화를 할 틈이 없었다. 정말 어제 했던 말처럼 앞으로 계속 옆에 있어 줄 생각일까.

생각에 잠겨 있을 때 테이블을 두드리는 손가락이 시야에 들어왔다. 은호가 자신을 부르는 손짓이었다. 우주는 고개를 들어 그를 바라보았다.

"왜?"

"고개 들고 먹어, 체해."

네 얼굴 보면서 먹는 게 더 체할 거 같은데. 우주는 하지 못할 말을 속으로 삼키고 고개를 끄덕였다. 나쁜 의미가 아니라 너무도 쑥스러우니까. 어제 어린애처럼 엉엉 울었던 것도 창피하고, 했던 말도 창피했다. 그러고 보니 은호의 옷을 빌려 입고 있는 것도 민망했다.

다시금 몰아치는 민망한 기분에 우주는 국만 열심히 떠먹었다. 은호는 그런 우주를 보며 웃었다.

"왜 웃어?"

"좋아서."

애써 진정시키려 노력했던 마음에 뜨거운 물을 끼얹는 것 같다. 우주는 자신의 얼굴이 빨갛게 달아오르지 않기를 간절히 바랐다. 괜히 다른 주제의 말을 꺼냈다.

"근데 너 어제 어디서 잤어?"

"네 옆에서."

켁. 사레가 들려 우주는 기침을 했다. 은호는 빠르게 물을 따라서 우주의 앞에 놓아 주었다.

"괜찮아?"

걱정스러운 물음에 빠르게 고개를 끄덕이고는 물 한 컵을 다 들이켰다.

"오해하지는 마. 그냥 옆에서 쳐다보기만 했어."

"……그래."

우주는 체념하고 밥을 마저 먹었다. 어쩔 줄 모르는 자신과는 달리 너무 평온해 보이는 은호가 얄밉기도 했다.

밥이 코로 들어가는지 입으로 들어가는지 모를 정도로 어렵게 식사를 마쳤다. 우주는 제 몫의 그릇을 개수대에 놓고 물을 틀었다. 밥까지 대접해 줬으니 설거지 정도는 해야 마음이 편할 것 같아서 소매를 걷는데, 어느새 다가온 은호가 우주의 팔을 잡았다.

"그냥 둬."

"아냐, 얻어먹었는데."

"그 손으로 잘도 하겠다."

"……고무장갑 끼면 될 거 같은데."

"안 돼. 나 설거지 좋아하니까 하지 마."

은호는 우주의 손에서 그릇을 내려놓게 하고, 우주가 걷었던 소매를 다시 내려 주었다. 그를 보며 우주는 작게 웃었다. 설거지를 좋아한다는 말도 귀엽고, 은호의 태도도 귀여웠다. 은호는 웃고 있는 우주의 얼굴을 빤히 바라보았다.

"이제야 웃네."

"어?"

"어제 울 때는 가슴 찢어지는 줄 알았는데."

"……지나간 얘기를 왜 해."

어제 어린아이처럼 울었다는 사실이 창피해서 우주는 시선을 피했다. 은호는 상체를 숙여 우주와 시선을 맞추었다.

"더 웃어 봐, 우주야."

"왜 그래?"

"억지웃음이라도."

우주가 입꼬리를 올려 억지웃음을 짓자 은호는 웃음을 터트렸다. 어색한 자신의 웃음과는 달리 은호의 웃는 얼굴은 무척 예뻤다. 그 모습을 보며 우주도 절로 미소 지었다.

한 걸음 다가온 은호가 우주를 끌어안았다. 우주는 당황했지만 그를 밀어 내지는 않았다.

"우주야. 네가 이 집에 살았으면 좋겠다."

"……."

"매일 같이 잠들고, 같이 밥 먹고, 같이 출근하고."

조심스러운 손길로 머리카락을 쓸어내리며 그는 말했다. 우주에게는 들리지 않을 말이었다. 아직은 이런 말이 우주에게 부담이 되리라는 사실을 알고 있었다. 직접 이 말을 전하는 것은 나중으로 미뤘다.

"아, 맞다."

은호가 물러서서 우주를 바라보았다. 우주는 의아한 표정이었다.

"이쪽으로 와 봐."

은호는 우주의 손을 잡고 방 안으로 이끌었다. 그리고 옷장 안에 있던 커다란 상자를 꺼내 책상 위에 올려 두었다. 은호는 책상에 기대어 앉아 웃으며 우주를 향해 말했다.

"이거 다 네 선물이야."

"어?"

"열어 봐."

우주는 의아한 얼굴로 은호를 바라보다 조심히 상자를 열었다. 상자 안에는 옷이나 악세사리, 장식품 등이 있었다. 어린아이가 쓸 법한 장난감 같은 것도 보였다.

'주인 없는 선물이 내 방에는 꽤 많아.'

우주는 지난번에 은호와 했던 대화를 떠올렸다. 우주는 놀라서

274

물었다.

"너 진짜 나 없는 동안 내 선물을 산 거야?"

"응. 너 없는 동안 궁상 많이 떨었어."

"그래도 이건 너무 많은데. 갑자기 받기도 부담스럽고⋯⋯."

"옆에 있어 달라며."

"그게 왜 이거랑 연결되는데?"

"내가 네 옆에 있어 주려면 이거 다 받아야 돼."

우주는 난감한 얼굴로 상자 안을 바라보았다. 그러다 상자 안에 들어 있는 장난감 하나를 들었다. 쪼물쪼물 주무르면 모양이 변하는 못생긴 인형이었다.

"이건 왜 샀는데?"

"네 취향이잖아."

우주는 웃음을 터트렸다. 어린 시절의 자신이 좋아할 만한 물건이긴 했다.

장난감을 만지작거리며 우주는 생각에 잠겼다. 이걸 제 손으로 샀을 은호가 귀엽기도 하고, 한편으로는 미안하기도 했다. 우주는 고개를 들어 은호를 바라보았다. 한없이 다정한 시선이 자신을 응시하고 있었다.

"신기하다."

"뭐가?"

"네가 이걸 가지고 있는 게 신기해. 못 전해 줄 거라 생각한 적도 많으니까."

우주는 말없이 은호를 응시하다 입을 열었다.

"미안해, 은호야. 내가 바보 같았어."

"⋯⋯."

"무서워서 계속 도망만 쳤던 것 같아. 그래서 너한테 상처만 주⋯⋯."

말을 끝맺기도 전에 뺨이 들어 올려지더니 입술이 맞닿았다. 우주는 하려던 말을 잃고 놀란 눈으로 은호를 바라보았다.

"미안하단 말 들으려고 준 거 아니야."

"⋯⋯."

"나도 너한테 미안한 거 많은데, 미안한 감정으로 시간 허비하기 싫어."

은호는 다정한 손길로 우주의 머리카락을 귓바퀴 뒤로 넘겼다.

"그냥 잊어버리자. 난 지금의 네가 더 중요해."

따스한 물속에 잠긴 듯 뭉클해진다. 눈물이 고일 것 같아서 우주는 입술을 꾹 깨물고 크게 고개를 끄덕였다.

"아, 잠깐만. 또 줄 거 있어."

은호는 자리를 비우더니, 돌아올 때는 작은 상자를 가지고 왔다. 저번에 한 번 봤던 물건이었다. 은호는 상자에서 시계를 꺼내 우주의 손목에 채워 주었다.

한 번 거절했던 물건이어서인지, 은호는 조금 초조해 보이는 얼굴로 우주의 반응을 살폈다. 시계를 보며 다시금 미안해졌지만, 우주는 미안하다는 말 대신 은호에게 밝은 웃음을 지어 주었다.

"예쁘다. 고마워."

웃는 우주를 보며 은호도 환히 미소 지었다. 그리고 우주를 끌어당겨 제 품에 가득 안았다.

14. 고요한 밤

우주에게 청각장애가 있다는 사실을 알게 된 후부터는 세상이 조금 다르게 보인다. 길을 걸을 때마다 자신의 세상에서 소리가 사라지는 장면을 상상하게 된다.

지금과 같은 출근길에는 차의 소음이나 거슬리는 경적 소리가 전혀 들리지 않을 것이다. 늘 사람들이 북적이는 버스 정류장과 지하철역을 고요하게 지나치게 되겠지. 분주히 지나다니는 사람들의 인기척과 목소리가 들리지 않아 조심히 걸음을 옮겨야 할지도 모른다.

띵. 방금 도착한 엘리베이터의 기계음 같은 사소한 소리 역시 고요에 삼켜져 버릴 것이다.

"안녕하세요."

은호는 사원들의 인사를 받으며 사무실로 들어섰다. 우주에게는 누군가의 평범한 아침 인사 소리도 허락되지 않을 것이다. 아침부터 정신없이 울리는 사무실 전화벨 소리도, 탕비실에서 커피를 내리며 누군가의 험담을 하는 사원들의 목소리도.

정말로 청력을 잃지 않는 이상 우주를 온전히 이해할 수는 없겠지만, 그래도 이렇게 간접적으로라도 어떤 삶인지 알아 가려는 생각을 하게 된다.

너의 고요는 어떠한지.

은호는 사무실 내에 있는 자신의 자리에 앉았다. 격리된 공간이 아닌 여러 사람들과 함께 일을 하는 공간이었다. 개인 공간인 상무실은 잘 사용하지 않는 편이다. 자신은 턱없이 어린 나이에 상무 자리를 차지한 회장 아들 신분이었고, 그런 은호가 개인 사무실에 틀어박혀 있는 모습을 누구든 곱게 봐 줄 리 없었다.

아버지 밑에서 일을 하는 것은 여전히 달갑지 않으나, 우주가 사라진 뒤에 그는 마음을 바꾸었다. 우주를 찾으면서 그는 자신이 힘없는 어린아이란 사실을 지독히 실감했다. 학생 신분으로는 사람을 찾는 것조차 제대로 할 수가 없었다.

이용할 수 있는 것들은 다 이용해야만 했다. 벗어날 수 없으면 차라리 하나씩 앗아 가자고. 그렇게 해서라도 우주를 되찾자고. 그렇게 다짐했었다.

결론적으로 우주를 되찾긴 했지만, 사실 아직 불안한 것들이 많다. 제 삶에 너무 많은 관여를 하는 부모의 방해로부터 우주와의 관계를 지켜야 했다.

은호는 핸드폰을 들었다. 주소록에 뜬 우주의 번호를 보며 생각에 잠겼다. 어제 그는 우주에게 제대로 된 말을 전하지 못했다. 사귀자거나, 관계를 다시 쓰자는 당연한 말이 어려웠다. 그 말만으로 괜찮은 건지 의문이 들었기 때문이다. 자신이 품은 방대한 마음이, 그저 쉬운 말 한마디로 대체될 수 있는 것인지.

그래도 말해야겠지. 말하지 않으면 우주도 의아하게 생각할 테니까. 은호는 문자 창을 켰다. 저녁을 같이 먹자고 문자를 보내려고 했는데, 막상 보내려니 머뭇거려졌다. 별것도 아닌 일에 가슴이 요동쳤다.

갑자기 입맞춤을 거절하지 않았던 우주의 모습이 상기되자 은호의 얼굴에 열이 올랐다. 어제 아무렇지 않은 척했지만, 사실 그는 멀쩡하지 않았다. 우주의 귓바퀴가 붉어진 모습을 보고 국그릇에 젓가락을 거꾸로 빠트리기까지 했다. 우주가 고개를 숙이고 있었던 덕분에 그 창피한 모습을 들키지는 않았다.

은호는 요동치는 마음을 진정시키며 다시 핸드폰을 바라보았다. 문자 하나 보내는 게 이렇게 어려울 줄이야.

우주야, 고기 먹을까. 아니면 해산물. 요즘 TV에 나오는 셰프 레스토랑……. 아니다. 우주는 TV 잘 못 볼 텐데. 멍청한 말밖에 생각나지 않았다. 모든 일에 미숙했던 고등학생 때처럼 바보가 되어 버린다. 서른이라는 나이에 밥 먹자는 말 한마디 못해서 끙끙거리게 될 줄은 몰랐는데.

핸드폰을 쥐고 한참 생각에 잠겨 있을 때 갑자기 진동이 울렸다. 답지 않게 흠칫 놀라서 핸드폰을 바라보았다.

[은호야 옷 드라이 맡겼는데, 오후에 찾을 수 있대. 언제 줄까?]

심장이 내려앉을 뻔했다. 우주의 메시지였다.

오늘 받아야 돼. 오늘. 반드시. 저녁밥. 무조건 오늘. 머릿속에 늘어지는 이상한 단어들을 겨우 물리치고 정상적으로 답장을 보냈다.

[오늘 저녁에 줄 수 있어?]

당연히 목적은 옷이 아니었다. 은호는 핸드폰을 내려놓고 차분히 답장을 기다렸다. 그러나 자꾸만 핸드폰 화면에 시선이 갔다. 차분히 기다리기는 포기하고 핸드폰 화면을 뚫어져라 바라보고 있을 때 다시 화면이 켜졌다.

[응. 너네 회사 쪽으로 갈까? 아니면 집?]
[아냐. 내가 데리러 갈게.]
[귀찮게 뭐 하러 왔다 갔다 해. 내가 갈게.]

귀찮고 싶은데……. 은호는 결국 원래의 목적을 털어놓았다.

[저녁 같이 먹자 우주야.]

답장이 없었다. 일하는 걸까. 핸드폰에 구멍이라도 뚫을 기세로 빤히 바라보고 있을 때, 다시금 핸드폰 화면에 불이 켜졌다.

[응. 어제 일 미안하니까 오늘은 내가 사 줄게. 일 끝나면 연락해!]

은호는 핸드폰을 내려놓고 손바닥에 얼굴을 묻었다. 너무 좋아서 쌍욕이 나올 것 같았다. 담담한 문자에도 심장이 터질 듯 거칠게 뛰어 댔다. 애도 아니고 이런 일에 일희일비하는 스스로가 부끄럽기도 했다.

"우리 상무님 어디 아프시나."

지나가던 직원 하나가 은호의 모습을 발견하고 물었다. 은호보다 나이가 많은 대리였는데, 유독 은호를 스스럼없이 대하는 사람이었다.

"아닙니다."

은호는 정신을 차리고 아무렇지 않은 얼굴로 말했다.

"귓바퀴가 터질 것 같은데요."

"안 터집니다."

"아닌데. 터지기 직전인데요."

"안 터지니까 걱정 마세요."

은호의 대꾸에 대리는 허허 웃고는 자리를 떴다. 은호는 다시 핸드폰 화면을 바라보았다. 그는 저도 모르게 부드러운 미소를 지었다.

삶에 색이 입혀진 것 같다. 내내 회색빛이었던 삶에 감정이 수놓아진다. 자신에게도 벅찬 기쁨을 느낄 수 있는 감정이 아직 남아 있었던 모양이다. 이제야 살아 있는 기분이 든다.

그림을 그리는 것은 단순하면서도 단순하지 않은 일이다. 어느 날에는 치밀한 계획을 세워 그리기도 하고, 또 다른 날에는 막무가내로 그리기도 한다. 하지만 그렇게 다른 과정을 거친다고 해서 결과에 큰 차이가 생기진 않는다. 만족스러울 때도 있고, 만족스럽지 않을 때도 있다.

그림뿐만 아니라 모든 일들이 우주에게는 비슷하게 느껴졌다. 세심한 계획 끝에 성취한 일도 있고, 막무가내로 다가선 일도 있으나 어떤 방법으로도 매번 원하는 결과를 얻어 내지는 못했다. 오히려 우연 같은 모호한 것들이 삶을 더 좌지우지했던 것 같다.

학생 때 우주가 그림을 그리지 않겠다고 했던 건 꽤나 확고한 결심이었다. 안정적인 삶을 위해 그림을 포기했었다. 그런데 운 나쁜 교통사고로 청력을 잃고, 마땅히 할 수 있는 일이 없어지자 다시 그림을 시작하게 되었다.

청력을 잃긴 했으나 결론적으로는 안정적인 삶을 살게 되었다. 물론 노력을 하지 않았다면 얻을 수 없는 결과였겠지만, 우연은 결과에 많은 부분을 차지했다.

삶에 방향을 정해도 뜻대로 되지 않는 것들이 많다. 그런 생각이 들기 시작한 후부터 우주는 그저 흘러가는 시간에만 집중하자고 다짐을 했다. 그래서 그림을 그리는 매 순간마다 최선을 다했다. 그런 생각은 이 답답한 고요를 견디는 데 도움이 되기도 했다.

그런데 은호와의 관계는 그렇게 생각하지 못했던 것 같다. 흘러가는 시간에만 집중한 적은 단 한 번도 없었으리라. 현재에 집중하지 못하고 머뭇거리며 미래를 걱정해 왔다.

그동안 너무 많은 생각을 가졌던 게 아닐까. 일어나지도 않을 일을 걱정하고, 그로 인해 과거를 후회하면서. 이제는 제대로 현재를 마주해야 될 때가 아닐까. 그래도 괜찮은 건지 아직 의문이 들지만, 이전에 비하면 마음이 편한 것 같다.

우주는 붓을 내려놓고 의자에서 내려와 허리 스트레칭을 했다. 이리저리 허리를 돌리는데, 화실 소파에 누워 있는 까만 무언가가 시야에 걸렸다. 스트레칭을 멈추고 소파를 바라보았다. 은호가 소파에 누워 잠들어 있었다.

언제 온 거지. 바깥은 아직 햇볕이 들어올 정도로 쨍쨍한 시간이었다. 오늘은 일찍 퇴근한 모양이다.

우주는 은호 앞에 다가서서 무릎을 접고 앉았다. 곤히 잠든 얼굴 위로 햇빛과 그림자가 섞여 이목구비에 또렷한 음영을 만들어냈다.

가만히 얼굴을 바라보고 있자니 새삼 감탄스러웠다. 길게 뻗은 속눈썹도 예쁘고, 곧게 뻗은 콧대도 잘생겼다. 우주는 허공에서 손을 움직였다. 손가락 그림자가 은호의 눈썹을 스치고 코끝을 지나갔다.

그래도 제일 예쁜 건 입술이었다. 적당한 두께의 선홍색 입술은 깎아 놓은 듯 섬세했다. 만져 보고 싶다. 남자인데도 입술이 엄청 부들부들할 것 같다.

"은호야. 자?"

살짝만 눌러 보면 모르지 않을까. 우주는 손끝으로 조심히 은호의 아랫입술을 눌러 보았다. 헐. 부들부들하다. 감탄하고 있는데, 왠지 느낌이 이상하여 시선을 들었다. 은호가 당황한 눈으로 우주를 바라보고 있었다.

으억! 우주는 이상한 소리를 내며 뒤로 물러서려 했다. 그런데 은호가 우주의 손을 붙잡았다. 그는 상체를 일으키고 우주의 허리 뒤로 팔을 감아 끌어당겼다. 우주는 어정쩡한 자세로 소파에 무릎을 걸치고 앉았다.

"내 입술 왜 만졌어?"

입술을 보고 대화를 해야 하는데, 오래 바라보기가 민망하여 우주는 고개를 숙여 버렸다. 거울을 보지 않아도 자신의 얼굴이 얼마나 새빨개졌을지 짐작이 갔다. 은호는 고개를 기울여 우주와 시선을 맞추었다.

"내 입술 왜 만졌냐니까."

그는 다시금 같은 질문을 했다.

"아니, 그냥 말랑해 보여서."

"말랑해 보인다고 막 만지고 그래도 되나."

"……너도 나 잘 때 내 뺨 만졌잖아."

"나는 너 좋아서 만진 건데."

"……."

"너도 내가 좋아서 만진 거야?"

은호의 눈매가 부드럽게 호선을 그렸다. 능청스러운 얼굴이 얄미웠지만, 은호가 웃고 있으면 무엇이든 거절하기가 어려웠다.

우주는 느리게 고개를 끄덕였다. 정말 수긍할 줄은 몰랐는지, 은호는 조금 놀란 듯한 표정을 지었다.

우주는 은호를 밀어 내고 자리에서 일어서려 했지만, 은호가 붙잡은 손에 힘을 주었다. 허리 뒤로 감겨진 팔이 단단했다. 그는 짙어진 시선으로 우주를 관찰하듯 바라보았고, 우주는 이 상황이 당황스러워 눈만 깜빡였다.

"우주야."

"응?"

"입 맞춰도 돼?"

"……."

"이번에도 못 알아들었어?"

"……아니."

"그럼 해도 돼?"

"물어보고 한 적 없잖아."

"……이제는 물어볼게."

은호는 미안한 얼굴이었다. 우주는 설핏 웃었다.

"안 물어봐도 돼."

우주는 눈을 내리감았다. 허락의 뜻이었다. 머지않아 조심스레 입술이 닿았다. 아까 전에 손끝으로 느꼈던 부드러운 감각이 입술에 고스란히 전해졌다. 맞닿은 입술은 포근하고 부드러운데도 아린 듯한 느낌이 들었다.

"우주야. 우리 드라이브할까."

식당을 나오며 은호가 말했다. 우주는 조금 난감한 표정이 되었다.

"차 타면 너랑 얘기하기 힘들 텐데."

"얘기하는 게 목적이 아니라, 앉아서 좀 쉬라고. 피곤해 보여서."

"……."

"집에서 쉬라고 하는 게 맞는데 같이 있고 싶어서. 말 안 걸 테니까 그냥 같이 있자."

"너는 안 피곤해? 어제 잠도 잘 못 잤을 거 아냐."

"안 피곤해. 너랑 있으면."

은호는 부끄러운 말을 참 태연하게 하는 재주가 있는 것 같다. 진짜인지 아닌지는 모르지만 기분 좋은 말이었다.

"할 거야? 드라이브."

은호의 물음에 우주는 고개를 끄덕였다. 은호는 우주의 손을 잡고 차로 이끌었다. 그는 조수석 문을 열어 주었고, 우주가 자리에 앉자 직접 벨트를 채워 주었다.

"이런 건 내가 할게."

우주가 민망한 얼굴로 말했다.

"내 차 타면 이렇게 해야 돼."

은호는 태연히 말하고는 우주의 뺨에 입을 맞추고 문을 닫았다.

달리는 차창 밖으로 빛의 무리가 지나갔다. 해는 저물었지만 도시의 불빛은 아직 휘황했다. 밤을 밝히는 황색 불빛들은 촛불의 빛과 유사해 보였다.

아무 생각 없이 바깥을 바라보며 차를 타는 것은 오랜만이었다. 늘 누군가 말을 거는 상황을 신경 썼기 때문에 편했던 적이 없다. 하지만 지금은 졸음이 찾아들 정도로 편안한 기분이었다.

아무것도 신경 쓰지 않고 창밖의 풍경을 보고 있으니 마치 자신의 청력이 멀쩡한 것처럼 느껴졌다. 물론 지금도 귀에 닿지 않는 소리들은 계속 반복되고 있을 테지만, 귀가 들린다는 착각을 하고 싶어졌다.

우주는 고개를 돌려 은호를 바라보았다. 그는 말없이 운전을 하고 있었다. 풍경을 보는 것도 좋지만, 그래도 이야기를 나누면서 드라이브를 할 수 있으면 좋겠다고 생각했다.

다시 창밖으로 시선을 옮겼다. 이 고요가 익숙해질 날이 오긴 할까. 아마 은호가 계속 옆에 있는 한은 익숙해지지 못할 것이다. 계속 목소리를 듣고 싶다고 생각할 테니까.

그래도 나쁘지 않다. 지금은 그저 옆에 있는 것만으로도 좋았다. 귀가 들리지 않는 것도, 계속 머릿속을 맴도는 은호 어머니의 말도 하나도 중요하지 않았다.

마음이 편안해지자 머릿속을 맴돌던 생각들이 갈무리되지 못하고 어둠에 잠겨 버린다. 아까부터 무거웠던 눈꺼풀은 서서히 우주의 시야를 차단했다.

은호는 도로변에 차를 세우고 잠이 든 우주를 바라보았다. 많이 피곤했던 모양이다. 어제 그런 일이 있었으니 지칠 만도 했다. 그는 코트를 벗어 우주에게 조심히 덮어 주고는 다시 차를 몰았다.

한강을 가로지르는 다리의 불빛이 환했다. 다리를 건너는 차들의 불빛이 한강 위까지 비추고 있었다. 저 다리 위의 사람들은 자신이 아름다운 풍경에 일조한다는 사실을 알지 못할 터였다. 우주도 전혀 알지 못할 것이다. 우주가 옆에 있는 것만으로도 은호에게는 이 공간이 벅찰 만큼 아름다운 장소가 된다는 사실을.

차는 어둠을 파고들며 한없이 달렸다. 그냥 이대로 어둠에 흡수되어 사라져 버려도 좋을 것 같다는 생각이 들었다. 우주와 함께 아무도 없는 곳에 이르고 싶었다. 소리를 듣지 못한다는 사실이 당연한 고요 속으로.

우주는 스르르 눈을 떴다. 아직 졸음이 가시지 않은 눈꺼풀을 느리게 깜빡였다. 차창 밖으로 보이는 것은 화실 앞 주차장이었다.

순간 번쩍 정신이 들었다. 시트에 기대었던 상체를 일으키자 까만 코트가 다리 위로 툭 떨어졌다. 우주는 운전석 쪽으로 고개를 돌렸다. 은호가 웃으며 자신을 바라보고 있었다.

"일어났어?"

"아, 미안해. 안 자려고 했는데……."

"누가 업어 가도 모를 것처럼 자더라. 예전에도 그러더니."

예전에도 학교 수업을 듣다가 잠이 들면 다음 교시가 될 때까지 일어나지 못하곤 했다. 우주는 미안한 표정을 지었다.

"미안. 나 얼마나 잤어?"

"얼마 안 잤어, 괜찮아. 이러고 있는 것도 좋았고."

"기껏 드라이브시켜 줬는데……."

졸음이 남아 있는 눈을 비볐다. 그런데 무언가 이상한 느낌이 들었다. 손가락에 이물감이 느껴졌다. 눈을 비비던 손을 떼고 손가락을 펼쳐 보았다. 약지에 처음 보는 반지가 끼워져 있었다. 우주는 고개를 돌려 은호를 바라보았다.

"이게 뭐……."

"그러게. 뭐지?"

우주가 말을 끝맺기도 전에 은호가 말했다. 그러더니 은호는 자신의 손을 펼쳐 보았다. 은호의 약지에도 비슷한 모양의 반지가 끼워져 있었다.

"내 손에도 있네. 누가 끼워 주고 갔나 봐."

은호가 놀란 표정을 연기하며 말했다. 우주는 그저 놀란 얼굴로 은호를 바라보기만 했다. 그는 연기하는 것은 포기하고 작게 웃음 지었다.

"혹시 안 맞으면 어쩌나 걱정했는데. 잘 맞아서 다행이다."

"……어떻게 알았어? 반지 사이즈."

"어제 너 자는 동안 몰래."

우주는 약지에 끼워진 반지를 응시하다 다시 고개를 돌려 은호를 바라보았다.

"네가 보기에도 날로 먹는 거 같지. 겨우 반지 하나 주면서 고백하려는 게."

웃음기가 사라진 은호의 얼굴은 차분했다.

"옆에 있는 것만으로는 만족을 못 하겠다, 우주야. 10년을 기다렸는데도 그 짧은 시간을 참기가 힘들어. 조바심이 나."

"……."

"사실 나는 내 마음의 일부도 다 못 보여 줬어. 어느 순간 나도 감당하기 어려울 정도로 마음이 커져 버렸더라."

은호는 우주가 모든 말을 알아들을 수 있도록 천천히 말을 이었다.

"이 말에 내 마음이 하나도 담기지 않는 거 알아. 형편없는 고백이라서 미안해. 그래도 네가 허락해 준다면, 나는……."

내내 차분했던 시선이 서서히 흔들렸다.

"네 사람이 되고 싶어."

긴장이 고스란히 드러나는 시선이었다. 우주의 대답을 기다리는 동안 은호는 억겁 같은 시간을 실감했다. 긴장된 침묵이 흘렀다. 그는 우주의 얼굴에서 표정을 읽을 수 없었다.

우주는 손에서 반지를 빼냈다. 은호의 가슴이 추락하듯 내려앉았다는 사실을 모른 채, 우주는 은호에게 반지를 건네주었다.

"자는 사이에 끼는 게 어디 있어. 네가 다시 껴 줘."

"어?"

"네가 껴 달라고. 그러면 고백받을게."

한없이 추락했던 마음은 언제 그랬냐는 듯 다시 상승한다. 말 한마디와 행동 하나에 천국과 지옥을 오가게 만드는 사람은 그의 인생에 우주 한 사람뿐일 것이다.

은호는 반지를 끼워 주기 위해 우주의 손을 잡았다. 쿵쿵 거세게 뛰어 대는 심장을 진정시키려 애썼지만, 의식할수록 더 요란하게 요동쳤다.

미세하게 떨리는 손이 우주의 손가락에 천천히 반지를 끼웠다. 이 순간을 얼마나 상상했는지 우주는 모를 것이다. 상상의 형태는 늘 달랐으나, 우주가 자신을 받아들이는 순간을 매일 꿈꾸곤 했다. 너무 염원하던 순간이라 지금 상황이 현실인지 의심이 될 지경이었다.

반지가 완전히 끼워졌다. 디자인을 거듭 고민한 끝에 결정했던 반지는 우주의 손에 무척 잘 어울렸다.

"예쁘다. 고마워."

우주는 은호를 바라보며 환하게 미소를 지었다.

'다 괜찮아질 거야.'

맑게 미소 짓던 그때의 미소와 겹쳐 보였다.

우주는 자신의 손가락에 끼워진 반지를 바라보았다. 받아도 될까 싶으면서도 지금 당장의 감정이 너무 벅차고 좋아서 가슴이 뭉클했다.

빤히 반지를 보고 있는데, 반지를 낀 손에 은호의 손이 감겼다. 시선을 돌려 은호를 바라보았다. 어느새 흔들림이 잦아들고 차분히 가라앉은 시선이 우주를 응시했다.

"우주야."

"응?"

"내리자."

갑자기 은호는 차에서 내리더니, 우주가 있는 조수석 쪽으로 와서 문을 열었다. 우주는 얼떨떨한 얼굴로 은호를 바라보다 차에서 내렸다. 우주가 차에서 내리자 은호는 손을 잡고 화실 건물로 향했다.

건물 현관 안쪽으로 들어서자마자 허리가 끌어당겨지며 입술이 맞닿았다. 급하게 다가온 것치고는 부드러운 입맞춤이었다. 입술은 아주 느리게 닿았다 겹쳐지기를 반복했다.

네 번째로 입술이 닿았을 때, 은호는 물러서지 않고 우주의 입술 위에 길게 머물렀다. 아랫입술이 아프지 않게 깨물리더니, 입술에 혀끝이 닿았다. 우주가 손끝을 움츠리자 목덜미에 차가운 손이 감겼다.

한참 입술 위에서 움직이던 은호는 살짝 고개를 떼어 내고 우주를 바라보았다. 낮게 깔린 촘촘한 속눈썹의 모양이 고스란히 보일 정도로 가까운 거리였다.

"계속 입 다물고 있을 거야?"

은호의 말뜻을 알아들은 우주는 얼굴을 붉혔다. 집요한 시선이 우주를 직시하고 있었다. 눈동자에서 조급한 감정이 고스란히 드러났다.

"얼른."

은호는 재촉했다. 한참 망설이던 우주는 느리게 입을 벌렸다. 다시금 은호의 입술이 파고들었다. 파고드는 뜨거운 감촉에 머릿속이 새하얘졌다. 보이지 않는 무언가가 몸을 점령해 머리끝부터 발끝까지 저리게 만들었다.

우주의 이런 마음을 아는지 모르는지, 은호는 파고드는 행위에만 집중하고 있었다. 혀끝이 얽히고, 거칠어진 호흡이 닿았다. 현관 센서의 불빛이 꺼졌다 켜지기를 반복하고 있었다. 꿈속처럼 어두운 공간에서 체온과 호흡만을 느끼다 갑작스레 불이 켜지면 다시금 현실로 돌아오곤 했다.

머리에 열이 올라서 딱 죽을 것 같다고 생각했을 때, 은호는 천천히 뒤로 물러섰다. 마주하는 은호의 눈가는 붉게 달아올라 있었고, 눈동자는 유약하게 흔들렸다.

"임우주."

"응."

"다시 사라지지 않겠다고 약속해."

붉게 달아오른 눈은 서서히 젖어 들었다. 은호는 애원하듯 간절히 말했다.

"제발 약속해 줘."

그는 어떠한 생각도 할 수가 없었다. 우주가 사라졌을 때 느꼈던 절망과 무력감을 다시는 경험하고 싶지 않았다. 지금의 행복이 깨지지 않기를 간절히 희망했다. 뒤섞인 감정이 은호의 마음을 어지럽혔다. 그는 감정 조절에 미숙한 어린아이가 된 듯 눈물 고인 눈으로 우주를 바라보았다.

우주는 조심히 손을 들어 은호의 눈에 맺힌 눈물을 거두어 갔다.

"약속할게."

은호는 울음을 참으려 입술을 깨물었으나, 눈물은 무력하게 흘러내렸다.

"사라지지 않을 거야."

우주가 팔을 뻗어 먼저 은호를 안아 주었다. 잠시 경직되어 있던 은호는 고개 숙여 우주의 어깨에 고개를 묻고 밭은 숨을 내쉬었다. 우주는 은호의 등을 다독여 주었다.

고요한 밤이 느리게 지나가고 있었다.

15. 사과

[우주야. 눈 온다.]

은호에게서 온 문자였다. 막 씻고 나와 문자를 확인한 우주는 창문 커튼을 걷었다. 까만 밤하늘에서 하얀 눈이 꽃잎처럼 흩날리고 있었다. 이번 겨울에는 유독 눈이 잦은 듯하다.

우주는 창문을 열고 손을 내밀어 떨어지는 눈을 받았다. 조그만 눈 결정은 손끝에 닿자 맥없이 녹아 버렸다. 올해 지겹게 본 눈인데도 어째선지 느낌이 새로웠다. 기분이 달라서일까. 아니면 은호가 눈이 온다는 사실을 알려 줬기 때문일까.

떨어지는 눈을 손으로 받고 있을 때 다시금 핸드폰 화면이 켜졌다.

[우주야. 미술관이 좋아, 수족관이 좋아?]

우주는 핸드폰을 들고 무어라 답장을 할지 잠시 고민했다. 그리고 글자를 적었다.

[둘 다 좋아.]
[그럼 주말에 둘 중에 한 곳 갈까.]
[응. 그러자.]
[어디부터 갈까?]

미술관은 많이 가 봤지만, 수족관은 중학생 때 체험학습을 간 것 말고는 가 본 적이 없었다. 청력을 잃은 후에는 사람이 많은 곳을 꺼려 갈 생각도 하지 못했다. 우주는 다시 은호에게 답장을 보냈다.

[수족관이 좋을 거 같아.]

어디든 은호랑 가면 괜찮겠지. 조금 딱딱하게 보낸 것 같아서 웃는 얼굴의 이모티콘을 덧붙였다. 얼마 지나지 않아서 은호도 비슷한 모양의 웃는 얼굴 이모티콘을 보냈다. 우주는 작게 웃음을 터트렸다. 10년 전에 차갑고 매정한 태도로 우주를 대하던 은호의 모습이 아직도 생생한데, 지금 은호가 이런 모습을 보이는 게 귀엽기도 하고 신기하기도 했다.

그 후로 몇 번 더 대화를 나누었다. 언제 만날지, 어디서 만날지 구체적인 약속을 정했다. 이렇게 약속을 정하고 나니 사귀는 사이라는 게 실감이 났다.

우주는 씻기 위해 빼 두었던 반지를 다시 손가락에 끼웠다. 예쁘다. 반지도, 창밖에 내리는 눈도.

[보고 싶다.]

네가 보낸 문자도.

약속 시간에 맞춰 화실 앞으로 나오자 차 앞에서 기다리고 있는 은호가 보였다. 은호는 늘 보던 정장 차림이 아니라 편한 옷차림이었다. 먹색 목티에 까만 코트를 입고 있었는데, 목이 길어서 그런지 목티가 무척 잘 어울렸다. 늘 정장 입은 모습만 보다가 편한 옷을 입은 모습을 보니 꼭 대학생처럼 보이기도 했다.

우주를 발견한 은호가 살짝 미소를 지었다.

"일찍 나왔네."

"응. 추운데 차 안에서 기다리지. 아니면 건물 안으로 들어오든가."

"아냐. 안 추웠어."

은호가 웃으며 고개를 저었다. 그러고는 시선을 내려 우주의 손을 바라보았다. 우주의 손가락에는 반지가 끼워져 있고, 손목에는 시계가 채워져 있었다. 은호는 우주의 손을 잡아 살짝 들어 올렸다.

"누가 준 건지 예쁘네. 안목 참 좋다."

능청스러운 말에 우주가 작게 웃음을 터트렸다.

"차 타자. 춥겠다."

은호가 조수석 문을 열어 주며 말했다. 우주는 차에 오르다 말고 차 안의 무언가를 바라보았다. 조수석 앞에 거울 하나가 붙어 있었다. 우주가 고개를 돌려 은호를 바라보자, 은호가 엷게 웃으며 말했다.

"말하고 싶을 때, 거울 보면서 하자."

생각지도 못한 배려에 마음이 시큰해졌다.

"근데 너무 멀리 있나? 이 정도면 괜찮아?"

"응. 괜찮아."

우주는 조용한 목소리로 말했다.

"고마워. 미안하기도 하고."

은호는 그런 우주를 물끄러미 바라보았다.

"미안할 게 뭐가 있어. 별일도 아닌데."

"응. 고마워."

"그럼 고마운 것만 받을게."

은호는 상체를 숙이더니, 손끝으로 제 뺨을 톡톡 두드렸다. 우주는 은호의 말뜻을 이해하고 굳어 버렸다.

"……춥다, 차 타자."

우주가 어색하게 웃으며 차에 타려 하자 은호가 팔을 잡았다.

"아, 안 돼. 받아야 돼. 얼른."

"……."

"이것도 많이 양보한 거야."

은호는 상체를 숙이고 우주의 행동을 기다렸다. 양보를 안 했으면 뭘 요구했으려고…….

자신은 작은 스킨십 하나에도 심장이 터질 것 같은데 은호는 너

무 태연해 보여서 얄밉기도 했다. 한참 망설이다 우주는 은호의 뺨
에 짧게 입을 맞추었다. 그리고 후다닥 차에 올랐다. 은호의 귓바
퀴가 새빨갛게 달아오른 것도 모른 채.

"사람이 좀 많네."

은호는 걱정스러운 얼굴로 수족관 안의 사람들을 바라보았다.
우주가 사람이 많은 곳을 좋아하지 않을 것 같아서 걱정이 되었다.

"우주야. 사람들 많은데 괜찮아?"

"응, 괜찮아. 더 많은데도 잘 다니는걸."

은호의 걱정과는 다르게 우주는 태연히 말했다. 사실 우주는 수
족관 오는 걸 무척 기대하던 참이었다.

"사람들이 한꺼번에 말을 거는 게 좀 그래서 그렇지. 얼른 들어
가자."

"응."

"근데 여기 펭귄도 있어?"

우주가 눈을 반짝이며 물었다.

"펭……권은 없지 않을까?"

은호는 난감한 얼굴로 말했다. 사실 은호도 수족관에 와 본 적
이 없어서 뭐가 있는지는 잘 몰랐다. 은호의 대답에 우주는 눈에
띄게 실망한 표정을 지었다.

"잠깐만, 찾아볼게."

은호는 핸드폰을 들어 검색을 했다. 그러다 수족관 후기에 펭귄
이 있는 것을 발견하고 우주에게 보여 주었다.

"펭귄 있나 봐."

그제야 우주의 얼굴이 밝아졌다.

"다행이다. 얼른 보러 가자. 아, 그리고 들어오면서 봤는데 여기 바다거북이도 있대."

우주가 웃으며 말했다. 평소보다 더 들떠 보이는 모습이었다. 사람이 많아 걱정했는데 괜한 생각이었던 것 같다. 우주의 웃는 얼굴에서 예전에 놀이공원에 간다고 신이 났던 우주의 모습이 겹쳐 보였다.

은호는 분주히 걷는 우주의 손을 붙잡았다. 우주가 고개를 돌려 은호를 바라보았다.

"서로 안 잃어버리게 손잡고 가자."

그 정도로 사람이 많은 건 아니었다. 은호의 핑계가 귀여워서 우주는 작게 웃음을 터트렸다.

"우와."

한쪽 벽면 전체가 유리로 된 수족관을 보며 우주는 저도 모르게 감탄했다. 그리고 수족관 안으로 들어갈 듯 딱 붙어서 안을 들여다 보았다. 다양한 물고기들이 있었다. 예쁘게 생긴 작은 물고기도 있고, 조금 무섭게 생긴 커다란 물고기도 있었다.

유유히 헤엄치는 물고기들을 보며 생각했다. 물속은 어떨까. 고요할까, 아니면 유리 벽 바깥의 소음이 물속에도 온전히 들릴까.

귀가 들리지 않는다는 사실은 정말 아무 일도 아닌 것처럼 느껴질 때가 있다. 세상에는 너무도 다양하고 많은 것들이 존재하고, 자신은 그 커다란 세상 속의 일부분에 불과하니까. 이 부자연스러운 고요는, 사실은 정말 아무것도 아닌지도 모른다.

은호는 생각에 잠긴 우주를 빤히 바라보고 있었다. 무슨 생각을 하고 있는 걸까. 알 수는 없지만, 나쁜 생각보다는 좋은 생각을 하고 있는 듯 보여서 은호도 기분이 좋았다.

"방금 봤어? 저기 거북이 있어."

우주가 은호를 끌어당기며 급히 손가락으로 어딘가를 가리켰다.

"진짜?"

"응. 나 거북이 처음 봐."

우주는 신기한 듯 수족관 안을 들여다보고 있었다. 그 모습이 귀여워서 은호는 엷게 웃었다.

은호는 수족관보다는 즐거워하는 우주의 모습을 보는 게 더 좋았다. 자신의 앞에 어떤 것을 가져다 두어도 마찬가지일 테다. 살아가면서 우주만큼 크게 다가왔던 것이 없었으니까. 무너지던 자신의 세상을 다시 구축한 사람이다. 우주 말고는 어떠한 것도 자신에게 특별할 수는 없으리라.

은호가 빤히 자신을 응시하는 시선을 느낀 우주는 고개를 돌려 은호를 바라보았다. 그러고는 어째선지 미안한 얼굴을 했다.

"미안해. 혹시 나한테 말 걸었어?"

"어?"

"거북이 보느라 몰랐어. 미안. 뭐라고 했어?"

은호는 말없이 우주를 바라보았다. 그리고 보니 저번부터 유독 미안하단 말을 자주 한다. 과거의 우주는 미안하단 말을 이만큼 자주하지 않았는데, 왜 지금은 자꾸 미안하다는 말을 하는 것일까. 생각을 거듭하다 보니 가슴이 덜컥 내려앉았다. 혹시 습관이 된 걸까.

"임우주."

"응?"

"미안하다는 말은 네가 나한테 잘못을 했을 때 해야지."

예상외의 반응에 우주는 조금 당황했다.

"네가 나한테 피해 준 거 없으니까 미안해하지 마."

우주는 놀란 눈을 깜빡이고만 있었다.

"······화났어?"

우주가 조심스레 물었다. 은호는 고개를 젓고는 우주의 머리를 쓰다듬어 주었다.

"화낸 거 아니야. 짚고 넘어가야 될 것 같아서 그랬어."

"······화나 보이는데."

"아니야. 내가 어떻게 너한테 화를 내."

"거짓말."

"어? 저기 거북이 또 나왔다."

은호는 말을 돌리며 수족관 안쪽을 가리켰다. 고개를 돌려 은호가 가리킨 곳을 바라보았으나, 거북이는 없었다. 대신 뺨에 입술이 맞닿았다. 우주는 고개를 돌려 다시 은호를 바라보았다. 은호는 그저 예쁘게 미소 지을 뿐이었다. 그를 보며 우주도 그냥 환하게 웃었다.

우주와 은호는 자리를 옮겨 펭귄도 보고, 돌고래도 보았다. 이번엔 작은 상어를 보는 중이었다. 우주는 신기한지 수족관 안으로 들어갈 듯 집중해서 상어를 눈으로 좇고 있었다. 우주가 그림을 잘 그리는 이유를 알 것 같다. 신기한 게 생기면 빤히 관찰하며 머릿속에 세세하게 담아 두는 듯했다.

은호는 우주의 손을 잡은 손에 살짝 힘을 주었다. 우주가 고개를 돌려 은호를 바라보았다.

"우주야. 뭐 마실래?"

"아, 응. 같이 사러 가자."

"아니야. 혼자 갔다 올게. 너 지금도 거기 들어갈 거 같다."

우주는 민망하여 멋쩍게 미소 지었다.

"금방 갔다 올게. 여기에 있어."

은호는 카페로 향하던 걸음을 멈추고 돌아서서 우주를 바라보았다. 우주는 여전히 집중해서 수족관 안을 들여다보고 있었다. 그런데 웬 어린아이가 우주의 근처에 서서 우주에게 말을 걸고 있었다. 우주는 수족관 안을 보느라 아이가 다가온 것을 눈치채지 못했다. 은호는 다시 걸음을 돌려 아이에게 다가갔다.

"저기요 누나. 누나?"

"나한테 얘기할래?"

은호는 아이와 시선을 맞추기 위해 무릎을 접고 앉았다. 아이가 의아한 얼굴로 은호를 바라보았다.

"상어 나오는 거 봤냐고 물어봤는데, 저 누나가 대답을 안 해요."

"너무 집중했나 봐."

"그게 아니라 귀가 안 들리나 봐요. 지금 우리가 얘기하는 것도 모르잖아요."

아린 통증이 가슴을 묵직하게 짓눌렀다. 은호는 자신의 마음을 숨기고 평온히 말했다.

"안 들리는 게 이상한 건 아니야."

"이상하다고는 안 했어요."

"그래."

은호는 엷게 웃으며 아이의 머리를 쓰다듬었다. 아이는 부모의 부름을 듣고는 가벼운 걸음으로 자리를 떴다.

자리에서 일어선 은호는 우주의 뒷모습을 바라보다 다가서서 조심히 우주를 품에 안았다. 수족관을 보고 있던 우주는 잠깐 흠칫했으나, 은호라는 사실을 알아채고는 가만히 있었다.

"마실 거 사러 간다며?"

우주가 물었다. 은호는 대답 없이 우주를 끌어안은 팔에 조금 더 힘을 주었다.

"우주야."

이렇게 가까운 곳에 있는데도 우주는 은호의 목소리를 듣지 못한다. 그를 만나러 오다 일어난 사고 때문에.

"왜 그래?"

은호의 손이 떨리는 것을 눈치채고 우주가 물었다. 은호는 품에서 우주를 놓아주고는 고개를 저었다.

"그냥. 갑자기 같이 가고 싶어서 돌아왔어."

은호는 우주의 손을 잡고 깍지를 끼웠다. 그러자 언제 그랬냐는 듯 손의 떨림이 잦아들었다.

너무 많이 돌아다닌 것 같아서 우주와 은호는 밖으로 나왔다. 두 사람은 실외 벤치에 앉아 바깥바람을 쐬었다. 실내 온기에 열이 올랐던 뺨을 찬바람이 식혀 주었다.

가만히 앉아 있는데, 옆에 앉아 있던 은호가 자리에서 일어서 우주의 앞에 무릎을 접고 앉았다. 무얼 하나 했더니 반쯤 풀린 우주의 신발 끈을 다시 묶어 주었다. 우주는 놀라서 은호에게 말했다.

"내가 할게. 옷 더러워져."

"괜찮아."

은호는 태연히 신발 끈을 다 묶어 주고는 고개를 들어 우주를 바라보았다.

"우주야."

"응?"

"오늘 재밌었어?"

"응. 재밌었어."

"진짜?"

"응. 엄청 재밌었어."

우주는 환히 웃으며 답해 주었다.

"나 실수한 거 없어?"

"응. 없어, 전혀."

은호는 안도한 듯 미소 지었다. 부드럽게 휘어지는 눈매가 무척 예뻤다.

"나는 실수한 거 없어?"

"없어. 근데 넌 실수해도 돼."

"그런 게 어디 있어."

은호는 그저 웃었다. 우주도 미소 지으며 물었다.

"실수했을까 봐 걱정했었어?"

"아니라고 말하고 싶은데, 좀 걱정했어."

오늘 하루 은호가 능숙한 태도를 보였기 때문에 우주는 그가 그런 생각을 하는지 전혀 몰랐다.

"너무 자만했던 거 같아."

"뭐가?"

"너를 잘 이해할 수 있을 거라고 생각했는데, 네 입장이 되어 보지 않은 이상은 조금도 모를 거 같더라."

"……."

"지금은 어릴 때와는 다르고, 뭘 하든 제약 받는 상황이 아니니까 내가 너한테 뭐든 해 줄 수 있을 거라고 자만했어."

"……."

"근데 막상 이렇게 되니 실수할까 봐 겁나. 나는 너무 좋은데, 나만 좋은 것 같아서."

우주는 은호를 빤히 바라보다 입을 열었다.

"이은호."

"응."

"바보 같아."

은호가 황당하다는 얼굴로 우주를 바라보았다. 우주는 그 모습을 보며 웃었다.

"왜 바보야?"

"바보 같은 고민을 하니까 그렇지. 걱정하지 마. 나도 오늘 진짜 재미있었어. 네가 뭘 하자고 해도 즐겁게 했을 거고."

"……."

"다음에 미술관도 가고, 너 가고 싶은 곳도 같이 가자. 아 그리고, 잠깐만."

우주는 가방 안에서 무언가를 꺼내 은호에게 건네주었다. 작은 상자였다. 은호는 의아한 얼굴로 우주를 바라보았다.

"너무 받기만 한 거 같아서 나도 네 선물 샀어."

"안 그래도 되는데."

"보답으로 주는 게 아니라, 나도 사 주고 싶어서 산 거야."

은호는 우주의 말에 미소 지었다. 은호는 상자의 포장을 풀고, 케이스를 열어 안을 확인했다. 섬세한 디자인의 넥타이핀이었다.

"아까워서 못 하고 다닐 거 같은데."

"안 돼. 하고 다녀야 돼."

우주의 단호한 말에 은호는 말갛게 웃었다.

"예쁘다. 고마워."

"응."

"넥타이 하고 올걸. 해 달라고 하게."

우주는 작게 웃음을 터트렸다. 그런데 은호는 심각한 얼굴로 넥타이핀을 바라보고 있었다.

"어떡하지."

"뭐가?"

"닳아 없어질 때까지 하고 싶을 거 같기도 하고, 아까워서 못할 거 같기도 해."

"차라리 닳아 없어지는 쪽이 좋겠다."

우주의 말에 은호는 엷게 웃었다. 그리고 우주를 바라보았다. 우주는 자신을 바라보는 시선에 여러 생각들이 혼재되어 있는 것 같다고 생각했다.

"왜 이렇게 현실감이 없지. 불안하게."

"……."

"자고 일어나면 다 꿈일 거 같아. 네가 갑자기 없어져 버릴까 봐 무서워."

"꿈 아니야."

"응."

은호는 우주의 무릎에 머리를 기대었다. 그 모습이 어쩐지 힘이 없어 보였다. 슬퍼 보이는 건 자신의 착각일까. 우주는 은호의 머리카락을 쓸어내렸다. 부드러운 머리카락이 손가락 사이에서 흘러내렸다.

"나 아무 데도 안 갈게. 그러니까 불안해하지 마."

사실 이 약속을 지킬 수 있을지는 우주도 확신할 수 없었다. 자꾸만 은호의 어머니가 했던 말들이 생각났다. 하지만 지금만큼은 그 생각을 내려 두고 은호에게 확신을 주고 싶었다.

"은호야, 손 줘 봐."

우주는 은호의 새끼손가락에 제 새끼손가락을 걸었다. 그리고 부드럽게 미소 지었다.

"진짜야."

은호는 우주의 팔을 끌어당겨 우주의 입술에 자신의 입술을 포개었다. 우주는 거절하지 않고 눈을 내려 감았다.

늦겨울의 서늘한 공기가 모두 사라져 버린 듯했다. 서글픈 생각들이 몸을 지배하려 했으나, 은호는 우주의 온기를 느끼며 모든 것을 잠식시켰다.

16. 술기운

매서웠던 추위가 조금씩 물러가기 시작했다. 아직까지 바깥 공기는 서늘했지만, 매일 영하를 웃돌던 추위에 비하면 비교적 따스했다. 찬바람과 눈 내리는 하늘이 익숙했던 계절도 서서히 지나가는 듯하다.

"머리 많이 길었다."

날씨가 따뜻해져 은호와 함께 걷고 있던 중이었다. 은호는 우주의 머리카락을 쓰다듬으며 말했다.

"그런가? 하긴, 자른 지 좀 되긴 했어."

"계속 그 정도 길이였어?"

"아니. 사고 나고 몇 년간은 자를 생각도 못 해서 엄청 길었어."

우주는 제 머리카락을 매만지며 말했다. 지금은 짧은 머리를 고수하고 있지만, 몇 년 전까지만 해도 머리가 무척 길었다.

"머리 다시 길러 볼까?"

우주가 물었다. 은호는 대답하지 않고 모호한 표정으로 우주를 바라보았다.

"왜 그런 표정이야? 기르지 말까?"

"아니, 그 머리가 귀여워서 좋은데 기른 모습도 보고 싶어서."

"그냥 머리 기른 나지 뭐."

우주가 멋쩍게 웃으며 말했다.

"길러 봐. 길러도 예쁠 거야."

직설적인 말에 우주의 얼굴이 붉어졌다. 은호는 쑥스러워하는 우주를 바라보다가는 입술에 대뜸 입을 맞추었다. 우주는 크게 눈을 뜨고 주변을 살폈다.

"아무도 없어."

은호는 장난스러운 웃음을 지었다. 우주는 나무라듯 은호의 어깨를 밀어 내고는 앞서 걸었다. 앞서 걷는 우주의 귓바퀴는 새빨갛게 달아올라 있었다. 은호는 얼른 뒤쫓아 우주의 손을 잡고 함께 걸었다.

오는 길에 은호는 우주에게 아이스크림을 사 줬다. 우주는 커다란 아이스크림 쇼핑백을 안은 채 현관 앞에 서서 은호를 바라보았다.

"아이스크림 먹고, 자기 전에 꼭 양치해. 너무 많이 먹고 배탈 나지 말고."

"내가 애도 아니고."

우주가 투덜거리자 은호는 작게 웃음을 터트렸다.

"얼른 들어 가. 쌀쌀하다."

은호가 어서 들어가라는 듯 손짓했으나 우주는 들어가기를 머뭇거렸다. 그가 의아한 표정을 지었다.

"왜 그래?"

"어……. 들어왔다 갈래?"

은호의 눈이 놀란 듯 살짝 크게 뜨여졌다.

"나 오해한다?"

은호의 말에 우주는 화들짝 놀라서 얼굴을 붉혔다.

"아니, 아니! 차 마시고 가라고 차!"

당황한 우주를 보며 은호는 웃음을 터트렸다. 눈매가 접히고, 늘 예쁘다고 생각했던 입술이 시원하게 트였다.

"웃지 마."

"알았어. 차 마시러 가자, 차."

은호는 웃으며 우주의 손을 잡고 현관 안으로 이끌었다.

우주는 화실의 문을 열고 먼저 안으로 들어섰다. 그런데 방으로 이어지는 곳에 놓여 있는 낯선 신발 하나가 보였다. 남성용 신발이었다. 은호도 신발을 발견하고는 표정을 굳혔다.

안쪽으로 들어서자 침대에 누워 있는 사람이 보였다. 남의 침대에서 뻔뻔스레 잠을 청하고 있는 사람은 재현이었다.

"야, 인마. 너 여기서 뭐 해?"

우주가 재현의 등을 때리며 말했다. 재현은 화들짝 놀라서 잠에서 깨어났다.

"아, 깜짝이야. 아파!"

"깜짝 놀랄 사람이 누군데. 연락도 없이 웬일이야?"

"너 기다리다가 잠들었어."

재현이 몸을 일으키며 눈을 비볐다. 그러다 은호가 있는 것을 발견하고는 표정을 굳혔다.

우주는 그런 재현을 보며 의아해졌다. 재현에게 은호와 사귀게 되었다고 미리 말을 해 줬는데 왜 저런 표정인지 알 수 없었다. 우주가 더 의문을 가지기도 전에 재현의 표정이 원래대로 돌아왔다.

"내가 들어오지 말아야 할 타이밍에 있었던 건가."

재현이 장난스럽게 말했다.

"……뭔 소리야. 그보다 너 왜 여기에 있어? 촬영 있다며."

"촬영 끝나고 여기가 제일 가까워서 왔지. 잠 좀 자려고."

"여기가 여관이냐."

"야, 근데 배고프다. 뭐 좀 먹으러 가자."

재현은 우주의 말을 한 귀로 흘려들었다.

"아니다. 야, 우리 술 마시자. 인간적으로 술 정도는 사 줘라.
너희 둘이 10년이나 삽질하는 동안 가운데 껴 있는 내가 고생 좀
했잖냐."

재현은 웃으며 말하더니, 가벼운 걸음으로 방을 빠져나갔다. 은
호는 말없이 재현이 나간 방문을 바라보다 우주를 향해 고개를 돌
렸다.

"쟤는 참 한꺼번에 많은 걸 뛰어넘는다."

"어?"

"비밀번호 알려 줬어?"

"아, 응. 엄마가 부탁하기도 했고."

은호는 고개를 끄덕였다. 우주의 상황을 이해하는데도 질투심이
생겼다. 우주와 가장 가까운 사람이 자신이 되고 싶었으니까. 그는
속마음을 숨기고 웃으며 말했다.

"나는 여기 자연스레 들어오려면 얼마나 있어야 되나."

"오늘부터 자연스레 들어오면 되잖아."

"진짜?"

"아니, 아니야. 생각해 보니까 안 될 거 같아."

"왜?"

은호가 미간을 찌푸리며 불만스레 말했다.

"머리도 안 감고 있을 때 네가 오면 어떡해."

"안 감을 수도 있지 뭐."

그때 재현이 다시 돌아와 짜증을 냈다.

"야. 빨리 나와. 안 나올 거야?"

"간다, 가."

우주는 급히 대답했다. 그리고 은호의 팔을 끌어당겼다.

"가자가자."

은호는 그런 우주를 보며 푸스스 웃음 지었다.

어쩌다 보니 마침 화실에 들렀던 미현과도 합류를 하게 되었다. 우주는 여러 사람들과 같이 있는 걸 선호하지 않았지만, 그래도 좋아하는 사람들이랑 같이 있다는 생각에 평소보다 기분이 들떴다.

금요일 밤이라서 그런지 어딜 가든 사람이 많았다. 은호는 거리에 사람들이 붐비는 것을 보며 걱정스러운 얼굴로 우주를 바라보았다. 걱정과는 달리 우주는 평온한 얼굴이었다. 오히려 기분이 좋아 보이기까지 했다. 그는 희미하게 웃었다. 우주는 늘 혼자 잘하는데 괜한 걱정을 하는 건지도 모르겠다.

"우주야. 너 술 마셔도 돼?"

"응. 괜찮아."

우주가 고개를 끄덕이며 답했다. 이럴 줄 알았으면 단둘이 술을 마셔 볼 걸. 은호는 속으로 후회했다.

"근데 도재현 너는 사람들 눈 조심해야 되지 않아?"

식당으로 들어선 뒤, 우주가 자리에 앉으며 말했다.

"내가 범죄자도 아니고."

"그게 아니라, 술 마시고 사고 칠까 봐."

"이게 진짜 날 뭐로 보고."

나무라는 재현을 보며 우주는 웃음을 터트렸다. 은호는 대화를 나누는 우주와 재현의 모습을 바라보았다. 다른 사람들이 대화하는 것에 비해서는 속도가 느리지만, 그래도 무리 없이 대화한다. 재현은 우주와의 대화가 익숙한 듯 보였다.

"아, 진짜라니까 왜 안 믿어? 그 감독 완전 싸이코라니까."

"안 그럴 거 같은데. 영화도 좋고."

"아냐. 직접 봐야 돼. 내가 본 사람 중에 제일 성격 나빠. 성격 파탄자야."

우주는 재현의 입을 보며 대화했다. 당연한 것인데도 조금 질투가 났다. 아까부터 별일 아닌 것에 자꾸만 질투를 하게 된다.

재현이 우주에게 어떤 마음을 품고 있는지 정확히 알 수 없어서 이런 생각이 드는 것인지도 모른다. 과거에는 재현과 우주가 그저 친구 사이인 줄만 알았지만, 은호가 재현과 다시 만났을 때 재현은 조금 다른 모습을 보였었다.

'임우주 그냥 둬.'

그때의 반응은 친구라기보다는 다른 감정에 가까워 보였다. 하지만 지금은 그냥 친구 사이처럼 보인다. 착각을 했던 걸까.

"근데 도재현 씨는 우주 씨 언제부터 알았어요?"

은호가 생각에 잠겨 있을 때 미현이 물었다.

"몰라요. 8살인가 9살인가. 진짜 못생겼을 때부터 봤어요."

"네가 더 못생겼었어."

"무슨 소리야. 난 학교의 아이돌이었어."

우주가 콧잔등을 찡그렸다.

"나도 우주 씨 어릴 때 모습 보고 싶다. 귀여웠을 거 같은데."

"귀엽기는. 사내대장부가 따로 없었어요."

"오버하지 좀 마."

우주가 재현을 나무랐다. 네 사람은 과거 이야기를 하기도 했고, 일에 관해 이야기를 나누기도 했다. 미현과 재현, 은호 세 사람 사이에 접점은 우주라는 한 사람뿐이었고, 우주가 아니었더라면 서로 이야기를 섞을 일도 없는 사람들이었지만 무난히 이야기를 나누었다.

술이 좀 들어가자 우주는 나른해졌다. 술을 즐기는 편도 아니고, 귀 때문에 아예 먹지 못했던 적도 있다 보니 주량이 약한 편이었다. 졸리고 피곤해졌지만 그래도 기분이 좋았다. 술을 마셔서 기분이 좋다고 생각했던 적이 없는데 지금은 괜찮았다. 술에 취하면 사람들 말을 거의 알아듣기 어려운데도 그냥 이렇게 같이 있는 것만으로도 좋았다.

우주는 헤헤 웃었다. 갑자기 실없이 웃는 우주를 은호가 의아한 얼굴로 바라보았다. 우주는 헤실헤실 웃더니, 천천히 앞으로 고꾸라졌다. 은호는 급히 우주의 어깨를 감싸 안았다. 우주는 취기를 참지 못하고 잠이 들어 버렸다.

우주는 눈을 떴다. 허공에 떠 있는 몸이 흔들흔들, 일정한 속도에 따라 느리게 흔들리고 있었다. 자신은 누군가의 등에 업혀 있었고, 넓고 따뜻한 등에서는 익숙한 향기가 났다. 은호의 등이었다.

등이 얼마나 편했는지 잠깐 잠이 들고 말았다. 우주는 조금 힘을 줘서 눈앞의 어깨를 끌어안았다. 은호는 멈춰 서서 고개를 돌리고 우주를 바라보았다. 그러다 대화하기 어려운 상황이라는 것을 깨닫고 다시 걸음을 옮겼다.

"은호야. 너 키 몇이야?"

우주가 물었다. 은호는 생각에 잠겼다. 마지막으로 쟀을 때가 186이었나, 7이었나. 모르겠다. 그런데 이걸 지금 말해 줘도 우주는 듣지 못할 터였다.

"뭐? 그렇게 크다고?"

우주는 마치 들리는 것처럼 말을 했다.

"너 어릴 때는 그렇게까지 안 컸던 거 같은데."

우주는 헤헤 웃고는 은호의 어깨 위로 얼굴을 묻었다.

"우리도 이렇게 대화할 수 있으면 좋겠다."

은호는 그저 말없이 걸었다. 사실 그는 대화를 하지 않아도 괜찮았다. 서로의 마음을 알고 있고, 이렇게 온기를 공유할 수 있는 관계이면 충분하다 생각했다.

"예전에 네 목소리 되게 좋다고 생각했었는데."

"진짜?"

우주가 듣지 못하는 걸 알지만, 은호도 대답을 했다.

"근데 이제 잘 기억이 안 나. 아쉬워."

"……."

"사실 이 정도면 잘 살고 있는 건데도 욕심이 나. 하고 싶은 일도 하고 있고, 다정한 애인도 있는데. 들리지 않는 게 뭐가 대수라고."

우주는 더 이상 말을 하지 않았다. 은호도 말없이 걸음을 옮겼다.

밤공기가 예전처럼 차갑지 않았다. 길을 따라 늘어선 가로등 불빛도 밝고 영롱했으며, 이제 잎이 자라기 시작한 나무에서 나는 푸릇한 향기도 좋았다. 이 정도면 충분하다. 우주와 함께 평범한 길을 걷는 것만으로도 충분히 행복한데.

"은호야. 좋아해."

그는 걸음을 멈추었다.

"진짜 많이 좋아해. 아니, 사실은 사랑하는 거 같아."

우주는 은호의 어깨에 얼굴을 파묻고 떨리는 목소리로 말했다.

"나도 너 정말 많이 사랑해."

"……."

"이제야 말해서 미안해."

정말 충분한데, 이건 조금 슬픈 것 같다. 괜찮다고, 나도 많이 사랑한다고 대답하고 싶었다.

화실에 도착하고 나서야 우주는 은호의 등에서 내려왔다. 은호는 소파에 우주를 앉혀 주고는 걱정을 담아 물었다.

"속은 괜찮아? 약 사다 줄까?"

"아냐, 괜찮아 진짜. 너는 멀쩡해?"

"응."

우주는 웃음 짓고는, 앞으로 내려온 은호의 머리카락을 쓸어 넘겨 주었다.

"이은호 완전 어른이다. 술도 잘 마시고."

"술 잘 마시면 어른이야?"

은호가 웃으며 물었다.

"아니, 그냥. 고등학생 때 네 모습이 기억에 많이 남아 있어서.

근데 지금은 너무 어른 된 거 같아."

"그럼 나 다시 예전처럼 굴까."

"아냐, 지금도 좋아. 멋있어."

아직 술에 취해 있어서 그런지 부끄러움이 없어진 것 같다. 은호는 답지 않게 쑥스러운지 우주의 시선을 피했다.

"은호야."

"응."

"자고 갈래?"

"어?"

"시간이 너무 늦은 거 같아서. 지금 택시 타면 택시비도 많이 나오고, 내일 주말이기도 하고. 아, 근데 네가 집이 편하면 그냥 집에서……."

"그래."

횡설수설 말하는 우주를 향해 은호는 웃으며 답했다. 우주는 쑥스러워져 급히 자리에서 일어섰다.

"내가 옷 빌려줄게. 티는 좀 큰 게 있는데……. 아, 맞다. 도재현 바지 있어."

방으로 걸음을 옮기는 우주의 팔을 은호가 붙잡았다. 그는 미간을 찌푸리고 있었다.

"도재현 바지가 왜 있어?"

"어? 걔가 자고 간 적이 있어서."

"침대가 하난데 어디서 자?"

"아이, 소파에서 잤어. 얼른 먼저 씻고 나와."

우주는 급히 은호에게 옷을 챙겨 주고는 욕실 안으로 밀어 넣고 문을 닫았다. 그리고 살짝 한숨을 내쉬었다. 앞으로 도재현 얘기는 많이 안 하는 게 좋을 것 같다. 은호는 생각보다 질투가 많은 듯하다. 사실 질투를 하는 게 귀여워 보이긴 하지만, 그래도 속상하게 할 수는 없으니까.

우주가 씻고 욕실에서 나왔을 때에는 어째선지 은호가 보이지 않았다. 방을 나와 화실에 가 보니 소파에 등을 기댄 채 눈을 감고 있는 은호의 모습이 보였다. 우주는 조심히 은호 옆에 앉았다.

"은호야. 자?"

은호는 대답하지 않고 약하게 숨만 내쉬었다. 정말 자는 걸까. 하긴, 꽤 먼 거리를 업고 왔으니 힘들만도 했다. 미안한 마음이 들어 깨우지 못하고 물끄러미 은호를 바라만 보았다.

고개를 뒤로 젖힌 옆모습이 무척 잘생겼다. 눈썹도 예쁘고, 콧대도 예쁘다. 하지만 역시 입술이 제일 잘생긴 것 같다. 또 몰래 만져 보고 싶다는 생각이 들었다. 사귀는 사이니까 입술 만지는 것 정도는 괜찮지 않을까. 하지만 이번에도 몰래 만지다 걸리면 좀 창피할 것 같다.

아쉬워져서 괜히 은호의 손끝을 건드려 보았다. 길고 섬세한 손가락이었다. 왼쪽 약지에는 자신이 낀 것과 비슷한 모양의 반지가 끼워져 있다. 이 반지가 언제까지고 끼워져 있기를 바라는 건 욕심일까.

생각에 잠긴 채 은호의 손가락을 만지작거리고 있는데, 반대로 손이 붙잡혔다. 우주는 놀라서 고개를 들었다. 어느새 눈을 뜬 은호가 우주를 바라보고 있었다.

"몰래 만지는 건 습관인가."

"……그렇게 말하면 내가 너무 변태 같잖아."

은호는 맑은 웃음을 터트렸다. 그는 한참 웃더니 소파에 머리를 기댄 채 우주를 바라보았다. 술기운이 남아 있는 그 시선은 나른해 보이기도 했고, 묘하게 유혹적이기도 했다. 왠지 눈을 계속 바라보는 게 부끄러워져 자리에서 일어났다.

"들어가서 자자."

그런데 자리를 벗어나기도 전에 팔이 끌어당겨졌다. 몸이 앞으로 쏠린 탓에 우주는 소파 등에 팔을 짚었다. 그는 버티고 선 우주를 불만스럽게 바라보더니, 허리를 끌어당겨 제 다리 위에 앉혔다.

"……자세가 좀, 좀 그런데?"

우주가 당황하며 말했다.

"뭐 어때. 사귀는데."

우주는 어색하게 웃었다. 반면 은호는 웃음기가 사라진 짙은 눈동자로 빤히 우주를 바라보기만 했다.

"생각해 보니까 짜증 나."

"……뭐가?"

"너는 내가 마음고생하는 동안 여기서 도재현을 재워 줬다는 거아니야."

왜 얘기가 그렇게 되는 걸까. 우주는 난감해졌다. 은호가 우주의 뒷머리에 손을 넣고 쓰다듬기 시작했다.

"미현 씨도 여기서 많이 잤는데……."

"그 여자도 짜증 나."

"그 여자라고 하지 마."

우주가 눈썹을 찌푸리며 말했다.

"그러니까 더 짜증 난다는 거야."

뒷머리를 쓰다듬던 손가락이 내려와 목덜미를 감싸 쥐었다. 살갗에 차가운 반지가 닿자 우주는 어깨를 움츠렸다.

"나는 네가 아끼는 건 다 짜증 나."

은호는 투정처럼 말했다.

"도재현도, 그 여자도, 그림도 다 짜증 나."

"……그림도 싫어? 그림 그리는 거 보고 싶다고 했었잖아."

"그거야 네가 좋아하니까."

은호는 나른해진 목소리로 말했다.

"사실 아무것도 안 하고 나만 봤으면 좋겠는데."

"……."

"다 너 좋아하니까 가만히 있는 거야."

안 취한 줄 알았는데 조금 취기가 올랐던 걸까. 우주는 손을 들어 은호의 눈가를 매만졌다. 살결이 얇고 부드러운 눈 밑을 쓸어내리자 은호는 느리게 눈을 감았다 떴다. 긴 속눈썹은 눈을 깜빡일 때마다 스르르 소리를 낼 것만 같다.

은호는 웃고 있지 않으면 조금 서늘해 보이는 눈매를 가졌는데, 지금은 웃음 짓지 않는데도 눈매가 선해 보였다. 짜증을 내는 사람이라고 하기엔 강아지처럼 눈이 순했다. 그 눈이 꼭 보듬어 달라고 말하는 것처럼 보여서, 우주는 은호의 눈가에 입을 맞춰 주었다.

"그럼 너는 너도 짜증 나야 돼."

은호가 의아한 표정을 지었다.

"내가 너 엄청 많이 아끼잖아."

말을 하면서도 민망해서 우주는 하하 웃음소리를 냈다. 은호는 그런 우주를 보며 웃었다.

"다시 해 줘."

은호는 눈을 내리감았다. 우주는 다시금 은호의 눈가에 입을 맞춰 주었다. 그러나 은호는 눈을 뜨지 않았다. 뺨에 입을 맞춰도 마찬가지였다.

천천히 입술에 입을 맞추자 그제야 은호는 눈을 떴다. 우주가 물러서려 하자, 은호는 우주의 목덜미에 손을 감아 왔다. 그리고 깊숙이 입을 맞추었다. 입술 틈새를 가르고 들어온 혀가 느리게 입 안을 헤집었다.

짙은 입맞춤에 몸이 뒤로 기울어질 정도였다. 그는 단단히 우주의 머리를 받치고는 깊이 입을 맞추었다. 깊은 입맞춤은 한참 동안이나 이어졌다. 그는 입을 맞추는 것에 만족하지 못하고 우주의 목덜미에 입술을 묻었다.

우주는 당황하여 어쩔 줄 모른 채 은호의 입맞춤 세례를 받기만 했다. 뜨거운 숨결과 입술이 목덜미에 내려앉고 있었다. 그러면서 딱딱한 이가 닿기도 했고, 물기를 머금은 혀가 닿기도 했다. 무척 느린 행위였는데도 정신이 하나도 없었다. 머리에 열이 올라 시야가 아득해질 지경이었다.

어느새 옷 안으로 들어선 손이 집요하게 맨살을 쓰다듬었다. 우주가 몸을 움츠리자 은호는 우뚝 행동을 멈추었다. 그는 한참 동안 우주의 어깨 위로 정돈되지 못한 호흡을 내뱉었다. 그는 한참 후에야 고개를 들어 우주를 바라보았다.

"미안. 놀랐지."

우주는 고개를 저었다. 사귀는 사이이니 미안할 필요는 없는 일이었다. 아마 우주를 배려하려는 것일 테다. 두 사람 사이에 잠시 어색한 침묵이 지속되었다.

"안 미안해도 돼."

우주의 말에 은호가 웃음 지었다.

"진짜?"

능청스레 묻는 얼굴을 보며 우주는 민망하여 아무 말도 하지 못했다. 은호는 작게 웃음을 터트렸다. 그리고 우주의 머리카락을 헝클이듯 쓰다듬었다.

"그만 자자. 안 되겠다."

은호는 우주를 땅에 내려 주고는, 손을 잡고 침실로 이끌었다. 앞서 걷는 은호의 귓바퀴는 빨갛게 달아올라 있었다.

깊은 잠에 빠져 있던 우주는 스르르 잠에서 깨어났다. 아직 한밤중인지 주변이 모두 컴컴했다. 그런데 문득 허전한 느낌이 들었다. 자신의 옆자리에서 자고 있어야 할 은호가 보이지 않았다. 몸을 일으켜 주변을 둘러보았으나 은호는 보이지 않았다. 우주는 자리에서 일어서 방을 나섰다.

은호는 화실에 있었다. 지난번처럼 창문 앞에 서서 바깥을 바라보고 있다. 달빛인지, 가로등 빛인지 알 수 없는 희미한 진주색 빛이 그의 얼굴에 드리워 있었다.

오늘도 생각할 거리가 많은 걸까. 얼마나 복잡한 생각이기에 잠들지 못하고 하염없이 창밖만 응시하고 있는 걸까. 우주는 걱정이 되었다.

"은호야."

우주는 조심히 그를 불렀다. 그러나 은호는 돌아보지 않았다.

"은호야. 거기서 뭐 해?"

우주가 다시금 목소리를 내었으나, 은호는 여전히 대답 없이 창밖만 보고 있었다.

"은호야?"

여전히 대답이 없었다. 목소리가 나오지 않았던 걸까. 우주를 집어 삼킨 고요는 그런 것조차 확인할 수 없게 만들었다. 우주는 덜컥 겁이 났다. 조급한 걸음으로 은호에게 다가갔다.

"이은호!"

우주가 팔을 잡고 돌려세우자 은호는 그제야 우주를 바라보았다. 불안한 생각에 금방이라도 숨이 막힐 것 같았다.

"너 왜 대답을 안 해! 내 목소리가 안 들려?"

은호는 대답 없이 가라앉은 눈으로 우주를 바라보기만 할 뿐이었다.

"왜 그래, 응? 무서우니까 그러지 마."

겁을 먹은 우주가 울먹이기 시작하자 은호는 한 걸음 다가와 우주를 안아 주었다. 다정하게 등을 다독여 주는 손길에 그제야 불안감이 조금씩 잦아들었다.

"은호야. 불 켜고 얘기하자."

우주가 말하자 은호는 조명 스위치를 찾아 불을 켜 주었다. 우주는 원망스러운 시선으로 은호를 바라보았다.

"왜 대답 안 했어, 놀랐잖아. 내 목소리 안 들렸어?"

"아냐, 미안해. 다른 생각하느라."

다른 생각을 한다고 해서 이렇게까지 목소리를 못 들을 수 있는 걸까. 우주는 여전히 원망을 거두지 못했다. 그는 우주의 머리카락을 다정히 쓰다듬어 주었다.

"미안해. 다신 안 그럴게. 내가 나빴어."

"내가 뭐 잘못했어?"

"아니야, 정말."

"그럼 무슨 고민 있는 거야?"

우주가 불안한 어조로 물었다. 은호는 고개를 저었다.

"이것저것 생각하느라 그랬어. 요즘 회사가 바빠서."

은호는 다시금 우주를 안아 주었다. 우주는 은호의 품 안으로 파고들었다.

목소리가 들리지 않았던 건 아니다. 그저 확인하고 싶었을 뿐이다. 자신의 존재가 우주에게 아직까지 큰 영향을 미치는지 알고 싶었다. 치졸한 생각이라는 것을 안다. 상대를 불안하게 만들면서까지 애정을 확인 받고 싶어 하는 건 정신병에 가깝다. 알고 있었지만, 우주가 이제 다시는 자신을 떠날 수 없다는 사실을 확인 받고 싶었다.

너무 행복하지만 그만큼 불안했다. 우주가 언젠가는 사고의 원인을 은호라고 생각할까 두려웠다. 그동안 우주가 계속 겁을 먹었던 것처럼 그 역시 두려움을 가지게 되었다. 우주와 다른 점은 그는 죄책감을 가지면서도 우주를 놓을 수 없다는 사실이었다.

은호는 한참 동안 우주를 끌어안고 두려움을 잠식시켰다.

"우주야. 우리 날씨 따뜻해지면 바다 갈까."

한참 후에 물러선 그가 우주를 바라보며 말했다.

"……바다? 어디로?"

"글쎄. 예전에 갔던 곳도 좋고, 아니면 다른 데도 괜찮고."

"그럼 예전에 갔던 곳으로 가자. 거기 다시 보고 싶어."

은호는 고개를 끄덕였다. 우주는 다시금 은호의 품에 안겨 왔다. 그것이 그를 얼마나 안도하게 만드는지 우주는 잘 알지 못할 것이다. 은호는 우주의 어깨에 얼굴을 묻고 한숨처럼 긴 숨을 내쉬었다.

날이 제법 따스해졌다고는 하지만 역시 바다 근처는 추웠다. 코트 사이로 스며드는 바람이 차가워 우주는 코를 훌쩍였다. 은호는 우주의 옷을 여며 주며 잔소리를 했다.

"그러게 내가 목도리 하고 오라니까."

"3월인데 무슨 목도리야."

"코 흘리면서 말은 잘하지."

맨날 어른인 척하는데 알고 보면 은근히 손이 많이 간다. 우주를 잘 모르는 사람들은 우주를 보며 차분하다 생각할 수도 있지만, 주변 환경이 우주를 차분해 보이도록 만든 것뿐이지 결코 차분한 성격은 아니었다. 허술한 면이 많다. 물론 그래서 더 좋은 것도 있지만.

은호가 팔불출 같은 생각을 한다는 것도 모른 채 우주는 바다를 바라보았다. 수평선 위로 해가 저물며 바다가 팔팔 끓는 것처럼 붉게 물들고 있었다. 낙조였다.

머지않아 하늘이 다양한 색으로 뒤섞이기 시작했다. 붉은빛, 금빛, 보랏빛이 조화롭게 섞인 하늘은 아름다웠다. 매일 비슷한 시간에 하늘을 보면 이런 광경을 볼 수 있다는 건 제법 로맨틱한 일 같다.

"은호야. 너는 여명이 좋아, 노을이 좋아?"

우주가 물었다. 고개를 돌려 우주를 바라본 그는 어째선지 모호한 표정을 짓고 있었다.

"글쎄. 별로 생각해 본 적이 없어."

"……왜?"

"여운에 잠길 만한 삶이 아니었던 거 같아."

은호가 씁쓸한 미소를 지으며 말했다.

"여기까지 와서 이런 얘기 별로지?"

우주는 고개를 저었다.

"아냐, 난 좋아. 뭐든."

"……."

"네 얘기 많이 해 줬으면 좋겠어."

은호는 웃으며 다가와 우주의 머리카락을 귓바퀴 뒤로 넘겨 주었다.

"난 뭘 보면서 예쁘다고 생각했던 적이 별로 없어. 그래서 네가 그림을 그릴 때 더 신기했던 거 같아. 넌 뭐든 눈에 담아 두었다가 예쁘게 그리니까."

"……."

"그런 면을 닮고 싶었던 거 같아."

은호는 부드러운 미소를 지었다.

"근데 살아 보니 알겠더라. 나는 절대 너를 닮을 수도 없고, 너처럼 살 수도 없어."

"……나처럼 사는 게 뭔데?"

"말로 표현하기 어려워."

우주는 청력을 상실하여 절망할지언정 포기하는 삶을 살지 않았다. 그리고 자신의 시선으로 보는 세상을 그려 냈다. 모든 것을 차단시켰던 은호와는 달리.

우주는 생각에 잠긴 은호를 의아한 눈으로 바라보고 있었다. 은호는 바람에 흔들리는 우주의 앞머리를 쓸어 넘기고 우주의 이마에 지그시 입을 맞추었다.

"다른 건 다 감흥 없어. 뭘 봐도 비슷해."

"……."

"근데 넌 아니야."

은호의 짙은 눈동자 안에서 노을빛이 촛불처럼 어른거렸다. 그 눈이 너무 예뻐 보여서 우주는 은호가 하는 말을 이해했다. 광활한 바다의 낙조도 은호만큼 특별하지는 않았다.

우주는 은호의 손을 잡고 끌어당겼다.

"은호야. 우리 앉아 있다 가자."

"피곤해?"

"아니, 그냥 노을 더 보고 싶어서."

사실은 노을을 반사시키는 은호의 눈을 조금 더 보고 싶었다.

두 사람은 백사장 계단 앞에 앉았다. 노을이 지는 그 시간이 영원히 지속되길 바랐지만, 아쉽게도 노을은 금방 져 버리고 말았다.

하늘이 어둑해지자 학생처럼 보이는 어린애들이 불꽃놀이를 하기 시작했다. 가만히 불꽃이 터지는 모습을 바라보던 우주가 나지

막이 입을 열었다.

"책에서 이런 얘기를 읽은 적이 있어. 사용하는 언어가 생각을 결정하고, 사물을 보는 시각도 바꾼대."

은호는 고개를 돌려 가만히 우주를 응시했다.

"난 청력이 이렇게 되면서 새로운 언어를 배웠잖아? 그러다 보니 세상을 보는 법도 달라진 것 같아. 예전에는 불꽃 하나를 봐도 이렇게 깊이 생각했던 적이 없거든."

"……."

"불꽃이 터지는 소리보다는, 그냥 불꽃 자체에 계속 집중을 해. 저 불꽃이 어떻게 태어났는지 계속 생각하는 거야. 그게 그림 그릴 때 도움이 됐던 거 같아."

우주는 엷게 미소 지었다.

"사고 당하고 나서는 나쁜 점만 있다고 생각했지만 아주 그런 것만은 아니야. 분명 그림 그릴 때 도움 됐어."

"……."

"그림은 소리가 없는 세상이잖아. 그래서 내가 거기에 속해 있는 거 같다는 기분이 들었어. 내가 그림 속에서 바깥을 바라보고 있는 거지."

은호는 우주의 연한 눈동자를 빤히 바라보았다. 지금도 저 눈동자는 그림 속에 갇혀 바깥을 바라보고 있는 걸까. 그럼 자신과도 분리되어 있다고 여기는 게 아닐까. 그렇게 생각하자 은호는 기분이 가라앉았다.

그는 우주의 손을 그러쥐었다. 우주가 고개를 돌려 그를 바라보았다.

"나를 보는 시각도 달라졌어?"

생각에 잠긴 시선이 은호를 가두었다. 우주가 어떠한 생각을 하고 있는지 은호는 알 수 없었다.

"우주야."

그는 나지막한 목소리로 말했다.

"시각이 바뀌었다고 해도 사물이 변하지는 않잖아. 난 달라진 거 없어."

다시금 불꽃이 치솟자 옅은 홍채 안에서 희미한 금빛이 일렁였다.

"네 옆에 있는 게 줄곧 내 일이었어."

"……."

"네가 어디에 있든 네 옆에 있을 거야."

솟아오른 불꽃이 까만 밤하늘 위로 호선을 그리며 타오르다 순식간에 사라져 버렸다. 밤하늘 위로 거꾸로 유성이 치솟는 모습 같기도 했다. 마치 뒤집어진 하늘 아래에 있는 것처럼.

공상적인 생각은 때로 사람을 황홀하게 만든다. 그는 뒤집혀진 하늘 아래 오직 우주와 자신만이 남게 된 상상을 했다. 어디를 가도 결국은 둘뿐인 그런 비현실적인 세계를.

한참을 빤히 은호만 바라보던 우주는 몸을 기울여 은호의 입술에 제 입술을 겹쳤다. 파르르 떨리는 속눈썹을 바라보다 은호는 입맞춤에 응해 주었다.

우주는 잔뜩 경직된 자세로 호텔 침대에 앉아 있었다. 그림을 그리기 위해 크로키북을 꺼냈지만 그림이 잘 그려지지 않았다. 시선을 한곳에 집중하지 못하고 자꾸만 욕실 쪽을 힐끔힐끔 쳐다보게 되었다. 욕실 안에서는 은호가 씻고 있는 중이었다.

바다에 가자는 이야기가 나오면서, 이왕 다녀오는 거 하룻밤 자고 오자는 말을 한 사람은 우주였다. 호기롭게 말을 했는데도 막상 상황이 닥치니 안절부절못하게 되었다.

우주와 은호 둘 다 나이를 먹을 만큼은 먹었으니, 이 이상 진도를 나간다 해도 이상한 일은 아니었다.

아니야, 이상해. 우주는 쓰러지듯 침대에 누워 시트에 얼굴을 묻었다. 싫은 건 아닌데 기분이 너무도 이상했다. 돌이킬 수 없는 강을 건너는 기분이었다.

죽은 듯이 누워 있는데, 갑자기 머리카락을 쓸어내리는 느낌이 들었다. 우주는 화들짝 놀라서 고개를 들었다. 은호가 자신을 바라보고 있었다.

"뭐 해? 숨 안 막혀?"

"어, 엉. 그냥."

우주는 얼버무리며 대답했다. 은호는 대수롭지 않은 얼굴로 돌아서서 수건으로 젖은 머리를 닦았다. 그 모습을 보며 문득 이 상황과 관계없는 엉뚱한 생각이 들었다.

"은호야. 내가 머리 해 줄까."

"어?"

은호는 머리를 털다 말고 우주를 바라보았다. 우주는 호텔 드라이기가 있는 쪽으로 그를 끌어당겨 의자에 앉혔다.

"……머리 말려 주게?"

"손질도. 나 짧은 머리 손질 잘해."

지금은 예전보다 머리가 길어 단발에 가까워졌지만, 학생 때부터 짧은 머리를 고수했던 덕분에 짧은 머리 손질은 자신 있었다. 우주는 헤어드라이어를 켜 은호의 머리를 말리기 시작했다.

은호의 머리카락은 무척 새까맸다. 우주는 다른 사람들에 비해 색소가 옅은 편이라 눈동자도 색이 연하고, 머리카락도 밝은 편인데 은호는 아예 칠흑 같은 검은색이었다. 숱도 많고, 머릿결도 좋아서 손질이 잘 되는 머리였다.

"너는 무슨 남자가 머릿결이 이렇게 좋아, 재수 없게."

"어? 뭐라고?"

의자에 앉아 있던 은호가 물었다. 헤어드라이어 소리 때문에 안 들리는 모양이다. 우주는 절레절레 고개를 젓고는 계속 은호의 머리를 손질했다. 평소에 하던 것보다 더 공을 들였다. 어느 정도 마무리 되자 머리가 금세 찰랑찰랑해졌다. 우주는 헤어드라이어를 끄고 웃으며 은호를 바라보았다.

"예쁘다."

은호는 민망한지 설핏 웃었다.

"은호야. 나 너 그려 봐도 돼?"

"나?"

"응."

한 번쯤은 그려 보고 싶다고 생각했었다. 사실 예전에도 은호의 얼굴을 생각하며 그린 적이 있긴 하지만, 직접 얼굴을 보며 그리지는 못했으니 느낌이 새로울 것 같다.

"그래. 그려 줘."

은호가 고개를 끄덕이며 웃었다. 우주는 들떠서 은호의 팔을 끌어당겼다.

"침대에 앉아 봐."

은호는 자리를 옮겨 침대에 앉았다. 우주는 은호의 앞에 의자를 가져와 앉고는 크로키북을 들었다.

"어디 보고 있을래? 창문?"

"다른 데 보고 있어야 해?"

"어딜 보든 상관은 없는데, 자세가 고정된 게 좋으니까."

"그럼 너 보고 있을래."

"……"

"그게 제일 좋아."

솔직한 표현에 우주는 얼굴을 붉혔다. 괜히 헛기침을 하고 그림을 그리기 시작했다. 천천히 종이를 채워 나가는데, 문득 떠오르는 생각에 우주는 피식 웃었다. 은호가 의아한 얼굴로 우주를 바라보았다.

"이거 약간 그거 같아. 타이타닉."

은호는 우주가 생각하는 영화 속 장면을 쉬이 떠올릴 수 있었다. 우주는 그를 바라보며 장난스러운 미소를 지었다.

"나는 오르지 못할 나무를 바라보는 화가인가."

우주는 연필을 세워 잡고는 한쪽 눈을 감았다. 비율을 잡기 위한 행동이었는데, 우주가 웃고 있던 탓에 장난스러운 행동처럼 보였다.

"간절했겠지?"

"……"

"두 번은 그릴 수 없을지도 모른다고 생각했을 테니까."

그냥 영화 속 이야기인 것을 아는데도 은호의 기분은 조금 가라앉았다. 단지 그 연인들의 결말을 알고 있기 때문인지도 모른다.

"글쎄."

은호는 조용한 목소리로 말했다.

"침몰을 예견하고 사랑을 시작하지는 않았을 거야."

우주는 은호의 말에 엷게 미소 지었다.

"그래, 맞아."

우주는 더 이상 말을 잇지 않고 다시 그림을 그리는 일에만 집중했다. 얇은 선들이 위치를 잡고, 조금 더 진한 선들이 얼굴의 형태를 만들어 가기 시작했다. 대강 머리카락도 그리고, 눈의 위치를 잡았다. 하지만 어떤 방식으로도 은호의 눈동자를 담아내기는 어려웠다.

짙은 눈동자가 우주를 향한 애정을 드러내고 있다. 그간 자신은 이 눈을 볼 기회를 너무도 허무하게 놓쳐 버렸다.

"은호야."

"응."

"너는 대학 다닐 때 어땠어?"

은호는 생각에 잠겼다. 당시에 붙었던 대학은 가지 못하고 얼마 지나지 않아 유학을 갔다. 그게 어머니의 제안이었다. 우주를 찾아 주는 대신 자신의 말을 따르라는 요구를 했다. 그곳에서는 원하던 공부가 아니라 오로지 아버지 회사를 위한 공부를 해야 했다.

"그냥 다른 사람들이랑 똑같았어."

은호는 태연히 대답했다. 사실대로 말을 하면 우주가 가슴 아파할 것 같았다.

"인기 많았어?"

"많았지."

능청스러운 은호의 말에 우주는 작게 웃음을 터트렸다.

"동아리 같은 것도 들었어?"

"응."

"무슨 동아리?"

"독서."

없는 이야기를 잘도 지어냈다. 거짓말인 줄은 꿈에도 모르는 우주는 감탄하며 고개를 끄덕였다.

"우와. 책 많이 읽었겠네. 나도 학교 다닐 땐 책 진짜 안 읽었잖아? 근데 귀가 이렇게 되고 나니까 책 읽는 게 재밌어지더라. 웃기지. 역시 사람은 적응하는 동물이야."

은호의 얼굴에 미소가 드리웠다. 우주는 웃으며 말을 이었다.

"다음에 책도 같이 보자. 전시회도 가고, 너 좋아하는 데도 가고."

"……."

"아, 그리고 내가 요리도 해 줄게. 저번에는 네가 해 줬으니까."

"그래."

우주가 고개를 숙이고 있어서 은호의 대답을 듣지는 못했지만, 은호는 개의치 않았다.

"영화관도 가자. 소리 안 들려도 볼 만해. 입 모양 보면서 상황 추측하는 것도 재미있고. 자막은 자막대로 재미있어."

사실 우주는 청력을 잃은 후로 재미로 영화를 본 적이 없다. 오로지 구화 공부를 위한 목적으로 TV 프로그램이나 영화를 봤다.

그래서인지 미디어로 무언가를 보는 건 굉장히 피곤하게 여겨졌다. 입 모양을 읽는 것은 생각보다 체력을 많이 요구하는 일이다. 집중해서 입을 바라보고, 알아듣지 못하는 말을 머릿속으로 추측해야 하기 때문이다. 하지만 자신의 피곤함마저 은호가 신경 쓰게 하고 싶지는 않았다.

"아, 근데 나 애니메이션 더빙은 못 본다? 그건 좀 슬프더라."

몇 번의 거짓말이 오고 갔다. 우주가 거짓말을 하기도 했고, 은호가 거짓말을 하기도 했다. 그러면서 두 사람은 사실이 아닌 것들을 눈치챘지만, 지적하지 않고 웃는 얼굴로 말을 받아들였다.

그것이면 충분하다 생각했다. 지금 두 사람은 웃고 있으니까.

우주는 다시 그림을 그리는데 집중했다. 한참 선을 그려 넣다 보니 어느새 은호의 얼굴이 완성되어 갔다.

우주는 눈 모양을 다시 보기 위해 고개를 들었다. 짙어진 눈동자가 자신을 빤히 직시하고 있었다. 우주는 그림 그리기를 멈추고 그 눈동자를 바라보았다. 그림을 그리는 건 자신인데, 어째선지 은호가 관찰하는 시선으로 우주를 응시하고 있었다.

우주는 급히 고개를 숙이고 다시 그림을 그리기 시작했다. 하지만 시선이 의식되기 시작하자 모든 것이 부자연스럽게 느껴졌다. 우주에게 침묵은 당연한 것인데도 조용한 공간이 어색하게 느껴졌다. 숨을 내쉬는 것마저 신경이 쓰였다.

연필을 떨어트리는 어이없는 실수마저 했다. 고개 숙인 우주가 연필을 줍기 전에 은호가 먼저 연필을 주웠다. 그런데 우주에게 건네주는 것이 아니라 테이블 위에 올려놓았다.

자리에서 일어난 그는 우주가 앉아 있는 의자에 팔을 짚더니 고개 숙여 입술을 포개었다. 목 뒤로 긴 손가락이 엉겨들었고, 그는 고개를 틀어 깊숙이 입을 맞추었다. 몇 번 입을 맞췄던 적이 있으나 평소와는 느낌이 달랐다. 혀가 침범하는 느낌이 들 때마다 정신이 아찔하여 숨을 쉬기가 버거웠다.

은호는 우주의 허리와 다리 밑에 손을 넣어 그대로 우주를 안아 올렸다. 우주는 깜짝 놀라서 은호에게 매달렸다. 그는 조명 스위치를 찾아 적당히 밝기를 조절했다.

이 상황과는 별개로 우주는 은호의 품에 매달려 있는 것이 약간 굴욕적이었다. 학생 때 은호는 은근히 놀리는 맛이 있는 남자애였는데, 지금은 놀리는 것은커녕 쉽게 휘둘리는 듯하다.

은호는 침대 위에 우주를 내려 주었다. 부드러운 시트 위로 등이 맞닿고, 은호의 시선도 맞닿았다. 우주는 자신의 시선이 얼마나 떨리고 있을지 예상할 수 있었다.

"싫으면 지금 얘기 해."

우주는 고개를 저었다. 은호의 시선은 우주의 얼굴에 고정되었다. 그는 조심스러운 손길로 우주의 머리카락을 쓸어 넘겼다. 동그란 이마가 드러났고, 은호는 그 위로 가볍게 입술을 가져갔다. 시선을 따라 느리게 내려선 입술이 눈썹과 뺨, 코끝에 천천히 닿았다. 우주는 파르르 떨리는 눈을 힘겹게 내려 감았다.

귓바퀴 뒤로 입술이 닿았다. 간지럽고 생경한 느낌에 우주는 잘게 몸을 떨었다. 그는 연약한 무언가를 대하듯 조심히 우주의 귀에 입을 맞추었다. 귀에서는 아무런 소리도 들리지 않을 텐데, 감각이 너무 예민해져서 마치 소리가 들리는 것 같은 이상한 기분이 들었다.

어느새 옷 사이로 들어선 손이 살결을 어루만졌다. 긴 손가락이 척추를 쓸어내리는 감각에 우주는 입술을 깨물었다. 물러선 은호가 우주의 눈을 응시했다. 부끄러워져 눈을 감아 버리자 그는 눈을 뜨라는 듯 눈가에 연신 입술을 포개었다. 우주가 간신히 눈을 뜨자 그는 눈꼬리를 접으며 미소 지었다.

"긴장 풀어."

"그게 되면 진작 그랬겠지."

우주의 말을 들으며 그는 다시금 웃었다. 그 웃음이 예쁘고, 자신을 바라보는 시선이 너무도 다정하여 눈물이 날 것만 같았다.

그는 다시금 우주의 몸을 어루만졌다. 손길이 닿는 곳에 느릿하게 입술도 내려앉았다. 가쁜 숨이 절로 터져 나왔다. 여유롭던 은호의 손길과 호흡이 점차 조급해지기 시작했다.

"잠깐만."

은호의 손이 우주의 바지를 끌어 내리려던 때였다. 우주는 작아진 목소리로 힘겹게 말을 꺼냈다. 은호가 시선을 들어 우주를 바라보았다. 우주는 말을 아물리지 못하고 머뭇거렸다. 그는 우주가 말을 꺼내기까지 천천히 기다려 주었다.

"다리에 흉터가 있어."

"……."

"보기 흉할 거야."

은호가 흉터에 개의치 않을 사람이라는 것은 안다. 그저 생각보다 흉한 상처를 보고 놀랄 것 같아서 한 말이었다. 그러나 말을 하고 나니 후회되었다. 이런 말을 할 분위기가 아니었으니까. 우주는 그를 바라보지 못하고 시선을 내렸다.

은호는 조용히 우주를 응시했다. 시선을 내린 눈가가 처연했다. 은호는 그 위에 지그시 입을 맞추며 우주의 옷을 끌어 내렸다.

우주의 말대로 흉터가 있었다. 허벅지 중간에서부터 정강이까지 곡선을 그린 흉터는 제법 컸다. 커다란 흉터를 보니 사고 당시의 모습이 그려지는 것 같아서 가슴이 찢어질 듯했다. 이 정도면 사고 후 한동안 걷지도 못했을 테다.

기억 속 우주는 뛰어다니는 것을 좋아했다. 치마보다 바지가 더 어울리고, 체육복을 입은 모습이 더 익숙한 활발한 아이였다. 사고 후에 얼마나 많은 것들을 포기하며 지냈을까.

표면이 불규칙한 살결을 손끝으로 어루만지자 우주는 다리를 움츠렸다. 다리를 보이고 싶지 않은지, 우주는 손바닥으로 흉터를 덮어 버렸다.

은호는 그 손을 떼어 내고 흉터 위에 입술을 포개었다. 흉하지 않다고, 이런 건 아무 문제도 되지 않는다고 말해 주듯 느릿하게 입을 맞추었다.

흉한 상처인데도 마치 귀한 것을 다루는 듯한 행동이었다. 그 모습을 보고 있자니 우주는 코끝이 시큰해지는 것을 느꼈다.

"다리, 많이 아팠어?"

은호가 물었다. 은호를 바라보는 엷은 눈동자 주변의 눈가는 어느새 붉게 달아올라 있었다. 우주는 울음을 삼키며 고개를 저었다.

"왜 거짓말해. 아팠잖아."

은호가 알던 우주는 희생적인 사람이었다. 제 어머니 앞에서 아프다는 투정 한 번 부리지 않았을 것이다. 철심으로 다리가 꿰뚫리는 순간에도 그저 담담히 참아 냈을 모습이 눈에 훤했다.

"그때, 옆에 못 있어 줘서 미안해."

은호의 말에 속눈썹에 맺혀 있던 눈물이 뺨 위를 타고 툭툭 떨어져 내렸다.

"네가 왜 미안해."

은호는 우주의 눈가에 입을 맞춰 흘러내린 눈물을 훔쳐 냈다.

"이제 너 혼자 두지 않을 거야."

정말 그러지 않을 거야. 은호는 속으로 말을 삼키며 다시금 입술을 포개었다.

우주는 이 시간이 무척 느리게 흘러가는 것 같다는 생각을 했다. 짧은 시간이었음에도 순간을 정밀히 쪼개 놓은 듯 매 순간이 각인되었다. 제 몸에 그렇게 많은 감각이 살아 있는지 이전에는 알지 못했다. 사고 후 청력뿐만 아니라 많은 것을 소실 당했으니까. 그러나 지금은 여느 때보다도 선명하다.

왜 많은 화가들이 제 연인을 그렸는지 이제야 알 것 같았다. 그들이 경험했던 어떤 것들보다도 황홀한 자극이었을 테니까.

엉킨 옷가지가 침대 밑으로 떨어지고, 어둠이 더 짙어졌을 때 몸이 겹쳐졌다. 뜨겁게 몸속을 파고드는 것을 느끼며 우주는 손가락 관절이 창백해질 정도로 베개 시트를 꽉 움켜쥐었다. 은호는 그런 우주의 손을 잡아 제 손에 깍지를 끼웠다. 자그마한 손이 매달리듯 은호의 손을 붙잡아 왔다.

문득 침대 옆에 놓인 그림이 시야에 들어섰다. 은호는 설핏 웃음을 흘렸다. 타이타닉이라니.

과거에 그는 그 영화를 보며 영화 속 모든 것들이 부자연스럽다고 생각했었다. 첫눈에 반해 사랑을 나누는 연인들, 죽는 순간까지도 무언가에 열정적인 사람들 모두 기이하게 여겨졌다. 그저 극적인 마무리를 위한 영화적 장치라고 생각하며 영화를 깎아내렸던 것 같다.

그러나 지금은 그 심정이 조금 이해가 된다. 죽어서도 놓치고 싶지 않은 무언가. 죽음을 맞이하면서도 끝내고 싶지 않은 순간들.

갑작스레 송연해졌다. 이 시간이 달음박질쳐 금방이라도 산산이 부서질 것만 같았다. 감정이 겉으로 드러났는지, 다소 거칠어진 행위에 우주는 고통스러운 듯 미간을 찌푸렸다.

은호는 우주의 눈가에 입을 맞추었다. 색이 옅은 눈동자에는 옅게 눈물이 배어 있었다. 이 눈물의 뜻은 무엇일까. 기쁨일까, 슬픔일까. 눈동자를 벗어나 흘러내리는 눈물에 은호는 다시금 입을 맞추었다.

새벽은 적요하다. 이대로 고요함에 흡수되어 우주와 함께 어디론가 사라지고만 싶다.

차를 타고 서울로 돌아오는 길이었다. 이럴 때는 차라리 귀가 안 들리는 편이 나은 것 같기도 하다. 도저히 은호와 이야기를 나눌 자신이 없었다.

고개를 돌려 흘긋 바라본 은호의 모습은 평소처럼 말끔했다. 새벽 내내 자신을 괴롭힌 사람이라고는 믿을 수 없을 정도로 평온한 모습이었다. 난 혼이 나갈 것 같은데. 우주는 좀 억울해졌다.

"우주야. 따뜻한 거 마실래?"

은호가 휴게소에 차를 세우고 우주를 바라보며 물었다. 우주는 은호의 눈을 제대로 바라보지 못하고 고개를 끄덕였다.

"아, 응."

우주가 조수석에서 내리려고 하자 은호가 팔을 붙잡았다.

"사다 줄게."

진이 다 빠진 상태임을 알고 있는 모양이다. 우주는 그냥 고개를 끄덕이고 차 시트에 등을 기대었다.

얼마 지나지 않아서 조수석 문이 열렸다. 은호는 우주에게 커피를 건네주었다. 컵을 받아 들었는데도 은호는 운전석으로 가지 않고 그 자리에 가만히 서서 우주를 응시했다. 우주는 은호를 바라보기가 민망하여 시선을 아래로 내렸다.

은호는 상체를 숙이더니 우주와 시선을 맞추었다.

"쑥스러워?"

우주가 얼굴을 밀어 내자 은호는 맑은 웃음을 터트렸다. 저렇게 웃는 모습을 좋아하지만 오늘은 너무 얄미웠다.

"넌 어떨지 몰라도 난 처음이었단 말이야. 쑥스러운 게 당연한 거 아냐? 진짜 얄밉게……."

우주는 시선을 피했다가 다시 흘긋 은호를 바라보았다.

"나도 처음이었어."

"……어, 어? 진짜?"

우주는 저도 모르게 조금 바보같이 물었다. 은호는 고개를 끄덕였다. 은호가 다시 상체를 숙여 가까운 거리에서 우주를 바라보았다.

"왜. 내가 처음이 아닐 거라고 생각했어?"

우주는 대답하지 못했다. 은호가 계속 자신을 기다렸던 것을 알고는 있었지만, 그동안 누구하고도 만나지 않았을 것이라고는 생각하지 못했다. 머릿속에 순간 서연의 얼굴이 떠올랐으나 우주는 묻지 못하고 말을 삼켰다.

"……그동안 아무도 안 만났던 거야?"

우주의 물음에 은호는 고개를 끄덕였다.

"다가오는 사람은 많았지만."

우주가 불만스럽게 미간을 찌푸리자 은호는 웃으며 우주의 머리카락을 헝클었다.

"질투 나?"

우주는 대답하지 않고 뚱한 얼굴로 은호를 바라보기만 했다. 은호는 우주의 머리카락을 정돈하듯 부드럽게 쓰다듬었다.

"질투하는 건 좋은데, 속상해하지는 마. 정말 아무도 안 만났어."

"……."

"이야기 나누고 싶은 사람도 없었고."

머리카락에서 내려온 손끝이 귓바퀴를 어루만졌다. 손짓에 붉게 달아오르기 시작한 귀를 은호는 집요한 시선으로 바라보았다.

"어제처럼 만지고 싶은 사람도 없었어."

"……."

"너 말고는."

그리고 은호는 태연히 커피를 마셨다. 그런 은호를 보며 우주는 입을 벌렸다. 은호는 웃으며 우주의 뺨에 입을 맞추고는 조수석 문을 닫아 주었다.

차가운 커피로 사다 달라고 할 걸 그랬다. 얼굴에 열이 올라서 도저히 뜨거운 커피를 마실 수가 없었다.

이른 아침, 우주가 커피를 사러 나가던 길에 약간의 사고가 생겼다. 자전거 벨소리를 듣지 못해 언덕길을 내려오던 자전거와 팔을 부딪치고 말았다. 사실 그때는 걸으면서 은호와 문자를 주고받던 중이었다.

듣지 못하면 때때로 위험한 상황이 생기기 때문에 길에서는 절대 핸드폰을 보지 않는데, 은호에게 빨리 연락을 하고 싶다고 생각하다 보니 위험한 상황을 자초해 버렸다. 그나마 왼팔을 다쳐서 다행이지 오른팔을 다쳤으면 몇 주 동안 그림도 그리지 못할 뻔했다.

황당한 것은 자전거 주인이 우주의 상태도 살피지 않고 그냥 도망을 가 버렸다는 사실이다. 게다가 우주가 걷던 길은 자전거 도로가 아닌 인도(人道)였다. 일정 부분 우주의 책임도 있었지만, 그래도 황당한 일이었다. 핸드폰이 깨진 탓에 은호에게 바로 연락을 하지 못했고, 병원에 와서 다른 사람의 핸드폰을 빌려 연락을 해야 했다.

[은호야. 나 자전거랑 부딪칠 뻔해서 핸드폰이 깨졌어. 다친 데 는 없으니까 걱정하지 마. 다시 연락할게~]

정말 태연하게 문자를 했는데도 은호는 꼬치꼬치 자초지종을 물 었다. 남의 핸드폰으로 오래 연락을 할 수가 없어 결국 사실을 털 어놓았더니, 은호는 연락한 지 30분도 지나지 않아 병원에 왔다.

"우주야, 괜찮아?"

은호가 초조한 얼굴로 우주에게 다가오며 물었다. 붕대를 감은 팔을 본 은호의 표정이 심각하게 굳어졌다.

"이럴 줄 알았어. 많이 다친 거야?"

우주는 그가 걱정을 할까 봐 빠르게 말을 늘어놓았다.

"괜찮아, 많이 안 다쳤어. 며칠만 물리치료 받으면 된대. 진짜 하나도 안 아파. 근데 너 회사에 있어야 할 시간 아니야?"

"그걸 네가 왜 신경 써. 다른 데는 안 다쳤어?"

"진짜 괜찮대도. 얼른 회사 들어가 봐."

우주의 말에 은호가 미간을 찌푸렸다. 더 이상 회사 얘기를 하 면 화를 낼 거 같아서 우주는 입을 꾹 다물었다.

"자전거 주인은 어디 있어?"

"……모르겠어. 그냥 가 버려서."

은호는 기가 막힌 듯 한숨을 내쉬었다. 많이 화가 난 듯 보였다.

"잠깐만 여기에 있어."

은호는 우주를 병원 의자에 앉혀 주고는 의사에게 갔다. 우주가 얼마나 다쳤는지 확인하려는 모양이다. 우주는 심란한 얼굴로 그 의 뒷모습을 바라보았다. 은호가 회사에 복귀하지 않으면 은호 어머니가 알게 될 것 같아서 걱정이 됐다.

'넌 걔를 너무 약하게 만들어.'

은호 어머니가 했던 말이 떠오르자 가슴에 무거운 무언가가 내려앉는 듯했다.

"팔 다쳤는데 그림 그려야 돼?"
화실까지 따라온 은호가 못마땅한 얼굴로 물었다.
"다친 건 왼팔이잖아. 오른팔은 상관없지."
은호는 여전히 불만스러운 얼굴로 우주가 앞치마를 매는 것을 도와주었다. 그는 우주의 옆에 붙어 앉아 우주가 그림 그리는 모습을 바라보았다. 이따금씩 물감 짜는 것을 도와주기도 했다.
"괜찮대도. 근데 너 진짜 회사 안 가도 돼?"
"괜찮아."
은호가 고집을 꺾지 않을 것 같아서 우주도 더 이상 말하지 않았다. 한참 조용히 그림을 그리다가 고개를 돌려 은호를 바라보았다. 그는 빤히 우주를 응시하고 있었다.
"왜 그렇게 봐."
우주가 눈웃음을 지으며 말했다.
"우주야."
"응?"
"나 일 그만둘까."

"일? 갑자기 왜?"

"지금 일 계속하면 너 자주 못 만나잖아. 너도 전시회 끝나면 런던 가야되고."

"……지금 일은 잘 안 맞아?"

"그렇지는 않아."

"그럼 계속해야지."

은호는 자신에게 주어진 것들이 남들에게도 주어지지 않는다는 사실을 잘 알고 있었다. 일을 하며 욕심이 생기기도 했고, 그동안 아버지에게 억눌려 살았던 만큼 앗아 올 수 있는 것은 다 앗아 오고 싶었다. 하지만,

"그거보다는 네가 더 중요하니까."

되도록 우주와 함께 보내는 시간이 많기를 바랐다. 오늘처럼 다치거나 무슨 일이라도 생기면 견디지 못할 것 같았다.

"그래도 네가 하고 싶은 거 해야지. 나 때문이라면 그런 생각하지 마. 나 그동안 혼자서도 잘 지냈어."

"……."

"네가 나 때문에 뭔가 포기하고 그러는 거 싫어."

"그게 아니라 같이 있고 싶으니까 그러는 거지."

그는 우주의 말에 반박했다.

"내가 옆에 있고 싶으니까 그러는 거야. 너 때문이 아니라."

침묵이 흘렀다. 은호는 엷게 한숨을 내쉬고는 우주에게서 시선을 떼었다.

은호의 기분이 좋지 않아 보였다. 말실수를 한 모양이다. 우주는 고개를 움직여 은호와 시선을 맞추려고 애썼지만, 은호는 시선을 피해 버렸다.

"야아."

우주가 말꼬리를 늘리며 말했다.

"난 너 생각해서 그러는 거지."

우주는 은호의 손에 제 손을 포개었다. 그는 그제야 고개를 돌려 우주를 바라보았다. 그러나 여전히 불만스러운 얼굴이었다.

"난 항상 너랑 같이 있고 싶어. 넌 아니야?"

유치한 것을 알면서도 그는 투정을 부리듯 말했다.

"나도 그렇지 왜 안 그러겠어."

우주의 말에도 그는 여전히 기분이 좋지 않아 보였다. 우주는 은호의 양 뺨을 감싸 자신을 바라보게 만들었다.

"그럼 우리 둘 다 일하지 말고 그냥 도망갈까. 아무도 없는 데로."

"어디로?"

"그냥 진짜 우리 둘만 있는 곳."

그러면 아무 생각도 하지 않고 네 마음에만 집중할 수 있을 테니까. 내 고요함과는 상관없이.

우주는 은호의 입술 위로 제 입술을 포개었다. 은호는 조금 놀란 듯 우주를 바라보았다. 그러다 언제 놀랐냐는 듯 입맞춤에 적극적으로 응해 주었다. 나중에는 우주가 은호를 떼어 내기 위해 애를 써야 할 지경이었다.

"나 그림 그려야 돼."

우주가 겨우 은호를 밀어내고 말했다. 찌푸려진 눈썹이 불만을 나타내고 있었다. 우주는 표정이 풀어지길 바라며 은호의 눈썹을 어루만졌다.

"은호야. 우리 더 따듯해지면 벚꽃 보러 가자."

"꽃 보고 싶어?"

"응. 너랑 보고 싶어."

대답이 만족스러웠는지 은호는 그제야 표정을 풀었다. 그는 눈을 접어 웃으며 대답했다.

"그러자."

꽃을 보러 가기로 한 당일이었다. 어째선지 은호는 차를 타고 이동하는 내내 조금씩 기침을 했다. 기침을 막으려는 듯했으나 건조한 기침은 자꾸만 새어 나왔다. 이제 보니 안색도 좋지 않아 보였다.

"이은호. 차 좀 세워 봐."

우주의 말에 은호는 도로변에 차를 세웠다.

"왜?"

"너 감기 걸렸어?"

"아니."

"근데 왜 자꾸 기침해."

"……사레들어서."

"말도 안 되는 소리하네."

우주는 팔을 뻗어 은호의 이마 위로 손을 올렸다. 맞닿은 이마는 우주의 손보다 확연히 온도가 높았다.

"차 돌려. 병원 가자."

"괜찮아, 이 정도는. 그냥 꽃 보러 가자."

"놀러 가는 건 나중에도 갈 수 있잖아. 얼른 차 돌려."

은호는 그러고 싶지 않은지 우주를 바라보기만 했다. 우주는 깊이 한숨을 내쉬었다.

"너 지금 차 안 돌리면 나 그냥 내려서 집에 갈 거야."

"……."

"다음에 놀러 가자, 응?"

은호는 어쩔 수 없다는 듯 한숨을 내쉬고 차를 돌렸다.

병원에 들른 뒤 은호의 집으로 향했다. 그는 우주의 닦달로 옷을 갈아입고 침대에 누웠다. 모처럼 주말인데 겨우 감기 때문에 이렇게 시간을 보내야 한다는 사실이 그로서는 미안했다.

"열이 이렇게 나는데 어딜 간다고."

우주는 은호의 이마에 물수건을 올려 주며 불만스레 말했다.

"진짜 안 아파. 기침만 하는 거야."

"웃기시네."

우주는 나무라듯 은호의 뺨을 꼬집었다. 은호가 인상을 찡그리자 우주는 푸스스 소리를 내며 웃었다.

"놀러 못 가도 내가 간호해 주고 좋잖아."

"……그래도 꽃 보러 가고 싶어 했잖아."

"너랑 가는 게 좋아서 그랬던 거지 뭐. 꽃은 영국에서도 많이 봤어."

"나랑 가고 싶었어?"

어느새 얌전해진 얼굴로 그가 물었다. 순해진 눈매가 귀여워서 우주는 웃으며 고개를 끄덕였다.

"응. 그러니까 얼른 나아서 다음에 보러 가자."

은호가 고개를 끄덕였다. 우주는 그의 머리를 쓰다듬어 주었다. 손길이 기분 좋았는지 은호는 나른한 얼굴로 살짝 눈을 내려 감았다.

머리를 쓰다듬어 주고 있을 때 갑자기 주머니 안에서 진동이 울렸다. 우주는 핸드폰을 들어 문자를 확인했다.

[다음 주 일요일에 시간 비워 둬.]

은호의 어머니였다. 평화롭던 분위기가 한순간에 깨어져 가슴에 박혀 드는 것 같았다. 우주의 표정이 굳어진 것을 눈치챈 은호가 우주의 손목을 붙잡았다.

"왜 그래?"

"어? 아, 아니야. 광고 문자 와서."

우주의 말에도 은호는 손목을 놓아주지 않았다. 우주가 손목을 빼내려고 하자 손에 더 힘이 들어갔다.

"왜 그래, 아파."

은호는 제가 하던 행동을 인식하지 못했는지 놀란 얼굴로 손을 떼어 냈다.

"……미안."

그는 우주를 바라보지 못하고 시선을 아래로 내렸다. 기운이 없어 보여서 우주는 손으로 은호의 양 뺨을 감쌌다.

"오늘 이상하네. 아프니까 애가 된 거 같아."

"……"

"잠 좀 자. 너 잠 많이 못 잤지?"

마주하는 짙은 눈동자가 금방이라도 흐릿해질 것처럼 유약하게 흔들리고 있었다. 우주는 그가 무언가 눈치챈 건 아닌지 불안해졌다. 하지만 다행히도 그는 아무 말 없이 우주를 끌어당겨 품에 안았다.

거짓말을 하는 것이 석연치 않았지만, 우주는 은호가 더 이상 상처받지 않기를 바랐다. 은호는 아닌 척하지만 제 어머니를 무척 신경 쓰고 있다. 아직까지 사랑하는 마음이 남아 있기 때문이리라. 우주를 떨어트려 놓으려는 제 어머니의 행동을 안다면 은호가 또 상처를 받을 것 같아서 걱정이 됐다.

은호의 어머니와 만나게 되면 제대로 말을 해야겠다고 생각했다. 더 이상 은호를 괴롭게 만드는 일은 하지 말아달라고.

우주는 은호의 품에 안겨 조용히 등을 다독여 주었다. 다 괜찮을 것이라고 말해 주듯이.

[미안해, 우주야. 먼저 밥 먹어. 늦게 퇴근할 거 같아.]

은호와의 저녁 약속이 취소되었다. 요즘 많이 바빠 보였는데 오늘은 야근까지 해야 되는 모양이다. 우주는 아쉬운 마음을 접고 은호에게 문자를 보냈다.

[언제까지 일하는데? 몸은 좀 괜찮아?]
[괜찮아. 걱정하지 말고 밥 먼저 먹어.]

언제 퇴근하냐고 물었는데 은호는 대답을 하지 않았다. 은호는 우주가 걱정할 만한 말을 잘 하지 않는 편이었다. 아마 늦게까지 일을 하기 때문에 우주의 말을 피한 것일 테다.

아직 감기도 다 낫지 않았을 텐데 늦게까지 일을 한다고 생각하니 걱정이 되었다. 우주는 앞치마를 벗고 겉옷을 입었다. 별 도움은 안 되겠지만 뭐라도 챙겨 주고 싶었다. 우주는 핸드폰으로 감기에 좋은 음식들을 검색하며 화실을 나섰다.

이것저것 사서 회사 앞으로 오긴 했는데 막상 은호의 얼굴을 보자니 망설여졌다. 바쁠 텐데 괜히 귀찮게 구는 것 같기도 했고, 혹시 누가 우주를 발견했다가 은호 어머니의 귀에 들어갈까 불안하기도 했다.

그냥 돌아가야 할까. 감기 땐 잘 챙겨 먹어야 하는데······. 감기 때문에 안색이 좋지 않았던 은호의 모습이 떠올랐다. 한참 망설이던 우주는 핸드폰을 꺼내 문자를 보냈다.

[은호야. 혹시 잠깐 회사 앞으로 나올 수 있어? 바쁘면 말고!]

문자 전송을 누르고 있는데 갑자기 우주의 앞에 그림자가 드리웠다. 의아한 얼굴로 고개를 들었다. 웬만하면 마주치고 싶지 않았던 사람이 서 있었다.

"저번부터 말하는데 왜 대답을 안 합니까?"

은호의 이복형이었다. 그의 얼굴에는 어째선지 의문이 깃들어 있었는데, 대답을 하지 않아 짜증이 난 사람이라기보다는 무언가 의혹을 품고 있는 듯 보였다.

"혹시 그쪽······."

"네?"

우주가 당황하며 물었다. 혹시 이 사람이 자신의 청력에 대해 알아챘을까 걱정이 되었다.

"아니, 아닙니다. 여기서 뭐 합니까? 이은호 보러 왔어요?"

"······아뇨. 그냥 지나가던 길인데요."

351

"지나가던 길이면 그냥 지나가야지 왜 회사 앞에 서 있습니까?"

우주가 무어라 말을 하든 꼬투리를 잡을 태세였다. 우주는 아무 대꾸도 하지 않고 그를 바라보기만 했다.

"잠깐 얘기 좀 하죠."

"……저랑요? 왜요?"

우주가 노골적으로 싫은 표정으로 그를 바라보았다. 그는 짜증스럽게 말했다.

"잠깐이면 됩니다."

"약속 있는데요."

"이은호랑?"

"말 짧게 하시네요."

우주가 미간을 찌푸리며 말했다. 웃긴 이야기도 아니었는데 남자는 피식 웃었다. 그때 남자의 시선이 우주의 손가락을 향했다.

"그림 그리나 봐요?"

우주는 아차 하며 손가락을 말아 쥐었다. 급하게 나오느라 손도 못 씻고 밖으로 나와 버렸다. 왠지 이 사람한테는 무엇이든 들키고 싶지가 않았다.

"그냥 취미로 그려요."

"그래요? 그럼 직업이 뭔데요?"

궁금해서 묻는 질문이 아니라, 우주에게서 무언가 캐내기 위해 하는 질문 같았다. 착각인지 모르겠으나 화가라는 것도 알고서 하는 질문 같았다. 우주가 아무 말도 없이 그냥 서 있자 남자는 한 걸음 다가왔다.

"직업 없어요? 무슨 일 하냐고."

그때 남자가 뒤로 밀쳐졌다. 익숙한 뒷모습이 우주를 뒤로 끌어당기고, 남자의 어깨를 힘주어 붙잡았다.

"뭐 하자는 거야."

화가 난 듯 얼굴을 일그러트린 은호를 보며 윤영은 헛웃음을 지었다.

"누가 보면 무슨 짓한 줄 알겠네. 그냥 말 건 거야. 예민하게 굴지 마."

"허튼 수작 부릴 생각하지 마."

우주는 놀란 얼굴로 은호를 바라보았다. 평소 감정을 크게 드러내지 않는 은호가 무척 화가 난 듯 보였다. 싸움이라도 날 것 같아서 우주는 급히 은호의 손을 잡고 끌어당겼다.

"은호야, 그만 가자."

우주의 말에도 두 사람 사이의 긴장이 끊어질 것 같지 않았다.

"은호야. 나 추워. 그만 가자, 응?"

그제야 은호는 고개를 돌려 우주를 바라보았다. 그는 서늘한 공기에 우주의 뺨이 붉어져 있는 것을 보고는 힘주어 붙잡고 있던 윤영의 어깨를 놓았다. 그리고 우주의 손을 잡고 성큼성큼 앞서 걸었다.

인적이 드문 곳에 도착하고 나서야 은호는 멈춰 섰다. 그는 돌아서서 우주를 바라보았다.

"저 새끼가 너한테 뭐라고 했어?"

은호는 여전히 화가 난 것 같았다. 우주는 은호의 손을 잡으며 고개를 저었다.

"별말 안 했어. 그냥 말 건 거야. 화 안 내도 돼."

"너는 저 자식을 몰라서 그래. 네가 알면—"

은호는 말을 하다 말고 깊이 한숨을 내쉬었다.

"아냐, 미안해. 너한테 화낼 일이 아닌데."

은호는 힘이 빠진 듯 벽에 몸을 기대었다. 우주는 걱정스러운 얼굴로 그를 바라보았다. 미현에게 은호와 은호의 형제들이 경영권 다툼을 벌인다는 이야기는 들었지만, 그런 것치고는 반응이 너무 과한 듯했다.

"저 사람이랑 무슨 일 있었어?"

은호는 대답 없이 우주를 바라보기만 했다. 그러고 보니 은호는 어릴 때 본가에서 살았다고 들었다. 그럼 저 사람도 함께 살았던 걸까. 말을 하지 못하게 된 게 저 사람이랑 연관이 있는 건 아닌지 걱정되었다.

"불안해, 우주야."

은호는 괴로운 듯 시선을 아래로 내리며 말했다.

"내 주변 사람들이 또 너를 건드릴까 봐 너무 불안해."

그는 다시 시선을 들어 우주를 바라보았다. 깊은 눈동자 안에서 불안한 감정이 너울거렸다.

"우주야. 난 이제 너 지켜 줄 수 있어. 그러니까 혹시 무슨 일 생기면 나한테 꼭 말해야 해. 알았어?"

그 말을 들으며 은호 어머니에게서 온 문자를 떠올리지 않을 수 없었다. 그러나 우주는 아무 말도 하지 않고 고개를 끄덕였다. 그는 팔을 뻗어 우주를 힘주어 끌어안았다. 불안정한 호흡이 우주의 목덜미 위로 맞닿았다. 우주는 은호의 허리를 껴안고 등을 다독여 주는 것밖에는 할 수가 없었다.

19. 마음을 움직이는 사람

날씨도 따듯해지고, 은호의 감기도 완벽히 나아서 우주와 은호는 벚꽃을 보러 왔다. 아직 가득 개화하지는 못했지만, 길에 일정한 간격으로 늘어선 벚꽃 나무들이 무척 예쁘다고 생각했다. 바람이 불 때마다 나무들은 분홍색 꽃잎을 떨어트렸고, 그 모습은 꼭 분홍색 눈이 내리는 것처럼 보였다.

벚꽃 구경을 온 사람들이 많았다. 이 시기가 되면 어김없이 벚꽃 나무 주변에 사람들이 많아진다. 우주는 사람들이 무슨 대화를 하고 있는지는 알 수 없었지만, 다들 무척 즐거워 보인다고 생각했다.

"사람들한테 분홍색이 특별한 색이긴 한가 봐. 단풍이 들었을 때에도 이만큼 관심을 가지지는 않는데."

우주는 벤치에 앉아 아이스크림을 떠먹으며 말했다. 은호는 감기가 다 나았는데도 우주가 따듯한 걸 권해서 커피를 마시는 중이었다.

"특별히 마음을 움직이는 색이 있긴 해."

우주가 웃으며 말했다. 은호는 빤히 우주를 바라보았다. 머리카락에 꽃잎이 떨어진 것도 모르고 집중해서 아이스크림을 먹고 있는 우주가 귀여웠다. 우주의 말처럼 분홍색이 특별한 색이라는 생각을 한 적은 없지만, 온통 분홍빛으로 가득한 벚꽃나무를 뒤로 하고 앉아 있는 우주는 무척 예뻐 보였다. 기억 속에 영영 담아 두고 싶을 정도로.

다음에 와서 다시 봐야겠다는 생각을 하며 그는 우주의 머리카락 위에 앉아 있는 꽃잎을 털어 주었다. 우주는 제 머리를 만지작거리다 말고 고개를 들어 그를 바라보았다.

"은호야. 너는 좋아하는 색 있어?"

"너는?"

"내가 먼저 물어봤잖아."

우주는 불만스러운 듯 콧잔등을 찡그렸다. 하지만 기분이 좋은지 금세 웃으며 다시 말을 해 주었다.

"난 사실 다 좋아. 색은 다 예뻐."

웃는 모습이 예뻐 은호도 미소를 지었다.

"넌 무슨 색이 좋은 거 같아?"

우주의 물음에 그는 잠시 생각에 잠겼다. 자신에게 좋아하는 색 같은 게 있을까.

"마음을 움직이는 색깔이 좋아하는 색깔이야?"

우주는 은호의 입술을 보며 말을 확인했다. 그리고 고개를 끄덕였다.

"그렇겠지?"

"나는……."

그는 말끝을 흐리며 우주의 눈동자를 빤히 들여다보았다. 이 눈을 바라보고 있자면 언제나 마음속에서 파문이 일었다.

"호박색."

"……."

"그게 제일 좋아."

웃으며 하는 말에 우주는 동그랗게 눈을 떴다. 의미를 알아차렸는지 우주의 귓바퀴가 빨갛게 물들기 시작했다. 그는 웃으며 우주의 뺨에 입을 맞추었다.

"주말에는 뭐 할까? 전시회 갈까?"

"주말? 어…… 토요일에 가자. 일요일은 안 될 거 같아."

우주는 은호의 어머니에게서 왔던 문자를 상기시켰다.

"무슨 일 있어?"

"아니, 아니. 그때 미현 씨랑 약속이 있어서."

"무슨 약속?"

"어, 재료 사러."

은호는 거짓말을 쉽게 알아차리는 편이라 우주는 불안해졌다. 그러나 그는 별다른 말없이 고개를 끄덕였다.

"그래. 그럼 토요일에 봐."

"응. 전시회 보고 맛있는 거 먹자."

우주는 불안한 감정을 숨기고 미소 지었다. 은호는 말없이 우주의 머리를 쓰다듬어 주었다.

일요일 아침이었다. 밖으로 나가기 위해 화실을 지나던 우주는 우뚝 멈춰 서서 이젤을 바라보았다. 이젤 위에 있어야 할 붓이 어째선지 바닥에 떨어져 있었다. 어제 분명 이젤 위에 붓을 올려 두었던 것 같은데 왜 바닥에 있는지 의문이었다.

옷에 걸려 떨어지기라도 했던 걸까. 어제 잠들기 전까지만 해도 바닥에 없었던 것 같은데. 의아했지만 우주는 자신의 기억을 확신할 수 없었다. 어제 은호 어머니가 보낸 문자 때문에 정신이 나가 있었으니까.

은호의 어머니는 우주에게 자신의 집으로 오라는 문자를 보냈다. 은호 아버지가 함께 살고 있을 그 집 말이다. 그래서 우주는 아침부터 심란한 외출 준비를 해야만 했다.

대체 무슨 말을 하려고 집까지 부른 것인지 알 수가 없었다. 은호에게 상처가 되는 일은 더 이상 하지 않아 줬으면 좋겠는데. 은호의 어머니에게 자신이 제대로 의사를 전달할 수 있을지 걱정이 됐다.

우주는 푹 한숨을 내쉬었다. 복잡한 생각을 더 하다가는 머리가 터져 버릴 것 같았다. 우주는 붓을 주워 이젤에 올려놓고는 무거운 발걸음을 옮겨 화실을 나섰다.

버스를 기다리며 우주는 핸드폰을 빤히 바라보았다. 오늘은 어째선지 은호에게서 연락이 없었다. 문자를 보내 볼까 하다가 그만두었다. 괜히 말을 했다가 거짓말이 들통나면 곤란했다. 우주는 주머니 안에 핸드폰을 넣으며 마침 도착한 버스에 올라탔다.

우주는 심란한 얼굴로 제 눈앞에 있는 커다란 집을 바라보았다. 10년 전에 은호가 살던 집도 무척 크다고 생각했지만, 지금 집은 그보다 더 컸다. 크기가 큰 만큼 더 위압적이고 찜찜한 기분을 안겨 주었다.

우주는 한참이나 머뭇거린 뒤에 벨을 눌렀다. 예전에 은호의 어머니가 문을 열어 주지 않아 담벼락에 올라갔던 기억이 떠올랐다.

과거의 자신은 어떻게 그렇게 무모했는지 모르겠다. 그래도 지금 만큼은 그 무모함이 그리웠다.

잠시 뒤 커다란 철제문이 느릿하게 열렸다. 우주는 머릿속의 생각을 비우고 안으로 들어섰다.

"왔니?"

여자가 온화한 얼굴로 우주를 맞이했다. 여자의 안내에 따라 집 안쪽으로 들어가자 거실 소파에 앉아 있는 중년 남성이 보였다. 은호의 아버지였다. 우주는 속으로 한숨을 삼켰다. 이럴 심산으로 은호의 어머니는 여기까지 자신을 불렀나 보다.

"은호 만나는 사람 생겼다고 해서 집으로 불렀어요."

"……안녕하세요."

우주는 고개 숙여 인사했다. 은호 아버지의 얼굴을 실제로 본 건 처음이지만, TV에서는 몇 번 본 적이 있다. 평범한 중년 남성의 모습이었고, 살짝 웃는 낯으로 우주의 인사를 받았지만 우주는 자신에게 닿는 시선이 꺼림칙하여 기분이 좋지 않았다.

학창 시절 내내 은호를 괴롭게 만든 사람이다. 타인과 대화를 하는 건 많이 익숙해졌는데도 이 사람과는 말을 섞고 싶지 않아졌다.

"앉아. 여기까지 오느라 고생했어."

여자가 반가운 사람을 맞이하듯 말을 걸었다. 우주는 여자의 손짓에 따라 소파에 앉았다. 가시방석에 앉은 것처럼 자리가 불편했다.

"그런데 귀가 좀 불편하다면서? 대화는 괜찮니?"

마치 초면인 사람을 대하는 것 같은 태도였다. 여자의 말에 남자가 시선을 옮겨 우주를 바라보았다.

우주가 대화를 할 때 사람의 입만 보는 것은 아니다. 사람의 눈은 생각보다 많은 감정들을 드러낸다. 우주는 세월에 흐릿해진 먹색 눈동자에서 자신을 향한 경멸의 감정을 읽었다.

그 눈을 보며 어째선지 우주는 오히려 차분해졌다. 심장이 서늘해져 제 기능을 못하기 때문인지도 모른다.

"귀가 안 들리는 건가?"

"네."

우주는 담담히 대답했다.

"거의 못 들어요. 대화는 입 모양 보면서 하구요."

남자는 한숨을 내쉬더니, 자리에 일어서면서 은호의 어머니를 바라보았다.

"당신이 은호한테 다른 사람 좀 소개 시켜 줘."

남자는 못 볼 것을 본 사람처럼 우주에게서 시선을 떼고 방 안으로 들어섰다. 우주는 텅 빈 눈으로 소파테이블의 정교한 조각무늬를 응시했다. 다른 생각을 하려고 노력했지만 차가운 눈동자가 가슴에 박히는 듯했다.

우주는 엷게 한숨을 내쉬고 고개를 들어 은호의 어머니를 바라보았다. 온화했던 얼굴은 어느새 차갑게 변모해 있었다.

"봤지."

"……."

"저 사람 정상 아니야."

이걸 알려 주기 위해 우주를 여기까지 부른 모양이다. 우주가 모든 것을 외면하고 은호만 바라본다고 해도 너무 큰 벽이 있다는 사실을.

"자기 뜻대로 되지 않는 걸 용납하지 않는 사람이야. 너 다리까지 못 쓰는 거 알면 어떻게 생각하겠니?"

우주는 약하게 아랫입술을 깨물었다. 은호에게는 계속 숨겨 왔지만 사고 이후로 다리가 제 기능을 하지 못한다. 운동을 하거나 뛸 수도 없는 몸이었다.

"은호랑 결혼이라도 할 생각이면 그만둬. 너를 선택하면 은호가 얼마나 많은 걸 포기해야 하는지 알고는 있는 거니?"

준비했던 말들을 하나도 할 수가 없었다. 은호에게 상처가 되는 일을 하지 말아 달라고 말할 작정으로 왔으나, 지금은 은호의 삶에서 방해꾼이 은호의 부모님이 아니라 저 자신처럼 느껴졌다.

"곁에서 은호가 포기하는 걸 보고 있으면 너만 힘들어질 거야. 여기서 그만두는 게 너한테 더 나아."

걱정이 느껴지는 것은 착각일까. 우주는 힘없이 웃었다.

은호와 매 순간 함께하고 싶다는 생각을 계속 해 왔다. 그래서 줄곧 외면해왔으나 그 꿈이 비현실적이라는 사실을 우주도 알고 있었다. 은호가 제가 가진 것들을 하나씩 버리는 모습을 자신이 지켜 볼 수 있을 리가 없었다. 마지막에 은호는 결국 제가 사랑하는 어머니마저 버려야 할 터였다.

"결혼까지 생각했던 적은 없어요."

"……."

"그렇게 말하지 않으셔도 제 처지 잘 알아요. 귀도 성치 않고, 뛸 수도 없는 몸이에요. 은호가 저를 신경 쓰면서 살게 되는 거, 저도 싫어요."

"……."

"때가 되면……."

울음을 참아내기 위해 우주는 한숨처럼 숨을 내뱉었다.

"때가 되면 은호랑은—"

말을 끝맺지 못했다. 누군가 팔을 끌어당겨 일으켜 세운 탓이다. 은호였다. 차갑게 가라앉은 얼굴이었지만 그가 얼마나 분노하고 있는지 알 수 있었다. 우주를 힘주어 붙잡고 있는 손은 불안정하게 떨리고 있었다.

그는 우주를 붙잡고 빠른 걸음으로 현관을 나섰다. 우주는 은호에게 이끌려가며 다리에서 통증을 느꼈다. 우주가 비틀거리자 상태를 눈치챈 은호가 멈춰 서서 우주를 바라보았다. 눈동자 속에 응축된 감정이 금방이라도 터져 나올 듯했다.

"왜 말 안 했어?"

"……."

"여긴 또 왜 온 거야, 왜 나한테 다 숨기고—"

그는 떨리는 숨을 내뱉었다. 화를 내고 싶지 않았다. 이런 상황을 만들어 미안하다는 말을 먼저 하고 싶었다. 하지만 우주가 했던 말들이 떠올라 원망스러운 감정이 먼저 터져 나왔다. 그동안 우주가 무언가 숨기는 것을 알면서도 모른 척했던 이유는 우주를 믿었기 때문이다.

'때가 되면…….'

그 뒤에 하려던 말이 무엇인지 너무도 뻔해서 그는 가슴이 이지러지는 듯했다.

"다리는 무슨 얘기야."

"……."

"말해. 또 뭘 숨겼어."

머릿속이 너무 복잡하여 말을 제대로 하기 어려웠다. 우주는 떨리는 호흡을 내뱉고 간신히 입을 열었다.

"사고 났을 때, 다리가 많이 다쳤어."

"⋯⋯."

"평생 못 뛸 거야."

우주의 말을 들으며 은호는 심장이 얼어붙는 듯했다.

"왜 얘기 안 했어."

"어떻게 얘기해, 넌 내가 귀가 안 들리는 것만으로도 너무 신경을 쓰는데."

우주는 간신히 목소리를 냈다. 울음이 차올라 목이 아플 지경이었지만 끝끝내 울음을 참아 냈다.

"그래서 언제까지 숨기려고 했어?"

"⋯⋯."

"그냥 이렇게 지내다가 적당히 헤어지려고 했어?"

"그런 거 아니야."

"그런 게 아니면 뭔데!"

우주는 지친 얼굴로 고개를 숙였다. 이 상황이 버거워 먼지처럼 사라지고만 싶었다. 그러나 대화를 하려면 똑바로 은호를 마주해야 했다. 그게 자신에게 주어진 벌이나 다름없었다. 힘겹게 고개를 들어 그를 바라보았다.

"우주야."

짙은 눈동자에 슬픔이 어른거리고 있었다.

"내가 지키고 싶은 건 내가 아니라 너와의 관계인데, 너는 왜 나를 지킨다는 핑계로 나를 나락으로 떨어트려."

"⋯⋯."

"네가 밀어낼 때마다 나는, 살아 있지 않은 기분이었는데 너는 왜 자꾸⋯⋯."

"그럼 내가 어떻게 해야 해."

우주는 힘겹게 말했다.

"날 위해서 너한테 많은 걸 포기해 달라고 그렇게 말을 해야 해? 난 이미 날 위해서 9년 동안이나 널 버려뒀어. 이런 내가, 나를 위해서 네가 가진 걸 다 버려 달라는 말을 어떻게 해."

"나는 다 버릴 수 있어! 애초에 달가워했던 적도 없어. 그러니까……."

"어머니는."

"……."

"어머니는 아니잖아."

은호는 약하게 입술을 깨물었다.

"무슨 소리야."

"너 아직 너희 어머니 사랑하잖아."

우주는 떨리는 호흡을 내뱉었다. 불쾌한 눈으로 자신을 바라보던 남자의 눈동자가 다시금 떠올라 가슴을 찌르는 듯했다.

"나도 정말 이러기 싫어."

우주는 입술이 하얗게 질릴 정도로 입술을 꾹 깨물었다.

은호는 우주가 울음을 참는 모습을 보고 싶지 않았다. 운다 해도 자신의 앞에서 울어 주길 바랐다. 그러나 우주는 기어코 울음을 참아 냈다.

"은호야. 나중에 얘기하자. 지금은 집에 들어가 봐."

우주가 떨리는 목소리로 말했으나 은호는 붙잡은 팔을 놓아주지 않았다.

"부탁이야."

"……."

"지금은 얘기하기가 힘들어. 말도 잘 못 알아듣겠어."

우주의 눈이 고통스러운 듯 일그러졌다. 그 모습이 너무 괴로워 보여서 은호는 더 이상 우주를 붙잡고 있을 수가 없었다. 팔을 놓아주자 우주는 곧장 뒤를 돌아 빠른 걸음으로 사라져 버렸다.

그는 우주가 사라진 곳을 한동안 넋 놓고 바라보았다. 왜 또 이렇게 되어 버린 걸까. 우주와의 관계를 정말 지키고 싶었는데.

그는 한참 동안 우주가 사라진 거리를 응시하다 집 안으로 들어섰다. 거실 소파에 앉아 있는 여자가 보였다.

"저 애한테 무슨 얘기하셨어요."

"소란 피우지 마라."

말을 끊어낸 사람은 아버지였다. 은호는 방에서 나오는 남자를 보며 표정을 굳혔다. 이 사람도 집에 있었던 걸까. 은호는 실소했다. 어머니는 의도적으로 이 상황을 만들었을 것이다. 남자는 우주의 청력에 대해 알고선 우주를 사람 취급도 하지 않았을 테고, 우주는 남자의 태도를 고스란히 받아야 했으리라.

고통스러워 보이던 우주의 얼굴이 떠올랐다. 그는 스스로에게 모멸감을 느꼈다. 화를 내지 말았어야 했다. 그게 우선이 아니라, 왜 자신에게 말을 하지 못했는지 먼저 이유를 물었어야 했다.

"지겹네요. 대체 내 삶을 어디까지 망가트릴 생각이에요."

"여자 하나 가지고 철없는 소리하지 마라."

은호는 조소했다. 여자 하나. 그 단어는 남자가 제 가족을 어떻게 생각하는가를 알려 주었다. 은호는 더 이상 말할 가치를 느끼지 못했다. 화를 낸다고 해도 벽에 말하는 것과 다를 바가 없다고 느껴졌다. 경멸감만 커질 뿐이었다.

그는 빠르게 집을 빠져나왔다. 우주가 멀리 가지 않았길 바라며 급히 걸음을 옮겼다. 걷는 동안 불안감 때문에 심장이 요동쳐서 고통스러울 지경이었다.

얼마 걷지 않았을 때 은호는 길가에 웅크려 앉아 있는 우주를 발견했다. 그는 우주에게 다가서지 못하고 우뚝 걸음을 멈추었다. 우주는 소리도 내지 못하고 괴로운 얼굴로 울고 있었다. 그 모습을 보며 은호는 심장이 멈추는 듯했다.

지금 우주의 얼굴은 자신이 알던 사람의 얼굴이 아니었다. 햇빛처럼 환하게 웃는 사람이었다. 어두웠던 은호의 세상마저 밝아질 만큼 해사한 미소가 어울리던 사람. 예쁘게 웃던 미소가 그의 기억 속에 고스란히 남아 있는데, 지금의 우주는 오로지 슬픔에 점철된 사람처럼 보였다.

이 상황을 초래한 사람이 정말 우주일까. 우주가 많은 걸 숨겨 왔기 때문일까. 스스로 반문해 보았으나 아니라는 것은 이미 알고 있었다. 우주를 옆에 두고 싶어서 인정하지 않았을 뿐이다.

우주를 불행 속으로 밀어 넣은 사람은 다른 누구도 아닌 은호 자신이었다.

우주는 어머니를 부정하고 싶지 않았던 그의 마음을 일찍이 눈치챘을 것이다. 그래서 그동안 어머니의 말을 거절하지 못했고, 그가 현실로부터 도망치는 동안 홀로 상처받아 왔다.

교통사고 역시 은호가 아니었더라면 일어나지 않을 일이었다. 애초부터 똑바로 행동하고 어머니에게 분명히 선을 그었더라면 우주가 그런 일을 겪지 않았을 것이다.

그동안 줄곧 외면해 왔지만 그는 인정해야만했다. 우주에게서 웃음을 앗아가고, 저렇게 울게 만든 사람은 다른 누구도 아닌 자신이라고.

20. 다른 무엇보다

하루가 지나고, 우주는 은호를 만나러 가기 위해 화실을 나섰다. 그러나 계속되는 두통 때문에 몇 걸음 걷지 못하고 멈춰 서야 했다. 햇살마저 자신을 짓누르는 듯했다. 우주는 어딘지도 모를 벽에 기대어 섰다. 몸을 숙이자 시근거리는 호흡이 새어 나왔다.

힘겹게 버티고 서 있을 때였다. 누군가 우주의 어깨를 건드렸다. 우주는 화들짝 놀라서 고개를 들었다. 놀란 눈으로 자신을 보고 있는 사람은 서연이었다.

"우주야, 임우주! 어디 아파? 세상에, 식은땀 좀 봐."

"왜 여기에……."

"너 찾아가는 길이었어. 아니, 그보다 왜 그러는 거야? 어디가 아픈 건데."

서연이 우주의 안색을 살피며 말했다.

"병원 가자. 걸을 수 있겠어?"

"……괜찮아. 병원 안 가도 돼."

"괜찮긴 뭐가 괜찮아! 얼른 차 타. 병원 데려다 줄게."

서연이 우주의 손목을 붙잡고 자신의 차에 이끌었다. 우주는 얼떨결에 조수석에 태워졌다.

"대체 어디가 아픈 거야? 안색 안 좋은 거 봐."

서연이 무어라 말을 했지만 옆모습을 통해 대화를 하는 것은 거의 불가능하기 때문에 우주는 서연이 무슨 말을 하는지 알 수 없었다.

"미안해. 나 귀가 안 들려서 네가 뭐라고 하는지 모르겠어."

"뭐?"

서연이 놀란 얼굴로 되물었다.

"앞에 봐야 될 거 같은데."

서연이 급히 차를 세우고 우주를 바라보았다.

"무슨 소리야? 귀가 안 들린다니."

"……말 그대로야."

서연은 허. 하고 기가 막힌 듯 한숨을 내쉬었다.

"내가 너한테 무슨 짓을 한 거니."

서연은 우주에게 더 말을 하고 싶었지만, 우주의 상태가 많이 안 좋아 보여서 더 말을 걸지는 못하고 급하게 차를 몰았다.

"괜찮아?"

진료를 마친 우주에게 서연은 음료수를 건네주었다. 서연은 일부러 발음을 크게 하고 있었다. 우주는 서연이 건넨 캔을 받아 들며 고개를 끄덕였다.

"응. 고마워."

"……내가 이렇게 말하면 알아들을 수 있어?"

"어느 정도는."

"무슨 일이 있었던 거야?"

우주는 잠시 머뭇거리다 대답했다.

"교통사고가 났었어."

서연의 안색이 어두워졌다.

"그래서 은호한테도 계속 연락 안 했던 거야?"

"그 이유가 전부는 아니긴 한데, 비슷해."

그녀는 자책하듯 제 머리를 짚었다.

"미안해. 아무것도 모르는데 너한테 화만 내고."

"아냐. 미안해하지 마. 화낼 만했어."

그때는 우주가 스스로에게도 화가 났으니 서연이 화를 내도 이상하지 않은 상황이었다. 그런데도 서연은 여전히 미안한 얼굴이었다.

"그만 가도 돼, 서연아. 시간 뺏어서 미안해."

"야, 넌 서운하게."

"어?"

"서운하다고. 하긴, 저번에 그렇게 독설을 퍼부었는데 반가울 리가 없지……."

"독설 아니었어."

"……."

"네가 그런 애 아닌 거 알아. 그렇게 생각 안 해."

"넌 예전이나 지금이나 왜 이렇게 착해."

서연은 깊이 한숨을 내쉬었다.

"미안해, 우주야. 진짜 미안했어."

"……괜찮대도."

우주가 엷게 웃으며 말했다. 서연은 그런 우주를 보며 짧게 한숨을 내쉬었다. 분위기가 어색한 것 같아서 우주는 화제를 돌렸다.

"근데 내가 사는 곳은 어떻게 알았어? 은호한테 물어본 거야?"

"아, 응. 사실 일주일 전에 주소 받았는데 용기가 안 나서 못 찾아갔었어."

"……그렇게 미안해할 필요 없어. 내가 은호한테 잘못한 건 사실이니까."

우주가 씁쓸한 어조로 말했다. 서연은 그런 우주를 빤히 바라보았다.

"근데 네가 이렇게 아픈데 이은호는 어디에 있어? 나 찼으면 지여자 친구나 잘 챙길 것이지."

우주가 대답을 머뭇거리자 서연이 미간을 찌푸렸다.

"싸웠어?"

"아니, 그게 아니라……."

우주는 그동안의 상황에 대해 간략히 설명했다. 그러는 동안 서연의 얼굴은 사색이 되기도 했고, 인상을 쓰기도 했다.

"나도 은호네 엄마 한 번 본 적 있어. 진짜 무례하더라, 그 사람. 사실 은호네 아버지가 더 최악인 거 같긴 하지만."

"은호네 아버지 뵌 적 있어?"

"아, 넌 모르나? 나 은호네 회사 다녔었어. 그래서 계속 연락하고 지냈던 거니까 너무 오해하지는 마."

"아냐. 오해 안 해."

"바보야, 그럴 땐 의심 한 번은 해야지."

서연이 장난스러운 얼굴로 말했다. 우주는 웃으며 고개를 저었다.

"근데 은호랑은 진짜 아무 일도 없었어. 걘 그 긴 시간 동안 진짜 너만 기다리더라. 그렇게 일편단심이기도 쉽지 않은데."

"……."

"나도 그렇게 깊었던 건 아니니까 걱정하지 마. 사실 은호 잘생기고 돈 많아서 좋아했던 거야. 내가 은근 속물이거든. 은호 좋다고 하면서도 다른 남자들 많이 만나기도 했고."

서연이 웃으며 말했다.

"딱 거기까지였던 거지."

정말 그 정도였던 걸까. 서연의 마음을 알 수는 없었지만, 10년 동안이나 누군가에게 지속적으로 호감을 가지는 것은 어려운 일이라고 생각했다.

"아무튼, 나야 일개 사원이었어서 잘 모르지만, 오며 가며 들은 얘기로는 은호네 부모님 좀 이상한 거 같더라. 그런 사람들 사이에서 은호가 나온 게 기적이지."

우주의 기분은 다시금 가라앉았다. 그것이 겉으로 드러났는지 서연이 조심스레 물었다.

"그럼 지금 은호는 아무 연락도 없어?"

"응."

"걔도 못 쓰겠다, 정말. 나라도 그 상황에서는 은호 옆에 있겠다는 말 못했을 거야."

우주는 작게 웃었다.

"아냐. 내가 잘못한 건데 뭐."

서연은 짧게 한숨을 내쉬었다.

"네 마음은 어떤데?"

"응?"

"은호랑 계속 같이 있고 싶어? 결혼도 하고, 그렇게."

서연의 물음에 우주는 생각에 잠겼다. 머리가 복잡해져 금세 피로해졌다.

"떠나고 싶진 않았어. 그냥 자신이 없었을 뿐이야."

"뭐가 자신이 없었는데?"

우주는 지친 얼굴을 한 채 손으로 제 이마를 짚었다.

"이런 식으로 산 게 10년이야. 사람들도 쉽지 않고, 상황도 쉽지가 않았어."

"……."

"이 관계가 괜찮을지 계속 걱정했던 거 같아."

"네가 그런 걸 신경 썼으면 은호도 불안하지 않을 수는 없었을 거야."

고개를 끄덕이는 우주의 눈매는 조금 창백해져 있었다.

"그래도 이해는 된다. 좋아하니까 더 복잡하게 생각할 수밖에 없는 거겠지. 너도, 은호도."

"……."

"은호랑 좀 더 얘기 나눠 봐. 너희 안 만났던 시간이 너무 길잖아."

서연의 사려 깊은 시선이 우주를 향했다.

"서로 쌓아 왔던 감정들이 있겠지. 말 안 하면 평생 모를 거야."

서연이 데려다주겠다는 것을 만류하고 버스를 탔다. 우주는 창밖으로 지나가는 풍경을 응시하며 깊은 생각에 잠겼다. 서연의 말대로 은호와 대화가 너무 부족했는지도 모른다.

다시 이야기를 나누어 봐야겠다고 생각하며 버스에서 내렸다. 연락 받아 주려나. 생각에 잠긴 채 화실로 걸음을 옮기던 우주는 우뚝 멈춰 섰다. 어째선지 화실로 가는 도로가 통제된 상태였다. 경찰차와 소방차가 도로를 점령해 있었고, 멀지 않은 곳에서 먹구름 같은 연기가 하늘 가득 피어오르고 있었다. 우주는 사색이 된 채 화실로 향했다.

하늘을 뒤덮은 연기의 근원지는 화실이었다. 소방관들이 불을 끄고 있었지만 매캐한 연기는 끊임없이 피어올랐다.

모여 있는 사람들 중 가장 앞에 서 있는 미현의 모습이 보였다. 미현의 얼굴은 눈물로 흠뻑 젖어 초조하게 화실 쪽을 바라보고 있었다.

"미현 씨!"

미현이 놀란 얼굴로 고개를 돌렸다. 그녀의 표정이 금방이라도 울음을 터트릴 듯 일그러졌다. 급히 미현을 향해 다가갔다. 미현이 눈물을 쏟으며 말했다.

"문자는 왜 안 봐! 안에 있는 줄 알고 내가 얼마나……."

"미안해요, 정신이 없어서 핸드폰을 안 가지고 나갔어요. 다친 데는 없는 거예요?"

우주가 두서없이 묻자 미현은 울먹이며 고개를 끄덕였다.

"나도 밖에 있어서 괜찮았어. 그런데 불이 웬 말이야."

우주는 미현의 등을 다독여 주고는 시름에 잠긴 얼굴로 불에 타고 있는 화실을 바라보았다. 완성된 그림은 보통 보안업체에 맡기기 때문에 괜찮지만, 그리던 그림이 화실 안에 있을 터였다.

청력을 잃고 나서부터는 외부 상황에 조심하는 편이었다. 가스 밸브라던가, 전원 스위치 같은 것은 모두 확인한 뒤에 집을 나온다. 우주는 이 불의 원인이 자신이 아니라고 확신했다. 이토록 큰 불이 나게 된 이유가 무엇인지 우주는 추측할 수 없었다.

그때 통제된 도로를 뚫고 차가 들어섰다. 익숙한 모양의 차체가 거칠게 세워지더니 은호가 차에서 내렸다.

우주는 은호의 그런 얼굴을 처음 보았다. 두려움에 휩싸여 금방이라도 울음을 터트릴 것 같은 얼굴이었다. 흔들리는 눈동자가 화실을 살피다 모여 있는 사람들에게로 돌아섰다.

눈이 마주쳤다. 창백한 얼굴의 그가 급하게 다가와 우주를 끌어안았다. 강하게 힘주어 껴안은 팔이 부서질 것처럼 파들파들 떨렸다. 은호는 우주의 어깨 위로 울음 같은 호흡을 뱉어 냈다.

우주가 괜찮다는 뜻으로 은호의 등을 쓸어내려 주었으나 은호는 호흡을 진정시키지 못했다. 우주는 물러서서 그를 바라보았다. 은호는 과호흡을 하는 사람처럼 제대로 숨을 쉬지 못했다. 우주는 놀라서 그의 팔을 꼭 붙잡았다.

"은호야, 은호야! 나 괜찮아. 숨 천천히 쉬어."

바스라질 것 같은 눈동자가 우주를 응시했다. 그는 급하게 숨을 내쉬며 눈물을 떨어트렸다. 우주는 다시 그를 안고 머리카락을 쓸어내려 주었다.

"나 진짜 괜찮아. 하나도 안 다쳤어. 괜찮으니까 천천히 숨 쉬어."

우주는 계속해서 은호의 머리카락을 어루만져 주었다. 불안정했던 호흡이 조금씩 잠잠해지기 시작했다. 한참 후에야 은호는 진정된 숨을 내쉬었다.

우주는 안도하며 은호를 끌어안았다. 그는 우주의 어깨에 얼굴을 묻으며 고통스럽게 울음을 삼켰다.

"우주 씨, 세상에 많이 놀란 것 같은데 어떡해."

미현은 언제 울었냐는 듯 평소의 얼굴로 돌아와 있었다.

"아뇨, 전 괜찮……."

"그나저나 우주 씨 오늘 어디에서 자야 하지? 우리 본가에는 가족들이 있는데."

"호텔로……."

"그리고 보니 우주 씨 아까 두통 있다고 했지? 그럴 때 혼자 있으면 안 되지."

"괜찮……."

"이 상무님! 이 상무님이 좀 데리고 가요. 남자 친구니까 그런 건 할 수 있죠?"

심란한 상황일 텐데도 미현은 우주를 신경 써 주었다. 우주는 미안하여 입술만 깨물었다.

"가자."

은호가 우주의 손목을 약하게 그러쥐며 말했다. 그 역시 언제 울었냐는 듯 평소와 같은 얼굴이었다. 우주는 침잠한 얼굴로 고개만 끄덕이고 은호의 차에 올랐다.

차 안은 정적뿐이었다. 우주는 창밖으로 지나가는 풍경들을 망연히 바라보기만 했다. 무슨 말을 해야 할지 알 수 없었고, 은호도 입을 열 생각이 없는 듯했다. 우주는 이 간극을 어떻게 채워야 할지 도무지 짐작이 가지 않았다. 차는 그저 침묵에 갇힌 채 도로를 내달릴 뿐이었다.

집에 도착하자마자 은호는 우주에게 씻을 것을 권했다. 우주는 고개를 끄덕였다. 자신의 옷가지가 은호의 집에 자연스럽게 있다는 것이 우주의 기분을 더욱 어지럽게 만들었다.

짧은 샤워를 끝내고 우주가 욕실에서 나왔을 때, 은호는 소파에 앉아 있었다. 어째선지 여전히 정장차림이었다. 그는 우주가 나오는 것을 확인하고는 옆에 있던 정장 자켓을 걸쳐 입었다.

"어디 가?"

"회의 있어서 가 봐야 해."

"그래도……."

우주가 걱정스러운 얼굴로 말하며 말끝을 흐렸다. 아까 전에 은호가 너무 불안정한 모습을 보였기 때문에 집에서 쉬길 바랐다.

"괜찮으니까 들어가서 자."

은호는 눈도 마주치지 않고 답하더니 돌아섰다. 그 뒷모습을 보며 가슴이 아려왔다. 우주는 급히 은호의 뒤를 따라가 옷자락을 붙잡았다. 감정 없는 시선이 닿자 말문이 턱 막혔지만, 간신히 목소리를 내어 말을 했다.

"은호야. 다녀와서 얘기 좀 하자. 기다릴게."

"늦게 올 거야. 먼저 자."

"아니야 기다릴……."

"기다리지 마."

은호는 말을 끊어 버리고 다시 돌아서서 현관을 나섰다.

스스로 자처한 일임을 알고 있었다. 어제 은호 어머니에게 했던 말은 은호에게 너와 나의 끝이 헤어지게 되는 결말이라고 말한 것과 다르지 않았으니까. 그 끝을 알면서도 관계를 이어 나가고 싶은 사람은 없을 터였다.

하지만 본심은 그게 아니었다. 계속 같이 있고 싶었지만, 자신을 탐탁치 않아하는 은호 부모님 앞에서 그런 말을 할 용기가 나지 않았다. 불안정한 자신을 받아들이면 은호가 많은 것을 포기해야 한다는 사실을 알고 있었으니까.

우주는 힘없이 침대에 누워 상념에 잠겼다. 은호와의 관계도 걱정이었지만, 화재가 난 것도 걱정이었다. 어째서 불운한 일들이 계속 겹쳐 오는지 알 수가 없었다.

화실 앞에 있던 CCTV에는 아무것도 찍히지 않아 원인을 조사하는 데 시간이 제법 걸릴 것이라 들었다. 지금 조사가 이루어진다 해도 막막한 상황이었다. 갤러리 오픈 날짜가 다가오고 있었으니까.

화재로 손실 된 그림이 이번 전시회의 메인이었다. 여러 개로 조각 난 그림이 디스플레이와 함께 구성되어 하나의 구조물이 되는 작품이기 때문에 하나라도 없으면 작품은 완성될 수 없다. 그 그림을 대체할 수 있는 것은 어디에도 없다는 뜻이다. 다시 그리기엔 시간이 너무 부족했다.

우주는 깊이 한숨을 내쉬었다. 천장의 형광등 형태만이 흐릿하게 보이는 어둠 속에서 시간은 하릴없이 흘러가기만 했다. 그 속에서 자신은 무척 덧없는 존재처럼 느껴졌다.

눈을 내리감았다. 차라리 어서 잠이 들기를 바랐으나 졸음은 멀어져 갔다.

새벽 도로에 늘어선 가로등 빛이 지나치게 휘황하다. 사고를 예방하기 위한 것일 테지만 눈에 거슬릴 정도로 밝았다. 은호는 눈부신 가로등을 빠르게 지나치기 위해 액셀러레이터를 밟았다.

긴급회의를 마치고 돌아오는 길이었다. 몇 시간에 걸친 회의였으나, 이번 전시의 메인이었던 그림 조각 중 하나가 화재로 손실되었으니 어느 누구도 마땅한 대책을 내어놓지 못했다.

이런 식으로 방해가 들어올 것을 예상하지 못한 자신의 실수였다. 그는 화재를 일으킨 사람이 누구일지 대강 짐작하고 있었다. 이런 비상식적인 일을 저지를 사람은 윤영뿐이었다. 은호가 이번 일에서 성과를 거두는 게 그에게는 무척 두려운 일이었을 테다. 회사 내에서 윤영의 입지는 점차 좁아지고 있었으니까.

오늘의 화재뿐만 아니라 얼마 전 우주에게 있었던 자전거 사고도 의심이 갔다. 그때 혹시나 해서 사고 당시 CCTV를 경찰에 넘기고 자전거 주인에 대한 조사를 요청했었는데, 조사가 느리게 진행되던 와중에 이번 일이 일어난 것이다.

제 주변 사람이 우주에게 또 피해를 주었을지도 모른다고 생각하자 그는 절망스러울 정도였다. 모든 것이 다 자신의 탓으로만 느껴졌다. 어머니의 부탁으로 자신을 만나러 오던 길에 났던 사고, 화재. 우주에게 일어난 불운한 일들은 다 그와 관련이 있었다. 자신의 불행이 우주에게 옮겨 간 것만 같아 그는 괴로워졌다.

운전을 하는 내내 머리가 지끈거리며 고통을 호소했다. 이런 와중에도 우주의 얼굴을 봐야 두통이 나아질 것 같다는 생각을 하는 저 자신이 한심했다. 그는 깊이 한숨을 내쉬고는 평소보다 조급하게 차를 몰았다.

간신히 집까지 도착한 그는 거실 불을 켜지도 않고 우주가 있는 제 방으로 들어섰다. 우주가 듣지 못한다는 사실을 알면서도 조심히 걸음을 옮겼다.

우주는 침대에서 몸을 옆으로 뉜 채 잠이 들어 있었다. 그는 침대맡에 앉아 조심스러운 손길로 우주의 머리카락을 쓸어 넘겼다. 그런데 일순 감겨 있는 눈꺼풀이 파르르 떨렸다. 원래 고여 있었는지, 베개 시트 위로 빠르게 눈물이 추락했다.

가슴 안쪽이 얼얼해질 정도로 고통스러웠다. 우주는 눈을 뜨지도 못한 채 베개 시트만 꽉 붙잡고 눈물을 흘렸다. 그는 엄지손가락으로 우주의 눈물을 훔쳤다.

"우주야, 울지 마."

"……."

"내가 미안해."

그는 괴로운 얼굴로 고개를 숙였다.

평생 기도 같은 건 하지 않았지만 지금은 간절히 바라게 된다. 신이 있다면 시간을 되돌려 주었으면 좋겠다. 다시 과거의 찬란하던 시절로 돌아간다면 우주를 만나도 그냥 지나칠 테니까, 쳐다보지도, 욕심을 가지지도 않을 테니 제발 나를 우주의 기억 속에서 지워 달라고. 그냥 나는 우주를 만나지 않고 비참한 삶을 살다 스스로 목숨을 끊게 해달라고.

"미안해, 우주야."

울음기가 드리운 목소리가 흐트러진다. 새벽은 적요했다. 두 사람의 슬픔은 고요한 어둠 속에서 쉽게 어스러졌다.

다음 날 우주와 은호는 다시 화실로 향했다. 차 안에는 내내 어색한 공기가 맴돌았다. 누구 하나 입을 열지 않는 미지근한 오후였다.

불에 탄 화실에 들어서자 몇몇 경찰관들이 보였다. 저들끼리 화재의 원인에 대해 이야기를 나누고 있었다. 우주는 그들을 지나치고 이젤이 있던 자리로 다가섰다. 캔버스는 이미 불에 타 흔적도 없이 사라지고, 나무만이 숯처럼 새까맣게 탄 채 너저분하게 늘어져 있었다.

자리에 앉아 불에 탄 것들을 살펴보았다. 그림을 위해 투자했던 시간과 노력이 한순간에 불에 타 버린 것을 보니 아무 생각도 할 수 없이 허망해졌다.

한참을 보고 있는데, 어째선지 눈에 들어오는 것에 조금 기시감이 들었다. 우주는 정신을 차리고 불에 탄 흔적을 제대로 바라보았다.

캔버스는 처음부터 우주가 제작하기 때문에 캔버스를 나무에 고정하는 것도 자신만의 방법으로 한다. 그런데 이건 조금 다른 듯했다. 불에 타서 알아보기 어렵지만 이건 확실히 자신이 하는 방법이 아니었다. 어딘지 엉성한 데가 있었다.

우주는 지난번에 바닥에 떨어져 있던 붓을 기억해 냈다. 그건 자신의 실수가 아니라 타인의 실수였을까.

"은호야. 이거 내 그림 아닌 거 같아."

우주는 고개를 돌려 은호가 있는 방향을 바라보았다. 은호의 표정이 굳어졌다.

"네 그림이 아니라니?"

"이거 아니야. 내가 캔버스 고정하는 방식이랑 달라."

은호는 우주의 곁으로 다가와서 불에 탄 흔적을 살펴보았다. 그는 생각에 잠기는가 싶더니 어딘가로 전화를 걸었다. 경찰과 이야기를 하는 것 같았다. 잠시 뒤 은호는 전화를 끊고 우주를 바라보았다.

"경찰서 가 봐야겠다."

은호가 자리에서 일어서자 우주도 따라 일어섰다.

"나도 같이 가."

은호는 대답 없이 우주를 바라보았다. 그는 무언가 석연치 않는 듯 보였으나 이내 고개를 끄덕였다.

우주와 은호는 영상분석실로 들어섰다. 도난의 가능성을 생각하여 은호가 이미 조사를 부탁했던 모양이다. 화실 인근에 설치되어 있던 CCTV로 이동경로를 파악해 용의자를 추려 낸 상황이었다.

경찰이 우주에게 CCTV 화면을 보여 주며 우주에게 얼굴이 익숙한 사람이나 아는 사람이 있냐는 질문을 했다. 우주는 영상을 몇 번 들여다보았지만, 아는 얼굴을 찾을 수 없었다. 우주는 고개를 저었다.

다시 영상 속의 사람들을 바라보았다. 택배 기사로 보이는 남자가 차에서 내려 전화 통화를 하고 있었다.

"그거 다시 앞으로 돌려 주시겠어요?"

우주의 말에 경찰관의 시선이 우주를 향했다.

"돌려 주세요. 도움이 될 겁니다."

은호의 말에 경찰관은 고개를 끄덕이고는 다시 영상을 앞으로 돌렸다. 우주는 택배 기사의 입 모양을 빤히 바라보았다.

모르는 사람들의 입 모양은 알아보기가 힘들다. 더군다나 이렇게 화질이 깨지는 화면은 더더욱 난해해진다. 그러나 지금 자신이 할 수 있는 일이 이것뿐이었다. 우주는 화면을 확대해달라고 부탁했다.

"그냥 택배에 관한 얘기를 하는 거 같아요."

몇 번 영상을 돌려 본 우주는 실망스러운 어조로 말했다. 은호는 다른 용의자가 말을 하고 있는 장면이 있다면 보여 달라고 요청을 했다.

"이 사람이 말하는 건 알겠어?"

은호가 물었다. 우주는 화면 속에 나타난 다른 남자의 얼굴을 바라보았다. 남자는 모자를 쓰고 있었다. 얼굴이 가려져 있으면 표정을 추측하기 어렵기 때문에 말을 파악하는 것 역시 어려워진다.

몇 번씩 반복해서 보았지만 자꾸만 단어가 끊어졌다. 이런, 지겹다, 갔다가, 손. 산발적으로 조각난 단어를 조합하여 추론해야 했다. 우주는 다시금 화면을 뚫어져라 바라보았다. 열 번을 더 돌려 본 후에야 무슨 말인지 알아챌 수 있었다.

"이런 일도 그만둬야지, 지겹다. 양평까지만 갔다가 손 털 거야."

조합된 문장은 이러했다. 우주가 말하자 경찰관들의 시선이 우주를 향했다. 은호는 그녀를 빤히 바라보다 자리에서 일어섰다.

"예상 가는 곳이 있습니다. 그쪽으로 가야 될 것 같네요."

양평에는 이전으로 문을 닫은 반도체 공장이 있다. 은호는 주소를 적어 경찰관들에게 건네주고는 밖으로 나섰다. 우주가 은호의 뒤를 쫓아와 옷자락을 붙잡았다.

"나도 같이 가."

"위험하니까 여기에 있어."

그는 단호하게 말했다.

"위험한 건 안 할게. 그냥 같이 있기만 할게. 응?"

우주의 눈이 방황하듯 흔들리다가는 아래로 내려섰다. 은호는 저도 모르게 우주의 머리를 쓸어내리려다가 손을 말아 쥐었다. 그는 허리를 숙여 우주와 시선을 맞추었다.

"우주야. 여기에 있어. 금방 올게."

"혼자 있기 싫어."

우주가 호소하듯 말했다.

"불안해서 혼자 못 있겠어."

은호는 깊이 한숨을 내쉬고는 마지못해 고개를 끄덕였다.

"알았어. 대신 계속 차 안에만 있어야 돼. 약속해."

우주는 여러 번 고개를 끄덕였다.

두 사람은 차에 올라 양평으로 향했다. 운전을 하면서 은호는 생각에 잠겼다. 그림이 손실된 게 아니라 윤영이 그림을 빼돌린 거라면, 그는 그것으로 은호에게 무언가 협박하려 했을 테다. 우주가 단지 사업으로 얽힌 사람이 아니라 은호에게 각별한 사람이라는 사실을 알고 있으니 협박이 먹힐 것이라 생각했는지도 모른다.

하지만 무엇이든 윤영의 뜻대로 흘러가게 두지는 않을 것이다. 은호는 힘주어 운전대를 잡았다.

관할서 경찰관들이 빈 공장에서 사람의 흔적을 발견했다고 한다. 이미 사람은 사라진 뒤였지만, 인근에서 버려진 차가 발견되었으며 용의자는 아직 이 부근에 있을 가능성이 높다고 했다.

"차에 있어. 내리지 말고. 혹시 무슨 일 있으면 연락해."

은호는 차에서 내리기 전에 우주에게 당부했다. 우주는 덜컥 불안해졌다.

"너도 안 가면 안 돼?"

"주변만 둘러보고 올게. 별일 없을 거야."

"그래도……."

"무리한 짓은 안 할 거야. 걱정하지 마."

은호는 차분히 답했다. 우주가 마지못해 고개를 끄덕이자, 그는 다시금 차에서 내리지 말라고 당부하고는 차 키까지 주고 가 버렸다.

우주는 초조함에 손톱을 뜯었다. 경찰들도 같이 있으니 큰일이야 없겠지만 무슨 일이라도 생길까 걱정이 되었다.

이런 터무니없는 일을 벌인 사람의 목적은 우주가 아니라 은호인 듯했다. 이번 일이 망쳐지길 바라는 누군가의 소행이리라.

전에 윤영이라던 남자가 물감이 묻은 우주의 손을 바라봤던 것이 떠올랐다. 지금으로선 이복형제 중 가장 사이가 안 좋은 그 사람이 유력해 보이지만, 확신할 수 있는 것은 무엇도 없었다.

새삼 은호에 대해 아는 것이 너무 없는 듯했다. 은호가 자신의 얘기를 잘 하지 않는 사람이긴 하지만, 그래도 더 알려고 노력했다면 좋았으리란 생각이 든다. 우주는 심란한 생각에 잠긴 채 하염없이 은호를 기다렸다.

한 시간 즈음 기다렸을 때였다. 우주가 타고 있는 차 옆으로 급하게 지나가는 남자의 모습이 보였다. 우주는 표정을 굳혔다. 어두운 옷을 입고 모자를 눌러 쓰고 있어 잘 보이지는 않았지만, 분명 CCTV에서 보았던 남자와 닮은 얼굴이었다. 그는 초조한 얼굴로 어딘가에 전화를 걸고 있었다.

우주는 곧바로 차에서 내렸다. 전화를 할 수가 없는 상황이었기 때문에 일단 남자의 뒤를 쫓아야겠다는 생각만 들었다.

남자는 어딘가를 향해 계속 걸었고, 우주는 조용히 그 뒤를 따랐다. 그는 걸음을 느리게 걷기도 했다가 빠르게 걷기도 했으며, 이따금 주변을 살피기도 했다. 무척 불안정해 보이는 모습이었다.

은호에게 문자를 하고 싶었지만, 핸드폰을 보는 사이에 남자를 놓칠 것 같았다. 다리 때문에 뒤쫓아 가는 것만으로도 벅찬 상황이었다.

한참을 걷던 남자는 골목 안으로 들어섰다. 우주도 급히 남자를 뒤따랐다. 해가 지고, 가로등 불빛이 켜지기 시작한 골목은 한산했다. 남자는 더 깊은 골목 안으로 들어가 버렸다. 더 따라가면 위험할 것 같아서 우주는 멈춰 섰다.

은호에게 위치 문자를 보내기 위해 핸드폰을 꺼냈다. 골목길 표지판을 보기 위해 고개를 들었을 때, 우주는 자신이 어리석은 실수를 했다는 사실을 깨달았다.

골목 모퉁이에서 남자가 자신을 바라보고 있었다.

밤이 깊어지기 시작했다. 어두워지는 하늘을 보며 은호는 우주를 혼자 두고 왔다는 사실이 마음에 걸렸다. 사람들이 많이 지나다니는 거리이고, 차 문도 닫혀 있지만 그래도 걱정이 되었다. 방화범을 찾는 것도 뒤로 미루고 그는 제 차가 주차되어 있는 곳으로 향했다.

차 앞에 도착하자마자 그는 표정을 굳혔다. 차 안에 있어야 할 우주가 보이지 않았다.

불안감에 가슴이 쿵쿵 널뛰기 시작했다. 우주에게 문자를 해 보았지만 답장이 없었고, 읽음 표시도 사라지지 않았다. 이럴 때에 전화도 할 수 없다는 사실이 은호를 더욱 초조하게 만들었다.

급히 방향을 틀어 우주를 찾으러 나섰다. 주변에서 수사를 하고 있던 경찰관들에게 우주의 행방을 아느냐 물었으나, 돌아오는 답은 기대에 미치지 못했다.

은호는 한참 동안이나 그 주변을 헤매었다. 얼마 지나지 않아서 핸드폰이 울리기 시작했다. 전화를 건 사람은 우주였다. 문자가 아닌 전화를 한 것이 급박한 상황 때문인지도 모른다는 생각이 들자 그는 온몸의 감각이 아래로 내려앉는 것 같은 기분을 느꼈다. 그는 급히 전화를 받았다.

— 은호야, A로 골목길에…….

짧은 비명소리를 마지막으로 전화가 끊겼다. 그는 떨리는 손으로 경찰에 전화를 걸며 우주가 말한 곳으로 향했다.

무슨 정신으로 거기까지 도착했는지 알 수 없었다. 두려움에 사로잡혀 아무런 생각도 할 수가 없었다. 달리면서도 억겁의 시간이 흐르는 것 같았다. 표지판을 확인하고 주변 골목에 들어섰을 때, 그는 우주와 함께 있는 낯선 남자를 발견했다.

제정신이 아닌 듯 보이는 남자가 우주의 목을 잡고 있었다. 두 사람 사이에서 은호는 순간 은색의 날카로운 빛을 보았다. 칼날의 인광이었다. 그는 반사적으로 두 사람 사이에 끼어들며 우주를 감싸 안았다. 어깨에 날카로운 무언가가 박혀드는 통증과 동시에 공포탄이 울려 퍼졌다.

경찰들이 빠르게 남자를 제압했고, 남자는 덜덜 떨며 손에서 칼을 떨어트렸다. 우주는 상황을 제대로 인식하지 못하다 바닥으로 떨어지는 핏자국을 발견했다. 은호의 팔을 따라 떨어지고 있는 그 핏줄기가 정신을 아득하게 만들었다.

"괜찮아? 다친 데 없어?"

은호가 제 어깨를 감싸 쥐며 초조한 얼굴로 물었다. 그의 짙은 눈동자에는 온전한 걱정이 담겨 있었다. 우주는 울음이 차올라 떨리는 목소리로 말했다.

"나보다는 네가……."

"다친 데 없냐니까."

그는 초조한 듯 물으며 우주의 상태를 살폈다. 우주는 눈물을 쏟으며 고개를 끄덕였다.

은호는 곧바로 병원에 이송되어 수술을 받았다. 수술은 다행히 성공적으로 끝났지만, 몇 달 동안은 팔을 사용하는데 불편함이 있을 것이라고 들었다.

우주는 은호가 있는 병실에 들어가지 못하고 병원 로비의 의자에 몸을 웅크리고 앉아 있었다. 저 때문에 다친 은호의 얼굴을 똑바로 마주할 수가 없었다.

한참이나 가만히 앉아 있었을 때, 부드러운 손길이 우주의 어깨를 다독였다. 고개를 들어 바라본 곳에는 미현이 있었다.

"우주 씨. 괜찮아?"

우주는 힘겹게 고개를 끄덕였다.

"많이 놀랐겠네."

"괜찮아요."

"이 상무님 수술 잘됐다니까 너무 걱정하지 마. 그림도 되찾았고."

"네."

여전히 기분이 가라앉아 보이는 우주를 보며 미현은 깊이 한숨을 내쉬었다.

"그 사람 전과범이더라. 누가 사주했는지 모르겠지만, 알아내서 소송 준비할 거야. HK 쪽도 가만히 있지는 않을 것 같고."

남자의 처벌이 어떻게 될지는 알 수 없으나, 처벌을 받는다 한들 우주의 마음이 편해질 것 같지는 않았다.

"그만 가자, 우주 씨."

"……조금 더 있을게요."

"이 상무님이 우주 씨 데리고 가 달라고 했어. 마음은 알겠는데, 지금은 우주 씨도 쉬어야 돼."

미현이 차분하게 말했다. 우주가 머뭇거리자 그녀는 다시금 말을 이었다.

"이 상무님도 쉬어야 될 텐데 우주 씨가 이러고 있으면 쉴 수 있겠어? 그만 가자."

미현이 우주의 팔을 잡고 일으켰다. 우주는 미현의 손에 이끌려 가면서 고개를 돌려 은호가 있는 병실을 바라보았다. 인사라도 하고 싶었지만, 미안함 때문에 얼굴을 볼 자신이 없었다. 우주는 병실에서 시선을 떼고 힘없이 걸음을 옮겼다.

"퇴원했다고요?"

다음날, 은호의 상태를 확인하기 위해 다시 병원에 방문했다. 그런데 안내데스크의 간호사는 은호가 이미 퇴원을 했다고 말해 주었다.

"네. 오늘 아침 일찍 퇴원하셨어요."

퇴원할 만큼 나아지지도 않았을 텐데 왜 무리해서 퇴원을 한 걸까. 우주는 은호에게 문자를 보냈다. 괜찮은지 보고 싶다는 문자에 짤막한 답이 돌아왔다.

[괜찮으니까 걱정하지 마.]

우주는 무턱대고 은호의 집으로 찾아갔다. 현관 앞에서 벨을 누르고 문을 두드려 보았지만 반응은 돌아오지 않았다. 우주는 망설이다 은호가 예전에 알려 주었던 비밀번호를 눌러 보았다. 다행히도 문은 쉽게 열렸다.

거실 소파에 앉아 하염없이 은호를 기다렸다. 잠을 거의 자지 못해 피로했지만, 그래도 계속 그를 기다렸다.

자정이 다 되어갈 즈음이었다. 문이 열리며 은호가 들어섰다. 회사에 갔다 온 건지 정장을 입고 있었는데, 무척 피곤한 얼굴이었다. 은호는 우주를 발견하고 놀란 듯 크게 눈을 떴다. 그러나 놀란 감정은 금세 자취를 감추었고, 표정이 차갑게 굳어졌다.

"……여기서 뭐 해."

"괜찮은지 보고 싶어서."

"괜찮다고 답장 보냈잖아."

"어떻게 그걸로—"

우주는 화를 내려다 말고 말을 멈추었다. 자신 때문에 다친 은호에게 화를 내고 싶지 않았다.

"난 그냥 걱정돼서……."

침묵이 지속되었다. 우주는 엷게 한숨을 내쉬고 입을 열었다.

"밥은 먹었어?"

우주의 물음에도 그는 입을 열지 않았다.

"팔은 움직일 수 있어? 옷 벗는 거 도와줄까?"

우주가 한 걸음 다가섰으나, 은호는 그만큼 멀어졌다. 태연하게 굴고 싶었는데 은호의 태도에 가슴이 아팠다.

"우주야."

그가 하게 될 말이 예상이 되어 우주는 고개를 숙여 버렸다. 은호의 어머니를 만났을 때, 그때 은호에게 했던 말이 후회가 됐다. 사실은 나도 네 옆에 있고 싶다고 사실대로 털어놓을 걸 그랬다.

바깥의 찬 기운이 묻어 있는 손이 조심스레 뺨을 들어 올렸다.

"우리 이제 그만하자."

여전히 다정한 시선과 달리 그가 하는 말은 상처가 되었다.

"……내가 그때 한 말 때문에 그래?"

그는 고개를 저었다.

"너 사랑하지 않아서 그러는 거 아니야."

그건 알고 있다. 세상에 사랑하지도 않는 사람을 위해 대신 칼을 맞아 줄 사람이 어디 있겠는가. 그는 괴로운 듯 눈을 내리감았다.

"네가 아프고 힘든 게 다 내 탓처럼 느껴져."

"아니야, 왜 그렇게 생각해."

"넌 아니라고 생각할지 몰라도 난 그래."

그는 우주의 뺨에서 손을 내리고 한 걸음 물러섰다.

"교통사고, 화재, 이번에 네가 다칠 뻔한 거. 다 나랑 관련된 일이야."

"아니야! 사고는 운이 나빴을 뿐이고, 이번 일은 분명히 내 책임이었어."

우주는 호소하듯 말했다. 그러나 그는 여전히 고통스러운 얼굴이었다.

"내 책임 맞아."

"은호야—"

"화재, 내 이복형이 사주한 거야."

"그렇다고 해도 너랑은 상관없는 일이야!"

그는 머리를 짚으며 깊은 한숨을 내쉬었다.

"네가 나한테 다리 아픈 걸 숨기고, 어머니랑 계속 연락했던 걸 왜 숨겼는지 계속 생각했어. 넌 왜 그렇게 불안해할까, 왜 나를 믿지 못할까."

시선을 내리고 있는 눈매가 서글퍼 보였다.

"생각을 했는데, 내가 제대로 행동하지 못했더라."

"……."

"네 말대로 나는 어머니 계속 사랑했어."

"……."

"어릴 때 기억이 너무 강하게 남아 있어서, 언젠가는 그 사람이 예전으로 돌아갈 수 있지 않을까 계속 기대를 했어. 그래서 나한테서 너를 앗아간 사람이 그 사람이 아닐 거라고 믿고 싶었어."

은호는 제 목소리가 떨리는 것을 우주가 알아채지 못해 다행이라고 생각했다.

"그래서 너한테도 그 사람한테도 애매한 태도를 보였던 거야. 내내 회피하면서."

"……."

"그렇게 너한테 상처만 줬어."

그는 시선을 들어 우주를 바라보았다. 어느새 그의 눈시울은 붉게 달아올라 있었다.

"나 때문에, 내 주변 사람들 때문에 네가 또 피해를 볼까 봐 무서워."

"은호야."

"앞으로 너를 행복하게 해 줄 수 있을지 자신이 없어."

맺혀 있던 눈물이 결국 뺨을 타고 흘러내렸다. 그는 즉시 눈물을 닦아 냈다.

"가, 우주야."

"……."

"가 줬으면 좋겠어."

다시금 눈물이 떨어지기 전에 은호가 돌아섰다. 그는 우두커니 서 있는 우주를 두고 방 안으로 들어가 버렸다. 우주는 닫힌 문을 바라보며 한참 동안 가만히 서 있었다.

한참의 시간이 지나고 나서야 우주는 힘없는 걸음으로 은호의 집을 빠져나왔다. 걸음을 내디딜 때마다 땅이 꺼지는 것처럼 가슴이 내려앉았다.

무거운 걸음을 옮겨 간신히 화실에 도착했다. 안으로 들어서자 소파에 앉아 있는 재현이 보였다.

"얼굴 꼴 봐라."

그가 혀를 차며 말했다. 우주는 아무런 말도 하지 못했다.

"하여간 바보들이야. 너넨 뭐가 그렇게 어렵냐."

은호가 재현에게 연락을 했었나 보다. 헤어지는 순간까지도 그는 우주를 배려했다.

재현의 얼굴을 보자 아까부터 참아왔던 눈물이 터지고 말았다. 재현은 당황한 듯 우주를 바라보았다.

"야, 임우주……."

재현은 한숨을 내쉬고는, 다가서서 우주의 머리를 쓰다듬어 주었다.

"헤어지면 좋겠다고 생각했었는데."

"……."

"이러는 거 보니까 또 싫네."

고개를 숙이고 있는 탓에 우주는 재현이 무슨 말을 하는지 알지 못했다. 재현은 말없이 우주를 안고 등을 다독여 주었다.

봄인데도 날씨가 무척 더웠다. 시간이 흐르면서 해가 점점 가까워지는 모양이다. 우주는 얇은 반팔과 바지를 입은 채 재현의 집 거실에 무기력하게 누워 있었다. 차가운 바닥에 누워 있자니 열이 조금 식는 것 같기도 했다.

재현이 촬영으로 집을 비운 덕분에 우주는 일주일을 홀로 지낼 수 있었다. 그 일주일 동안 우주는 아무것도 하지 않고 생각만 거듭했다. 10년 전에 있었던 사고에 대해 생각하기도 했고, 돌아가신 아빠에 대해 생각하기도 했다.

아빠가 돌아가신 것과 우주가 당한 사고는 그저 운이 없어 일어난 일이다. 그럼에도 과거의 자신과 은호는 굳이 이유를 만들어 스스로를 자책했다. 아무 이유 없이 사랑하는 사람에게 불운한 일이 일어났다고 생각하고 싶지 않았으니까. 그렇게 생각하면 사랑하는 사람이 너무도 가여우니까.

생각 끝에 도달한 결론은 허무했다. 왜 사람들은 부질없는 생각이라는 것을 알면서도 스스로를 상처 주는 걸까.

"우주 씨. 그냥 다 관두고 나랑 같이 살자. 남자가 뭐 대수야."

미현은 우주가 집 안에만 있는 모습을 더는 보지 못하고 호텔로 불러들였다. 그녀는 옷장에서 옷을 한가득 꺼내더니, 우주에게 이 옷 저 옷을 입혀 보았다. 이번 갤러리 오픈 파티에 참석하라는 무언의 압박이었다.

"아니면 파티 가서 다른 놈 하나 잡아오든가. 부자들 많이 올걸?"

미현은 우주에게 레이스 원피스를 건네주며 말했다. 우주는 난감한 표정을 지었다. 이런 옷은 화려하고 예쁘지만, 자신보다는 미현에게 더 어울릴 듯했다.

"……이거 안 입을래요."

"그걸로 하겠다고? 그래, 잘 어울릴 거 같다. 내일 가기 전에 같이 샵 들렀다 가자."

미현이 만족스러운 웃음을 지었다. 우주는 무어라 반론하려다 그냥 두었다.

"이 상무님 후회할 만큼 예쁘게 하고 가자고."

"이런 걸로 후회를 할까요."

"모르는 소리 하지 마. 수컷은 어차피 시각에 약한 미개한 생물이라고."

우주는 작게 웃음을 터트렸다.

"난 진짜 아직도 이 상무님 마음 이해 안 간다? 사랑하는 사람 힘들게 하면서까지 자기 생각만 하는 거 같잖아. 이번 기회에 갈아

치워. 잘생기고 돈 많은 놈이 어딘가에 또 있겠지. 아니면 그냥 나랑 여행이나 다니면서 살자."

우주는 희미하게 웃었다. 이은호 너 미현 씨한테 점수 깎였어. 그런 시답지 않은 문자를 보내고 싶어졌다.

전시회 오픈 기념 파티 당일, 우주는 전시장에 들어서자마자 보이는 커다란 작품을 보며 감탄했다. 그림과 디스플레이 조각이 벽면을 가득 채우고 있었는데, 화면 속 그림이 움직이고 있어서 꼭 살아있는 것처럼 보였다. 우여곡절이 많았던 작품인 만큼 더 특별하게 느껴졌다.

몇몇 그림은 영상으로 그래픽 작업을 하여 마치 살아 움직이는 것처럼 보였다. 그림 속 사람이 움직이기도 했고, 파도가 치기도 했고, 나무가 움직이기도 했다. 늘 캔버스 안에 갇혀 있기만 했던 자신의 그림에 생명이 깃든 것 같았다.

다른 화가들의 작품을 보는 것도 흥미로웠다. 다른 사람들이 어떤 방식으로 자신의 그림에 생명을 불어 넣었는지를 확인하며 우주도 배우는 것이 많았다.

"이번 일, 하길 잘했지?"

미현이 우주에게 말했다. 우주는 엷게 웃으며 고개를 끄덕였다.

파티에는 꽤 많은 사람들이 참석한 듯 보였다. 미현이 예비 투자자가 될 부자들이 많이 올 거라고 해서 겁을 먹고 있었는데, 생각했던 것보다는 자유로운 분위기였다. 온전히 작품을 감상하러 온 것 같은 사람들도 있었고, 은호네 회사 직원처럼 보이는 사람들도 있었다.

물론 그 사이에는 미현이 언급한 부류로 보이는 사람들도 섞여 있었다. 멀지 않은 곳에서 은호가 그 사람들을 상대하는 중이었다. 사람들과 섞여 이야기를 나누는 은호에게서 어색함은 찾아볼 수 없었다.

팔은 좀 괜찮은지 모르겠다. 겉보기에는 전혀 다친 사람처럼 보이지가 않아서 더 걱정스러웠다. 오히려 근사하기까지 했다.

우주가 빤히 은호를 바라보고 있을 때, 찰나에 눈이 마주쳤다. 스치듯 우주를 보았던 은호는 다시 고개를 돌려 우주를 바라보았다. 놀랐는지 눈이 조금 커져 있었다. 우주는 그제야 제 옷차림이 평소와는 다르다는 것을 자각했다.

저도 여자인지라 예쁜 옷이 좋긴 하지만, 몸에 달라붙는 까칠한 원단이 익숙하지 않아 여러 모로 불편하던 참이었다. 하지만 그래도 미현의 말을 따르길 잘한 것 같다. 잠시라도 이렇게 시선이 마주칠 수 있으니까.

은호의 시선은 오래 머물지 못하고 떨어졌다. 은호에게 누군가 말을 걸었기 때문이다. 아쉬움을 달래며 우주는 다시 작품을 감상했다. 이따 기회가 오면 대화할 수 있었으면 좋겠다고 생각했다.

한참이 지나고 나서야 은호는 사람들에게서 벗어났다. 갤러리를 나서는 그를 보며 우주는 급히 뒤를 쫓았다. 전시회 복도에서 멀어지는 그를 발견하고 우주는 빠르게 걸음을 옮겼다.

그런데 새 신발에 적응이 안 되어서인지 우주는 발을 헛디뎠다. 신발이 벗겨지며 저 멀리 바닥으로 나뒹굴었다. 이럴 때는 신발도 도움을 주지 않는다. 낭패감을 느끼며 신발을 주우러 가고 있는데, 은호가 뒤를 돌았다. 시선이 마주치자 우주는 우뚝 멈추어 섰다.

굳어 버린 것처럼 몸을 움직이기가 어려웠다. 은호는 우주에게 다가오더니, 구두를 줍고 한쪽 무릎을 굽히고 앉았다. 그리고 조심스러운 손길로 우주의 발에 구두를 신겨 주었다.

"은호야."

"……."

"나 며칠 있다가 다시 영국으로 돌아가야 해."

조용한 목소리에 손이 멈칫했다. 전시회가 끝났으니 더 이상 한국에 있을 이유도 없었고, 소속 갤러리에서도 우주가 런던에서 활동하기를 바라는 상황이었다.

"무섭다는 이유로 그동안 바보 같이 굴어서 미안해. 내가 너무 바보 같았어."

"……."

"사실은 너랑 계속 같이 있고 싶었어. 헤어지고 싶지 않았어."

우주의 목소리는 떨리고 있었다.

"내 상황이나 네 상황, 하나도 신경 쓰지 않고 그냥 네 옆에 있고 싶어."

은호는 우주가 하는 말이 마지막이라는 것을 예감했다. 우주는 은호에게 그의 상황을 다 버리고 자신에게 와 달라는 말을 두 번은 하지 못할 것이다.

"나 잡아 주면 안 돼?"

잡고 싶었다. 무릎 꿇고, 발등에 입을 맞추며 애원이라도 하고 싶은 심정이었다. 그러나 우주가 괴롭게 울던 모습이 자꾸만 은호의 가슴속을 헤집어 놓았다.

은호는 우주의 구두를 마저 신겨 주고는 자리에서 일어섰다.

"미안해."

그게 전부였다. 그는 아무런 언질 없이 우주의 곁을 지나쳤다.

우주와 미현을 태운 차는 공항으로 향하는 다리에 진입했다. 다리 아래로 펼쳐진 바다는 봄의 햇살을 가득 머금어 푸른 보석처럼 반짝였다. 은호와 처음 만났던, 햇볕이 유독 선명했던 계절이 서서히 다가오고 있었다.

열여덟의 여름은 모든 게 다 찬란하고 아름다웠다. 힘들고 어려웠던 기억도 있지만, 떠올리기만 해도 기분이 좋아지는 이유는 자신의 옆에 은호가 있었기 때문이리라.

아마 나중에 이 시기를 떠올리면 지금과 같은 감정이겠지. 괴로운 일을 겪긴 했지만, 은호가 제 옆에 있어 주었던 건 분명 커다란 행복이었으니까.

이 감정들을 묻어 두어야 한다는 사실이 우주를 서글프게 만들었다. 하지만 애써 참아 내며 스스로를 다독였다. 이건 은호의 선택이었으니까.

"우주 씨. 정말 그냥 가도 괜찮겠어?"

공항에 도착하자 미현이 걱정스러운 얼굴로 물었다. 은호가 없어도 잘 살 수 있을 거라며 호언장담하더니, 그래도 우주가 걱정이 되는 모양이다. 평소 마음이 여리고 사려 깊은 사람인 것을 알아서 우주는 더 아무렇지 않게 웃어 보였다.

"괜찮아요. 원래의 삶으로 돌아가는 건데요, 뭐."

미현은 짧게 한숨을 내쉬었다.

"진짜 괜찮은 거지?"

"진짜 괜찮아요."

"……연락이라도 남겨 볼래? 도와줄게."

우주는 빤히 미현을 바라보다 고개를 끄덕였다.

회사에서 막 돌아온 은호는 정장차림을 한 채 무기력하게 침대에 누웠다. 일이 손에 잡히지 않아 결국 반차를 쓰고 집에 온 참이다. 오늘은 우주의 출국 날이었다.

정말 딱 죽을 것 같았다. 우주를 이대로 떠나보내야 한다는 생각만 하면 머리가 지끈거리고 가슴이 짓뭉개지는 것처럼 고통스러웠다. 하지만 붙잡을 수가 없었다. 자신의 옆에서 정말 우주가 행복할 수 있을지 자꾸만 되묻게 되었다.

한 가지 확실한 건, 우주는 그가 아닌 우주 같은 사람을 만났어야 더 행복했으리라는 사실이다. 기이한 집안에서 태어나 불행을 먹으며 자라났던, 뿌리와 밑동이 모조리 썩어 버린 자신이 아니라 애초부터 우주처럼 밝은 영역에 있던 사람을 만나야 했다.

더 이상 우주를 붙잡고 자신만의 욕심을 채울 수가 없었다. 자신을 떠나 우주가 행복할 수 있다면 그냥 놓아주고 싶었다. 그동안 애써 외면해 왔지만 그게 더 나은 결과이리라는 사실을 알고 있다.

아는데도 자꾸만 슬퍼진다. 앞으로 어떻게 살아야 하는 걸까. 우주가 없던 9년은 우주가 살아 있을 거라는 희망만 가지며 견뎌 왔다. 언젠가는 제 옆에서 웃어 줄 날만을 기다리며 버텨 왔던 것이다. 하지만 이제는 정말 어떻게 삶을 버텨야할지 알 수가 없었다. 영영 우주를 만나지 못한다고 생각하면 절망스럽기만 했다.

때마침 핸드폰이 울렸다. 그는 잘 움직이지 않는 손가락을 움직여 핸드폰을 확인했다. 우주에게서 온 음성 메시지였다. 놀란 눈으로 핸드폰을 바라보다 급히 메시지를 받았다.

— 은호야, 나 곧 출국해. 인사는 하고 싶어서 메시지 남겨. 잘되고 있는 건지 잘 모르겠다, 미현 씨가 도와주긴 했는데…….

목소리를 듣자 관자놀이 옆으로 눈물이 떨어져 내렸다.

정말 이러고 싶지 않았다. 당장에라도 찾아가고 싶다. 그러나 누군가에게 음성 메시지를 남기는 것조차 도움을 받아야 하는 우주에게 갈 수가 없었다. 망설일 동안에도 이런 생각이 들었다. 네 세상에서 소리를 앗아 간 사람이 나라고. 그것만 앗아 간 게 아니라 너한테서 많은 걸 앗아 갔다고.

— 나 너 기다렸는데 안 오더라. 마음 정리한 거지? 좀 슬픈데 그래도 어쩔 수 없겠지. 네가 결정한 거니까…… 아, 이런 말하려고 한 게 아닌데.

우주는 잠시 말을 멈추었다.

— 혹시 죄책감 가지고 있으면 그러지 말라고 말하고 싶어서 연락한 거야. 정말 네가 잘못한 거 아무것도 없어. 그냥 운이 나빴을 뿐이잖아.

짧은 침묵이 흘렀다. 미약한 호흡 소리만이 이따금씩 들려왔다.

— 네가 사 갔던 그림말이야, 영속. 사실 그거 그리면서 죽고 싶다는 생각을 했었어.

〈영속〉을 처음 봤을 때, 많은 사람들이 그림의 새가 바다에서 태어난 것 같다고 했지만, 은호는 다른 감정을 느꼈다. 오히려 바다 위로 추락하는 것처럼 보였다. 그건 억측이 아니었던 모양이다.

— 근데 귀가 안 들려서 그랬던 건 아니야. 너 만나고 싶은데,

그럴 수가 없어서 더 괴로워했던 거 같아.

푸스스 짧은 웃음소리가 들렸다.

— 귀가 안 들리는 건 사실 정말 싫어. 불편한 점이 많아.

우주는 차분히 말을 이었다.

— 근데 생각해 봤는데, 그래도 너 만나지 않는 삶보다는 귀가 안 들리는 삶이 더 나은 거 같아.

울음을 참는 목소리가 들리고, 우주는 말을 끝맺었다.

— 너 만나서 행복했어. 그만큼 너도 꼭 행복했으면 좋겠어.

그리고 음성 메시지는 끊겼다. 은호는 더는 이성적인 생각을 하지 못하고 자리에서 일어섰다. 급히 집을 나와 차에 올랐다. 어깨 때문에 운전을 제대로 할 수 없는 상태임에도 불구하고 그는 개의치 않고 차를 몰았다.

하지만 시간이 너무 늦었다. 도로의 신호가 걸리고, 현재 시각을 나타내는 시계가 눈에 들어오자 그는 절망하며 운전대 위로 고개를 숙였다. 숨이 잘 쉬어지지 않는 듯했다.

그때 핸드폰이 울렸다. 화면에 뜬 이름은 윤미현이었다.

— 여보세요? 이 상무님?

"네."

— 어디예요?

"……도로요."

— 진짜 등신같이 뭐 하는 거야.

미현이 짜증스럽게 말했다. 은호는 힘없는 웃음을 지었다.

"그러게요."

— 우주 씨 비행기 안 탔어요.

"네?"

— 갑자기 바다가 보고 싶다고 하더니 가더라구요. 어디 짐작 가는 곳 있어요?

바다라면, 얼마 전에 우주와 함께 갔던 바다가 떠올랐다.

— 짐작 가는 곳 있으면 가 줘요. 그 정도 했으면 이제 져 줘야지.

"……이기고 지는 문제가 아니에요."

— 나한텐 별로 다를 거 없어 보여요. 그냥 미안하다고 사과하고 끝낼 일 아니에요? 왜 이렇게 서로 작아지는 거예요?

그야 행복하길 바라는 마음이 너무 크니까.

— 나, 우주 씨 오래 봤어요. 우주 씨가 죽고 싶어 할 때도 옆에 있었고, 행복해 보일 때도 옆에 있었어요.

"……"

— 근래에는 우주 씨 내가 봤던 것 중에 제일 행복해 보였어요. 그만큼 울기도 했지만 원래 그런 거 아니에요? 너무 행복하니까 무서워서 울기도 하는 거지.

"……"

— 이 상무님이 무슨 예언가도 아니고 나중에 우주 씨 미래가 어떨지 어떻게 알아요. 당신이 행복하게 해 주면 되잖아.

전화 속 미현이 크게 한숨을 내쉬었다.

— 식상한 말 하게 하지 말고 당장 우주 찾으러 가요. 당신도 그러고 싶잖아.

이 사람은 늘 우주를 '우주 씨'라고 표현했는데 지금은 그냥 우주라고 말을 한다. 일적인 것 때문이 아니라 진심으로 우주라는 사람을 걱정하여 하는 말일 터였다.

그는 전화를 끊고 다시 차를 몰았다. 우주에게 가야 할 이유보다

가지 말아야 할 이유가 훨씬 더 컸지만, 그래도 지금은 가야 했다.

맑은 햇살을 받고 있는 바다는 여느 때보다 청명한 푸른색이었다. 너울거리는 해수면이 흩뿌려진 유리 조각들처럼 반짝였고, 굽이치는 파도는 모래사장으로 밀려올 때마다 수많은 빛의 조각들을 토해 냈다.

우주는 백사장에 앉아 하염없이 바다를 바라보고 있었다. 멀리서 우주의 모습을 보고 있던 은호는 그 모습이 꼭 환영 같다고 생각했다. 보고 싶었던 마음이 너무 컸기 때문이리라.

그는 느리게 우주의 옆으로 다가갔다. 엷은 호박색 눈동자는 침잠한 듯 보이기도 하고, 반짝이는 것처럼 보이기도 한다. 복합적인 감정이 담긴 눈이었다.

제 위로 길게 그림자가 드리우자 우주는 고개를 돌렸다. 은호를 보더니 놀란 듯 크게 눈을 뜬다.

"어떻게 여기……."

"……."

"미현 씨가 알려 줬어?"

그는 대답하지 않고 우주를 바라만 보았다. 말이 잘 나오지 않았다. 간신히 입을 열어 목소리를 내었다.

"……왜 안 갔어?"

"그냥, 바다 보고 가고 싶어서."

긴 침묵이 지속되었다. 우주는 자리에서 일어서 모래를 털고는 은호를 바라보았다.

"그래도 찾아온 거 보면 마음이 흔들리긴 했나 보네."

우주가 웃으며 말했다. 부드럽게 휘어지는 눈꼬리가 예뻤다. 은호는 우주가 웃는 모습을 무척 좋아했다. 너무 환해서 자신의 삶마저 환해지는 것 같다는 착각이 들곤 했으니까.

"우리 참 바보 같다. 그치."

우주를 바라보다 그는 시선을 내렸다. 눈앞이 흐렸다. 가지 말라고 말을 하고 싶은데 입을 열 수가 없었다.

"은호야."

"……."

"나도 너 기다리게 했던 거 더는 죄책감 가지지 않을게. 그러니까 너도 네 탓이라고 생각하지 마."

우주는 손을 뻗어 은호의 눈가에 고여 있는 눈물을 훔쳐 냈다.

"바다 보면서 생각해 봤는데, 네가 죄책감을 느끼는 건 내가 이 상황을 극복하지 못해서라는 생각이 들더라."

"……."

"그래서 앞으로는 다르게 살아 보려고. 사람들이랑 얘기도 많이 해보고, 수화도 배울 거야. 사실 그동안은 귀가 안 들리는 걸 인정하고 싶지 않았는데, 이제 인정해 보려고."

"……."

"귀가 안 들리는 건 정말 아무 일도 아니라고 내 스스로 증명할 거야."

우주라면 할 수 있을 것이다. 강한 사람이니까. 불행에 익숙하다 해도 결코 자신을 꺾지 않는 사람이니까.

"너도 나한테 의지하지 않고 괜찮아질 수 있는 방법을 찾아. 그동안 너도 많이 힘들었잖아."

늘 그랬듯 그의 감정을 들여다보는 건 우주뿐이다. 애써 괜찮다 생각하며 묻어 두었던 것들이 사실은 안에서부터 지독하게 썩어 있었다는 걸, 은호는 알아채지 못했지만 우주는 알고 있었다.

"어머니랑 더 얘기해 봐. 용서하라는 거 아니야. 그래도 네가 모르는 부분이 있을 거야."

우주는 손을 뻗어 떨어지는 눈물을 닦아 주었다. 그는 과거로 돌아간 것처럼 말을 할 수가 없어 뺨을 감싼 우주의 손을 감싸 쥐기만 했다.

"난 영국으로 다시 돌아갈게. 각자 살면서 열심히 견뎌 보자."

"……."

"그리고 나중에 너 괜찮아졌을 때, 만약에 그때도 내가 필요하면 다시 나 찾아."

우주는 조용한 목소리로 말했다. 뺨을 어루만지는 손길이 다정했다.

"그때는 처음부터 다시 시작해 보자."

너는 망설이는 내게 또다시 기회를 주려나 보다. 은호는 고개를 끄덕이며 눈물을 떨구었다. 우주는 아무 말 없이 은호를 안고 머리를 쓰다듬어 주었다.

열여덟의 불안정했던 여름, 우주가 그를 위로해 주었던 그날처럼 햇볕이 따사로이 쏟아지고 있었다.

22. 그리운 향기

7월 중순에 접어들었다. 한 달 내내 비를 뿌리던 런던의 날씨가 간만에 맑았다. 우주는 화실 근처의 공원 잔디밭에 누워 책을 읽으며 햇빛을 만끽했다.

요즘 우주는 이전보다 발전된 삶을 살기 위해서 노력하는 중이다. 그림을 그리지 않는 날에는 외출을 했고, 사람들과 교류하기 위해 청각장애인 독서클럽에도 가입했다. 그리고 이전에는 관심을 두지 않았던 수화도 배웠다.

구화를 완벽하게 익히려고 집착했던 건 청각을 잃은 자신을 부정하고 멀쩡한 사람처럼 살고 싶었기 때문이다. 하지만 이제는 인정하려 한다. 자신은 남들과는 조금 다른 삶을 살 수밖에 없다는 사실을.

과거의 우주는 그걸 인정하면 한없이 불행해질 거라 생각했지만, 생각보다 괜찮았다. 자신과 비슷한 불편함을 겪고 있는 사람들을 만나며 그들이 불편함을 어떻게 극복했는지, 어떻게 행복을 추구하며 사는지 알게 되었으니까. 그리고 그들에게서 자신도 좀 더 나아질 수 있다는 희망을 얻었다.

그동안 우주는 과거를 후회하고, 미래를 걱정하며 스스로의 삶을 갉아먹었다. 이제는 그런 삶에서 조금이나마 벗어날 수 있을 것 같다는 생각이 들었다. 은호에게 극복하겠다는 말을 했던 순간부터 우주의 삶은 달라지기 시작했으니까.

자신이 나아진 만큼, 부디 은호도 괜찮아지길 바랐다.

하지만 바람과는 달리 걱정이 되는 건 어쩔 수가 없다. 재현에게 들은 바로는 요즘 은호네 회사 사정이 시끄러운 듯했다. 은호의 아버지인 HK그룹 이재철 회장에 관한 이야기가 한국 뉴스에 끊임없이 오르내리고 있다고 했다.

자세히는 알지 못했지만, 회장이 유령 회사를 세워 회사 돈을 횡령했으며, 국가 기관과 유착하여 비자금을 전달하고 부당노동행위를 했다는 것 등의 이야기가 오고 가고 있다고 한다.

게다가 은호의 이복형인 운영은 마약 혐의로 불구속 기소된 상황이었고, 우주의 그림을 가로챘던 일로 재판을 진행 중이라고 들었다. 여러모로 복잡한 상황이었다.

어째서 그렇게 한꺼번에 많은 일이 터졌는지 이유는 알 수 없지만, 은호에게 쉬운 상황은 아닐 것이라는 생각이 들었다. 그래도 잘 견뎌 내 주었으면 좋겠다고 생각했다. 불안정한 지반에 뿌리를 내렸으면서도 결코 넘어지지 않던 과거의 은호가 그랬듯.

생각에 잠긴 채 책을 넘기다 보니 주머니 속에서 핸드폰 진동이 요란하게 울려 댔다. 우주는 무시하고 그저 책만 읽었다. 문자의 주인공은 아마 리암일 것이다. 리암은 독서클럽에서 만난 열아홉 살짜리 남자앤데, 첫날부터 우주에게 지대한 관심을 보여 무척이나 부담스러운 애였다.

우주가 나는 서른 살이며, 너와는 사귈 수 없다고 몇 번이나 얘기했지만 리암은 우주가 서른 살이라는 사실을 믿지 않는 것 같았다.

나이도 문제였지만 더 큰 문제는 따로 있었다. 리암은 딱 서양판 도재현 같은 애였다. 나이가 무슨 상관이냐며 부추기던 미현은 서양판 도재현이라는 말을 듣자마자 다른 남자를 찾아보라고 말했다.

다른 남자.

은호와 헤어진 지 고작 세 달밖에 되지 않았는데도 미현은 그런 이야기를 자연스럽게 했다. 아마 우주가 최대한 빨리 은호의 그늘에서 벗어나기를 바랐기 때문이리라.

벗어난 건지, 벗어나지 않은 건지 아직까지는 알 수 없다. 이렇게 가만히 있다가도 은호의 존재는 우주를 들쑤셨고, 마음을 어지럽혔다. 그러나 견디지 못할 만큼 힘든 것은 아니었다.

더 이상 은호가 자신에게 돌아올 것인지 아닌지는 생각하지 않기로 마음먹었다. 각자의 삶을 견뎌 내다 보면 언젠가 괜찮아질 날이 올 것이라 믿었다.

우주는 눕혔던 몸을 일으켰다. 핸드폰을 확인하니 역시 리암의 메시지가 가득 쌓여 있었다. 우주는 정중한 사과 메시지를 보내고는 다시 주머니에 핸드폰을 넣었다. 그래도 진동은 윙윙 잘도 울려 댔다.

우주는 외면하고 책의 글자들만 읽어 내렸다.

은호는 이 회장이 앉아 있는 휠체어를 끌며 조용한 병원 복도를 걷고 있었다. 새벽의 병원은 무척 적요해서 은호의 규칙적인 발걸음 소리가 귓가에 울릴 정도였다.

이미 기자들이 병원 앞에 진을 친 상황이었다. 잘못을 모르는 사람들이 대개 그러하듯 이 회장은 자신의 죄보다는 자신이 겪은 고통을 더 부각시키려 했다. 아프지도 않은 몸을 휠체어에 맡겨 대중들에게 자신의 고통을 말하려는 것이다. 자신은 잘못이 없으니 이제 그만 적당히 하라고.

"몸은 좀 괜찮으세요?"

은호가 물었다.

"그래."

"잘 마무리 지어질 거예요. 형도 애쓰고 있고."

윤영의 큰형인 윤성은 어쨌거나 윤영보다는 좀 나은 사람이었다. 그래도 이 회장은 성에 차지 않은지 깊이 한숨을 내쉬었다.

"뭘 이렇게들 난리인지."

"······."

"다들 그동안 도움받았던 건 모르고 비난하기만 바빠. 다 열등감이지."

"그러게요."

"그래도 요즘엔 네가 있어서 다행이지 싶다."

은호는 설핏 웃었다.

"믿어 주시니 다행이네요."

"그래."

다시 규칙적인 발자국 소리만 울려 퍼졌다. 짧은 침묵을 마치고 은호는 입을 열었다.

"아버지는 제 어디가 맘에 들어서 여기까지 올려 주신 거예요?"

"머리 좋고 겁 없는 놈들은 잠깐 봐도 알아."

"그것뿐이에요?"

이 회장은 생각에 잠긴 듯 잠시 침묵했다.

"주제를 알아서 좋았다."

"……."

"윤영이나 윤성이는 나한테 사랑받고 싶어 했어. 그래서 자기한테 뭔가를 해 주길 바랐지. 노력도 하지 않으면서 뭔가를 원하는 거야. 내가 가만히 있으면 부모 역할을 하지 않는다고 생각해."

"……."

"넌 나를 아버지라고 생각하지 않아서 마음에 들었다. 그런 주제에 야망은 있었으니까."

은호는 짧게 웃었다.

"욕심만 많은 놈들보다는 욕심도 있고 실력이 있는 놈들이 낫지. 걔들은 너무 물렀어. 간절함이 없거든."

"……."

"너도 의외로 무른 면이 있긴 했다만."

"제가요?"

"그 애랑은 헤어진 게 맞는 거냐?"

"말씀드렸잖아요. 이제 안 만나요."

안 만나는 게 아니라 못 만나는 거지만. 은호는 뒷말을 숨기며 말없이 걷기만 했다.

"그래, 잘했다. 여자한테 마음 가는 것도 잠깐이야. 정 네가 마음에 걸리면 결혼하고 다시 만나면 돼."

그렇게 해서 자신의 어머니를 만났던 모양이다. 사상 한번 참, 은호는 욕을 할 가치도 느끼지 못해 입을 다물었다.

"제가 아버지라고 생각하지 않는 걸 아셨으면, 더 못 미더울 수도 있었을 거 같은데요."

이 회장이 피식 웃었다.

"넌 영리한 놈이라서 어떻게 해야 뭘 얻는지 방법을 알지 않았니."

"……."

"나도 그렇게 살아왔어. 그렇게 해서 지금 자리까지 오른 거야. 여기서 흔들릴 만큼 무르게 살아오진 않았다."

엘리베이터 문이 열렸다. 복도 코너를 지나자 유리문 밖에서 사진을 찍고 있는 기자들이 보였다.

"맞아요. 아버지는 여기서 무너지실 분이 아니죠."

"너도 나이를 먹었다고 이제 아부가 좀 늘었나 보구나. 말도 못 하던 놈이."

이 회장은 자신이 대단히 재미있는 농담이라도 한 것처럼 웃었다. 은호는 휠체어를 끌던 걸음을 멈추었다. 이 회장이 의아한 얼굴로 고개를 돌렸다.

"저랑 거래하실래요?"

"거래라니?"

"고작 이 정도에 아버지는 꿈쩍도 안 할 사람인 거 알아요."

이 회장의 얼굴에 의문이 깃들었다.

"알아서 일부만 터트린 거예요."

"뭐?"

이 회장의 미간에 주름이 졌다. 은호는 다시 휠체어를 끌었다.

"아버지 약점만 찾아온 게 10년이에요."

"너, 네가―!"

은호의 말뜻을 이해한 이 회장이 소리를 지르며 자리에서 일어서려 했다. 은호는 손바닥으로 어깨를 눌러 그가 일어나지 못하도록 막았다. 이 회장이 분노를 억누르며 시근거리는 호흡을 내쉬었다.

"보는 눈이 많아요."

은호는 조용한 목소리로 말했다.

"저는 오늘 여기서 조용히 사라질 거예요."

"그게 무슨 소리냐?"

"더 이상 저 건드리지 말라는 뜻이에요."

"……."

"아버지만 가만히 계시면, 제가 가진 거 더 터트릴 일은 없을 거예요."

은호는 아무렇지 않은 얼굴로 휠체어를 이끌었다. 그리고 유리문을 열었다. 플래시가 터지며 소란스러운 기자들의 목소리가 들려왔다. 은호는 몸을 숙이고 낮은 목소리로 말했다.

"앞으로도 쓰레기 같은 인생 잘 살아 보세요."

은호는 휠체어를 밀어 냈다. 휠체어 바퀴가 기자들 사이로 굴러 갔다. 그는 망설임 없이 뒤를 돌았다.

윤성은 제 아버지에 관한 뉴스를 보고 있었다. 아버지는 알지 못하겠지만, 이번 일은 윤성과 은호의 합작이었다. 은호가 먼저 이일을 제안했고, 윤성이 그것을 받아들였다.

윤성으로서는 하지 않아야 할 이유가 없었다. 아버지는 제 뒤를이을 사람으로 장남인 윤성이 아니라 은호를 염두에 두고 있었으니까. 그런 아버지의 목을 먼저 꺾는다면 제게는 유리한 상황이 될 터였다.

회사 이미지는 실추되겠지만, 멀리 보자면 병든 가지는 미리 쳐내는 게 이득이다. 이 정도로 무너질 아버지가 아니라는 것은 알지만, 그래도 이번 일은 타격이 클 터였다. 게다가 은호는 더 큰 폭탄을 지니고 있는 듯하니 앞으로 섣부른 행동은 하지 못할 터였다.

불만을 가지고 있었으면서도 아버지라는 끈을 놓을 수 없었던 자신과 달리, 은호는 제가 원하는 때에 제 아버지의 목을 조를 방법들을 차곡차곡 쌓아 왔던 모양이다.

노크 소리와 함께 문이 열렸다. 문이 열린 곳에는 피곤한 얼굴의 은호가 서 있었다. 그의 손에는 하얀 봉투 하나가 들려 있었다.

"너 진짜 갈 생각이야?"

윤성이 물었다. 은호는 고개를 끄덕이기만 했다.

"허, 참."

윤성이 기가 막힌 듯 웃었다. 이제 그를 가로막는 것은 무엇도 없는데도 이곳을 떠나겠다고 말하는 은호를 윤성은 이해할 수 없었다.

"다시 취직하면 경쟁사는 들어가지 마라."

은호는 그제야 희미하게 웃었다.

"내 맘이야."

"조건 마음에 안 들면 다시 와. 승진시켜 줄게."

"마음에도 없는 소리를."

"진짜야. 아버지가 왜 그렇게 자식들한테 집착했는지 알 거 같기도 해. 필요한 사람이 없어지니까 조급하네."

사실 윤성에게 은호는 얼굴을 몇 번 마주한 적도 없는 동생이

414

다. 은호가 본가에 있던 동안 윤성은 유학을 가 있었고, 일을 하거나 가족 모임이 있을 때만 몇 번 마주했던 게 전부였다.

아버지가 윤영이나 윤성보다는 은호를 염두에 두고 있었다는 건 윤성도 알았다. 지금은 어리지만 후에는 윤성에게 위협적인 사람이 될 터였다. 하지만 그만큼 회사에 도움이 될 사람이기도 했다.

"아버지처럼 살지는 마."

은호는 여느 때처럼 담담한 목소리로 말했다. 그러나 그 말에 진심이 담겨 있음을 윤성은 알 수 있었다.

"갈게."

테이블 위로 사직서 한 장만이 남았다. 사무실에서는 뉴스 아나운서의 목소리만 반복되었다.

헛. 우주는 화들짝 놀라며 눈을 떴다. 책을 읽다 그만 잠이 들어 버리고 말았다. 몸을 일으키자 얼굴을 덮고 있던 책이 무릎으로 떨어졌다. 햇빛을 많이 받았는지 팔뚝이 빨갛게 익어 있었다.

요즘 정신을 어디다 팔고 다니는 건지 이렇게 바보 같은 짓을 할 때가 많다. 한없이 예민했던 과거에 비하면 마음이 편해지긴 했지만, 이게 자신에게 나은 건지는 알 수 없었다.

책을 챙기고 누워 있던 자리를 정리했다. 그러던 도중에 꽃나무에서 떨어진 꽃이 우주의 어깨를 건드렸다. 우주는 꽃을 주워 들었다. 은호와 꽃구경을 갔던 게 문득 생각이 났다.

'호박색.'

'⋯⋯.'

'그게 제일 좋아.'

떠오르는 기억에 또다시 마음이 너울거린다. 우주는 잔디밭 위
에 꽃을 던져두었다. 꽃을 봐도 네가 생각나지 않는 날이 오긴 할
까. 우주는 생각을 묻어 두고 다시 걸음을 옮겼다. 꽃나무 그림자
가 쫓아오듯 우주의 얼굴 위로 드리웠다.

배가 고팠지만, 돌아오는 길에는 버스를 타지 않고 그냥 걸었다.
얼마 전부터 다리 재활치료를 받으며 운동량을 늘리고 있기 때문
이다. 과거에는 재활을 해도 나아진다는 확신이 없어 치료를 하지
않았으나, 요즘엔 약간의 희망을 가지고 재활치료를 받고 있다.

우주는 느리게 걸음을 옮겼다. 얇아진 옷으로 햇빛이 스며들고,
이따금씩 불어오는 선선한 바람이 머리카락을 흔들었다. 여름은
덥긴 하지만, 그래도 이렇게 강한 햇살을 받고 있으면 시야가 환해
져서 기분이 좋아진다. 햇볕에는 사람의 기분을 좋게 만들어 주는
힘이 있으니까.

우주는 길가에 늘어진 넝쿨장미의 그림자 속으로 파고들었다가
빠져나오기를 반복했다. 혼자 '꽃잎 밟지 않기' 목표를 세우고는
바닥을 보며 걷기 시작했다. 이런 것도 재활치료에 도움이 되는지
는 모르겠지만 그냥 걷는 것보단 재미있으니 열심히 꽃잎을 피해
걸었다.

그렇게 한창 집중하며 걷다 보니 어느새 화실 앞이었다. 얼마나
열심히 걸었는지 얼굴이 발갛게 달아오를 지경이었다.

고개를 든 우주는 우뚝 걸음을 멈추었다. 화실 건물 계단 앞에
앉아 있는 남자가 보였다. 남자는 커다란 나무 그늘 아래에서 제

위로 드리운 나뭇잎 무리를 바라보고 있었다. 옆에는 큰 캐리어가 있었는데, 캐리어 위에는 화려한 꽃다발이 놓여 있었다. 여름과 어울리는 밝은 색상의 꽃이 가득한 예쁜 꽃다발이었다.

입고 있는 하얀 티셔츠에 나뭇잎이 떨어진 것도 모른 채 가만히 나뭇잎을 응시하고 있는 그의 얼굴은 예전보다 한결 편안해 보였다. 날카로움이 거두어진 부드러운 얼굴은 우주의 코끝을 시큰해지게 만들었다.

저도 모르게 코를 훌쩍이고 말았다. 소리가 들렸는지 남자가 고개를 돌려 우주를 바라보았다. 허공에서 마주친 시선이 오래 맞닿았다. 침묵 속에 바람만이 귓바퀴를 간질였다.

남자는 자리에서 일어섰다. 그리고 천천히 다가와서 우주에게 꽃다발을 건네주었다. 너무 예쁜 꽃다발인데 눈앞이 흐릿해져서 잘 볼 수가 없었다.

"잘 지냈어?"

자신의 앞에서 웃고 있는 남자는 분명 은호였다. 그의 얼굴을 제대로 보고 싶어서 우주는 눈물을 닦아 냈다. 그러나 다정한 시선을 보고 있자니 자꾸만 눈물이 나왔다.

"다 정리하고 왔어."

은호의 손에는 아직까지 반지가 끼워져 있었다. 그 반지를 볼 때마다 눈물이 날 것 같아서 우주는 반지를 서랍 속에 꽁꽁 넣어 두었었다.

"네가 했던 말들 지키려고 노력했어. 병원도 가 보고, 엄마랑 얘기도 해 봤어."

"……."

"네 말대로 내가 그 사람에 대해 모르는 부분이 있었더라. 그 사람은 자기가 힘이 너무 없어서 아버지가 가진 걸 내가 대신 갖 길 바랐대. 바보같이."

은호는 손을 들어 우주의 뺨을 적신 눈물을 닦아 주었다.

"그래도 너한테 했던 일이 용서가 안 돼서 당분간은 얼굴 보지 말자고 했어."

"……괜찮은 거야?"

우주는 간신히 목소리를 내어 말했다. 그는 고개를 끄덕였다.

"괜찮아. 이상할 정도로 마음이 편해."

다행이라 생각하며 우주는 고개를 끄덕였다.

"난 어머니 바람대로 아버지가 가진 걸 계속 뺏고 싶어 했어."

"……"

"복수하고 싶고, 다 망가트리고 싶었어."

은호가 가라앉은 시선으로 우주를 응시하며 말했다.

"근데 그게 나를 더 갉아먹었던 거 같아."

"……"

"이제 그만 내려놓을래."

우주는 울먹이며 고개를 끄덕였다.

"우주야."

그는 조용한 목소리로 말했다.

"내 상황이 괜찮든, 괜찮지 않든 계속 네가 생각나더라."

"……"

"네가 걱정했던 것처럼 내가 네 과거의 모습만 좋아했던 게 아 닐까 생각해 봤는데, 아니었어."

"……"

"지금 네 모습이 더 많이 생각났어."

418

빰을 어루만지는 손길이 다정했다. 그는 연신 흘러내리는 우주의 눈물을 닦아 주었다.

"너 없는 동안 계속 생각했어. 내가 너 없이 살 수 있을까, 너 없이도 괜찮아질 수 있을까."

"……."

"결론은 항상 똑같았어. 예전이나 지금이나 안 되겠더라."

은호는 우주의 빰을 쓰다듬으며 그리웠던 얼굴을 한참이나 응시했다. 눈동자는 여전히 맑았고, 코끝도 입술도 모두 다 예뻤다.

"사실 아직도 많은 게 다 내 탓 같아."

"……."

"근데, 그걸로 미안해하기 보다는 앞으로의 일만 신경 쓸게."

그는 여느 때보다 확고한 목소리로 말했다.

"과거 일보다는 앞으로의 네 행복만 우선으로 하고 싶어."

"……."

"이런다고 해서 내가 뭘 포기하거나 희생하는 게 아니야. 내가 원하니까 네 옆에 있겠다는 거지."

한 걸음 더 다가온 그가 우주의 눈가에 입을 맞춰 주었다.

"계속 자신이 없었지만 한 가지는 확신해."

"……."

"나만큼 너를 사랑할 수 있는 사람은 없을 거야."

우주의 마음도 은호와 다르지 않았다. 벅찬 감정에 우주는 흐느껴 울었다. 흘러내리는 눈물이 얼른 잦아들길 바라는 듯 그는 연신 입을 맞추었다.

"너는 어떻게 하고 싶어?"

상체를 숙인 그가 우주와 시선을 맞추었다. 흔들리는 눈동자가 우주에게 대답을 요구했다.

"내 옆에 있고 싶어?"

우주가 대답하지 못하자 그는 조금 초조해진 듯 보였다. 그래도 재촉하지 않고 계속 눈물을 닦아 주었다. 우주는 힘겹게 입을 열어 울음 섞인 목소리로 답했다.

"계속 그러고 싶었어."

"……."

"한 번도 그러지 않았던 적 없어."

그리고 우주는 어린아이처럼 울음을 터트렸다. 은호는 눈시울이 붉어진 채 옅은 미소를 지었다. 그는 우주를 끌어당겨 제 품에 가득 안았다.

은호의 품 안에서는 그리운 향기가 났다. 바다 냄새 같기도 하고, 물푸레나무의 풀 냄새 같기도 한 그 향기는, 그의 목소리가 기억나지 않아도 그리운 기억을 불러일으켰다.

우주는 그의 품에 얼굴을 묻었다. 눈을 감으면 시간의 흐름을 인지할 수도 없을 만큼 고요한 세상이다. 가끔은 모든 세상이 멈춰 있는 것처럼 보이기도 한다. 그런데도 그 정적인 세상 속에서 그의 존재는 너무도 선명했다.

그는 힘주어 우주를 안아 주었다. 나는 늘 네 곁에 있다고, 그게 줄곧 내 일이었다고. 네가 듣지 못해도 마음을 전달할 거라고 말해 주듯이.

〈나의 고요에게〉 完

외전. 재현의 입장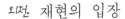

"난 피카소가 될 거야."

아홉 살 임우주는 그 말을 달고 살았다. 크게 깊은 뜻은 없고 그냥 유명한 화가가 된다는 뜻이었다. 그때는 아는 화가도 없고, 화가 중에 제일 이름을 많이 들어 본 사람이 피카소였으니 그냥 피카소가 된다고 한 것일 테다. 멋모르는 아이들은 멋있다며 우주를 칭찬했다.

재현은 그게 고까웠다. 어린 재현에게 우주는 경계의 대상이었다. 그도 그럴 것이 어딜 가나 주목받는 것은 자신이었는데 우주는 반 애들에게 인기가 너무 많았다. 그때나 지금이나 초등학생들에게 인기라는 것은 인생의 척도이자 집단에서 살아남는 중요 요소였다.

임우주는 그 동네의 골목대장이었고, 장난이 심한 남자애들도 때릴 줄 아는 여자애였다. 그래서인지 유독 여자애들에게 더 인기

421

가 많았다. 재현으로서는 이해하기 어려운 현상이었다.

재현은 우주를 만나기 전까지만 해도 여자애들이 다 온순한 줄 알았다. 다들 치마를 입고 집에서 인형 놀이를 하며 호호 입을 가리고 웃을 거라 생각했다. 미디어의 폐해였다. 편협한 사고를 가진 어린 재현에게는 딱지치기에 꼼수를 썼다며 민수의 마빡을 후려치는 우주의 모습이 지나치게 충격적이었다. 저런 애가 자신의 인기를 가져갔다는 사실을 믿고 싶지 않았다.

"참 쉽죠?"

TV에서 밥로스 아저씨가 나오던 때였다. 우주의 꿈은 어느새 피카소에서 밥로스 아저씨로 바뀌어 있었고, 우주는 애들 앞에서 종이에 그림을 그리고 밥로스 아저씨의 대사를 따라 하곤 했다. 자고로 초등학생들에게는 교과서에 나오는 인물보다는 TV에 나오는 인물이 더 유명한 법이다. 그때 우주의 인기는 최고조였다.

결국 재현은 그해 반장선거에서 우주에게 밀리고 말았다.

임우주 반장. 도재현 부반장. 그 사실이 너무도 억울하고 분해 집에서 이불을 뒤집어쓰고 하루 종일 울었다. 그 일이 가족들의 평생 놀림거리가 되리라는 사실을 그때의 재현은 알지 못했다.

아무튼 재현에게 임우주는 지나치게 발랄하고 활발하고 시끄럽고 짜증 나는 애였다. 맨날 어디서 구르다 왔는지 옷도 꾀죄죄하고, 이상한 색의 물감을 묻히고 다녔다. 엄마에게 들은 바로는 우주네 집 벽지에 우주가 온통 그림을 그려 놔서 벽지를 바꾼 것만 해도 다섯 번이라고 했다.

"난 그런 민폐는 끼치지 않아."

패배를 인정하고 싶지 않았던 재현이 말했다. 그렇게 말하면 부모님이 '재현이 어른이네~'라고 칭찬해 주시는 게 참 좋았다. 그러고는 뒤에서 한껏 웃으셨다는 걸 나중에야 알게 되었지만 어찌 됐든 재현에게는 우주가 세상에서 제일 치사하고 못된 파렴치한 사람이었다.

"목소리 큰 애는 딱 질색이더라!"

재현은 우주가 들으라고 큰 소리로 말했다. 사실 재현도 그렇게 조용하고 얌전한 성격은 아니었음에도 그런 말을 했다. 우주는 상처받기는커녕 와하하 웃으면서 제 친구들과 떠들기만 했다. 아마 그게 본인이라고 생각하지 못했던 것 같다.

임우주 정말 싫어. 재현은 우주가 점점 더 미워졌다.

그렇게 싫어하던 우주에 대한 생각이 변했던 계기가 있었는데, 사실 별일도 아니다.

"야, 친구야. 너 혹시 잔돈 있냐?"

고학년 형이 지나가던 재현을 붙잡고 물었다. 초등학교 저학년 에게 고학년은 선생님보다 무서운 존재였다. 말을 듣지 않으면 고학년 형이 귀를 찢어 버린다는 이상한 소문이 돌던 때이기도 했다. 재현은 주머니에 돈이 없었고, 그런 자신의 귀를 찢을까 무서워 그 자리에서 닭똥 같은 눈물을 떨구었다.

"헉, 갑자기 왜 울어?"

지금 생각해 보면 그때 그 형은 진짜 잔돈이 필요했던 것 같다. 하지만 공포에 질린 재현은 그것을 모르고 그저 울기만 했다. 그때 지나가던 우주가 재현을 발견했다. 우주는 표정을 찡그린 채 고학 년 형을 바라보았다.

"왜 울려요?"

"아니, 잔돈 있으면 바꿔 달라고 하려고 했는데……. 미안. 그냥 갈게."

그냥 착한 형이었다. 하지만 재현은 우주가 그 형을 물리쳐 준 거라고 생각했다. 지금도 그렇듯이 단순한 재현은 그때부터 우주를 싫어하지 않게 되었다.

반장과 부반장은 원하든 원치 않든 서로 같이 할 일이 많다 보니 어느새 재현과 우주는 친해지게 되었다. 우주와 친해지고 알게 된 충격적인 사실이 있는데, 그동안 우주는 재현을 경쟁자로 생각하지도 않았으며, 재현이 인기가 있든 말든 하나도 관심이 없다는 것이었다. 라이벌인 줄 알았는데 저 혼자만 그렇게 생각했던 모양이다.

그래도 막상 친해지니 재현은 우주가 괜찮은 애인 것을 알게 되었다. 싫어하던 애가 괜찮은 애로 바뀌고, 나중에는 같이 있으면 재밌는 애, 좋은 애로 바뀌었다.

초등학교 고학년 때는 반이 바뀌며 자연스레 우주와 멀어졌다. 왠지 얼굴을 보면 어색한 것 같아서 일부러 마주치기를 피했다. 어쩌다 마주치면 어색한 걸 숨기려고 짓궂은 장난을 치기도 했다. 어린 우주는 참지 않고 재현의 등짝에 주먹을 꽂았다.

그렇게 어색하게 초등학교를 졸업하고, 중학교에 들어가고 나서야 우주와 다시 같은 반이 되었다. 재현네 집이 이사하면서 우주네 집과 거리가 더 가까워졌고, 자연스레 다시 친해졌다. 등하교도 같이 하고, 얼굴만 알고 살던 부모님끼리도 친해졌고, 서로의 집에 들락날락하는 게 당연한 사이가 되었다.

계속 그렇게 시간이 흐를 줄만 알았다. 그때는 누군가에게 불행이 찾아올 거란 깊은 생각을 해 본 적이 없었다. 지금의 삶이 우주와 재현에게는 너무 당연했고, 지금까지와 비슷한 방식으로 어른이 될 줄 알았다.

그러나 당연한 삶이 아니었다. 어느 날 우주의 아버지가 간암 말기라는 진단을 받았다. 그 후로 우주의 아버지는 수술을 반복하다 1년도 채 버티지 못하고 돌아가셨다.

우주는 일주일 정도 학교에 나오지 않았다. 일주일 후에 돌아온 우주는 담임 선생님이 반 아이들에게 우주를 배려해 달라고 한 것이 무색하게도 평소와 다름없는 태도를 보였다.

그래서 재현은 우주가 괜찮은 줄 알았다. 그때는 누군가의 죽음이 익숙하지 않아 우주의 마음을 잘 알지 못했다. 평소처럼 웃고 장난치며, 반 애들과 잘 어울리는 우주를 보며 다행이라는 생각을 했다. 간혹 생각에 잠긴 눈으로 어딘가를 바라보았지만, 웃는 모습은 예전처럼 맑아서 변한 건 아무것도 없다고 생각했다. 바보 같게도.

그러던 어느 날 우주가 머리를 자르고 나타났다. 목덜미와 귀가 훤히 보일 정도로 짧은 머리였다. 그때부터 우주는 이상한 행동을 보였던 것 같다. 자꾸만 남자애처럼 행동을 하려 했다.

"야, 임우주. 조심 좀 해라. 여자애가 조심성이 없어."

재현은 우주가 체육관 사용으로 남자 선배들과 싸울 뻔했다는 이야기를 들었다. 우주는 예전에도 남자애들을 무서워하지 않는 편이었지만, 그래도 무모한 행동을 하진 않았었다. 하지만 이번 일은 우주답지 않을 정도로 무모했던 것 같다.

"여자든 남자든 무슨 상관이야."

재현의 말에 우주는 태연히 대답했다. 성별이 중요하진 않다는 걸 알지만, 어쨌거나 임우주는 여자였다. 학교에 비리비리한 남자애들이 다수이긴 했지만 그래도 성인보다 더 크고 우락부락한 남자애들도 많았다. 그네들에 비하면 우주는 확연히 덩치도 작고 마른 애였다.

"야. 너 혹시 남자가 되고 싶어?"

"아니?"

"그럼 혹시 여자 좋아해?"

"뭐래. 남자처럼 한다고 다 여자 좋아하냐."

"그럼 왜 자꾸 남자처럼 하려고 해?"

우주는 바나나 우유를 빨대로 빨아올리며 대수롭지 않은 어투로 말했다.

"남자처럼 하는 게 아니라 센 척하는 건데."

재현은 어처구니없는 얼굴로 우주를 바라보았다.

"네가 동네 골목을 제패하고 다닐 때부터 알아보긴 했다만……."

재현의 말에 우주가 웃음을 터트렸다. 그리고 평소처럼 대화를 나누었던 것 같다. 그때 자신이 좀 더 사려 깊은 성격이었다면 좋았을 뻔했다. 우주가 남자애처럼 구는 건, 성별을 떠나 약해 보이고 싶지 않았기 때문이다. 그래야 누군가 엄마나 자신을 건드리지 않을 테니까.

우주는 누군가에게 여린 사람으로 비추어지는 일을 두려워했고, 그게 아버지의 부재로 인한 결과였음을 재현은 전혀 눈치채지 못했다.

그 일이 있고 나서 얼마 지나지 않아 또 사고가 생겼다. 우주가 같은 반 남자애의 코뼈를 부러트린 것이다. 코뼈가 부러진 현우라는 놈은 우주한테 유독 관심을 보였던 애다.

우주는 성격도 좋고 얼굴도 예쁘장한 편이라 은근히 남자애들한테서 고백을 받곤 했지만, 누구를 사귈 생각은 없었는지 늘 거절을 했다. 마찬가지로 현우도 거절을 했는데, 그놈은 그게 마음에 안 들었던 모양이다. 우주에게 돌아가신 아빠 욕을 했다고 들었다.

우주는 마르긴 했지만 운동신경은 좋은 편이었고, 그놈과의 싸움에서 코뼈를 부러트리고 이겼다고 한다. 이긴 건 다행이었지만 그래도 재현은 석연치 않았다.

"야, 너 진짜 무모하게 그러지 좀 마라."

재현은 우주를 타일렀다. 저번 일도 그렇고, 자꾸 무모하게 굴다간 정말 큰일이라도 생길까 걱정이 됐다.

"애도 아니고 세 보이는 게 무슨 상관이야."

그러나 우주는 입을 꾹 다문 채 대답도 하지 않았다. 미동 없는 눈으로 정면만을 응시하고 있을 뿐이었다. 감정 표현이 다양한 사람이라 화를 내거나 짜증을 낼 줄 알았는데 가만히 감정을 삼키고 있다. 그 모습이 재현에게는 무척 낯설었다.

"임우주. 내 말 듣고 있냐? 걔가 아니라 더 큰 놈이 너 때렸으면 어쩌려고 했어."

"……."

"자각 좀 해. 주변 애들이 도와줄 수도 있었잖아."

"누가 도와줘?"

우주는 고개를 들어 차가워진 눈으로 재현을 바라보았다. 그는 우주가 그런 표정을 짓는 걸 처음 보았다.

"아무도 없으면 누가 도와주는데."

우주는 냉정한 어투로 말을 이었다.

"나도 몰라서 이러는 거 아니야. 근데 내가 가만히 있으면 누가 나를 지켜?"

재현이 아무 말도 하지 못하자 우주는 깊이 한숨을 내쉬었다. 그리고 아무 말도 하지 않고 그 자리를 떴다.

집으로 돌아가서 부모님과 이야기를 해 본 뒤에야 알았다. 우주는 엄마에게 안 좋은 일이 생길 뻔한 뒤로 약해 보이지 않아야 한다는 강박이 생겼던 것 같다.

재현은 심란한 마음으로 다시 학교에 갔다. 우주에게 사과도 하고, 위로의 말도 해 주고 싶었다.

"야, 도재현! 아이스크림 먹으러 가자!"

그런데 우주는 아무렇지 않은 듯 재현을 대하며 웃었다. 그런 우주에게 아무 말도 할 수가 없었다. 그냥 평소처럼 웃으며 장난을 치는 것이 재현이 할 수 있는 유일한 일이었다.

어영부영 시간이 흐르고 고등학생이 되었을 때, 우주는 그림으로 대학 진학을 하지 않겠다는 선언을 했다. 중학교 내내 상을 휩쓸던 우주였다. 우주의 집안 사정이 더 안 좋아져 그런 선택을 했음을 알고 있었지만, 재현은 우주가 하고 싶은 걸 했으면 좋겠다고 생각했다.

사실 재현은 넉넉한 집안에서 자라 경제적인 결핍 상황에 있는 우주를 이해하지 못했다. 그저 우주가 그림을 그릴 때 가장 즐거워 보였기 때문에 그걸 했으면 좋겠다고 생각했을 뿐이다. 역시나 우주는 그런 재현의 생각을 받아들이지 못했다.

그 이후로도 우주는 계속 한결같은 모습을 보였다. 여전히 해맑은 웃음을 짓는 사람이었지만, 누군가에게 약한 모습을 보이지도 않았고, 쉽게 의지하려 하지도 않았다. 재현은 그런 우주를 어떻게 대해야 할지 몰라 그냥 평소처럼 대했다. 이왕이면 웃는 날이 많은 게 좋겠다고 생각하여 실없는 농담을 더 많이 하기도 했다.

2학년이 되고 얼마 지나지 않아 이은호가 전학을 왔다. 어째선지 우주는 유독 이은호를 챙겼다. 원래 사람을 잘 챙기는 편이고, 말을 못 하는 사정이 있으니 안타까워 그러는 것이라 생각했다.

그냥 그렇게만 생각했는데.

"야, 이은호 같이 밥 먹자."

"야, 은호야. 집에 같이 가자."

그만할 때도 됐는데 자꾸 반응 없는 전학생에게 말을 걸었다. 그걸 보는 재현의 기분은 좋지 않았다. 그때는 왜 기분이 나쁜지도 잘 알지 못했고, 그저 친구를 빼앗긴 심술이라고만 생각했다.

그저 단순한 심술이 아님을 깨달은 것은 사생 대회 날이었다.

"전학생이 잘생겼어, 내가 잘생겼어?"

우주가 버스에서 같이 앉아 주지 않아 재현은 기분이 상해 있었다. 함께 걷던 친구들에게 질문하니 친구들은 뻔한 반응을 보였다.

"미친놈."

"난 전학생에 한 표. 걔 완전 연예인처럼 생겼더라."

"그러면 뭐 해. 말을 못 하잖아. 난 멀쩡한 도재현한테 한 표."

"난 나한테 한 표하면 안 되나?"

영양가 없는 이야기를 듣고 있을 때였다. 멀리서 중학교 동창인 윤지가 재현을 불렀다.

"도재현, 너 왜 오늘은 우주랑 같이 안 다녀? 걔 너네 반 잘생긴 전학생이랑 같이 다니던데."

기분이 다시금 가라앉았다. 재현은 모른다는 뜻으로 어깨를 으쓱였다.

"둘이 무슨 사이래? 혹시 사귀대? 뺏겼냐?"

"아, 뭐래. 그런 거 아냐."

윤지는 큰 소리로 웃었다.

"아, 맞다. 야, 아까 김현우가 우주한테 또 개지랄했어."

윤지의 이야기를 들은 재현이 표정을 굳혔다.

"뭐라고 했는데?"

"뻔하지 뭐. 걔네 아빠랑 집안 사정 이런 거 들먹였지. 유치해서 못 봐 주겠더라, 진짜."

재현은 깊이 한숨을 내쉬었다. 자세히 듣지 않아도 상황을 예상할 수 있었다.

"그래도 전학생이 복수해 줘서 좀 통쾌하긴 하더라."

"무슨 복수?"

"걔 머리에 음료수 부었어. 반할 뻔했다니까? 걔 우주 좋아하는 거 아냐?"

윤지가 웃으며 말했지만, 재현은 웃지 못했다.

"아무튼 우주 위로 좀 잘해 줘라. 안 그래 봬도 여리잖아."

"……임우주 어디로 갔어?"

"저기로 갔을걸? 전화해 봐."

재현은 인사를 하고 윤지가 가리킨 방향으로 걷기 시작했다. 걸으며 우주에게 전화를 해 보았으나 받지 않았다. 이은호랑 같이 있으려나, 아니면 혼자 있으려나. 우주에게 기분이 상했다는 이유로 같이 다니지 않았던 게 후회가 되었다. 김현우를 마주칠 줄 알았으면 같이 다니는 건데.

후회를 하던 재현은 얼마 걷지 않아 멈춰 서야 했다. 멀지 않은 곳에 우주가 있었기 때문이다. 그 앞에는 이은호가 있었고, 우주의 눈물을 닦아 주고 있었다. 우주는 서글픈 얼굴이었다.

내 앞에서는 저런 표정 지은 적 없는데.

가슴이 내려앉았다. 재현은 그때 깨달았다. 우주는 계속 괜찮지 않았으며, 누군가 자신을 달래 주기를, 누군가 알아봐 주기를 기다렸는지도 모른다. 재현이 그걸 알아채지 못하는 동안 이은호는 빠른 시간에 우주의 마음을 알아보았다.

이은호는 다시금 우주의 눈물을 닦아 주었고, 무어라 말을 했다. 그러자 우주는 눈물 고인 눈으로 미소 지었다. 재현은 두 사람이 사라질 때까지 그 자리에 우두커니 서 있었다.

우주를 위로해 주는 사람이 자신이 되고 싶었다. 눈물을 닦아 주는 것도 자신이 하고 싶었다. 그러나 그걸 깨달았을 때는 너무 늦어 버린 뒤였다.

불행은 간혹 정말 일어나지 않아야 하는 사람에게 일어나곤 한다. 우주가 교통사고를 당해 청력을 잃었다. 그것도 이은호네 어머니 부탁으로 서울에 가다 일어난 사고라고 했다. 부질없는 생각이라는 것을 알면서도 이은호 탓이라는 생각이 들었다.

병실에 앉아 있는 우주의 얼굴이 낯설게 느껴졌다. 웃음이 익숙하던 사람은 굳어 버린 밀랍인형처럼 한곳만 멍하니 응시하고 있었다. 재현은 덜컥 겁이 났다. 이대로 우주가 영영 웃지 않을까 무서웠다.

「야. 임우주. 나도 너 따라 영국 갈까.」

우주는 쪽지를 빤히 바라보았다. 그 눈에 무엇이 담겨 있는지는 알 수 없지만, 내용이 아닌 다른 것을 보고 있다는 생각이 들었다. 그러고 보니 예전에 이은호랑 대화를 할 때 쪽지를 나누는 걸 본 적이 있다.

재현은 우주의 팔을 잡았다. 우주는 깜짝 놀라서 고개를 들었다.

"나도 영국 같이 간다고."

재현은 우주가 알아듣길 바라며 또박또박 말했다. 우주는 고개를 젓고는 쪽지 위에 글자를 적었다.

「혼자 있고 싶어. 그래도 고마워.」

우주는 재현이 옆에 있는 것을 허락하지 않았다. 그렇게 우주는 낯선 이국땅으로 떠나 버렸다.

9년은 긴 시간인 것 같기도 하지만 생각보다 빠르게 흘러갔다. 20대를 보내는 동안 늘 태평하던 재현도 장래 때문에 방황하기도 하고, 불안정한 시기를 겪기도 했다. 반면에 우주는 외면하던 자신의 꿈으로 성공을 이루었다.

막상 우주가 성공하자 재현은 우주의 앞에 설 자신이 없어졌다. 그저 친구로서는 잘 지내 왔지만, 그 이상으로서 우주의 앞에 서는 것은 자신이 없었다. 다른 20대들도 그랬듯 불안정하고 어려운 시기였다.

견디면서 살다 보니 우주와 저 둘 다 서른을 앞둔 나이가 되었다. 그럭저럭 자리를 잡았는데도 우주에게 고백은 할 수 없었다. 거절할 것을 알고 있었으니까.

아닌 척했지만 우주의 마음에는 아직 이은호라는 존재가 남아 있었다. 재현은 우주와 더 발전된 관계로 나아가고 싶다가도 덜컥 두려운 마음이 들었다. 지금 마음을 드러내면, 어색해질 것이라고. 청력을 잃고 사람을 꺼리게 된 우주에게 자신마저 어색한 사이가 될 수는 없었다.

재현이 그동안 연애를 하지 않았던 건 아니다. 다른 사람이 좋아지길 바라며 여자 친구도 사귀었지만 늘 미적지근했다. 마음이 다른 데 가 있으니 다른 사람과의 연애가 즐거웠을 리가 없다.

그렇게 계속 시간이 흐를 줄 알았다. 살다 보면 우주도 이은호를 잊을 날이 올 것이라 생각했고, 어쩌면 자신에게도 기회가 올지도 모른다는 약간의 희망도 조금씩 키워 가고 있었다.

그런데 다시 이은호가 나타났다.

은호와 마주한 우주를 보며 재현은 단념하는 수밖에 없었다. 우주가 가진 마음은 너무 깊어서 자신을 돌아볼 여유가 없어 보였다. 그리고 불안정한 우주에게는 이은호라는 존재가 필요했다.

두 사람이 오해를 풀고 다시 사귀게 되었다는 걸 알았을 때는 그냥 받아들이는 수밖엔 없었다. 사실 두 사람이 다시 재회했을 때부터 이미 알고 있었다. 어떻게 해서든 우주와 은호는 다시 만날 거라는 사실을.

"야, 우리 술 마시자. 인간적으로 술 정도는 사 줘라. 너희 둘이 10년이나 삽질하는 동안 가운데 껴 있는 내가 고생 좀 했잖냐."

그래서 그냥 태연히 웃었다. 감히 끼어들 생각은 들지 않았다. 웃는 우주의 모습이 마냥 예뻐 보였으니까.

만약 처음부터 자신이 우주를 위로해 주었으면 어땠을까. 아버지를 잃은 슬픔을 달래 주고, 내가 늘 네 옆에 있어 주겠다고 말을 했다면 지금쯤 조금은 달라지지 않았을까, 씁쓸한 상상을 했다.

두 사람을 더는 바라보기 힘들어서 술자리를 나와 바람을 쐬었다. 혼자 있고 싶었는데 미현이 거기에 서서 담배를 피고 있었다. 재현은 저도 모르게 미현에게 한 개비만 달라고 했다.

"도재현 씨 담배 폈었어요? 근데 누가 보면 이미지에 별로 안 좋지 않나?"

그냥 말없이 받아 들었다.

"윤미현 씨도 담배 피는지는 몰랐는데요."

"우주 씨한테는 비밀로 해 줘요. 알면 또 난리 난다. 건강에 안 좋은 걸 왜 자꾸 피냐고 난리야, 난리."

재현은 라이터까지 빌려 불을 붙였다. 연기를 한 모금 빨아들여 보았다.

"케헥!"

재현은 요란하게 기침을 했다. 이딴 걸 왜 피는 거야! 인상을 찌푸리고 담배를 내던졌다.

"뭐예요. 피지도 못하는 거 왜 달라고 한 거예요?"

재현은 대답하지 않고 그냥 옆에 앉았다. 미현은 그런 재현을 빤히 바라보았다.

"도재현 씨."

"네?"

"나랑……."

재현은 의아한 표정을 지었다.

"실버타운 같이 들어갈래요?"

"갑자기 뭔 소리예요?"

어처구니가 없어져서 재현이 물었다. 미현은 크게 웃음을 터트렸다.

"아니, 꼭 실버타운이 아니더라도. 늙어서도 같이 있어 줄 친구가 필요하단 말이에요. 우주 씨는 결혼 안 하고 나랑 같이 재밌게 살 줄 알았는데……."

그러고 보니 우주가 미현은 독신주의자라고 말을 했던 것 같다.

"오늘 보니 우주 씨 왠지 결혼할 것 같다는 생각이 들어서 씁쓸해요. 도재현 씨는 안 서운해요? 둘이 오래 친구였잖아요."

재현은 한숨을 내쉬었다. 서운하다는 말로 이 감정을 다 표현할 수 있는 걸까.

"서운하다기보다는 후회되네요."

"뭐가요?"

"모르셔도 됩니다아."

재현은 장난스럽게 말꼬리를 늘려 말하고는 다시 건물 안으로 들어섰다. 그 뒷모습을 보며 미현은 피식 웃었다.

재현은 그림을 그리는 우주의 뒷모습을 빤히 바라보았다. 재현이 들어온지도 모르고 우주는 집중해서 그림을 그리고 있다. 예전부터 생각했던 거지만 재현은 우주가 즐거운 게 좋았다. 그래서 우주가 계속 그림을 그리길 바랐다.

그런데 지금은 그림을 그리고 있는데도 약간은 불안정해 보인다. 이은호 때문이라는 것을 알고 있다. 언제나 우주를 흔드는 사람은 자신이 아니라 은호였다. 그리고 우주를 가장 행복하게 해 줄 수 있는 사람도 은호였다.

"야, 임우주."

재현은 조용한 목소리로 말했다. 고요한 뒷모습은 늘 그랬듯 반응이 돌아오지 않는다.

　　"나 너 좋아했어."

　　조금 더 일찍 말했으면 좋았으리라는 생각이 들지만, 어쩔 수 없을 것이다. 그는 부드러운 미소를 지었다. 그래도 고백은 했으니 다행이다.

에필로그 은호의 우주

은호는 한밤중처럼 잠들어 있는 우주의 볼을 꼬집었다. 아까부터 계속 깨웠는데 일어나지를 않는다.

"임우주, 안 일어날래?"

은호가 런던에 온 지 한 달이 다 되어 가는 시점이었다. 우주와 함께 살게 되며 알게 된 게 있는데, 우주가 너무도 불규칙한 생활을 하고 있다는 것이다.

은호는 아침 일찍 일어나 운동을 하고, 아침밥을 먹는 것을 당연시 생각하는 사람인 반면에 우주는 제 컨디션에 따라 아무 때나 일어나 내키는 시간에 아침 겸 점심을 먹는 습관을 가지고 있었다.

그리고 비몽사몽인 채로 발음 연습을 하고, 꾸벅꾸벅 졸며 수화 영상을 보고, 그림을 그리다 한참 후에 저녁을 먹는다. 그것도 대부분 인스턴트 음식이었다. 심지어 그림이 잘 그려지는 날에는 밤을 새기도 했다.

그 불규칙한 생활은 우주의 건강과 재활에 전혀 도움이 되지 않을 터였다. 그래서 은호는 우주의 생활 패턴을 바꾸기로 마음먹었다. 요즘 그는 매일 아침 같은 시각에 우주를 깨워 아침을 먹이는 중이었다. 그러나 우주는 절대로 한 번에 일어나는 법이 없어 아침 내내 씨름을 해야 했다.

처음에는 곤히 자는 모습을 보며 마음이 약해져 잘 깨우지 못했는데, 지금은 마음을 강하게 먹고 억지로 우주를 깨울 수 있게 되었다. 불규칙한 생활로 우주의 수명이 줄어드는 것보다는 억지로라도 건강한 생활을 하는 게 낫다고 생각했으니까.

은호가 우주의 팔을 잡고 끌어당겼다. 우주는 종이 인형처럼 축 늘어진 상태에서 죽은 듯이 잠만 잤다. 팔을 내려놓고 다시 양쪽 볼을 꼬집자 그제야 우주는 스르르 눈을 떴다.

"그만 자고 일어나서 밥 먹어. 적어도 9시 전에는 일어나야지."

우주는 느리게 눈을 깜빡이더니, 가라앉은 목소리로 말했다.

"내가 어디에서 봤는데, 아침형 인간이랑 저녁형 인간이 다른 점은 아침형 사람이 지나치게 우쭐하는 것뿐이래."

"……."

"네가 딱 그래."

그리고 우주는 다시 잠이 들어 버렸다. 은호는 충격에 빠진 얼굴로 가만히 우주의 얼굴을 응시했다. 지금 누구 생각해서 이러는 건데. 그는 한숨을 내쉬었다. 잠을 깨우는 게 어지간히 싫었나 보다.

처음엔 힘들어도 적응하면 괜찮아질 텐데. 은호는 심각한 얼굴로 생각에 잠겼다. 생각 끝에 결정을 내린 그는 결국 우주의 허리와 다리 밑으로 팔을 넣어 우주를 안아 올렸다. 그런데도 우주는 은호의 어깨에 기대어 곤히 잘도 잤다.

식탁에 앉혀 주자 우주는 눈을 깜빡깜빡, 느리게 감았다 뜨며 고개를 떨어트렸다. 은호는 우주의 턱을 손바닥으로 받쳤다.

"운동하는 건 바라지도 않으니까 아침밥이라도 먹자, 어?"

은호는 우주가 눈을 뜨지 않고 있는데도 말을 하며 손에 억지로 숟가락을 쥐여 주었다.

"팔에 이렇게 힘이 없는데 어떻게 그림을 그려."

그는 계속 잔소리를 남발했다. 우주는 들리지 않는 게 다행이라고 생각하며 그냥 눈을 감아 버렸다. 결국 은호는 우주의 옆에 앉아 입에 음식을 넣어 주었다. 비몽사몽인 와중에도 맛은 있었는지 우주는 잘 받아먹었다.

"맛있다."

우주가 눈을 반쯤 뜬 채 웃으며 말했다. 그 모습이 귀여워서 얄미웠던 감정이 사그라진다.

"이 체력으로 어떻게 살래, 우주야."

그는 타이르듯 말하며 우주의 앞에 우유를 따라 주었다. 잠이 좀 깨긴 했는지 꼴깍꼴깍 잘 마신다.

"네가 너무 체력이 좋은 거라는 생각은 안 해?"

"네가 너무 없는 거겠지."

우주로서는 몇 년 동안이나 이렇게 살아왔으니 은호의 방식을 따르는 게 무척 버거웠다. 은호가 자신을 생각해서 그러는 건 알았지만, 너무 완벽하게 사는 것보다는 적당히 사는 게 우주의 적성에 맞았다.

하지만 그래도 은호가 아침에 자신을 깨워 주고, 함께 아침을 먹어 주는 건 기분 좋은 일이었다. 은호가 곤란해하는 모습이 귀여

워 일부러 더 투정을 부리는 건 은호에게 끝까지 숨겨야 할 비밀
이었다.

"우리 엄마 오면 놀라겠다. 나 얼굴 좋아졌다고."

"좋아지긴 뭘 좋아져. 아직 멀었어."

엄마는 친구들과 함께 여행을 간 참이었다.

"아직 말씀 안 드렸지?"

은호가 휴지를 뽑아 우주의 입가를 닦아 주며 물었다. 우주는
고개를 끄덕였다. 결혼도 안 한 딸이 동거를 하고 있다고 하면 엄
마가 놀랄 것 같아서 아직 말은 하지 않은 상황이었다.

"응. 오시기 전에 말해야 되는데."

여행이 끝나고 돌아올 즈음에 말을 해야겠다고 생각하는 중이었
다.

"놀라시겠지."

"좀 놀라시긴 하겠지. 그래도 괜찮아, 우리 엄마 쿨한 편이야."

"……좋아하시려나."

"너를?"

은호는 걱정스러운 얼굴로 고개를 끄덕였다. 우주는 작게 웃음
을 터트렸다.

"별걱정을 다 해. 우리 엄마는 잘생긴 사람 좋아해서 너 좋아할
거야."

"나 잘생겼어?"

은호가 손에 머리를 괴고 우주를 바라보며 물었다. 능청스러운
물음에 왠지 답해 주고 싶지가 않아서 그냥 샐러드만 퍼먹었다.

"나한테 물어보지 말고 거울 봐."

"너한테 듣고 싶은데."

"왜?"

"예쁨받고 싶어서."

은호는 눈을 접어 웃었다. 이런 말을 태연하게 하는 은호가 대단해 보이기도 했다. 우주는 은호의 머리를 쓰다듬어 주며 말했다.

"그래, 너 예뻐. 마음도 예쁘고 다 예뻐."

그는 만족스럽게 웃더니 우주의 뺨을 잡고 연신 입을 맞추었다.

"아, 하지 마. 밥 먹어야 돼."

우주가 웃으며 투덜거렸지만 그는 아랑곳 않고 입을 맞추었다. 아침밥 먹으라고 그렇게 깨울 때는 언제고 밥도 못 먹게 한다.

겨우 밥을 먹고 나니 더 나른해졌다. 우주가 양치를 하고 침대에 드러눕자 어김없이 은호가 와서 우주의 팔을 잡아당겼다.

"밥 먹고 바로 눕지 마. 소화 안 돼."

"아, 싫어. 난 너처럼 완벽하게는 못 살아."

우주는 칭얼거렸다. 옆에서 본 은호는 자기관리에 철저한 사람이었다. 반면 우주는 그림 그리는 것 외에는 다 설렁설렁했다.

"평생 공부하고 일만 하다 백수가 됐으면 좀 더 백수답게 굴란 말이야. 늦게 일어나고 밥도 아무 때나 먹고. 가끔은 그렇게 살아 봐야 한다고."

은호가 일으켜 세우자마자 우주는 다시 침대에 누웠다. 은호는 포기했는지 한숨을 내쉬고는 우주의 옆에 길게 누워 우주를 바라보았다. 금방이라도 잔소리를 할 것 같아서 우주는 은호에게서 등을 돌렸다.

아무 반응이 없는 것이 이상해서 다시 돌아보려는 순간, 갑자기 우주의 귓바퀴가 깨물렸다. 깜짝 놀라서 돌아보려 하자 은호는 우주의 어깨에 팔을 감고 귓바퀴를 잘근잘근 깨물었다. 귓불에 혀가 닿는 느낌에 우주는 화들짝 놀라 빠르게 한 바퀴를 굴러 은호에게서 벗어났다.

"아, 진짜!"

우주는 빨갛게 달아오른 얼굴로 화를 냈다.

"네가 말 안 들었잖아."

그는 웃으며 태연히 말하고는 다시 우주를 끌어당겨 목덜미에 입술을 묻었다.

어째선지 은호는 항상 목덜미에 집착을 보였다. 언젠가는 옷으로 가릴 수 없는 위치에 잇자국을 내어 놔서 화를 낸 적도 있다. 우주가 화를 내는 건 싫은지, 이번에는 깨물지 않고 부드럽게 입을 맞추었다.

본인 때문에 아침에 일어나는 게 더 힘들 거라는 생각은 못 하는 걸까. 은호는 섬세한 것 같으면서도 단순하다. 아니면 그냥 단순한 척하려는 것인지도······.

어디까지 하나 보려고 했더니 그는 우주의 옷을 끌어 올리고 맨 허리에 입을 맞추기 시작했다. 우주는 은호의 어깨를 밀어 냈다.

"아, 일어난다. 일어나!"

은호의 스킨십이 싫진 않지만, 아침부터 이러면 하루가 힘들어진다. 한번 붙잡히면 은호는 우주가 지칠 때까지 놓아주지 않으니까. 우주가 불만스레 은호를 바라보았으나 그는 눈을 접어 웃기만 했다. 이 와중에도 웃는 얼굴이 예쁘다.

"장 보러 가자, 운동도 할 겸."

은호가 손을 내밀었다. 결국 우주는 은호의 손을 잡고 외출을 했다. 이른 아침부터 외출을 하는 게 우주에게 익숙한 일은 아니었지만, 그래도 손을 잡고 걸으면 기분이 좋아진다.

"아, 또 비 오네."

은호는 우산을 펼치고는 우주의 어깨를 끌어당겼다. 비 오는 날은 싫지만, 그래도 이렇게 붙어서 걸을 수 있다는 장점이 있어서 좋긴 하다.

"우주야. 우리 여행 갈까."

조용히 걷던 은호가 우주를 바라보며 말했다.

"여행? 어디로?"

"그냥, 유럽 일주하는 것도 좋고 아니면 휴양지를 가도 좋고."

"그럴까? 좀 한가해지면 다녀오자."

우주가 환히 웃으며 말하자 은호도 웃으며 고개를 끄덕였다.

"아, 근데 너 진짜 한국 다시 안 갈 거야?"

"네가 여기 있는데 어딜 가."

은호는 정말 여기서 취직을 하려는 생각일까. 한국에 가지 않으면 어머니와는 전혀 못 보고 살 것이라는 생각이 들었다. 은호가 이곳에 와 준 이상 다른 일들은 더 이상 생각하지 않으려 했지만, 그래도 아예 신경이 쓰이지 않을 수는 없었다.

"그럼 우리 한국 먼저 갔다가 놀러 갈래?"

"거긴 왜?"

"도재현이 하도 놀러 오라고 난리이기도 하고. 서연이도 나 보고 싶대."

"도재현 보러 가는 거면 안 가."

은호의 대답에 우주는 불만스럽게 콧잔등을 찡그렸다.

"너넨 친하게 좀 지내."

은호는 대답하지 않았다. 그는 재현과는 왠지 끝까지 친하게 지낼 수 없을 것 같다고 생각했다.

"아무튼, 나 한국 가고 싶어. 가서 맛있는 거 먹고 싶단 말이야."

우주가 은호의 옷자락을 잡고 말했다. 은호는 어쩔 수 없다는 듯 고개를 끄덕였다.

"그래. 다녀오자."

우주는 웃으며 은호의 허리를 껴안았다. 그는 안겨 오는 우주의 뺨에 입을 맞춰 주었다.

우주의 일에 조금 여유가 생겨 급히 한국으로 가는 비행기를 예매했다. 은호가 한국에서 살던 집을 아직 정리하지 않아서 그곳에서 머물기로 결정했다. 우주는 은호의 집에 들어서자마자 벽에 걸린 자신의 그림을 감상했다.

"오랜만에 보네. 다시 보니까 또 새롭다."

우주가 그림을 감상하고 있을 때, 은호가 뒤에서 우주의 허리를 껴안아 왔다. 그리고 목덜미에 입술을 묻었다. 장시간 비행을 했는데 지치지도 않는 모양이다.

우주는 돌아서서 은호의 입술을 손바닥으로 막았다. 불만스럽게 우주를 바라보더니 손가락을 잘근잘근 깨문다.

"가만히 좀 있어 봐. 나 나가야 된단 말이야."

"어딜 나가?"

"오늘 서연이 만나서 놀기로 했으니까 오늘은 너 혼자 놀아."

은호는 기가 막힌 얼굴로 우주를 바라보았다. 그는 우주의 손을 잡아 내리고 말했다.

"내가 뭐 서운하게 했어?"

"그럴 리가. 그냥 오늘은 여자들끼리 놀고 싶어서."

은호는 우주의 말이 서운하여 미간을 찌푸렸다. 우주는 뭐가 좋은지 싱글싱글 웃기만 했다.

"넌 가서 어머니 뵙고 와."

"어?"

뜻밖의 말에 은호는 가만히 우주를 바라보았다.

"어머니 뵙고 오라고. 근데 혹시 너희 어머니가 나 만나지 말라고 하면 흘려들어야 된다? 나 이제 껌딱지처럼 네 옆에 붙어 있을 거라고 말씀드리고 와."

"……안 만나도 돼."

"그래? 그럼 도재현이랑 놀든지. 걔 드라마 촬영 끝나서 당분간 한가하다더라. 내가 불러 줄까?"

그건 또 싫어서 은호가 눈썹을 찌푸렸다.

"아무튼 저녁에 보자. 밥 잘 챙겨 먹고."

우주는 은호의 입술에 쪽 소리가 날 정도로 길게 입을 맞추고 도망을 가려 했다. 은호는 그런 우주를 붙잡았다.

"몇 시에 약속인데."

"어, 한 시간 뒤에."

"아직 시간 있잖아."

그리고 은호는 다시 입을 맞춰 왔다. 시간이 있긴 뭘 있어. 어처구니가 없어 밀어 내려다가 은호를 두고 외출을 하는 게 미안하여 입맞춤에 응해 주었다. 그는 기회를 놓치지 않고 우주를 안아 들었다.

"제시간에 데려다줄 테니까 걱정하지 마."

"어련하시겠네."

우주의 투덜거림을 한 귀로 흘려듣고 그는 다시금 입술을 포개 었다.

은호는 가만히 서서 눈앞에 있는 커다란 집을 바라보았다. 오랜 만에 마주한 이 집은 늘 그랬듯 불쾌한 기분을 안겨 준다. 그는 잠시 머뭇거리다 벨을 눌렀다. 얼굴이 익숙한 도우미 아주머니가 문을 열어 주었고, 은호는 그 안으로 들어섰다.

저택의 정원을 지나기도 전에 어머니와 마주쳤다. 여자는 정원에 심어진 식물에 물을 주고 있었다. 은호를 발견한 여자의 표정이 짧게 굳어졌다.

"당분간 안 오겠다더니."

"오고 싶어서 온 거 아니에요."

"……들어와."

여자가 집 안으로 먼저 들어섰다. 은호는 걸음을 옮기면서 이 집에서의 불쾌했던 기억을 떠올렸다. 옛날 일이긴 하지만, 그의 정서에 너무도 안 좋은 영향을 끼쳤으니 이 집에 오는 게 달가울 리 없었다.

두 사람 사이에 차가 놓여졌다. 아지랑이처럼 피어오르는 수증 기만이 두 사람 사이의 공백을 채워 주었다.

"그래서, 지금은 런던에 있는 거니?"

그는 고개를 끄덕였다.

"우주랑 같이 살고 있어요."

여자는 허탈한 웃음을 지었다.

"네가 포기한 게 얼마나 큰지 알고는 있는 거니? 남들은 다시 태어나도 꿈도 꾸기 힘든 것들이었어."

그는 대답하지 않았다. 권력이나 재력보다 더 가지기 어려운 것이 인연이라 생각했으니까.

"그런 말 들으려고 온 거 아니에요."

"그럼?"

"혹시 방해할 생각이면 하지 말라고 말씀드리려고 온 거예요. 우주가 아니어도 돌아갈 생각은 없으니까."

"이해할 수가 없구나."

"이해할 수 없으면 이해하지 마세요. 억지로 납득시키려 하지도 말고."

은호는 차갑게 말했다.

"우주한테 사과할 생각은 없으시겠죠."

은호의 말에 여자는 눈만 접으며 웃었다.

"사고 난 게 내 책임이라고 생각하니?"

"일정 부분은요."

"그건 운전기사 잘못이야."

그녀는 단호히 말했다.

"그 애가 사고를 겪지 않을 수 있었던 변수가 얼마나 많은 줄 아니? 오고 가는 사람들한테 하나하나 의미를 부여하다 보면 모두가 죄인이지."

"……그렇게 말하실 줄 알았어요."

"내 원망은 하지 마렴. 걔가 네 옆에 있었다고 한들 뭘 이뤘겠니? 걘 후원이 아니었으면 자기가 하고 싶은 일은 못 하고 살았을 거야."

"후원이 아니었더라도 잘 견뎌 냈을 거예요."

"안일한 소리하지 마."

여자가 차가운 목소리로 말했다.

"넌 아직도 걔를 모르는구나. 누가 지원을 해 주지 않았으면 걘 평생 그냥 그저 그렇게 살았을 거야. 누구를 위해서 희생하는 걸 당연하다 생각하는 애니까."

은호는 조금 놀란 눈으로 여자의 얼굴을 바라보았다. 여자는 길게 한숨을 내쉬고는 말을 이었다.

"사과할 생각 없으니 그만 돌아가렴."

은호는 찻잔 안의 말간 찻물을 응시했다. 더 이상 할 말이 생각나지 않아 그는 자리에서 일어섰다.

"그만 가 볼게요. 잘 지내세요."

형식적인 인사를 남기고 문을 빠져나왔다. 정리가 잘된 정원이 그를 에워싸고 있었다. 여자가 가난한 삶을 살았을 때도 유독 식물을 좋아했던 기억이 난다.

"사람들이 내 뒤에서 욕을 하더라."

뒤에서 들리는 목소리에 은호는 다시 뒤를 돌았다. 여자가 문앞에 서 있었다.

"배가 부른 어린 여자한테 유부남을 꼬드겼다고 뒤에서 욕을 했어."

"……."

"상식적으로 젊고 예쁜 여자가 무엇 하러 유부남에게 마음을 줬겠니."

여자는 미동 없는 시선으로 은호를 바라보기만 했다.

"모르니까 좋아했던 거야. 알고 난 뒤에는 늦었던 거고. 사랑

타령이나 하면서 순진하게 살다가 내 목을 내가 조른 거야."

그녀는 짧게 한숨을 내쉬었다. 그리고 단조로운 목소리로 말했다.

"나는 네가 꼭 남자아이로 태어나길 바랐어. 여자로 사는 건 쉽지 않거든."

"……."

"그리고 순진한 아이로 자라지 않길 바랐어. 내 바람대로 너는 내가 꿰뚫어 볼 수 없을 정도로 영악하게 자랐지. 다행이라고 생각해."

"……."

"근데 그 애는 너를 너무 약하게 만들더라."

여자는 조용한 목소리로 말을 마쳤다. 은호는 우두커니 그 자리에 서서 여자의 모습을 응시했다. 아름다웠던 젊은 여성의 모습과 현재의 모습이 겹쳐 보이는 듯했다.

"약하게 만든 게 아니라 그 애만 절 행복하게 만들어 줬던 거예요."

여자는 말없이 은호를 응시하기만 했다. 긴 침묵 끝에 은호가 먼저 입을 열었다.

"엄마도 피해자였던 거 알아요. 이해해요."

내내 냉정하던 여자의 얼굴에 놀란 기색이 드리웠다.

"그 남자랑은 이혼하세요. 그래야 엄마도 제대로 살 수 있어요."

"……."

"아들로서 마지막 부탁이에요."

눈이 흔들리는 듯 보이는 건 착각일까. 은호는 여자를 보며 다시금 말을 이었다.

"우주한테 사과하실 생각 있으시면 연락 주세요. 그 전에는 저도 엄마 뵙기 어려울 거 같아요."

"……."

"그만 갈게요. 잘 지내세요."

그는 우두커니 서 있는 제 어머니를 등지고 집을 나섰다.

"어제 나 버리고 송서연이랑 재밌게 놀았어?"

아침에 우주가 일어나자마자 은호는 웃으며 물었다.

"응. 서연이랑 전시회도 가고 맛있는 것도 먹었어."

은호는 눈을 접어 웃으며 우주를 바라보았다.

"짜증 나."

"아직도 내가 아끼는 건 다 싫어?"

"응."

"쪼잔해."

우주의 핀잔에 은호는 기가 막힌 듯 웃었다.

"네가 좋아하는 것들은 다 너를 너무 좋아해. 그래서 더 짜증 나."

"맞아. 내가 좋아하는 이은호는 나를 너무 좋아하더라. 그래서 내가 제일 좋아하지."

우주가 애교 섞인 웃음을 지으며 말했다. 밉다가도 이러면 미워할 수가 없어진다. 은호는 고개를 숙여 우주의 입술 위로 제 입술을 포개었다. 입맞춤이 짙어지고, 분위기가 변하자 우주는 또 도망을 가 버렸다.

"아침 먹자, 아침."

은호는 깊이 한숨을 내쉬었다. 그래도 아침은 먹여야 하니까 군말 없이 부엌으로 향했다.

"은호야, 우리 오늘 뭐 하지? 영화 볼까?"

"너 영화 보는 거 안 좋아하잖아."

우주는 밥을 먹다 말고 고개를 들었다.

"……어떻게 알았어?"

"너 거짓말하면 다 티 나. 그리고 저번에 영화 볼 때 계속 잤잖아."

우주는 멋쩍게 웃었다.

"뭐 할 때 싫으면 싫다, 재미없으면 재미없다 말해도 돼. 내 생각 하지 말고."

"……."

"나도 네가 좋은 게 좋으니까."

우주는 웃으며 고개를 끄덕였다. 은호는 손을 뻗어 우주의 머리카락을 쓰다듬어 주었다.

"저녁에는 내가 예약해 둔 데서 밥 먹고, 가기 전에 너 가고 싶었던 데 들렀다 가자. 어디 가고 싶은 곳 있어?"

"음……."

우주는 생각에 잠긴 채 느리게 눈을 깜빡였다. 그러다 은호를 빤히 바라보았다. 어째선지 우주는 대답하기를 망설였다.

"어디 가고 싶은데?"

"어…… 사실 나 예전에 살던 동네 가 보고 싶어. 거기서 오래 살았잖아. 한 번쯤은 다시 가 보고 싶었는데 용기가 안 나서 생각도 못 했어. 네가 같이 가 주면 좋을 거 같아서……."

우주는 말끝을 흐렸다. 은호는 웃으며 우주를 바라보았다.

"그래, 다녀오자. 나도 가 보고 싶다."

"진짜?"

"응, 진짜."

은호의 대답에 우주는 다시금 환한 미소를 머금었다. 은호는 우주의 그릇 위로 반찬 하나를 얹어 주었다.

"차 오래 타야 되니까 밥 다 먹어."

"응. 너도 많이 먹어."

웃는 얼굴이 귀여워 다시 머리를 쓰다듬어 주었다. 우주는 기분이 좋은지 헤헤 소리를 내며 웃음 지었다.

아주 오랜만에 방문한 동네는 기억과 달라진 것이 별로 없었다. 시내 쪽은 예전과 달리 새 건물이 많이 들어섰지만, 우주가 살던 곳은 거의 변함이 없었다. 단조로운 골목길과 낡은 벽돌집, 눈에 익은 촌스러운 간판이 옛 기억을 불러일으켰다.

"은호야. 우리 학교 가 볼래?"

우주는 차에서 내려 은호의 손을 잡고 물었다.

"이미 그쪽으로 걷고 있는 거 같은데."

은호가 웃으며 답했다. 우주도 그 사실을 깨닫자 웃음을 터트렸다. 그러고 보니 이 길은 등굣길이었다. 익숙한 길이어서 저도 모르게 그쪽으로 걷고 있었던 모양이다.

학교 근처에 도착하자 어째선지 가슴이 일렁였다. 익숙한 학교 건물을 보고 있자니 기분이 이상해서 은호의 손을 더 꼭 붙잡았다.

방학 기간이어서 학교에는 사람이 별로 없었다. 운동장 한쪽에서 농구를 하는 사람들 말고는 학생들도 보이지 않았다.

"어, 등나무 아직도 있네."

우주와 은호는 등나무를 향해 걸음을 옮겼다. 그리고 나란히 앉아 하늘을 바라보았다. 학생 때는 별생각 없이 앉아 있던 곳인데 지금은 무척 그리운 공간이 되었다.

지금도 행복하긴 하지만 어린 시절이 그리워지는 것은 어쩔 수가 없다. 그때로 다시 돌아간다면 은호와 좀 더 많은 걸 해 봤을 텐데. 우주는 저도 모르게 씁쓸한 미소를 지었다.

"은호야. 우리 고2 때 선생님 말이야. 아직도 선생님 하고 계실까?"

"아직 하고 계셔."

"어, 뵈러 간 적 있어?"

"응. 너 찾을 때 몇 번 뵈러 갔어."

그 이야기를 들으며 우주의 표정이 가라앉았다. 우주가 상황을 회피하며 숨어 살 동안에도 은호는 계속 우주를 찾고 있었다.

"또 쓸데없는 생각 하나 보네."

우주의 기분을 눈치챘는지 은호가 머리카락을 쓸어내려 주었다.

"괜찮아. 결국엔 너 찾았잖아. 결과가 중요하지."

은호가 웃으며 하는 말에 우주는 희미하게 미소 지었다.

"지금 생각해 보면 내 주변에 좋은 사람들이 참 많았던 거 같아. 내가 자신이 없어서 안 보려고 했던 거지."

"한 명씩 다시 만나면 되지."

"……."

"그중에 너 기다리던 사람도 있을 거야."

다정한 말에 괜히 눈시울이 붉어지고 코끝이 시큰해졌다. 그는 우주의 눈가에 입을 맞춰 주었다.

"은호야. 우리 물푸레나무 보러 갈래?"

"물푸레나무? 어디 있는지 알아?"

"저기 산 있잖아, 전에 아빠랑 거기 가서 본 거야."

은호는 우주가 가리키는 방향을 바라보았다.

"안 힘들겠어?"

은호가 우주의 다리를 보며 물었다. 우주는 자신 있게 고개를 끄덕이며 말했다.

"얼마 안 올라가도 돼서 괜찮아."

확신하듯 말을 했으나 막상 오르기 시작하니 우주는 지치기 시작했다. 가파른 산은 아니지만 평평한 길이 많다 보니 걸어야 할 구간이 무척 길었다. 예전에는 이런 산쯤이야 잘 올라갔지만, 지금은 체력도 약해졌고 빨리 걷기도 어려워서 더 힘들게 느껴졌다. 억울하게도 은호는 전혀 힘들어 보이지가 않았다.

"잠깐 앉았다가 가자."

은호는 우주가 힘들어하는 것을 눈치채고 말했다. 그는 우주를 벤치에 앉혀 주고는 우주의 앞에 무릎을 접고 앉았다. 그리고 우주의 아픈 무릎을 주물러 주었다.

"괜찮아, 하지 마."

우주의 만류에도 그는 고개를 젓고 우주의 다리를 풀어 주었다.

"아프면 아프다고 해."

"무릎은 안 아픈데, 걷기가 귀찮아."

"그건 안 되는데."

그는 웃으며 말했다. 이렇게 걷는 것도 재활에 도움이 될 테니 우주가 좀 더 걸어 주길 바랐다.

"힘들고 덥다. 그치."

사실 우주는 이렇게까지 게으른 사람이 아닌데 은호의 앞에서는 더 투정을 많이 부리게 된다. 다정하게 받아 주는 모습을 좋아해서 그런 것 같다.

"자기야, 나 업어 줘. 저기까지만."

은호는 놀란 듯 고개를 들어 우주를 바라보았다. 그리고 어처구니없다는 듯 웃었다.

"내가 진짜 너한텐 못 이기겠다."

우주는 뭐가 좋은지 헤실헤실 웃기만 했다. 은호는 결국에는 등을 내어 주었다. 우주는 은호의 생각이 바뀌기 전에 얼른 등에 업혔다.

"안 더워?"

막상 업히고 나니 미안해졌다. 반면 은호는 아무렇지 않은지 고개를 끄덕이고 천천히 걷기 시작했다.

"너한테 이렇게 업힐 수 있으니까 재활치료 안 해도 되지 않을까?"

은호는 고개를 돌려 불만을 담아 우주를 바라보았다.

"아, 장난이야. 장난. 그래도 요즘엔 나도 노력한다고."

"내가 보기엔 안 하는 거 같은데."

앞을 보며 대화를 할 수는 없었지만 은호는 대답을 했고, 우주도 웃음 지었다. 그런데 우주가 말한 곳까지 도착을 했는데도 은호는 우주를 내려 주지 않았다.

"은호야. 그만 내려 줘. 너 힘들잖아."

그는 고개를 저었다.

"그럼 오르막길 나오면 나 내려 줘야 돼?"

"응."

오르막길도 힘들지는 않을 것 같다고 은호는 생각했다. 가파른 산이 아니라 오르기 쉬운 완만한 산이었으니까. 이런 산에서도 쉽게 지치는 우주를 보니 마음이 편치 않았다.

사실 은호는 우주가 굳이 재활치료를 하지 않아도 괜찮았다. 힘든 길은 데려가지 않으면 되고, 어쩔 수 없이 가야 할 때는 이렇게 업어 주면 되니까. 그런데도 은호가 우주의 재활을 돕는 것은 과거에 우주가 뛰어 놀면서 얼마나 즐거워했는지 알기 때문이었다.

지금은 이 삶에 너무 익숙해져서 잊어버렸겠지만, 다리가 나아져서 더 많은 일을 할 수 있게 되면 우주도 사는 게 좀 더 즐거워지지 않을까.

"어, 은호야. 잠깐 멈춰 봐. 저거 물푸레나무 같아."

은호는 우주가 가리킨 방향에 서 있는 울창한 나무를 바라보았다. 예전에 놀이공원에서 보았던 것과 닮은 나무였다. 은호는 몸을 숙여 우주를 땅에 내려 주었다.

"그런데 우리 물이 없네. 약수터 가려면 더 걸어야 되는데."

우주는 나뭇잎을 주워 이리저리 관찰하며 매만졌다. 물푸레나무가 맞는지 확인하는 것 같았다. 은호는 그 모습을 빤히 바라보았다.

나뭇잎 사이로 여름의 환한 햇살이 비껴 들어왔다. 우주의 얼굴 위로 햇빛과 나뭇잎의 그림자가 아롱졌다. 우주는 여느 때보다도 선명해 보였다. 얼룩진 햇빛을 받고 있는 우주의 머리카락은 금빛으로 반짝였고, 그 아래의 호박색 눈동자는 여느 때보다 더 맑은 빛을 띠었다.

그는 우주의 손을 감싸고 고개 숙여 우주의 입술에 제 입술을 포개었다. 우주는 갑작스러운 입맞춤이 당황스러웠는지 눈을 깜빡이기만 했다.

"사실 그때 이렇게 하고 싶었던 거 같아."

그때는 잘 알지 못했지만, 눈물 맺힌 얼굴로 미소 짓던 우주를 보며 입을 맞추고 싶었던 것 같다. 우주는 푸스스 웃음소리를 내며 웃었다. 그는 웃는 우주의 얼굴을 빤히 응시했다.

"왜 그렇게 봐?"

아무 말 없이 빤히 바라보기만 하는 그의 태도가 의아했다. 은호는 물음에 대꾸하듯 잡고 있던 우주의 손바닥을 펼쳤다. 그리고 하얀 손바닥 위에 손가락으로 느리게 글씨를 썼다.

「나랑」

우주는 손바닥이 간지러워 손가락을 움츠렸다.

「결혼하자.」

우주는 놀라서 가슴이 쿵 내려앉는 기분을 느꼈다. 동그랗게 커진 눈으로 그를 올려다보았다.

"나는 너 없으면 안 될 거 같아, 우주야."

그는 조용한 목소리로 말했다.

"지금 당장 하자는 건 아니야. 그냥 나는, 내가 네 옆에 있는 게 당연해졌으면 좋겠어."

가만히 우주를 직시하던 은호가 시선을 내렸다. 우주는 자신의 손을 잡고 있는 은호의 손이 희미하게 떨리고 있음을 느꼈다. 긴장을 하고 있는 건지, 대답을 두려워하고 있는 건지 알 수 없었다.

눈을 보고 싶어서 우주는 그의 뺨을 들어 올렸다.

"야, 넌 무슨 프러포즈를 반지도 없이 해."

우주의 장난스러운 말에 은호는 설핏 웃음 지었다. 웃고 있는데도 얼굴에서 긴장이 느껴졌다.

"사실 다 준비하긴 했어. 원래 오늘 저녁에 데려가려고 했는데……."

"……."

"그냥 지금 말하는 게 좋을 거 같아서."

"왜 그렇게 생각했는데?"

우주는 웃으며 물었다.

"선명하잖아."

은호의 대답에 우주는 그제야 주변을 바라보았다. 파르스레한 나뭇잎으로 둘러싸인 산의 풍경, 바닥에 얼룩진 햇빛 무리, 그 중심에 있는 은호. 날이 너무 맑아서 그런지 모든 것이 선명하게 보였다.

"기억에 오래 남을 거 같아서."

은호는 부드러운 웃음을 지으며 제 뺨 위에 있는 우주의 손을 잡았다. 그는 손바닥에 입을 맞추고는 떨리는 숨을 내쉬었다.

"그냥 예정대로 할 걸 그랬나."

여전히 은호는 긴장한 모습이었다. 조심스러워하는 모습을 보며 우주는 마음이 뭉클해졌다. 그는 다시금 시선을 들어 우주를 바라보았다. 반짝이는 검은 눈동자가 파도치듯 흔들리고 있었다.

"결혼하면……."

"……."

"아침에 일찍 안 깨울게."

그 말이 귀여워서 우주는 크게 웃음을 터트렸다. 은호는 우주가 웃든 말든 여전히 초조한 얼굴이었다.

"진짜 안 깨울 거야?"

"……적당한 시간에 깨울게."

"나 맨날 늦게 일어나서 네가 고생할 텐데?"

거절의 뜻으로 말한 건 아닌데 은호의 눈이 다시금 흔들렸다. 은호는 말없이 고개를 저었다. 우주는 제 눈앞의 너무도 사랑스러운 사람을 웃으며 바라보았다.

"잠투정도 많이 부릴 거고, 예전이나 지금이나 무모한 면이 많아서 가끔 사고 칠지도 모르는데."

"……."

"내가 너무 부족해서 너한테 좋은 아내가 될 거 같지도 않고."

그는 다시금 고개를 저었다. 흔들리는 눈동자 아래의 눈시울이 서서히 붉어지기 시작했다. 이러다가 은호가 정말 울어 버릴 것 같아서 우주는 웃으며 물었다.

"그래도 나랑 결혼해 줄 거야?"

은호는 힘겹게 고개를 끄덕였다. 우주는 그를 따라 고개를 끄덕이며 대답했다.

"그러자, 그럼."

놀란 눈동자가 우주를 응시했다.

"나랑 결혼하자."

우주의 대답에 결국 은호의 눈에 맺힌 눈물이 떨어지고 말았다. 우주는 다정한 손길로 그 눈물을 닦아 주었다.

"너도 은근히 눈물 많다니까."

그는 아무 말도 하지 못하고 우주만 바라보았다.

"말해 줘서 고마워, 은호야."

"……."

"진짜 고마워."

그는 제가 눈물을 흘리던 상황이란 것도 잊고 우주에게 입을 맞추었다. 우주가 어디로 도망을 가는 것도 아닌데 허리를 힘주어 끌어안고 깊게 입을 맞추었다.

입을 맞추고 나니 반대로 우주가 울음을 터트렸다. 은호는 당황하여 우주의 눈물을 닦아 주었다.

"왜 울어, 울지 마."

은호는 고개를 숙인 채 울고 있는 우주의 뺨을 조심스레 들어올렸다. 눈물 때문에 뺨에 달라붙은 머리카락을 떼어 주고 그 위에 입을 맞추었다. 그 행위가 무색하게도 자꾸만 뺨 위로 눈물이 떨어졌다.

우주의 눈물에 많은 감정이 뒤섞여 있을 것을 알아서 은호는 우주를 다독여 주었다. 다 괜찮다고, 앞으로도 괜찮을 거라고 말해 주듯이.

우주는 울음을 참기 위해 얼굴을 찡그렸다. 그 모습이 귀여워서 웃음을 터트리자 우주는 울면서도 웃음 지었다. 은호는 눈물 젖은 우주의 얼굴에 연신 입을 맞추었다. 우주가 그를 만류할 때까지 입맞춤은 끊이지 않았다.

겨우 입맞춤을 끝낸 은호는 우주를 품 안 가득 끌어안았다. 당연한 듯 품에 안겨 오는 우주를 느끼며 그는 벅찬 기쁨을 느꼈다. 앞으로 평생을 함께할 사람이라고 생각하자 믿기지 않을 만큼 행복해졌다.

삶을 버텨 내길 잘했다는 생각이 들었다. 한 줌의 재가 되어 사라지고 싶었던 날들을 견디고 우주의 옆에 있게 되어 너무도 다행이라고.

우주가 지금 어떤 감정을 느끼는지 알 수는 없었지만, 그는 앞으로 우주가 자신과 같은 행복을 느끼도록 애쓰고 싶었다. 맑은 웃음 하나로 자신의 삶을 구원했던 우주처럼 그 역시 우주의 삶에서 선명한 행복으로 남고 싶었다.

"사랑해, 우주야. 정말 많이."

은호는 우주를 꼭 끌어안은 채 말했다. 우주가 듣지 못해도 괜찮았다. 말을 하지 못하거나 듣지 못한다 해도 마음을 전달할 수 있다는 것을 우주에게 배웠으니까. 너는 고요한 세상 속에서도 언제나 내 마음을 알아봐 줄 테니까.

그리고 울음이 그치면, 여름 햇빛보다 더 환한 미소로 내 마음에 답해 줄 것을 알고 있으니까.

글이 진행되는 내내 등장했던 주제는 '고요'입니다.

은호와 우주는 원만히 대화를 할 수 없는 상황에서 만났고, 은호의 고요가 우주에게 넘어가면서 마무리 또한 '고요'로 끝을 맺게 됩니다. 목소리로 대화를 할 수 없는 것은 아무런 문제도 되지 않는다는 사실을 앞으로 두 사람이 함께 살아가면서 증명해 내겠지요.

청각장애에 관한 소재를 쓰면서 제가 알아봤던 것들이 소설에 많이 담기지 못한 것 같아서 아쉬운 마음이 드네요. 우주는 소설 속에서 드러나는 것보다 더 어려운 과정을 겪었을 겁니다. 우주가 구화로 너무도 능숙히 대화를 하는 것은 이야기 진행을 위한 소설적인 요소입니다. 실제로 구화를 하는 것은 아주 어려운 일이라고 해요. 우주도 힘겨운 시간을 견뎌 왔을 것 같아요.

우주와 은호는 살아가면서 많은 불행을 겪었지만, 앞으로 극복해 나갈 것이라는 희망적인 미래를 보여 주었습니다. 과정 내내 상황을 회피하거나, 불행의 이유를 다른 곳에서 찾기도 했으나 이제는 옳은 길을 걷게 될 겁니다. 자신에게 가장 중요한 것이 무엇인지 알게 되었으니까요.

두 사람의 삶을 쓰면서 저도 제 삶을 다시 돌아볼 수 있는 기회가 되었던 것 같습니다.

언제나 너무도 미숙한 글이지만, 독자 분들도 글을 읽고 긍정적인 힘을 받아 가셨으면 좋겠습니다. 읽어 주셔서 정말정말 감사합니다!

2018년 6월, 은일.

www.b-books.co.kr